DROEMER ✸

Von Kate Atkinson sind bereits folgende Titel erschienen:
Familienalbum
Ein Sommernachtsspiel
Nicht das Ende der Welt
Die vierte Schwester
Lebenslügen
Liebesdienste
Das vergessene Kind
Die Unvollendete
Glorreiche Zeiten

Über die Autorin:
Kate Atkinson wurde bereits für ihren ersten Roman »Familienalbum« mit dem renommierten Whitbread Book of the Year Award ausgezeichnet. Mittlerweile ist jedes ihrer Bücher ein internationaler Millionenerfolg. Für »Das vergessene Kind« erhielt sie den Deutschen Krimi Preis 2012 und für »Die Unvollendete« sowie »Glorreiche Zeiten« den Costa Novel Award. Kate Atkinson lebt in Edinburgh und gilt als eine der wichtigsten britischen Autorinnen der Gegenwart.

KATE ATKINSON

DECKNAME FLAMINGO

ROMAN

Aus dem Englischen
von Anette Grube

Die englische Originalausgabe erschien 2018 unter dem Titel
»Transcription« bei Doubleday, London.

Besuchen Sie uns im Internet:
www.droemer.de

Aus Verantwortung für die Umwelt hat sich die Verlagsgruppe
Droemer Knaur zu einer nachhaltigen Buchproduktion verpflichtet.
Der bewusste Umgang mit unseren Ressourcen, der Schutz unseres Klimas
und der Natur gehören zu unseren obersten Unternehmenszielen.
Gemeinsam mit unseren Partnern und Lieferanten setzen wir uns für
eine klimaneutrale Buchproduktion ein, die den Erwerb von
Klimazertifikaten zur Kompensation des CO_2-Ausstoßes einschließt.
Weitere Informationen finden Sie unter: www.klimaneutralerverlag.de

Vollständige Taschenbuchausgabe August 2020
Droemer Taschenbuch
© 2018 Kate Costello Ltd.
© 2019 der deutschsprachigen Ausgabe Droemer Verlag
Ein Imprint der Verlagsgruppe
Droemer Knaur GmbH & Co. KG, München
Alle Rechte vorbehalten. Das Werk darf – auch teilweise – nur mit
Genehmigung des Verlags wiedergegeben werden.
Covergestaltung: Katharina Netolitzky
Coverabbildung: akg-images und shutterstock / Lukasz Pajor
Satz: Adobe InDesign im Verlag
Druck und Bindung: CPI books GmbH, Leck
ISBN 978-3-426-30460-0

2 4 5 3 1

Für Marianne Velmans

In Kriegszeiten ist die Wahrheit so kostbar, dass man sie immer mit einer Leibgarde aus Lügen schützen sollte.

Winston Churchill

Dieser Tempel der Künste und Musen wird im Jahr 1931 dem Allmächtigen Gott von den ersten Statthaltern des Rundfunks gewidmet, mit Sir John Reith als Generaldirektor. Sie beten dafür, dass gute Samen gute Ernte tragen werden, dass alles, was Frieden und Reinheit zerstören will, aus diesem Haus verbannt sein möge, und dass die Menschen, die ihr Ohr dem Schönen, Aufrechten und Guten leihen, den Pfad der Weisheit und der Aufrichtigkeit beschreiten werden.

Lateinische Inschrift im Foyer des British Broadcasting House

N Steht für »Null«, die Stunde, die sich noch im Schlafe wiegt,
Da ein neues England erwacht und das alte tot darniederliegt.

Aus dem »Kriegsalphabet« des Right Club

1981

DIE KINDERSTUNDE

»Miss Armstrong? Miss Armstrong? Können Sie mich hören?«

Sie konnte, doch sie war nicht in der Lage zu antworten. Sie war schwer beschädigt. Zerbrochen. Sie war von einem Auto angefahren worden. Möglicherweise war es ihr eigener Fehler gewesen, sie war zerstreut – sie hatte so lange im Ausland gelebt, dass sie wahrscheinlich in die falsche Richtung geschaut hatte, als sie im mittsommerlichen Dämmerlicht die Wigmore Street überquerte. *Zwischen Dunkelheit und hellem Tag.*

»Miss Armstrong?«

Ein Polizist? Oder ein Sanitäter. Jemand Offizielles, jemand, der in ihre Tasche gesehen haben musste und etwas mit ihrem Namen darauf gefunden hatte. Sie war in einem Konzert gewesen – Schostakowitsch. Die Streichquartette, alle fünfzehn zerlegt in Portionen von drei pro Tag in der Wigmore Hall. Es war Mittwoch – das *Siebte*, *Achte* und *Neunte*. Sie nahm an, dass sie die restlichen jetzt versäumen würde.

»Miss Armstrong?«

Im Juni 1942 war sie in der Royal Albert Hall zur Konzertpremiere der *7. Sinfonie*, der *Leningrader*, gewesen. Ein Mann, den sie kannte, hatte eine Karte für sie organisiert. Der Saal war bis auf den letzten Platz ausverkauft, die Atmosphäre elektrifizierend und überwältigend gewesen – sie hatten sich eins mit den Belagerten gefühlt. Und auch mit Schostakowitsch. Ein kollektives Anschwellen der Herzen. So lange her. So bedeutungslos jetzt.

Die Russen waren ihre Feinde gewesen, und dann waren sie Verbündete, und dann waren sie wieder Feinde. Mit den Deutschen war es das Gleiche – der große Feind, der schlimmste von allen, und jetzt waren sie unsere Freunde, eine tragende Säule Europas. Es war alles so vergeblich. Krieg und Frieden. Frieden und Krieg. Es würde endlos so weitergehen.

»Miss Armstrong, ich werde Ihnen jetzt eine Halskrause umlegen.«

Sie dachte an ihren Sohn. Matteo. Er war sechsundzwanzig Jahre alt, das Resultat eines kurzen Verhältnisses mit einem italienischen Musiker – sie hatte viele Jahre in Italien gelebt. Julias Liebe für Matteo war eins der überwältigenden Wunder ihres Lebens. Sie sorgte sich um ihn – er lebte in Mailand mit einem Mädchen zusammen, das ihn unglücklich machte, und das hatte an ihr genagt, als der Wagen sie anfuhr.

Als sie auf dem Pflaster der Wigmore Street lag, betroffene Passanten um sie herum, wusste sie, dass es jetzt keinen Ausweg mehr gab. Sie war erst sechzig, andererseits war es für ein Leben wahrscheinlich lang genug. Doch plötzlich erschien ihr alles wie eine Illusion, wie ein Traum, den jemand anders geträumt hatte. Was für eine seltsame Sache die Existenz doch war.

Es sollte eine königliche Hochzeit stattfinden. Sogar heute noch, während sie auf diesem Londoner Pflaster lag, umgeben von diesen freundlichen Fremden, wurde irgendwo die Straße hinauf eine Jungfrau zur Opferung vorbereitet, um das Bedürfnis nach Glanz und Gloria zu befriedigen. Überall hingen Union Jacks. Es bestand kein Zweifel, dass sie zu Hause war. Endlich.

»Dieses England«, murmelte sie.

1950

MR TOBY! MR TOBY!

Julia kam aus der U-Bahn und ging die Great Portland Street entlang. Als sie auf die Uhr blickte, stellte sie fest, dass sie erstaunlich spät dran war zur Arbeit. Sie hatte verschlafen wegen eines langen Abends im Belle Meunière in der Charlotte Street mit einem Mann, der im Lauf des Abends immer uninteressanter geworden war. Trägheit – oder vielleicht Ennui – veranlasste sie, am Tisch sitzen zu bleiben, und auch die Spezialitäten des Hauses, *viande de bœuf Diane* und *crêpe Suzette* halfen dabei.

Ihr etwas farbloser Begleiter war ein Architekt, der behauptete, »das Nachkriegslondon wiederaufzubauen«. »Ganz allein?«, hatte sie etwas unfreundlich gefragt. Sie gestattete ihm einen – flüchtigen – Kuss, als er sie am Ende des Abends in ein Taxi setzte. Aus Höflichkeit, nicht aus Verlangen. Er hatte schließlich für das Abendessen bezahlt, und sie war unnötig gemein zu ihm gewesen, auch wenn er es nicht zu bemerken schien. Der Abend hatte einen sauren Nachgeschmack hinterlassen. Ich bin eine Enttäuschung für mich selbst, dachte sie, als das Broadcasting House in Sichtweite kam.

Julia war Produzentin für den Schulfunk, und als sie sich dem Portland Place näherte, verdüsterte sich ihre Stimmung bei der Aussicht auf den langweiligen Tag, der vor ihr lag – ein Abteilungstreffen mit Prendergast, gefolgt von einer Aufnahme von *Frühere Leben*, einer Serie, die sie von Joan Timpson übernommen hatte, weil sich Joan einer Operation unterziehen musste. (»Nur eine kleine, Liebes.«)

Der Schulfunk hatte kürzlich aus dem Keller des Film House in der Wardour Street ausziehen müssen, und Julia vermisste die schäbige Liederlichkeit von Soho. Die BBC hatte keinen Platz für sie im Broadcasting House, deswegen waren sie auf der anderen Straßenseite in Nr. 1 untergebracht worden, und sie schauten nicht ohne Neid auf ihr Mutterschiff, den großen, vielstöckigen Ozeandampfer des Broadcasting House, dessen Kriegstarnung abgewaschen war und der den Bug in ein neues Jahrzehnt und eine ungewisse Zukunft streckte.

Im Gegensatz zu dem unablässigen Kommen und Gehen auf der anderen Straßenseite war es still im Schulfunkgebäude, als Julia es betrat. Sie hatte ein sehr dumpfes Gefühl im Kopf von der Karaffe Rotwein, die sie mit dem Architekten getrunken hatte, und war erleichtert, dass sie sich nicht am üblichen Austausch von morgendlichen Begrüßungen beteiligen musste. Die junge Frau am Empfang blickte pikiert zur Uhr, als sie Julia durch die Tür kommen sah. Das Mädchen hatte eine Affäre mit einem Produzenten vom World Service und schien zu glauben, dass sie deswegen unverschämt sein durfte. Die Mädchen am Empfang vom Schulfunk wechselten mit verblüffender Rasanz. Julia gefiel die Vorstellung, dass sie von einem Ungeheuer gefressen wurden, vielleicht von einem Minotaurus in den labyrinthischen Eingeweiden des Gebäudes – obwohl man sie tatsächlich nur in glanzvollere Abteilungen im Broadcasting House auf der anderen Straßenseite versetzte.

»Die U-Bahn hatte Verspätung«, sagte Julia, obwohl sie nicht glaubte, dass sie dem Mädchen eine Erklärung schuldig war, ob wahrheitsgemäß oder nicht.

»Schon wieder?«

»Ja, die Strecke ist sehr anfällig.«

»Offensichtlich. (Die Dreistigkeit!) Mr Prendergasts Besprechung findet im ersten Stock statt«, sagte das Mädchen. »Ich nehme an, dass sie schon angefangen hat.«

»Das nehme ich auch an.«

»Ein Tag im Arbeitsleben«, sagte Prendergast ernst zu der Rumpfversammlung am Tisch. Wie Julia bemerkte, hatten sich mehrere Personen verabsentiert. Prendergasts Besprechungen erforderten eine besondere Art von Durchhaltevermögen.

»Ah, Miss Armstrong, da sind Sie ja«, sagte Prendergast, als sie eintrat. »Ich habe schon geglaubt, Sie wären verloren gegangen.«

»Aber man hat mich wiedergefunden«, sagte Julia.

»Ich sammle gerade Ideen für neue Sendungen. Ein Besuch bei einem Schmied in seiner Schmiede zum Beispiel. Themen, für die sich Kinder interessieren.«

Julia konnte sich nicht erinnern, sich als Kind für eine Schmiede interessiert zu haben. Sie interessierte sich auch jetzt nicht dafür.

»Unterwegs mit einem Schäfer«, fuhr Prendergast hartnäckig fort. »Während der Ablammsaison. Alle Kinder mögen Lämmer.«

»Haben wir nicht schon genug Landwirtschaft in *Für Schulen auf dem Land?*«, fragte Charles Lofthouse. Charles hatte auf den »Brettern, die die Welt bedeuten« gestanden, bis ihm 1941 durch die Bombe auf das Café de Paris ein Bein abgerissen wurde und er nicht mehr stehen konnte. Jetzt hatte er ein künstliches Bein, das man nie und nimmer mit einem echten verwechseln würde. Die Leute waren deswegen nett zu ihm, obwohl es keinen wirklichen Grund dafür gab, da er zur bissigen Sorte gehörte und es zweifelhaft war, dass ihn der Verlust seines Beines milder gestimmt hatte. Er war als Produzent für die Serie *Club der Forscher* verantwortlich. Julia konnte sich niemanden vorstellen, der ungeeigneter gewesen wäre.

»Aber Lämmer gefallen allen, nicht nur Kindern vom Land«, widersprach Prendergast. Er war der Programmmanager, und insofern gehörten sie auf die eine oder andere Weise alle zu seiner Herde, vermutete Julia. Er blickte vage auf den ordentlich frisierten Kopf von Daisy Gibbs, während er sprach. Er hatte Probleme mit den Augen – er war im Ersten Weltkrieg in einen Gasangriff geraten –, und es gelang ihm nur selten, jemandem in die Augen zu schauen. Er war ein strammer Methodist und Laienprediger und fühlte sich zum Seelsorger »berufen«, wie er Julia ein halbes Jahr zuvor, als sie von der *Kinderstunde* in Manchester nach London zurückgekehrt war, um beim Schulfunk zu arbeiten, bei einer Kanne peinlich schwachen Tees in der Cafeteria anvertraut hatte. »Ich nehme an, dass Sie das Konzept der Berufung verstehen, Miss Armstrong.«

»Ja, Mr Prendergast«, hatte Julia gesagt, weil es eine viel einfachere Antwort war als »Nein«. Sie hatte aus Erfahrung gelernt.

Sie versuchte herauszufinden, an welchen Hund er sie erinnerte. An einen Boxer vielleicht. Oder an eine Englische Bulldogge. Zerknittert und ziemlich traurig. Wie alt war Prendergast?, fragte sich Julia. Er war seit Urzeiten bei der BBC und während der frühen Pionierzeit unter Reith dazugekommen, als die Corporation noch im Savoy Hill residierte. Prendergast betrachtete den Schulfunk als sakrosankt – Kinder, Lämmer und so weiter.

»Das Problem mit Reith war natürlich«, sagte er, »dass er nicht wirklich wollte, dass die Leute *Freude* am Radio hatten. Er war schrecklich puritanisch. Die Leute sollen sich doch freuen, oder? Wir sollten alle freudig leben.«

Prendergast schien in Gedanken versunken – über Freude oder, wahrscheinlicher, den Mangel daran, vermutete Julia –, doch nach ein paar Sekunden riss er sich mit einem kleinen Ruck zusammen. Eine Bulldogge, kein Boxer, entschied Julia. Lebte er allein? Prendergasts Personenstand war unklar, und niemand schien sich genug dafür zu interessieren, um ihn zu dem Thema zu befragen.

»Freude ist ein bewundernswertes Ziel«, hatte Julia gesagt. »Selbstverständlich völlig unerreichbar.«

»Ach, du liebe Zeit. So jung und schon so zynisch?«

Julia mochte ihn, aber sie war vielleicht die Einzige. Ältere Männer eines bestimmten Schlags fühlten sich zu ihr hingezogen. Sie schienen sie in irgendeiner Weise optimieren zu wollen. Julia war fast dreißig und meinte keine große Optimierung mehr zu brauchen. Dafür hatte der Krieg gesorgt.

»Auf See mit den Trawlerfischern«, schlug jemand – Lester Pelling – vor. Er erinnerte Julia an eine von Lewis Carrolls bedauernswerten jungen Austern, *gar eifrig im Vereine*. Er war ein junger Tontechniker, erst siebzehn, kaum aus dem Stimmbruch. Warum nahm er an dieser Besprechung teil?

»Genau.« Prendergast nickte wohlwollend.

»Mein Vater war –«, setzte Lester Pelling an, wurde jedoch durch ein weiteres freundliches »Genau« von Prendergast unterbrochen, der die Hand in einer eher päpstlichen als methodistischen Geste hob. Julia fragte sich, ob sie je erfahren würden, was Lester Pellings Vater war. Ein Trawlerfischer, ein Kriegsheld, ein Wahnsinniger? König, Edelmann, Bauer, Bettelmann?

»Alltägliche Geschichten über Leute vom Land, so was in der Art«, sagte Prendergast. Wusste er, dass Beasley von der BBC Midland Region am Konzept einer Serie arbeitete, die sich genauso anhörte? Ein landwirtschaftliches Informationsprogramm, getarnt als Fiktion, ein »bäuerlicher Radiodetektiv« hatte die Beschreibung gelautet. (Wer um alles auf der Welt wollte so etwas hören?) Julia wurde ein wenig neugierig. Klaute Prendergast anderer Leute Ideen?

»Arbeiter in einer Textilfabrik«, schlug Daisy Gibbs vor. Sie blickte zu Julia und lächelte. Sie war die neue Programmassistentin, frisch aus Cambridge und kompetenter, als eigentlich nötig war. Sie hatte etwas Mysteriöses, das Julia erst noch enträtseln musste. Wie Julia war Daisy keine Lehrerin. (»Kein Nachteil«, sagte Prendergast, »überhaupt keiner. Ganz im Gegenteil.«)

»O nein, Miss Gibbs«, sagte Prendergast. »Industrie fällt in den Zuständigkeitsbereich des Nordens, nicht wahr, Miss Armstrong?« Julia galt als die Expertin für den Norden, weil sie aus Manchester gekommen war.

Als der Krieg vorbei war und ihr Land in Gestalt des Geheimdienstes sie nicht mehr brauchte, war Julia in den anderen großen nationalen Monolithen weitergezogen und hatte eine Karriere beim Hörfunk begonnen, obwohl sie die Sache auch jetzt noch, fünf Jahre später, nicht als Karriere betrachtete, es war einfach etwas, was sie zufälligerweise tat.

Die BBC-Studios in Manchester waren über einer Bank in Piccadilly einquartiert. Julia war als Sprecherin angestellt gewesen. (»Eine Frau!«, sagten alle, als hätten sie nie zuvor eine Frau sprechen gehört.) Sie hatte noch immer Albträume wegen der Übergänge – Angst vor Stille oder davor, über das Zeitsignal hinaus zu sprechen oder nicht mehr zu wissen, was sie sagen sollte. Es war keine Arbeit für Feiglinge. Sie hatte Nachtdienst, als ein Notruf von der Polizei einging – manchmal war jemand todkrank, und es musste dringend ein Verwandter gefunden werden. Damals suchten sie jemandes Sohn, »der sich vermutlich im Gebiet von Windermere aufhielt«, als plötzlich eine Katze im Studio (einer ehemaligen Besenkammer) auftauchte. Die Katze, eine rötlich-gelbe – sie waren Julias Ansicht nach die schlimmsten aller Katzen – sprang auf den Tisch und biss sie ziemlich heftig, sodass sie nicht umhinkonnte, einen leisen Schmerzensschrei auszustoßen. Anschließend wälzte sich die Katze auf dem Schreibtisch hin und her, bevor sie sich das Gesicht am Mikrofon rieb und so laut hineinschnurrte, dass jeder, der zuhörte, glauben musste, im Studio wäre ein Tiger los, der höchst zufrieden mit sich selbst war, weil er eine Frau gemeuchelt hatte.

Schließlich packte jemand das verfluchte Vieh am Genick und

warf es hinaus. Julia nieste sich durch den Rest der Ansagen und gab dann den falschen Einsatz für Schuberts »Forelle«.

»Durchhalten«, lautete die Losung der BBC. Julia hatte einmal das Hallé-Orchester angekündigt – Barbirolli dirigierte Tschaikowskys *Pathétique* –, und als sie ansetzte mit »Hier ist der Northern Home Service«, hatte ihre Nase angefangen, schrecklich zu bluten. Sie hatte Mut geschöpft, als sie sich daran erinnerte, wie sie 1940 während der Neunuhrnachrichten die Übertragung einer Bombenexplosion gehört hatte. (O nein, um Himmels willen, hatte sie gedacht, nicht die BBC.) Der Nachrichtensprecher, Bruce Belfrage, hatte innegehalten – es folgte der übliche schreckliche Krach, den eine Bombe macht –, und dann sagte eine ganz leise Stimme »Alles in Ordnung«, und Belfrage fuhr fort, als wäre nichts passiert. Was auch Julia tat, obwohl ihr Tisch mit Blutflecken übersät war (ihr eigenes Blut – normalerweise beunruhigender als fremdes Blut). Jemand schob ihr einen kalten Schlüsselbund in den Rücken, eine Methode, die noch nie funktioniert hatte.

Natürlich war nicht alles in Ordnung bei der BBC, denn sieben Mitarbeiter lagen tot in den oberen Stockwerken, aber das konnte Belfrage nicht wissen, und selbst wenn er es gewusst hätte, hätte er weitergesprochen.

Damals war Julia so darauf geeicht gewesen, Godfrey Tobys undeutliche Gespräche am Dolphin Square abzuhören, dass sie sich fragte, ob allein sie die leise beruhigende Stimme gehört hatte. Vielleicht wollte sie deswegen nach dem Krieg für die BBC arbeiten. *Alles in Ordnung.*

Es war fast Mittag, als Prendergasts Besprechung ein ergebnisloses Ende fand.

»Mittagessen in der Cafeteria, Miss Armstrong?«, fragte er, bevor sie flüchten konnte. Sie hatten eine eigene Cafeteria in Nr. 1, ein armseliger Schatten der Kantine im Keller des Flaggschiffs auf der anderen Straßenseite, und Julia mied wenn möglich ihre verrauchte, übel riechende Atmosphäre.

»Ich habe Sandwiches dabei, Mr Prendergast«, sagte sie und blickte bedauernd drein. Mit ein bisschen Schauspielerei kam man weit bei Prendergast. »Warum fragen Sie nicht Fräulein Rosenfeld?« Fräulein Rosenfeld war zwar Österreicherin, aber alle bestanden darauf, sie als Deutsche zu bezeichnen (»Kein Unterschied«, sagte Charles Lofthouse). Sie war ihre Beraterin für Deutsch. »Das Fräulein«, wie sie oft genannt wurde, war über sechzig, stämmig, miserabel angezogen und von einer resignierten Ernsthaftigkeit selbst bei den banalsten Dingen. Sie war 1937 nach England gekommen, um an einer Konferenz über Ethik teilzunehmen, und hatte sich klugerweise dafür entschieden, nicht zurückzukehren. Und nach dem Krieg gab es natürlich niemanden mehr, zu dem sie hätte zurückkehren können. Sie hatte Julia ein Foto gezeigt, fünf hübsche Mädchen, die vor langer Zeit ein Picknick machten. Weiße Kleider, breite weiße Schleifen im langen dunklen Haar. »Meine Schwestern«, sagte Fräulein Rosenfeld. »Ich bin die in der Mitte – da«, sagte sie und deutete schüchtern auf die am wenigsten hübsche der fünf. »Ich war die älteste.«

Julia mochte Fräulein Rosenfeld, sie war so ausgeprägt europäisch, und alle anderen in Julias Umgebung waren so ausgeprägt britisch. Vor dem Krieg war Fräulein Rosenfeld eine andere Person gewesen – Philosophiedozentin an der Universität Wien –, und Julia vermutete, dass jedes dieser Dinge – Krieg, Philosophie, Wien – einen in die Resignation, Ernsthaftigkeit und vielleicht auch in hässliche Kleidung treiben konnte. Es wäre eine Herausforderung für Prendergast, ihr Mittagessen mit Freude zu erfüllen.

Es stimmte sogar, Julia hatte Sandwiches dabei – Mayonnaise mit einem Ei, das sie hastig gekocht hatte, als sie sich am Morgen in der Küche wach gegähnt hatte. Es war erst Anfang März, aber die Luft roch deutlich nach Frühling, und sie hatte gedacht, dass es eine Abwechslung wäre, *al fresco* zu essen.

In Cavendish Square Gardens war mühelos eine freie Bank zu finden, da niemand anderes so dumm war, es für warm genug für ein Mittagessen im Freien zu halten. Im Gras waren Andeutungen von Krokussen zu sehen, und Narzissen bohrten sich tapfer aus der Erde, aber die anämische Sonne wärmte nicht, und bald war Julia steif vor Kälte.

Die Sandwiches waren kein Trost, es waren bleiche, schlaffe Dinger und hatten nichts mit dem *déjeuner sur l'herbe* gemein, das sie sich am Morgen vorgestellt hatte, dennoch aß sie sie pflichtbewusst. Vor Kurzem hatte sie sich ein neues Buch von Elizabeth David gekauft – *Das Buch der mediterranen Küche*. Ein hoffnungsvoller Kauf. Das einzige Olivenöl, das sie finden konnte, verkaufte ihr Drogist in einer winzigen Flasche. »Um Ohrenschmalz aufzuweichen?«, fragte er, als sie ihm das Geld reichte. Irgendwo gab es ein besseres Leben, vermutete Julia, wenn sie sich nur die Mühe machte, es zu finden.

Als sie die Sandwiches gegessen hatte, stand sie auf, um die Krümel vom Mantel zu schütteln, und scheuchte eine Schar aufmerksamer Spatzen auf, die geschlossen mit ihren staubigen Londoner Flügeln davonflatterten, um sofort wieder zu ihrem Futter zurückzukehren, sobald sie gegangen wäre.

Julia machte sich auf den Weg in die Charlotte Street, nicht zum Restaurant vom Abend zuvor, sondern zum Moretti's – einem Café nahe dem Scala-Theater, das sie gelegentlich aufsuchte.

Gerade als sie an der Berners Street vorbeikam, sah sie ihn.

»Mr Toby! Mr Toby!« Julia beschleunigte den Schritt und schloss zu ihm auf, als er um die Ecke in die Cleveland Street ging. Sie fasste ihn am Ärmel seines Mantels. Es schien gewagt. Sie hatte ihn einmal erschreckt, als sie das Gleiche getan und ihm einen Handschuh gereicht hatte, der ihm heruntergefallen war. Sie erinnerte sich, dass sie damals gedacht hatte: Signalisiert auf diese Weise nicht eine Frau einem Mann ihre Absichten, indem sie das neckische Taschentuch, den koketten Handschuh fallen lässt? »Danke, Miss Armstrong«, hatte er damals gesagt. »Ich hätte mich über seinen Verbleib gewundert.« An Flirten hatten sie beide nicht gedacht.

Jetzt war es ihr gelungen, ihn aufzuhalten. Er drehte sich um, offenbar nicht überrascht, deswegen war sie sicher, dass er sie gehört hatte, als sie seinen Namen gerufen hatte. Er sah sie unverwandt an, wartete auf mehr.

»Mr Toby? Ich bin's, Julia, erinnern Sie sich an mich?« (Wie sollte er sich nicht erinnern!) Fußgänger umrundeten sie ungeschickt. Wir sind eine kleine Insel, dachte sie, wir beide. »Julia Armstrong.«

Er lüpfte den Hut – einen grauen Filzhut, den sie meinte wiederzuerkennen, lächelte matt und sagte: »Tut mir leid, Miss ... Armstrong? Ich glaube, Sie verwechseln mich. Ich wünsche Ihnen einen guten Tag.« Er drehte sich um und ging weiter.

Er war es, sie wusste, dass er es war. Dieselbe (ziemlich korpulente) Figur, das ausdruckslose Eulengesicht, die Schildpattbrille, der alte Filzhut. Und schließlich der unwiderlegbare – und etwas enervierende – Beweis: der Gehstock mit dem silbernen Knauf.

Sie sagte seinen wahren Namen. »John Hazeldine.« Nie zuvor hatte sie ihn so genannt. In ihren Ohren klang es wie ein Vorwurf.

Er blieb stehen, den Rücken ihr zugewandt. Ein Hauch Schuppen lag wie Puder auf den Schultern seines schäbigen Trenchcoats. Er sah aus wie der, den er während des Kriegs getragen hatte. Kaufte er nie neue Kleider? Sie wartete darauf, dass er sich umdrehte und sich erneut verleugnete, doch nach einer Sekunde ging er einfach weiter, sein Stock *klopf-klopf-klopfte* auf das graue Londoner Pflaster. Sie war ausgemustert worden. Wie ein Handschuh, dachte sie.

Ich glaube, Sie verwechseln mich. Wie seltsam, seine Stimme wieder zu hören. Er war es, warum tat er so, als wäre er es nicht?, fragte sich Julia, als sie sich im Moretti's an einen Tisch setzte und bei einem missmutigen Kellner einen Kaffee bestellte.

Sie war schon vor dem Krieg in dieses Café gegangen. Der Name war geblieben, der Besitzer war jemand anderes. Das Café war klein und ziemlich schmuddelig, die rot-weiß karierten Tischdecken waren nie wirklich sauber. Das Personal schien ständig zu wechseln, und nie grüßte jemand Julia oder schien sie wiederzuerkennen, was ihr per se nicht unrecht war. Eigentlich war es ein schrecklicher Ort, aber ihr gefiel er. Es war ein Faden im Labyrinth, dem sie in die Welt vor dem Krieg, zu ihrem Selbst vor dem Krieg folgen konnte. Unschuld und Erfahrung stießen im schmierigen Dunst vom Moretti's aufeinander. Sie war erleichtert gewesen, als sie bei ihrer Rückkehr nach London feststellte, dass es noch existierte. So viel anderes war verschwunden. Sie zündete sich eine Zigarette an und wartete auf den Kaffee.

Das Café wurde überwiegend von Ausländern frequentiert, und

Julia mochte es, einfach nur dazusitzen und zuzuhören, zu versuchen herauszufinden, woher die Leute waren. Als sie hierherzukommen begann, wurde das Café von Mr Moretti selbst geführt. Er war immer aufmerksam ihr gegenüber, nannte sie *signorina* und erkundigte sich nach ihrer Mutter. (»Wie geht es Ihrer *mamma?*«) Nicht dass Mr Moretti je ihrer Mutter begegnet wäre, aber so waren die Italiener vermutlich nun mal. Begeisterter von Müttern als die Briten.

Sie antwortete immer »Sehr gut, danke, Mr Moretti«, traute sich nie *signor* statt »Mister« zu sagen – es erschien ihr ein zu vermessener Schritt in das linguistische Territorium einer anderen Person. Der namenlose Mann, der derzeit hinter dem Tresen stand, behauptete, Armenier zu sein, und erkundigte sich bei Julia nie nach irgendetwas, schon gar nicht nach ihrer Mutter.

Es war natürlich eine Lüge gewesen. Ihrer Mutter war es nicht gut gegangen, überhaupt nicht gut, ja, sie lag im Sterben, in der Middlesex Street, gleich ums Eck vom Moretti's, aber Julia hatte die Ausflucht, ihre Mutter sei gesund, vorgezogen.

Bevor sie zu krank wurde, um noch zu arbeiten, war ihre Mutter Schneiderin gewesen, und Julia hatte immer gehört, wie sich die »Damen« ihrer Mutter die drei Stockwerke in ihre kleine Wohnung in Kentish Town hinaufquälten, um in ihren Korsetts und üppigen BHs steif in Habtachtstellung dazustehen, während sie mithilfe von Nadeln in Kleidungsstücke gesteckt wurden. Wenn sie unsicher auf einem dreibeinigen Schemel balancierten, hielt Julia sie manchmal fest, während ihre Mutter auf den Knien um sie herumrutschte und einen Saum absteckte. Dann ging es ihrer Mutter zu schlecht, um auch nur noch den einfachsten Saum zu nähen, und die Damen kamen nicht mehr. Julia hatte sie vermisst – sie hatten ihr die Hand getätschelt und Bonbons geschenkt und sich dafür interessiert, wie gut sie in der Schule war. *(Was für eine schlaue Tochter Sie haben, Mrs Armstrong.)*

Ihre Mutter hatte geknausert und gespart und bis in die Nacht gearbeitet, um Julia Schliff zu geben, sie für eine glorreiche Zukunft auf Hochglanz zu polieren, und für Ballett- und Klavier- und sogar für Sprechunterricht bei einer Frau in Kensington gezahlt. Sie hatte ein Stipendium für eine gebührenpflichtige Schule, eine

Schule, die bevölkert war von entschlossenen Mädchen und noch entschlosseneren Lehrerinnen. Die Direktorin hatte vorgeschlagen, dass sie moderne Sprachen oder Jura an der Universität studieren sollte. Oder vielleicht sollte sie die Aufnahmeprüfungen für Oxbridge machen? »Sie suchen Mädchen wie dich«, hatte die Direktorin gesagt, aber nicht ausgeführt, was für eine Sorte Mädchen das war.

Julia hatte aufgehört, in diese Schule zu gehen, sich auf diese glanzvolle Zukunft vorzubereiten, damit sie ihre Mutter pflegen konnte – sie waren immer nur zu zweit gewesen –, und war nach ihrem Tod nicht dorthin zurückgekehrt. Es erschien ihr irgendwie unmöglich. Das Mädchen, das es allen recht machen wollte, die akademische Sechstklässlerin, die Linksaußen in der Hockeymannschaft spielte, die wichtigste Darstellerin des Dramaclubs war und nahezu jeden Tag in der Schule Klavier übte (weil zu Hause kein Platz für ein Klavier war), dieses Mädchen, das eine begeisterte Pfadfinderin war und Schauspiel, Musik und Kunst liebte, war von der Trauer verwandelt worden und verschwunden. Und soweit Julia wusste, war es nie zurückgekehrt.

Sie hatte sich angewöhnt, zum Moretti's zu gehen, wann immer ihre Mutter im Krankenhaus behandelt wurde, und dort war sie auch, als ihre Mutter starb. Es war nur noch »eine Frage von Tagen«, laut dem Arzt, der ihre Mutter am Morgen im Krankenhaus in der Middlesex aufgenommen hatte. »Es ist so weit«, sagte er zu Julia. Verstand sie, was das bedeutete? Ja, sie verstand, sagte Julia. Es bedeutete, dass sie die einzige Person verlieren würde, von der sie geliebt wurde. Sie war siebzehn, und sie trauerte fast so sehr um sich selbst wie um ihre Mutter.

Da sie ihn nicht kannte, empfand Julia nichts für ihren Vater. Ihre Mutter war hinsichtlich dieses Themas immer etwas ambivalent gewesen, und Julia schien der einzige Beweis zu sein, dass er jemals existiert hatte. Er war Matrose bei der Handelsmarine gewesen, bei einem Unfall ums Leben gekommen und im Meer bestattet worden, bevor Julia geboren wurde, und obwohl sie sich manchmal seine perlengleichen Augen und korallenen Knochen heraufbeschwor, blieb sie dem Mann selbst gegenüber leidenschaftslos.

Der Tod ihrer Mutter jedoch erforderte Poetisches. Als die erste Schaufel Erde auf ihren Sarg fiel, bekam Julia kaum noch Luft. Ihre Mutter würde unter der vielen Erde ersticken, dachte sie, aber auch Julia war am Ersticken. Ihr ging ein Bild durch den Kopf – die Märtyrer, die von Steinen, die man auf sie häufte, zu Tode gedrückt wurden. Das bin ich, dachte sie, ich werde vom Verlust erdrückt. »Such nicht nach ausgefallenen Metaphern«, hatte ihre Englischlehrerin zu ihren Schulaufsätzen gesagt, doch der Tod ihrer Mutter zeigte ihr, dass es keine zu pompöse Metapher für den Schmerz gab. Er war etwas Schreckliches und verlangte nach Ausschmückung.

Am Tag, als ihre Mutter starb, war das Wetter mies gewesen, nass und windig. Julia blieb so lange wie möglich in der warmen Zuflucht vom Moretti's. Sie aß Toast mit Käse zu Mittag – der Toast mit Käse, den Mr Moretti machte, war unvergleichlich viel besser als alles, was es zu Hause gab (»Italienischer Käse«, erklärte er. »Und italienisches Brot«) – und kämpfte sich dann unter dem Regenschirm die Charlotte Street entlang in die Middlesex. Als sie auf der Station ankam, musste sie feststellen, dass es nicht angezeigt war, irgendetwas zu glauben, was irgendjemand erzählte. Bei ihrer Mutter war es nicht mehr »eine Frage von Tagen« gewesen, sondern nur noch eine Frage von Stunden, und sie war gestorben, während Julia zu Mittag aß. Als sie die Stirn ihrer Mutter küsste, war sie noch warm, und unter den schrecklichen Krankenhausgerüchen war noch eine leise Spur ihres Parfüms – Maiglöckchen – zu riechen.

»Du hast es knapp verpasst«, sagte die Schwester, als wäre der Tod ihrer Mutter ein Bus oder der Beginn eines Theaterstücks, obwohl es tatsächlich das Ende eines Dramas war.

Und damit hatte es sich. *Finito.*

Und es war auch das Ende für Morettis Personal, denn nach der Kriegserklärung wurden sie alle interniert, und keiner von ihnen kehrte je zurück. Julia erfuhr, dass Mr Moretti im Sommer 1940 mit der *Arandora Star* zusammen mit Hunderten seiner inhaftierten Landsleute unterging. Viele von ihnen hatten wie Mr Moretti in der Gastronomie gearbeitet.

»Das ist ein verdammt ärgerliches Problem«, sagte Hartley. »Man kriegt keinen anständigen Service im Dorchester mehr.« Aber so war Hartley nun mal.

Julia wurde melancholisch, wenn sie beim Moretti's war, und doch kam sie immer wieder. Die Verdüsterung ihrer Stimmung beim Gedanken an ihre Mutter verschaffte ihr eine Art Ballast, ein Gegengewicht zu ihrem (ihrer Meinung nach) oberflächlichen, ziemlich leichtfertigen Charakter. Ihre Mutter hatte eine Form von Wahrheit repräsentiert, von der sich Julia, wie sie wusste, in den zehn Jahren seit ihrem Tod entfernt hatte.

Sie fummelte an der Perlenkette an ihrem Hals. In jeder Perle befand sich ein winziges Sandkorn. Das war das wahre Selbst der Perle, nicht wahr? Die Schönheit der Perle war nur der armen Auster zu verdanken, die sich zu schützen versuchte. Vor dem Sandkorn. Vor der Wahrheit.

Bei »Auster« dachte sie an Lester Pelling, den jungen Tontechniker, und bei Lester dachte sie an Cyril, mit dem sie während des Kriegs zusammengearbeitet hatte. Cyril und Lester hatten viel gemeinsam. Dieser Gedanke führte zu vielen anderen, bis sie wieder bei Godfrey Toby war. Alles war miteinander verbunden, ein großes Netz, das sich über die Zeit und die Geschichte erstreckte. Forster hatte zwar gesagt, *Verbindung ist alles*, aber Julia dachte, dass es viel für sich hatte, diese Fäden durchzuschneiden und die Verbindungen zu kappen.

Die Perlen um ihren Hals gehörten nicht Julia, sie hatte sie der Leiche einer toten Frau abgenommen. Der Tod war natürlich auch eine Wahrheit, weil er etwas Absolutes war. *Ich fürchte, sie ist schwerer, als sie aussieht. Bei drei heben wir sie hoch – eins-zwei-drei!* Julia schauderte bei der Erinnerung. Am besten nicht daran denken. Am besten wahrscheinlich überhaupt nicht denken. Denken war immer ihr Verderben gewesen. Julia trank die Tasse aus und zündete sich noch eine Zigarette an.

Mr Moretti hatte ihr stets einen wunderbaren Kaffee gemacht – »wienerisch« – mit geschlagener Sahne und Zimt. Den hatte natürlich auch der Krieg kassiert, und heute offerierte Moretti's nur mehr oder weniger untrinkbaren türkischen Kaffee. Er wurde in einem dicken Fingerhut von Tasse serviert, war bitter und körnig und wurde nur erträglich durch das Hinzufügen mehrerer Löffel Zucker. Europa und das Osmanische Reich in der Geschichte einer Tasse. Julia war verantwortlich für eine Serie für kleine Kinder mit dem Titel *Wir schauen Sachen an*. Sie wusste viel über Tassen. Sie hatte sie angeschaut.

Sie bestellte noch einen schrecklichen Kaffee, und um ihn nicht zu ermuntern, versuchte sie, nicht zu dem komischen kleinen Mann zu sehen, der an einem Tisch in der Ecke saß. Seitdem sie sich gesetzt hatte, starrte er sie auf extrem beunruhigende Weise immer wieder an. Wie viele im Moretti's hatte er das schäbige Aussehen der europäischen Nachkriegsdiaspora. Er hatte etwas von einem Troll, als wäre er aus Resten zusammengesetzt. Er hätte von der Rollenbesetzung geschickt worden sein können, um einen Vertriebenen zu spielen. Eine hochgezogene Schulter, Augen wie Kieselsteine – etwas ungleich, als wäre eins ein wenig verrutscht – und pockennarbige Haut, als wäre er von Schrotkugeln getroffen worden. (Vielleicht war es so.) »Die Wunden des Krieges«, dachte Julia und freute sich über den Klang der Worte in ihrem Kopf. Es könnte der Titel eines Romans sein. Vielleicht sollte sie einen schreiben. Aber war künstlerisches Streben nicht die letzte Zuflucht der Unentschlossenen?

Julia überlegte, ob sie den komischen Mann auf die höfliche Weise englischer Frauen konfrontieren sollte – *Entschuldigen Sie, kenne ich Sie?* –, obwohl sie ziemlich sicher war, dass sie sich an eine so merkwürdige Person erinnern würde. Doch noch bevor sie ihn ansprechen konnte, stand er abrupt auf.

Sie war überzeugt, dass er zu ihr kommen und sie ansprechen würde, und wappnete sich für einen wie auch immer gearteten Konflikt, doch stattdessen schlurfte er zur Tür – ihr fiel auf, dass er hinkte, und statt auf einen Gehstock stützte er sich auf einen eingerollten Regenschirm. Er verschwand auf der Straße. Er hatte nicht gezahlt, aber der Armenier hinter dem Tresen blickte nur kurz auf und blieb untypisch gelassen.

Als ihr Kaffee gebracht wurde, schluckte ihn Julia wie Medizin und hoffte, er würde sie munter machen für den nachmittäglichen Ansturm, dann studierte sie wie eine Hellseherin den Boden der kleinen Tasse. Warum weigerte sich Godfrey Toby, sie wiederzuerkennen?

Er war aus einer Bank gekommen. Das war seine Tarnung gewesen – Bankangestellter. Das war wirklich clever, niemand wollte mit einem Bankangestellten über seine Arbeit sprechen. Julia hatte immer geglaubt, dass jemand, der so gewöhnlich wirkte wie Godfrey Toby, ein Geheimnis haben musste – eine aufregende Vergangenheit, eine grauenhafte Tragödie –, doch im Lauf der Zeit war ihr klar geworden, dass seine Gewöhnlichkeit sein Geheimnis war. Es war die beste Tarnung überhaupt, nicht wahr?

Julia dachte nie als »John Hazeldine« an ihn, weil er die scheinbar langweilige Welt von Godfrey Toby so durch und durch, so großartig ausfüllte.

Von Angesicht zu Angesicht war er »Mr Toby« gewesen, aber sonst nannten ihn alle nur »Godfrey«. Das bedeutete weder Vertrautheit noch Vertraulichkeit, es war einfach Gewohnheit. Sie hatten ihre Operation den »Godfrey-Fall« genannt, und in der Registratur lagen ein paar Akten, die schlicht mit »Godfrey« betitelt waren, und nicht alle von ihnen waren ordnungsgemäß mit Querverweisen versehen. Das gehörte natürlich zu den Dingen, die die Königinnen der Registratur in helle Aufregung versetzten.

Es war davon gesprochen worden, ihn nach dem Krieg ins Ausland zu schicken. Neuseeland. Irgend so etwas. Südafrika vielleicht. Um ihn zu schützen vor eventuellen Vergeltungsmaßnahmen, aber war Vergeltung – auf die eine oder andere Weise – nicht etwas, wovor sie sich alle fürchten mussten?

Und seine Informanten, die Fünfte Kolonne – was war mit ihnen? Es war geplant gewesen, sie in Friedenszeiten zu überwachen, aber Julia wusste nicht, ob der Plan je umgesetzt worden war. Sie wusste von dem Beschluss, sie nach dem Krieg in Unkenntnis zu lassen. Niemand hatte ihnen vom Doppelspiel des MI5 erzählt. Sie hatten nie erfahren, dass sie von Mikrofonen aufgenommen worden waren, die im Verputz der Wohnung am Dolphin Square steckten. Der Wohnung, die sie jede Woche so eifrig aufsuchten. Ebenso wenig ahnten sie, dass Godfrey Toby für den MI5 arbeitete und nicht der Spion der Gestapo war, dem sie ihre verräterischen

Informationen zu bringen glaubten. Und sie wären überrascht gewesen, hätten sie gewusst, dass am nächsten Tag ein Mädchen an einer großen Schreibmaschine Marke Imperial in der Nachbarwohnung saß und diese verräterischen Gespräche abtippte, ein Original und zwei Durchschläge. Und dieses Mädchen war Julia gewesen, um für ihre Sünden zu büßen.

Als die Operation Ende 1944 abgewickelt wurde, erzählte man ihnen, dass er abgesetzt und nach Portugal »evakuiert« würde; tatsächlich wurde er nach Paris geschickt, um gefangen genommene deutsche Offiziere zu verhören.

Wo war Godfrey seit dem Krieg wirklich gewesen? Warum war er zurückgekehrt? Und, am rätselhaftesten von allem, warum tat er so, als würde er sie nicht kennen?

Ich *kenne* ihn, dachte Julia. Sie hatten während des gesamten Krieges zusammengearbeitet. Sie war obendrein bei ihm daheim – in Finchley – gewesen, wo er in einem Haus mit einer soliden Eingangstür aus Eiche und einem robusten Türklopfer aus Messing in Form eines Löwenkopfs wohnte. In einem Haus mit bleiverglasten Fenstern und Parkettböden. Sie hatte auf dem Mokettbezug seines massiven Sofas gesessen. *(Kann ich Ihnen eine Tasse Tee bringen, Miss Armstrong? Würde das helfen? Das war ein ziemlicher Schock.)* Sie hatte sich die Hände mit der nach Freesien duftenden Seife im Bad gewaschen, die Mäntel und Schuhe im Flurschrank gesehen. Ja, sie hatte sogar einen Blick auf den rosafarbenen Satinbezug des Daunenbetts geworfen, unter dem er und Mrs Toby (so es diese Person wirklich gab) schliefen.

Und gemeinsam hatten sie eine abscheuliche Tat begangen, die Art Tat, die einen für immer verbindet, ob es einem nun gefiel oder nicht. Verleugnete er sie deswegen jetzt? *(Zwei Stück Zucker? Ja, oder, Miss Armstrong?)* Oder war er deswegen zurückgekommen?

Ich hätte ihm folgen sollen, dachte sie. Aber er hätte sie abgehängt. Er war immer gut im Ausweichen gewesen.

1940

EINER VON UNS

»Sein Name ist Godfrey Toby«, sagte Peregrine Gibbons. »Er gibt sich als Agent der deutschen Regierung aus, aber er ist natürlich einer von uns.«

Es war das erste Mal, dass Julia den Namen Godfrey Toby hörte, und sie sagte: »Er ist also kein Deutscher?«

»Um Himmels willen, nein. Es gibt niemanden, der englischer wäre als Godfrey.«

Andererseits, dachte Julia, war Peregrine Gibbons – allein schon der Name – selbst schon der Inbegriff eines Engländers.

»Und auch niemanden, der vertrauenswürdiger wäre«, sagte er. »›Godfrey‹ war lange Zeit undercover, war schon in den Dreißigerjahren bei Treffen von Faschisten und so weiter dabei. Bereits vor dem Krieg hatte er Kontakte zu Mitarbeitern von Siemens – die Siemens-Fabriken in England waren immer Tummelplatz für den deutschen Geheimdienst. Die Fünfte Kolonne kennt ihn gut, sie fühlen sich sicher mit ihm. Ich nehme an, Sie sind mit den Einzelheiten der Fünften Kolonne vertraut, Miss Armstrong?«

»Sympathisanten der Faschisten, unterstützen den Feind, Sir?«

»Genau. Subversive. Die Nordische Liga, der Link, der Right Club, die Imperial Fascist League und hundert kleinere Gruppierungen. Die Leute, die sich mit Godfrey treffen, sind überwiegend alte Mitglieder der British Union of Fascists – Mosleys Leute. Unser hausgemachtes Übel, leider. Und anstatt sie auszurotten, wollen wir sie gedeihen lassen – aber innerhalb eines ummauerten Gartens, aus dem sie nicht entkommen können, um die Samen des Bösen zu verbreiten.«

Eine junge Frau konnte auf eine Metapher wie diese hin an Altersschwäche sterben, dachte Julia. »Sehr schön ausgedrückt, Sir«, sagte sie.

Julia arbeitete seit zwei langweiligen Monaten in der Registratur, als sich ihr Peregrine Gibbons in der Kantine genähert und gesagt hatte: »Ich brauche ein Mädchen.«

Und siehe da, heute war sie hier. Sein Mädchen.

»Ich bereite einen Sondereinsatz vor«, sagte er, »eine Art Täuschungsmanöver. Sie werden eine wichtige Rolle dabei spielen.« Sollte sie als Agentin eingesetzt werden? (Als Spionin!) Nein, sie sollte offenbar an eine Schreibmaschine gekettet bleiben. »In Kriegszeiten können wir unsere Waffen nicht frei wählen, Miss Armstrong«, sagte er. Warum eigentlich nicht?, dachte Julia. Wofür würde sie sich entscheiden? Einen scharfen Säbel, einen Bogen aus flammendem Gold? Vielleicht für Pfeile des Begehrens.

Doch sie war genommen worden – erwählt. »Die Arbeit, die wir machen, erfordert eine ganz spezielle Person, Miss Armstrong«, sagte er. So wie Peregrine Gibbons (»Nennen Sie mich Perry«) sprach, fühlte man sich, als wäre man einen Tick besser als alle anderen – die Elite der Herde. Er war attraktiv, vielleicht nicht Hauptrollenmaterial, mehr Charakterdarsteller, fand sie. Er war groß und ziemlich schick, trug mit unbekümmerter Extravaganz eine Fliege zu einem zweireihigen, dreiteiligen Anzug aus Tweed mit Fischgrätmuster unter einem langen Mantel (ja, auch Tweed). Später erfuhr sie, dass er in jüngeren Jahren unter anderem Mesmerismus studiert hatte, und Julia fragte sich, ob er Leute hypnotisierte, ohne dass sie es merkten. Sollte sie der Trilby zu seinem Svengali sein? (Sie musste immer an den Hut denken. Es schien absurd.)

Und jetzt waren sie hier in Pimlico, am Dolphin Square, wo er ihr »die Falle« zeigen wollte. Er hatte zwei benachbarte Wohnungen gemietet. »Abschottung ist die beste Form von Geheimhaltung«, sagte er. »Mosley hat hier eine Wohnung«, sagte er. »Er ist einer unserer Nachbarn.« Das schien ihn zu amüsieren. »Auf Tuchfühlung mit dem Feind.«

Die Wohnblocks am Dolphin Square waren erst ein paar Jahre zuvor errichtet worden, nahe der Themse, und bislang hatte Julia den Komplex nur von außen gesehen. Er bot einen Respekt einflößenden Anblick, wenn man ihn durch die großen Torbögen am Fluss betrat – zehn Blocks mit Wohnungen, jeder zehn Stockwerke hoch, gebaut um einen viereckigen Hof mit Bäumen und Blumenbeeten und einen im Winter stillgelegten Springbrunnen. »In Planung und Ausführung ziemlich sowjetisch, finden Sie nicht auch?«, sagte Perry.

»Vermutlich«, sagte Julia, obwohl sie nicht glaubte, dass die Russen ihre Wohntürme nach legendären britischen Admirälen und Kapitänen benannten – Beatty, Collingwood, Drake und so weiter.

Ihre Wohnungen befanden sich im Nelson House, erklärte Perry. In einer Wohnung wollte er wohnen und arbeiten – auch Julia sollte dort arbeiten –, und in der Wohnung nebenan würde sich ein Mitarbeiter des MI5 – Godfrey Toby – als Nazi-Spion ausgeben und Sympathisanten der Faschisten ermuntern, ihm Bericht zu erstatten. »Wenn sie Godfrey ihre Geheimnisse erzählen«, sagte Perry, »dann erzählen sie sie nicht den Deutschen. Godfrey wird als Rohr fungieren, das ihren Verrat in unsere Zisterne umleitet.« Metaphern waren definitiv nicht seine Stärke.

»Und einer wird uns zum nächsten führen und so weiter«, fuhr er fort. »Das Schöne daran ist, dass sie das Zusammentreiben selbst übernehmen.«

Perry hatte die Wohnung bereits bezogen – Julia konnte einen kurzen Blick auf sein Rasierzeug auf der Ablage über dem Waschbecken in dem winzigen Bad werfen, und durch eine halb offen stehende Tür sah sie ein weißes Hemd auf einem Kleiderbügel an der Schranktür hängen – schwerer Köper guter Qualität, wie sie bemerkte, den ihre Mutter gutgeheißen hätte. Der Rest des Zimmers wirkte allerdings so streng wie eine Mönchszelle. »Ich habe natürlich woanders noch eine Wohnung«, sagte er. »In der Petty France, aber dieses Arrangement ist zweckdienlich für Godfreys Operation. Und es gibt hier alles, was wir brauchen – ein Restaurant, ein Einkaufszentrum, ein Schwimmbad, sogar unseren eigenen Taxidienst.«

Das Wohnzimmer der Wohnung war in ein Büro umgewandelt worden, doch zu ihrer Erleichterung stellte Julia fest, dass noch immer ein tröstliches kleines Sofa darin stand. Peregrine Gibbons' Schreibtisch war ein Ungeheuer von einem Sekretär, ein vielgestaltiges Konstrukt aus herausziehbaren Fächern, winzigen Kästchen und zahllosen Schubladen voller Papierklemmen, Gummibänder, Reißzwecken und so weiter, alles pedantisch sortiert und geordnet von Perry höchstpersönlich. Er war von der ordentlichen Sorte. Und ich bin unordentlich, dachte sie bedauernd. Es zöge zwangsläufig Ärger nach sich.

Der einzige Ziergegenstand auf seinem Sekretär war eine kleine, schwere Büste von Beethoven, der Julia wütend anstarrte, wenn sie an ihrem eigenen Schreibtisch saß – ein Möbelstück, das, verglichen mit Perrys, nichts weiter als ein armseliger Tisch war.

»Mögen Sie Beethoven, Sir?«, fragte sie.

»Nicht besonders«, sagte er scheinbar verwundert über die Frage. »Er gibt allerdings einen guten Briefbeschwerer ab.«

»Darüber würde er sich sicherlich freuen, Sir.« Sie sah, dass Perry kurz die Stirn runzelte, und dachte: Ich muss meine Neigung zur Ungezwungenheit in Zaum halten. Sie schien ihn zu verwirren.

»Und natürlich«, fuhr Perry fort und hielt einen Augenblick inne, als wollte er warten, ob sie noch mehr Unwesentliches zu sagen hatte, »werden Sie abgesehen von unserer kleinen Operation« (*unserer*, dachte sie und freute sich über das Possessivpronomen) »noch allgemeine Büropflichten für mich übernehmen. Ich leite noch weitere Einsätze, aber keine Sorge, ich werde Sie nicht übermäßig belasten.« (Stimmte nicht!) »Ich tippe meine Berichte gern selbst.« (Tat er nicht.) »Je weniger Leute etwas sehen, umso besser. Abschottung ist die beste Form der Geheimhaltung.« Das haben Sie schon gesagt, dachte Julia. Er musste ganz angetan davon sein.

Es waren attraktive Aussichten gewesen. Im letzten Monat hatte sie in einem Gefängnis gearbeitet – der MI5 war nach Wormwood Scrubs umgezogen, um die expandierenden Ränge unterzubringen, die der Krieg nötig machte. Es war ein unangenehmer Ort zum Arbeiten. Den ganzen Tag lang klapperten Leute die offenen eisernen Treppen hinauf und hinunter. Dem weiblichen Personal war sogar die Sondererlaubnis erteilt worden, Hosen zu tragen, weil die Männer unter ihre Röcke schauen konnten, wenn sie die Treppen hinaufgingen. Und »Damen« waren überhaupt keine Damentoiletten, sondern grässliche Orte für Häftlinge mit Schwingtüren, hinter denen man von der Brust aufwärts und den Knien abwärts für alle sichtbar war. Die Zellen wurden als Büros genutzt, und ständig wurde jemand aus Versehen eingesperrt.

Pimlico hatte im Vergleich dazu wie ein attraktiver Vorschlag geklungen. Und dennoch. Dieses viele Gerede von Abschottung und Geheimhaltung – sollte sie auch hier eingesperrt werden?

Es erschien seltsam, dass sie ihren Arbeitstag in so großer Nähe zu Perry Gibbons' häuslichen Arrangements verbringen sollte – nur einen Atemzug entfernt von seinem Schlafzimmer, ganz zu schweigen von den intimeren Verrichtungen seines Alltags. Was, wenn sie im Bad auf seine zum Trocknen aufgehängte Unterwäsche stoßen oder seinen geräucherten Schellfisch vom Vorabend riechen sollte? Oder – schlimmer noch – wenn sie hören würde, wie er die Toilette benutzte (oder – o Horror – umgekehrt!). Das könnte sie nicht ertragen. Aber natürlich wurde seine Wäsche woanders gewaschen, und er kochte nie. Was die Toilette betraf, schien er sowohl seine Körperfunktionen als auch ihre nicht zu bemerken.

Sie fragte sich, ob es letztlich nicht besser gewesen wäre, in der Registratur zu bleiben. Nicht dass sie die Wahl gehabt hätte. Entscheidungsfreiheit war eins der ersten Opfer des Kriegs.

Julia hatte sich nicht beim Geheimdienst beworben, sie hatte sich bei den Streitkräften melden wollen, nicht notwendigerweise aus Patriotismus, sondern weil sie erschöpft davon war, nach dem Tod ihrer Mutter monatelang für sich selbst sorgen zu müssen. Aber nach der Kriegserklärung war sie zu einem Vorstellungsgespräch aufgefordert worden, und die Aufforderung erfolgte auf dem Briefpapier der Regierung, deswegen musste sie ihr wohl Folge leisten.

Sie war nervös, als sie ankam, weil ihr Bus direkt am Piccadilly Circus den Geist aufgegeben hatte und sie die ganze Strecke zu einem obskuren Büro in einem noch obskureren Gebäude in der Pall Mall hatte zu Fuß gehen müssen. Erst nachdem sie das Gebäude davor durchquert hatte, fand sie den Eingang. Sie fragte sich, ob es eine Art Test war. »Passamt« stand auf einem kleinen Messingschild an der Tür, aber niemand wollte einen Pass haben oder gab Pässe aus.

Julia hatte den Namen des Mannes, der mit ihr sprach, nicht wirklich verstanden (Morton?). Er lehnte sich – ziemlich nonchalant – auf seinem Stuhl zurück, als würde er erwarten, dass sie ihn unterhielt. Er führe normalerweise keine Vorstellungsgespräche, sagte er, aber Miss Dicker sei indisponiert. Julia hatte keine Ahnung, wer Miss Dicker war.

»Julia?«, sagte der Mann nachdenklich. »Wie in *Romeo und Julia*? Sehr romantisch«, sagte er und lachte, als wäre es ein Witz, den nur er verstand.

»Soweit ich weiß, war es eine Tragödie, Sir.«

»Ist das etwas anderes?«

Er war nicht alt, aber er sah auch nicht mehr jung aus, hatte vielleicht noch nie jung ausgesehen. Er wirkte wie ein Ästhet und war dünn, nahezu lang gestreckt – ein Reiher oder ein Storch. Er schien sich über alles zu amüsieren, was sie – und er selbst – sagte. Er griff nach einer Pfeife, die auf seinem Schreibtisch lag, und zündete sie an, ließ sich Zeit dabei, paffte und stopfte und saugte und vollführte alle anderen seltsamen Rituale, die Pfeifenraucher offenbar für notwendig halten, bevor er sagte: »Erzählen Sie mir von Ihrem Vater.«

»Meinem Vater?«

»Ihrem Vater.«

»Er ist tot.« Es folgte ein Schweigen, und sie nahm an, dass sie es füllen sollte. »Er wurde auf See bestattet«, lautete ihr Angebot.

»Wirklich? Königliche Marine?«

»Nein, Handelsmarine«, sagte sie.

»Ah.« Er zog eine Augenbraue in die Höhe.

Sie mochte diese herablassende Augenbraue nicht, weswegen sie ihren unergründlichen Vater beförderte. »Er war Offizier.«

»Selbstverständlich«, sagte er. »Und Ihre Mutter? Wie geht es ihr?«

»Es geht ihr sehr gut, danke«, antwortete Julia automatisch. Sie spürte das Einsetzen von Kopfschmerzen. Ihre Mutter hatte immer gesagt, dass sie zu viel nachdachte. Julia hielt es für möglich, dass sie nicht genug nachdachte. Die Erwähnung ihrer Mutter legte ihr einen weiteren Stein aufs Herz. Ihre Mutter war in ihrem Leben immer noch eher eine Präsenz als eine Absenz. Julia nahm an, dass es eines Tages in der Zukunft umgekehrt wäre, aber sie bezweifelte, dass das eine Verbesserung darstellte.

»Wie ich sehe, sind Sie auf eine gute Schule gegangen«, sagte der Mann. (Marsden?) »Und eine ziemlich teure – für Ihre Mutter, nehme ich an. Sie nimmt Näharbeiten an, nicht wahr? Eine Näherin.«

»Eine Schneiderin, das ist etwas anderes.«

»Ja? Ich kenne mich da nicht aus.« (Sie hatte das Gefühl, dass er sich sehr wohl auskannte.) »Sie müssen sich gefragt haben, wie sie sich die Gebühren leisten konnte.«

»Ich hatte ein Stipendium.«

»Wie haben Sie sich da gefühlt?«

»Gefühlt?«

»Minderwertig?«

»Minderwertig? Selbstverständlich nicht.«

»Mögen Sie Malerei?«, fragte er unvermittelt zu ihrer Überraschung.

»Malerei?« Was meinte er damit? In der Schule hatte sie eine begeisterte Kunsterzieherin, Miss Gillies, unter ihre Fittiche genommen. (»Du hast ein Auge dafür«, hatte Miss Gillies gesagt. Ich habe zwei, hatte sie gedacht.) Vor dem Tod ihrer Mutter war sie oft in die National Gallery gegangen. Sie mochte weder Fragonard noch Watteau noch das ganze hübsche französische Zeug, das in jedem Sansculotte, der etwas auf sich hielt, den Wunsch aufwallen ließ, jemandem den Kopf abzuschlagen. Ähnliches galt für Gainsborough und seine reichen Aristokraten, die selbstgefällig in ihren großartigen Landschaften posierten. Und Rembrandt, den sie besonders unsympathisch fand. Was war so wunderbar an einem hässlichen alten Mann, der sich die ganze Zeit selbst malte?

Vielleicht mochte sie Malerei nicht, jedenfalls hatte sie eine eindeutige Meinung dazu. »Natürlich mag ich Malerei«, sagte sie. »Tun das nicht alle?«

»Nun – Sie wären überrascht. Jemand Speziellen?«

»Rembrandt«, sagte sie und legte in einer Geste der Ergebenheit die Hand aufs Herz. Sie mochte Vermeer, wollte das jedoch keinem Fremden anvertrauen. »Ich verehre Vermeer«, hatte sie einmal zu Miss Gillies gesagt. Es schien ewig her.

»Was ist mit Sprachen?«

»Ob ich sie *mag*?«

»Ob Sie sie *sprechen*.« Er biss auf den Stiel seiner Pfeife, als wäre es der Beißring eines Babys.

Oh, um Himmels willen, dachte sie. Sie staunte, was für widersprüchliche Gefühle sie für diesen Mann empfand. Später erfuhr sie, dass das seine Stärke war. Er war Verhörspezialist, obwohl es reiner Zufall schien, dass er sich freiwillig dafür gemeldet hatte, an diesem Nachmittag Miss Dicker zu vertreten.

»Nicht wirklich«, sagte sie.

»Wirklich? Keine Sprachen? Kein Französisch oder ein bisschen Deutsch?«

»Kaum.«

»Was ist mit einem Musikinstrument? Spielen Sie eins?«

»Nein.«

»Nicht einmal ein bisschen Klavier?«

Bevor sie es ein weiteres Mal bestreiten konnte, klopfte jemand an die Tür, und eine Frau steckte den Kopf herein und sagte: »Mr Merton.« (Merton!) »Colonel Lightwater würde gern mit Ihnen sprechen, sobald Sie Zeit haben.«

»Sagen Sie ihm, dass ich in zehn Minuten bei ihm bin.«

Meine Güte, noch weitere zehn Minuten Kreuzverhör, dachte Julia.

»So ...«, sagte er – ein kleines Wort, das mit Bedeutung befrachtet schien. Weiteres Hantieren mit der Pfeife vergrößerte die Last. Hatte das Kriegsministerium Wörter rationiert?, fragte sie sich.

»Sie sind achtzehn?« Aus seinem Mund klang es wie ein Vorwurf.

»Das bin ich.«

»Ziemlich weit für Ihr Alter, finden Sie nicht?«

War das eine Beleidigung? »Nein, ganz und gar nicht«, antwortete sie bestimmt. »Ich bin absoluter Durchschnitt für mein Alter.«

Er lachte, ein ungeheucheltes Bellen der Heiterkeit, schaute auf Papiere auf seinem Schreibtisch, dann starrte er sie an und sagte: »St-James's-Sekretärinnen-College?«

Auf das St James's gingen wohlerzogene Mädchen. Seit dem Tod ihrer Mutter hatte Julia abends einen Kurs in einem maroden College in Paddington absolviert, während sie tagsüber als Zimmermädchen in einem ebenso maroden Hotel in Fitzrovia arbeitete. Sie war durch die Pforten von St James's gegangen, um sich nach den Gebühren zu erkundigen, deswegen fühlte sie sich gerechtfertigt, jetzt zu sagen: »Ja, ich habe dort angefangen, aber woanders abgeschlossen.«

»Und haben Sie?«

»Habe ich was?«

»Abgeschlossen?«

»Ja. Danke.«

»Gute Geschwindigkeit?«

»Wie bitte?« Julia war verwirrt, es klang, als würde er sie fortschicken. (Gott sei mit dir?) Weil er nicht glaubte, dass sie abgeschlossen war. Sie war es nicht. Sie war extrem unabgeschlossen, ihrer eigenen Ansicht nach.

»Geschwindigkeit – beim Schreibmaschineschreiben und so weiter«, sagte er und fuchtelte mit der Pfeife herum. Er hatte keine Ahnung, dachte Julia.

»Ah, *Geschwindigkeit*«, sagte sie. »Ja. Sie ist gut. Ich habe Zeugnisse.« Sie führte nicht weiter aus – er brachte sie dazu, störrisch und unkooperativ zu sein. Nicht die beste Einstellung bei einem Vorstellungsgespräch, vermutete sie. Aber sie wollte auch keinen Bürojob.

»Noch etwas, das Sie mir über sich erzählen wollen?«

»Nein. Nicht wirklich, Sir.«

Er schien enttäuscht.

Und dann fragte er sie auf beiläufige Weise, als würde er sie fragen, ob sie lieber Brot oder Kartoffeln aß oder ob ihr Rot lieber war als Grün: »Wenn Sie sich entscheiden müssten, was wären Sie lieber – eine Kommunistin oder eine Faschistin?«

»Das ist keine besonders gute Auswahl, oder, Sir?«

»Sie müssen sich entscheiden. Jemand hält Ihnen eine Pistole an den Kopf.«

»Ich könnte mich dafür entscheiden, erschossen zu werden?« (Wer hielt die Pistole?, fragte sie sich.)

»Nein, das können Sie nicht. Sie müssen sich für das eine oder das andere entscheiden.«

Der Kommunismus erschien Julia als die freundlichere Doktrin.

»Faschismus«, bluffte sie. Er lachte.

Er wollte etwas aus ihr herauskitzeln, aber sie wusste nicht, was. Sie könnte zum Mittagessen in ein Lyons gehen, dachte sie. Sich verwöhnen. Niemand sonst tat es.

Merton überraschte sie, indem er plötzlich aufstand und um seinen Schreibtisch zu ihr ging. Auch Julia stand auf, wich etwas zurück. Er kam näher, und Julia war unsicher, was er vorhatte. Einen panischen Augenblick lang dachte sie, dass er sie küssen wollte. Was würde sie dann tun? Im Hotel in Fitzrovia wurde ihr viel unerwünschte Aufmerksamkeit zuteil, etliche Gäste waren Handlungsreisende, weit weg von ihren Frauen, und normalerweise konnte sie sich ihrer mit einem heftigen Tritt gegen das Schienbein erwehren. Aber Merton arbeitete für die Regierung. Sie könnte sich womöglich strafbar machen, wenn sie ihn trat. Vielleicht wäre es sogar irgendeine Art Verrat.

Er hielt ihr die Hand hin, und ihr wurde klar, dass er darauf wartete, dass sie sie schüttelte. »Ich bin sicher, Miss Dicker wird Ihre Zeugnisse und so weiter überprüfen und Sie vereidigen.«

Sie bekam also den Job? War es so?

»Natürlich«, sagte er. »Sie hatten den Job schon, bevor Sie durch die Tür gekommen sind, Miss Armstrong. Ich musste nur die richtigen Fragen stellen. Um mich zu vergewissern, dass Sie ehrenwert und aufrichtig sind. Und so weiter.«

Aber ich will den Job nicht, dachte sie. »Ich wollte eigentlich zur Britischen Armee«, sagte sie dreist. Er lachte, wie man über ein Kind lacht, und sagte: »Sie werden Ihrem Land im Krieg nützlicher sein, wenn Sie bei uns arbeiten, Miss Armstrong.«

Später erfuhr sie, dass Miles Merton (so lautete sein ganzer Name) *alles* über sie wusste – mehr als sie selbst –, einschließlich jeder Lüge und Halbwahrheit, die sie ihm während des Vorstellungsgesprächs auftischte. Es schien nicht wichtig zu sein. Ja, sie glaubte sogar, dass es irgendwie half.

Anschließend war sie ins Lyons Corner House in der Lower Regent Street gegangen und hatte einen Schinkensalat mit gekochten Kartoffeln bestellt. Sie hatten immer noch guten Schinken. Nicht mehr lange, vermutete sie. Der Salat schien eine kärgliche Wahl, wenn sie sowieso alle bald im Krieg verhungern sollten, deswegen bestellte sie außerdem Tee und zwei Zuckerbrötchen. Sie musste feststellen, dass das Orchester bereits vom Krieg dezimiert war.

Dann ging sie zur National Gallery. Da sie sich gerade an Vermeer erinnert hatte, wollte sie seine beiden Bilder anschauen, die sich dort befanden, doch alle Gemälde waren evakuiert worden.

Am nächsten Morgen erhielt sie ein Telegramm mit der Bestätigung »des Postens« – die Ausdrucksweise war noch immer mysteriös vage – und der Anweisung, am nächsten Tag um neun Uhr morgens an der Bushaltestelle gegenüber dem Naturhistorischen Museum zu warten. Das Telegramm trug die Unterschrift »Raum 055«.

Nachdem sie, wie angewiesen, zwanzig Minuten – bei unerbittlichem Wind – gewartet hatte, fuhr ein einstöckiger Bedford-Bus vor. Auf der Seite stand »Highland-Tours«, und Julia dachte, herrje – würden sie nach Schottland fahren, und hätte es ihr nicht jemand sagen sollen, damit sie einen Koffer hätte packen können?

Der Fahrer öffnete die Tür und rief ihr zu: »MI5, Schätzchen? Steig ein.« So viel zur Geheimhaltung, dachte sie.

Die Bus hielt mehrmals an, um weitere Leute aufzunehmen, zwei junge Männer mit Bowler-Hüten, aber überwiegend Mädchen – Mädchen, die aussahen, als hätten sie gerade eine Benimmschule oder doch tatsächlich die St-James's-Sekretärinnenschule absolviert.

»Debütantinnen – verdorben, die ganze Bande«, sagte das Mädchen auf dem Platz neben ihr ziemlich laut. Sie war ein Schwan, blass und elegant. »Willst du eine Fluppe?«, fragte sie. Ihre eigene Sprechweise war so affektiert wie die einer Debütantin, kehlig und verraucht, wohl wahr, dennoch verriet sie das unverwechselbare Timbre der Oberklasse. Sie hielt ihr die Zigarettenschachtel hin, doch Julia schüttelte den Kopf und sagte: »Nein, danke. Ich rauche nicht.«

»Noch nicht«, sagte das Mädchen. »Da kannst du auch jetzt gleich anfangen und es hinter dich bringen.« Auf der Schachtel befand sich ein goldenes Wappen, und, noch außergewöhnlicher, auf jede Zigarette war ebenfalls ein winziges Wappen geprägt. »Morlands«, sagte das Mädchen, zündete eine Zigarette an und zog heftig daran. »Papa ist ein Herzog. Sie machen sie extra für ihn.«

»Meine Güte«, sagte Julia. »Ich wusste nicht, dass sie so was tun.«

»Ich weiß. Verrückt, oder? Ich heiße übrigens Clarissa.«

»Julia.«

»So ein Pech. Ich wette, sie fragen dich immer, wo dein Romeo ist. Mein Name stammt aus einem bescheuerten schrecklichen Roman.«

»Und hast du eine Schwester, die Pamela heißt?«, fragte Julia neugierig.

»Ja!« Clarissa brüllte vor Lachen. Sie hatte ein dreckiges Lachen trotz ihres blauen Bluts. »Woher weißt du das? Du musst eine der ganz Schlauen sein. Bücher sind so eine Zeitverschwendung«, fuhr sie fort. »Ich verstehe überhaupt nicht, warum die Leute so ein Theater drum machen.« Sie legte den Kopf in den Nacken und atmete einen bewundernswert langen dünnen Rauchfaden auf eine Weise aus, die Rauchen plötzlich zu einer Verlockung machte. »Inzucht«, sagte sie und deutete auf ein rothaariges Mädchen, das unsicher den Gang entlangschwankte – der Fahrer schien zu glauben, er wäre auf der Rennstrecke von Brooklands.

Das rothaarige Mädchen trug ein hübsches, hell apfelgrünes Twinset, das eindeutig aus einem teuren Geschäft stammte und nicht handgestrickt war. Julias Pullover – kirschrotes Perlmuster – war von ihrer Mutter gestrickt, und sie fühlte sich peinlich hausbacken im Vergleich zu den anderen Mädchen. Das Mädchen mit dem blassgrünen Twinset trug auch Perlen. Natürlich. Eine rasche Inventur des Wagens veranlasste Julia zu der Schlussfolgerung, dass sie wahrscheinlich das einzige Mädchen ohne Perlen war.

»Ihre Mutter ist eine Hofdame der Königin«, murmelte Clarissa und deutete mit ihrer Zigarette auf das Mädchen im blassgrünen Twinset. Sie rückte näher an Julia und flüsterte ihr ins Ohr: »Gerüchteweise –«, doch in diesem Augenblick schlingerte der Bus um eine Kurve, und alle Mädchen kreischten vor fröhlicher Angst. »Ein Bus!«, rief jemand. »Zum Totlachen!«

Das Mädchen im apfelgrünen Twinset war dank des abrupten Manövers auf einem fremden Schoß gelandet und schrie wie alle anderen vor Lachen.

»Verflucht seien alle ihre Häuser«, murmelte Clarissa.

»Aber du gehörst doch auch dazu«, sagte Julia.

Clarissa zuckte die Achseln. »Vierte Tochter eines Herzogs – das zählt kaum mehr.« Sie blickte Julia in die Augen und lachte. »Ich weiß, ich klinge wie eine verwöhnte Göre.«

»Bist du eine?«

»Oh, absolut. Nimm eine Fluppe. Ich weiß, wir werden gute Freundinnen.«

Julia nahm eine Zigarette aus der heraldischen Schachtel, und Clarissa zündete sie mit ihrem Feuerzeug an, das natürlich golden war. »Na also«, sagte sie und lachte, »der Anfang ist gemacht.«

»Da sind wir, meine Damen und Herren«, rief der Busfahrer. »Die Kutschfahrt ist vorbei, hier treten Sie Ihre Strafe an – alle aussteigen!«

Der Bus spuckte die ziemlich verdatterte Gruppe vor dem Haupttor eines Gefängnisses aus. Der Fahrer hämmerte gegen eine kleine beschlagene Holztür neben dem Tor. »Wieder eine Fuhre für euch!«, schrie er, und die Tür wurde von einem unsichtbaren Wächter geöffnet.

»Wormwood Scrubs?«, sagte Julia verwirrt zu Clarissa. »Hier sollen wir *arbeiten?*« Es bestand keine große Gefahr, dass hier das Thema Malerei sein hässliches Haupt erheben würde, dachte sie.

Clarissa trat ihre Zigarette unter den teuren Schuhen aus (»Ferragamo – willst du sie? Du kannst sie haben«) und sagte: »Papa hat schon immer gemeint, dass ich hinter Gittern landen würde.«

Und so begann Julias Karriere beim Geheimdienst.

Das Scrubs, wie es allgemein genannt wurde, war chaotisch, voller Leute, die völlig ungeeignet waren für die anstehende Arbeit. Der MI5 rekrutierte eine enorme Anzahl neuer Leute, vor allem Mädchen für die »A«-Abteilung, das hieß für die Verwaltung. Insbesondere die Debütantinnen waren nicht zu gebrauchen. Ein paar von ihnen hatten Picknickkörbe dabei und aßen auf der Wiese zu Mittag, als wären sie bei der Henley-Regatta. In manchen Blocks waren noch Häftlinge untergebracht, die darauf warteten, verlegt zu werden. Julia fragte sich, was sie von den hübschen Mädchen, die an Hähnchenkeulen knabberten, halten würden, sollten sie das Pech haben, sie zu sehen. Die Spreu würde bald vom Weizen getrennt werden, nahm Julia an. Das Gesinde würde diesen Krieg gewinnen, dachte sie, nicht die Mädchen mit den Perlen.

Sie wurde zur Registratur eingeteilt – ein Ort, an dem Unzufriedenheit schwelte – und verbrachte die Tage überwiegend damit, gelbbraune Mappen von der Schublade eines Aktenschranks in eine andere zu bewegen oder die zahllosen Karteikarten nach einem undurchsichtig obskuren System herumzuschieben.

Und doch hatten sie jeden Abend großen Spaß, nachdem sie aus dem Gefängnis geflüchtet waren. Clarissa war eine wahre Freundin (vielleicht ihre erste) trotz der goldenen Wappen und der Honorigkeit. Sie gingen fast jeden Abend zusammen aus, stolperten während der Verdunkelung durch die Straßen – Julia war voller blauer Flecken aufgrund der nächtlichen Zusammenstöße mit Briefkästen und Lampenmasten. Das Four Hundred, das Embassy, das Berkeley, das Milroy, der Ballsaal des Astoria – die Möglichkeiten, sich während eines Kriegs zu amüsieren, waren unerschöpflich. Sie wurden über brechend volle Tanzflächen geschoben von Männern in unterschiedlichen Uniformen – Verehrer, kurzlebig wie Eintagsfliegen, deren Gesichter sich zu merken kaum die Mühe lohnte.

In der Park Lane war ein Kaffeestand, an dem sie auf dem Heimweg in den frühen Morgenstunden haltmachten, und manchmal gingen sie überhaupt nicht ins Bett, sondern zum Frühstücken in ein Lyons – Porridge, Speck und gebratenes Brot, Toast und Orangenmarmelade und eine Kanne Tee für einen Shilling und sechs Pennys – und anschließend direkt in die Scrubs, um von vorn anzufangen.

Dennoch war es eine Erleichterung gewesen, dass Perry Gibbons sie gestern angesprochen hatte, als sie mit Clarissa in der Kantine zu Mittag aß. Die Kantine hatte zuvor die Gefängnisinsassen bekocht, und Julia argwöhnte, dass sich das schlechte Essen nicht verändert hatte. Sie aßen gerade ein Haschee mit Hautgout, als er sie plötzlich von oben anlächelte. »Miss Armstrong, bleiben Sie sitzen. Ich bin Perry Gibbons. Ich brauche leider ein Mädchen.«

»Tja«, sagte Julia vorsichtig. »Ich bin vermutlich ein Mädchen.«

»Gut! Dann kommen Sie bitte nach dem Essen in mein Büro. Wissen Sie, wo es ist?«

Julia hatte keine Ahnung, aber seine angenehm tiefe und souveräne Stimmlage ließ sowohl auf Freundlichkeit als auch auf unanfechtbare Autorität schließen, die perfekte Kombination bei einem Mann – jedenfalls in den Liebesromanen, die ihre Mutter so gemocht hatte –, sodass sie prompt »Ja, Sir« sagte.

»Ausgezeichnet. Dann bis gleich. Keine Eile, guten Appetit.« Er neigte den Kopf in Clarissas Richtung und sagte: »Miss Marchmont.«

»Wer *war* das?«, fragte Julia.

»Der berühmte Peregrine Gibbons. Er leitet das B5b – oder ist es das Bc1? Es ist schwer, den Überblick zu behalten, ›Kontersubversion‹.« Clarissa lachte. »Ich glaube, du bist gepflückt worden.«

»Das klingt unangenehm.«

»Wie eine Rose«, beschwichtigte Clarissa sie. »Eine schöne unschuldige Rose.«

Julia konnte sich nicht vorstellen, dass eine Rose unschuldig war. Oder auch schuldig.

»Und hier ist die versteckte Trickkiste«, sagte Perry Gibbons und öffnete eine Tür in der Wohnung am Dolphin Square, um den Blick freizugeben nicht etwa auf Zauberei, sondern auf ein weiteres kleineres Schlafzimmer, in dem sich ein Sortiment Aufnahmegeräte und zwei Männer befanden, die in dem beengten Raum gerade übereinanderkletterten, um es zu installieren. Um genau zu sein, ein Mann und ein Junge. Der Mann – Reginald Applethwaite (»Nicht leicht auszusprechen, nennen Sie mich Reg«) – war von der Postforschungsstelle in Dollis Hill. Auch der Junge, Cyril Forbes, ein junger Ingenieur, arbeitete dort. Cyril (reimt sich auf Persil, dachte Julia) sollte die Geräte betätigen, wann immer sich die Fünfte Kolonne in der Nachbarwohnung traf.

»RCA Victor Modell MI-12700«, sagte Reg stolz und deutete mit der Begeisterung eines Entertainers auf die Aufnahmegeräte.

»Es ist ein amerikanisches Fabrikat«, fügte Cyril schüchtern hinzu.

»Wie es in Trent Park benutzt wird«, sagte Perry Gibbons. »Dem Verhörzentrum«, erklärte er, als Julia ihn verständnislos ansah. »Ich glaube, Merton arbeitet dort manchmal. Er hat Sie rekrutiert, oder?«

»Mr Merton? Ja.« Sie hatte Miles Merton seit dem Vorstellungsgespräch nicht mehr gesehen. *(Ich musste nur die richtigen Fragen stellen.)*

Sowohl Reginald als auch Cyril waren ganz wild darauf, mit ihren technischen Fähigkeiten anzugeben, und bombardierten sie mit Informationen über die Aufnahmegeräte – *Schneidkopf-Float-Stabilisator ... Styrolmembran ... bewegliches Spulenelement ... druckgesteuert ... Stahl- und Saphiraufnahmenadeln* –, bis Perry Gibbons auf etwas gezwungene Weise lachte (Lachen schien seiner Natur nicht zu entsprechen) und sagte: »Genug, meine Herren. Wir wollen Miss Armstrong nicht überwältigen, sie ist als Schreibkraft hier, nicht als Ingenieurin.«

Die Wände waren schallisoliert, erklärte er, als er sie in die Nachbarwohnung führte. Reginald und Cyril folgten ihnen auf den Fersen und plapperten dabei frohgemut über »Direktschnitt-Schallplatten« und »88A-Mikrofone«.

Die Wohnung war symmetrisch angelegt zu der, die sie gerade verlassen hatten, als wären sie durch einen Spiegel gegangen. Der mit Herbstlaub gemusterte Teppich, die unauffällige Harlequin-Tapete – es war sogar das gleiche Rosenspaliermuster, das ihre Mutter für die Wohnzimmerwände in Kentish Town ausgesucht hatte. Der unerwartete Anblick versetzte Julias Herz einen Stich.

»Verwanzt!«, sagte Cyril.

»Die Mikrofone sind in den Mauern«, erklärte Reg.

»In den Mauern?«, sagte Julia. »Wirklich?«

»Man sieht nicht, dass da was drin ist, stimmt's?«, sagte Reg und klopfte an die Wand.

»Himmel, nein«, sagte Julia beeindruckt.

»Gut, was, Miss?«, sagte Cyril und grinste sie an. Er wirkte unglaublich jung, als würde er noch in den Kindergarten gehen. Julia sah ihn im Pausenhof vor sich, schmutzige Knie, die grauen Socken auf die Knöchel hinuntergerutscht, eine Kastanie wurfbereit in der Hand.

Reg lachte und sagte: »Er ist ein kleiner Charmeur, nicht wahr?«

Cyril wurde knallrot und sagte: »Hören Sie nicht auf ihn, Miss.«

»Sperren Sie Ihre Töchter besser ein, Mr Gibbons«, sagte Reg.

»Ich habe leider keine.« Peregrine Gibbons lachte, erneut etwas steif. (Würde er sie einsperren, wenn er welche hätte?, fragte sich Julia.) Er lächelte Julia an, als wollte er sich für etwas entschuldigen – seine Unbeholfenheit vielleicht. Er hatte ein schönes Lächeln. Er sollte öfter lächeln, dachte Julia.

»Er gilt innerhalb des Dienstes als kleiner Rebell«, erklärte ihr Clarissa am Abend bei Drinks im Four-Hundred-Club. »Ich habe mich für dich über Perry kundig gemacht.« Unter seine vielfältigen Talente fielen offenbar auch sehr clevere Kartentricks – er war Mitglied im Magic Circle –, er sprach Suaheli (Wozu war das gut?, fragte sich Julia. Außer man war Suaheli, natürlich) und spielte auf »nahezu« professionellem Niveau Badminton. »Außerdem ein begeisterter Naturfreund, und er hat in Cambridge Altphilologie studiert.«

»Wer hat das nicht?«, wandte Hartley ein.

»Ach, halt den Mund, Hartley«, sagte Clarissa.

Hartley – sein Vorname war Rupert, aber Julia hatte noch nie gehört, dass ihn jemand so nannte – hatte sich einen Weg in ihre Gesellschaft gerempelt. »Oh, nicht schon wieder Hartley«, hatte Clarissa gesagt, als sie sah, wie er sich durch die Menge zu ihrem Tisch drängelte. »Er ist so ein Rüpel.«

Er hatte sich gesetzt und prompt zwei Runden Cocktails bestellt, die im Abstand von zehn Minuten serviert werden sollten. Hartley war ein Trinker, das war es letztlich, was ihn ausmachte. Er war bemerkenswert unattraktiv, mit struppigem dunkelrotem Haar und fleckigen Sommersprossen im Gesicht und auf den Händen (und vermutlich auch sonst überall, doch es war unerträglich, darüber nachzudenken), sodass man meinen konnte, unter seinen Vorfahren müsste eine Giraffe sein.

»Er spielt gern den Dummen«, hatte Clarissa ihr erzählt, »aber tatsächlich ist er scharfsinnig. Er hat natürlich ein *entrée* in die Gesellschaft – sein Vater sitzt im Kabinett.« Oh, *der* Hartley, dachte Julia. Er war via Eton, Cambridge und die BBC – ein ausgetretener Pfad – zum MI5 gekommen.

»Also, prost«, sagte Hartley und trank sein Glas auf einen Zug aus. »Gibbons ist ein komischer Kauz. Alle reden davon, dass er ein

Universalgelehrter ist, aber manchmal kann man auch *zu* viel wissen. Er ist unglaublich dröge. Ich würde mich nicht wundern, wenn er unter dem vielen Tweed ein härenes Hemd trägt.«

»Jedenfalls viel Glück mit ihm«, sagte Clarissa zu Julia. »Die Mädchen in den Scrubs finden, dass er SA hat.«

»SA?«

»Sex-Appeal!«, sagte Hartley und schnaubte. (Ihm war SA aufgrund eines bösen Zaubers bei der Geburt verweigert worden.)

Sex war ein Thema, das Julia noch weitgehend ein Rätsel war. Ihre *éducation sexuelle* (es war leichter, sich etwas Französisches darunter vorzustellen) war beklagenswert lückenhaft. In der Schule hatten sie im Hauswirtschaftsunterricht Diagramme des häuslichen Rohrleitungssystems gezeichnet. Es war ein sinnloses Fach – wie deckt man ein Teetablett, wie ernährt man einen Invaliden, worauf ist beim Fleischkauf zu achten (Rindfleisch sollte »mit Fett marmoriert« sein). Um wie viel nützlicher wäre es gewesen, wenn sie Unterricht in Sex gehabt hätten.

Und die Liebesromane ihrer Mutter waren auch keine Hilfe gewesen mit ihrer endlosen Parade von Scheichs und Ölbaronen, in deren Armen Frauen regelmäßig in Ohnmacht sanken. Dieselben Frauen neigten auch dazu, in entscheidenden Augenblicken »dahinzuschmelzen«, doch dabei fiel Julia stets die Hexe im *Zauberer von Oz* ein, und das konnte wohl kaum beabsichtigt sein.

»Und Gibbons kann überhaupt keinen Small Talk«, sagte Hartley. »Das macht die Leute misstrauisch. Der Dienst wird mit Small Talk betrieben. Kein Wunder, dass er sich am Dolphin Square abschottet.«

»Wird Ihr Agent hier wohnen?«, fragte Julia und fuhr selbstvergessen eine Rose und ein Spalier mit dem Finger nach.

»Godfrey? Um Gottes willen, nein«, sagte Perry. »Godfrey lebt in Finchley. Bis jetzt haben sich unsere ›Spione‹ nur ad hoc getroffen – in Pubs, Restaurants und so weiter. Sie glauben, dass insgeheim die deutsche Regierung für diese Wohnung bezahlt, damit sie sich hier mit ihrem ›Gestapo-Agenten‹ treffen können. Ein sicherer Ort.«

Es gab einen Schreibtisch und ein Telefon und vier bequeme

Sessel um einen Beistelltisch vor dem Kamin. Jede Menge Aschenbecher. An der Wand hing ein Porträt des Königs.

»Werden die Informanten das nicht für komisch halten?«, fragte Julia.

»Es zeugt von einer gewissen Ironie, nicht wahr, aber sie werden glauben, dass es zur Tarnung gehört.«

Er blickte auf die Uhr und sagte: »Godfrey wird gleich hier sein, er will die Wohnung inspizieren. Die ganze Operation hängt von ihm ab, wissen Sie.«

Sie kehrten in »ihre« Wohnung zurück, und Perry sagte: »Warum machen Sie uns allen nicht eine Tasse Tee, Miss Armstrong?« Julia seufzte. In den Scrubs war sie zumindest niemandes Dienstmädchen gewesen.

Es klopfte leise an der Tür, und Perry Gibbons sagte: »Ah, da ist er ja – absolut pünktlich. Man kann die Uhr nach Godfrey stellen.«

Julia erwartete eine stramme Erscheinung, jemanden wie den Romanhelden Bulldog Drummond, deswegen war sie einigermaßen enttäuscht über die unauffällige Gestalt, die die Wohnung betrat. Mit seinem verbeulten Filzhut und dem alten Trenchcoat strahlte Godfrey Toby etwas leicht Abgenutztes aus. Er trug einen Stock, Walnuss, mit silbernem Knauf, ein Beiwerk, das in der Hand eines anderen Mannes vielleicht affektiert ausgesehen hätte, doch bei ihm wirkte es ganz natürlich. Es verlieh ihm ein flottes, nahezu chaplineskes Auftreten – was vermutlich nicht seinem Charakter entsprach. (»Man sollte meinen, mit einem Regenschirm wäre er besser beraten«, sagte der stets praktische Cyril später zu ihr. »Er braucht keinen Stock, er hat nichts mit den Beinen, oder? Und ein Stock nützt nicht viel, wenn es regnet, oder, Miss?«)

Godfrey wurde Reg und Cyril und schließlich Julia vorgestellt, die in der Küche mit dem Teetablett kämpfte (Milchkännchen oben rechts, Zuckerdose unten links gemäß dem Hauswirtschaftsunterricht).

Die Falle wurde noch einmal durchgegangen, und dann wurde Cyril nach nebenan geschickt, damit Reg den Aufnahmeprozess vorführen konnte. Cyril – der offenbar nicht so schüchtern war, wie er aussah – schmetterte die *Böhmische Polka* mit so viel Gusto und Ausdauer, dass Julia ihm nachgeschickt wurde, um ihn zu bitten, damit aufzuhören.

»Wir könnten ihn statt der Panzer schicken«, sagte Reg. »Er würde Hitler Angst einjagen.«

Dann wurde Julias Rolle erklärt. Godfrey Toby hörte über die Kopfhörer die Aufnahme des singenden Cyril ab. (»Die ganze Bande ist da!«, schloss er gerade mit einem stürmischen Fortissimo.) »Dann tippt Miss Armstrong, was sie hört«, sagte Peregrine Gibbons – Julia drückte höflich auf ein paar Tasten der Imperial, um es zu demonstrieren –, »und auf diese Weise haben wir eine Abschrift all dessen, was nebenan gesagt wurde.«

»Ja, ja, ich verstehe«, sagte Godfrey. Er stellte sich neben Julia und las, was sie getippt hatte. »Die ganze Bande ist da«, sagte er. »Sehr passend.«

»Jetzt müssen wir nur noch auf unsere Gäste warten«, sagte Peregrine Gibbons. »Und dann fängt die eigentliche Arbeit an.«

Perry, Godfrey, Cyril, Julia. *Die ganze Bande ist da*, dachte sie.

»Du arbeitest also mit dem alten Toby«, sagte Hartley. Sie hatten ihn im Café de Paris getroffen. Er erwies sich als gnadenlos unvermeidbar.

»Mit wem?«, fragte Clarissa.

»Godfrey Toby«, sagte Julia. »Kennst du ihn?« Clarissa schien alle zu kennen.

»Nein, ich glaube nicht. Meine Mutter hat immer gesagt, Männern mit zwei Vornamen soll man nicht trauen.«

Es schien eine willkürliche Faustregel, obwohl Julias eigene Mutter immer vor Männern mit blauen Augen gewarnt hatte. Vielleicht hatte sie vergessen, dass sie Julia einmal erzählt hatte, ihr Vater, der Matrose, habe Augen gehabt »so blau wie das Meer«, in dem er schließlich versunken war.

»Und was genau«, fragte Hartley, »tut der alte Toby?«

»Ich darf nicht über die Operation sprechen«, sagte Julia geziert.

»Ach, wir sind doch alle Freunde, oder?«

»Sind wir das?«, murmelte Clarissa.

»Er ist ein Rätsel, dein Toby«, sagte Hartley. »Niemand weiß, was er die ganzen Jahre gemacht hat. ›Das große Rätsel.‹ So wird er hinter seinem Rücken genannt.«

»Das große Rätsel?«, sagte Julia. Es klang wie eine Varieténummer.

»Godfrey Toby ist ein Meister der Vertuschung«, sagte Hartley. »Es ist leicht, sich in seinem Nebel zu verirren. Sollen wir noch eine Runde bestellen? Du hattest einen Gimlet, oder?«

DOLLY IST DA

- 1 -

J. A.

22.03.1940

1. PROTOKOLL

18.00 Ankunft. GODFREY, TRUDE und BETTY anwesend.

Small Talk und Kommentare zum Wetter.

GODFREY kommentiert BETTYS Erkältung (die zu einem bedauernswerten Verlust der Stimme führte).

Kurzes Gespräch über eine Freundin von BETTY namens PATRICIA (oder LAETITIA?), die in der Nähe der Docks in Portsmouth lebt, und wie das nützlich sein könnte.

TRUDE. Eine Freundin von uns?
BETTY. Sie neigt sehr zu unserer Denkweise. Ich habe
ihr geraten, einen Job in einem Pub zu suchen. Sie hat
mal in einem Pub gearbeitet, sie hat Erfahrungen gemacht, als sie in Guildford war.
TRUDE. Die Pubs in Portsmouth sind voller Matrosen.
GODFREY. Ja, ja.
TRUDE. Und Hafenarbeiter. Ein paar Bier, und sie erzählen dir wahrscheinlich alles.
BETTY. Flottenbewegungen (?) und so weiter.

Es klingelt an der Tür. GODFREY verlässt den Raum, um zu öffnen. Große Unruhe im Flur.

BETTY. (flüstert, teilweise unverständlich) Was glauben Sie, dass die Gestapo für die Wohnung bezahlt?
TRUDE. Mindestens drei Guineas pro Woche, denke ich. Ich habe Anzeigen dafür gesehen. (vier oder fünf Wörter unverständlich wegen BETTYS Husten)
GODFREY kehrt mit DOLLY zurück.

GODFREY. Dolly ist da.

Kurzes Gespräch über das Wetter. Ein paar abfällige Bemerkungen über das Porträt des Königs an der Wand.

GODFREY. Wie geht es NORMA? (NORMAN?)
DOLLY. Wie immer. Keine große Hilfe für uns, glaube ich. Sie heiratet an Ostern. CAPTAIN BARKER.
GODFREY. Und er ist gegen ...?
DOLLY. Ja. In Virginia Water. Sie sehen kränklich (?) aus.
BETTY. Es liegt an dem vielen Husten (??) und dem Druck (??)

Oder vielleicht dachte Betty daran, dass sie sich einen Ruck geben sollte. Oder den Stuck ausbessern. Ach, sprecht doch deutlich, dachte Julia verärgert. Sie waren so ein Haufen Nuschler, und Bettys blöde Erkältung machte es noch schlimmer. Die Hälfte der Zeit ergab das, was sie sagten, überhaupt keinen Sinn, und außerdem redeten immer alle gleichzeitig (höchst ärgerlich!). Julia war erleichtert, dass Godfrey im Gegensatz zu seiner gezähmten Fünfte-Kolonne-Bande klar und deutlich sprach. Sein Tonfall war angenehm, mehr ein Tenor als ein Bariton mit einer leisen Spur von etwas anderem – Schottisch vielleicht, sogar Kanadisch hätte man vermuten können, obwohl er aus Bexhill war. Seine Stimme war sanft, wohlklingend, und wäre sie ihm nie begegnet, hätte sich Julia jemanden wie den Schauspieler Robert Donat vorgestellt.

Julia betätigte den Hebel, der die Nadel von der Platte hob, setzte die Kopfhörer ab, gähnte und streckte die Arme über den Kopf. Von der Anstrengung, sich zu konzentrieren, war ihr ein bisschen schlecht geworden. Es war noch eine Stunde bis zum Mittagessen, falls sie vorher nicht verhungern sollte. In ihrer Handtasche befand sich ein Ryvita-Cracker. Sollte sie ihn jetzt essen oder aufheben? Aufheben, entschied sie und fühlte sich ihrem gewöhnlichen Selbst überlegen, das schmählich zur Unmäßigkeit neigte.

Sie seufzte, setzte die Kopfhörer wieder auf und drückte auf den Hebel. Die Nadel traf kratzend auf die Platte, und Dolly sagte etwas, aber genau in diesem Augenblick nieste Betty (auf unnötig dramatische Weise nach Julias Ansicht). Oh, Gott, dachte Julia, die Finger auf den soliden Tasten der Imperial. Nicht schon wieder.

Sie beschloss, den Ryvita-Cracker doch zu essen.

»Unsere Nachbarn« nannte Cyril die Informanten, und die Bezeichnung blieb hängen; sogar von Perry hatte man sie schon gehört. Es war ein praktischer Begriff für die Kavalkade von Leuten, die seit einem Monat in die Wohnung am Dolphin Square kamen und von potenziellen Sympathisanten, von im Bau befindlichen RAF-Camps, von Standorten von Rekrutierungszentren erzählten – ganz zu schweigen von den endlosen Berichten über schlechte Moral und den allgemeinen Unwillen der Bevölkerung, sich in einen Krieg hineinziehen zu lassen. Eine Quelle der Bitterkeit, angezapft von Godfrey Toby.

Viel davon waren Gerüchte und Klatsch, doch gerade deswegen umso beunruhigender. Die Bereitschaft scheinbar ganz normaler Menschen, noch die nebensächlichste Information anzubringen, wenn sie glaubten, dass sie der Sache des Feindes diente. Die Hauptdarsteller in diesem Stück der Niedertracht waren Dolly, Betty, Victor, Walter, Trude und Edith. Jeder von ihnen berichtete über Myriaden andere, Fäden in einem missionarischen Netz des Verrats, das sich über das ganze Land erstreckte.

Godfrey höchstpersönlich hatte einen Zeitplan aufgestellt, in dem das voraussichtliche Kommen und Gehen der Nachbarn verzeichnet war. Er war vor allem für Cyril gedacht, damit er wusste, wann er am Dolphin Square sein musste, aber er half allen dabei, sich zu bestimmten Zeiten nicht blicken zu lassen. »Wir wollen nicht, dass sie unsere Gesichter kennen«, sagte Perry. »Wir müssen anonym bleiben. *Wir* sind die Nachbarn, soweit es sie betrifft.«

Godfrey erstattete den Informanten Transport- und Telefonkosten und lud sie zu Drinks und zum Essen ein. Trude allerdings erhielt ein Gehalt. Sie war eine verdrossene und kontrollsüchtige Norwegerin, seit vielen Jahren hier eingebürgert, und rekrutierte und spürte die meisten Sympathisanten auf. Sie schien in ganz Großbritannien Kontakte zu haben und dachte sich nichts dabei, nach Dover oder Manchester oder Liverpool zu fahren, um potenziellen Verbündeten auf den Zahn zu fühlen. Ihre Mutter war halb deutsch gewesen, und Trude hatte viele Ferien in Bayern verbracht. Sie hatte bei Siemens gearbeitet, wo Godfrey sie kennengelernt hatte (»Irgendeine Art Freizeitclub«, sagte Perry), und in gewisser Weise war sie die Urheberin der Godfrey-Operation.

Wie der erste Mensch, der Opfer des Schwarzen Todes wird, meinte Julia.

»Oder Eva«, sagte Perry, »und die Ursünde.«

»Ein bisschen unfair gegenüber Eva, Sir.«

»Irgendjemand muss schuld sein, Miss Armstrong. Leider sind Frauen und Juden immer die Ersten, die es trifft.«

Edith war in den Fünfzigern, arbeitete in einem Kleidergeschäft in Brighton und überwachte während ihrer täglichen Spaziergänge auf den Klippen den Ärmelkanal. Walter war ein eingebürgerter Deutscher, der als Angestellter für die Great Western Railway arbeitete und viel über Gleise, Züge und Fahrpläne wusste. Victor war Mechaniker in einer Flugzeugfabrik. Wegen dieser beiden machte sich Perry die meisten Sorgen, da sie Zugang zu Blaupausen »und so weiter« hatten – »Sabotage macht uns die größte Angst«.

Betty und Dolly, alte Kameradinnen aus der British Union of Fascists, verhielten sich in Godfreys Gegenwart wie Glucken, gackerten besorgt über seine Gesundheit und die Belastung durch die unablässigen Forderungen, die das Dritte Reich an ihn stellte. Betty war in ihren Dreißigern und verheiratet mit einem Mann namens Grieve, den sie voller Leidenschaft nicht zu mögen schien.

Dolly, fünfundvierzig, war eine widerwillige alte Jungfer und arbeitete in einer großen Wäscherei in Peckham, die Uniformen reinigte. Sie glaubte, vom Bringen und Abholen dieser Uniformen auf die Stationierung von Truppen in Südostengland schließen zu können. (»Die Frau ist ein Dummkopf«, sagte Perry.)

Dolly brachte oft ihren Hund zu den Treffen mit, einen kläffenden Köter, der sich auf die Kunst verstand, in entscheidenden Momenten zu bellen, wodurch die Gespräche der Informanten noch unverständlicher wurden. Der Hund hieß Dib. Betty, Dolly und Dib, eine Varieténummer, dachte Julia. Eine besonders armselige.

Julia erkannte sie an ihren Stimmen, nicht an ihren Gesichtern. Trudes skandinavischer Singsang, Victors dicker Geordie-Dialekt, Bettys Hausfrauengenörgel. Godfrey war stets darauf bedacht, jede Person, die die Wohnung betrat, vorzustellen, ein Zeremonienmeister, der die Bühnenauftritte ankündigte. »Hallo, Dolly – wie geht es Ihnen heute Abend?« oder »Ah, da ist Victor«. Doch eigentlich musste er das nicht, da Julia schnell lernte, sie zu erkennen.

»Sie haben ein sehr gutes Ohr«, lobte sie Perry.

»Ich habe zwei Ohren, Sir.« Ich bin zu unernst für seinen Geschmack, dachte Julia. Das erlegte ihr eine größere Verantwortung auf als ihm. Flapsig zu sein erforderte mehr Arbeit, als ernst zu sein. Vielleicht konnte Perry ihren Charakter allmählich richtig einschätzen und fand ihn mangelhaft.

Er war in letzter Zeit ziemlich gereizt gewesen, kam und ging ständig, war unterwegs nach Whitehall, St James's und in die Scrubs. Manchmal nahm er sie mit und stellte sie als seine »rechte Hand« vor (obwohl er, wie sie bemerkt hatte, Linkshänder war). Sie war auch sein »Mädchen für besondere Fälle« und hin und wieder seine »unverzichtbare Adjutantin, Miss Armstrong«. Er schien sie als recht frühreifes Kind zu betrachten (oder als einen besonders schlauen Hund), doch meistens war sie einfach ein Mädchen, und noch dazu ein unsichtbares.

Er hatte sie eingeladen, ihn zu Drinks in der Admiralität zu begleiten. »Kollegen«, sagte er, »aber auch Frauen werden dort sein, vor allem Ehefrauen.«

Die Party erwies sich als sedierte Angelegenheit, und Julia hatte den Eindruck, dass sie vorgeführt wurde wie ein Accessoire oder vielleicht eine Kuriosität.

»Sie sind ein schlauer alter Hund, Gibbons«, hörte sie einen Mann ihm ins Ohr flüstern. »Sie haben also doch eine kleine Flamme. Wer hätte das gedacht.«

Perry schien unbedingt zu wollen, dass sie erfuhr, wer wer war. »Das da drüben am Fenster ist Alleyne.«

»Alleyne?«, sagte sie. Sie hatte den Namen gehört. Er trat auf wie jemand, der wusste, dass er attraktiv war.

»Oliver Alleyne«, sagte Perry. »Er ist einer von uns. Und ehrgeizig«, fügte er bedauernd hinzu – Perry war nicht jemand, der Ehrgeiz schätzte. Oder gutes Aussehen bewunderte. »Seine Frau ist Schauspielerin.« Er ließ es anrüchig klingen.

Er ist altmodisch, dachte Julia. Schrecklich rechtschaffen. Sie würde seine Standards zweifellos nie erfüllen.

»Und das ist natürlich Liddell«, fuhr er fort. »Im Gespräch mit Ihrem Freund Merton.«

»Er ist wohl kaum mein Freund«, widersprach Julia. »Eher mein spanischer Inquisitor.« *(Sie müssen sich entscheiden. Jemand hält Ihnen eine Pistole an den Kopf.)* Miles Merton sah sie auf beunruhigende Weise an, grüßte sie jedoch nicht, und sie wandte sich ab.

»Eine etwas machiavellistische Gestalt«, murmelte Perry. »Wenn ich Sie wäre, würde ich ihm nicht trauen.«

»Ich bin zu unwichtig für ihn, um mich überhaupt zu bemerken.«

»Je unwichtiger, desto besser für Merton.«

Als sie noch einmal schaute, war Merton verschwunden.

»Das da drüben ist Hore-Belisha«, erklärte Perry weiter, »er spricht gerade mit Hankey – dem Minister ohne Ressort.« (»Hanky-panky«, Techtelmechtel, nannte ihn Hartley. Natürlich. Hartley war hoffnungslos kindisch.) Was für ein alberner Titel, dachte Julia, als hätte er sein Ressort in irgendeiner U-Bahn liegen lassen. Sie nahm an, dass diese Männer nicht mit der U-Bahn fuhren, sie hatten alle Wagen und Chauffeure, organisiert von Hartleys armer überarbeiteter Sekretärin – Hartley war zuständig für den Fahrdienst, mehr aufgrund seiner Leidenschaft für Autos als seiner Beschlagenheit in der Sache.

»Und das ist natürlich Halifax, der Außenminister«, fuhr Perry (unerbittlich) fort, »und dort neben der Tür ... das ist ...« Er ist Erzieher, dachte Julia, und sie war derzeit seine Schülerin. Das entsprach seinem Charakter. Was für eine Verschwendung für einen attraktiven Mann.

Oder vielleicht war er Landwirt, und sie war sein Feld, das darauf wartete, gepflügt und eingesät zu werden. Der Gedanke war ziemlich *risqué* und ließ sie erröten. Er war unglaublich erwachsen (achtunddreißig) und daher um vieles weltläufiger als die unerprobten Flieger und Soldaten, die für gewöhnlich ihre Beaux waren. Julia wartete darauf, von ihm verführt zu werden. Von irgendjemandem, aber vorzugsweise von ihm. Die Wartezeit schien sich hinzuziehen.

»Alles in Ordnung, Miss Armstrong? Sie sind etwas rot im Gesicht.«

»Es ist ziemlich heiß hier, Sir.«

»Viele dieser Männer haben keinerlei Moral«, sagte er, als sie am Ende des Abends ihre Mäntel holten. »Sie sind verheiratet, und doch versteckt die Hälfte von ihnen irgendwo eine Geliebte.«

War das die Funktion, die sie für ihn erfüllen sollte?, fragte sich Julia. »Versteckt« am Dolphin Square, wie sie war. Aber was sollte sie sein – Ehefrau oder Geliebte?

Zweifellos waren nicht wenige zu dem Schluss gelangt, dass aufgrund ihrer Abgeschiedenheit im Nelson House etwas zwischen ihnen »laufen« musste, wohingegen er tatsächlich verwirrend zurückhaltend ihr gegenüber war. Er war der vollkommene Gentleman, und im Gegensatz zu den Handelsvertretern im Hotel in Fitzrovia machte er keinerlei Versuche zu fummeln – stattdessen führten sie in ihrem winzigen Büro einen unbeholfenen kleinen Tanz auf, um sich nicht zu berühren, als wäre Julia ein Schreibtisch oder ein Stuhl, und nicht ein Mädchen in den besten Jahren. Es schien, als hätte sie alle Nachteile einer Geliebten und keinen der Vorteile – wie Sex. (Sie wurde wagemutiger mit dem Wort, wenn auch nicht mit dem Akt.) Für Perry schien es genau umgekehrt zu sein – er hatte alle Vorteile, die eine Geliebte bot, und keinen der Nachteile. Wie Sex.

Abgesehen davon, dass sie Godfreys Gespräche mit den »Nachbarn« transkribierte, tippte sie auch seine Berichte über die Treffen, die meisterhaft präzise waren. Manchmal las er ihre Abschriften, um »sein Gedächtnis aufzufrischen«, obwohl Godfrey ein bemerkenswert gutes Gedächtnis zu haben schien und ständig die kleinen Ereignisse im Leben seiner Informanten verfolgte. (»Und wie geht es dem Marineoffizier, den Sie kennengelernt haben, Betty – Hodges heißt er, nicht wahr?« oder »Wie geht es der Mutter Ihrer Frau, Walter, Mrs Popper?«.)

Und natürlich stand Julia Perry für eigene Diktate und Abschriften zur Verfügung. Auch verbrachte sie viele öde Stunden damit, »Spionagefieber«-Berichte von Agenten im ganzen Land abzutippen. Sie hatten Leute befragt, die meinten, die Regierung unbedingt wissen lassen zu müssen, dass sie glaubten gesehen zu haben, wie ein Kontingent der Hitlerjugend mit Fahrrädern über die South Downs gefahren war. Oder dass ihre Nachbarin – eine »deutsch aussehende Frau« – die Windeln auf eine Weise zum Trocknen aufhängte, die auf »ein Signal« schließen ließ. Und natürlich all die üblichen Beschwerden über Leute, die einen Deutschen Schäferhund besaßen.

Julia tippte auch Perrys Tagebuch, nichts Persönliches, sondern nur Berichte über Treffen und Ereignisse. Führte er auch ein persönliches Tagebuch? Und wenn ja, was schrieb er? *(Ich finde Miss Armstrong tagtäglich attraktiver, aber ich muss der Versuchung widerstehen!)*

In letzter Zeit hatte er (ohne sie) eine Reihe Besprechungen in Whitehall gehabt, bei denen er sich offenbar nicht hatte durchsetzen können, und jetzt tippte sie neben Godfreys Berichten endlose Memoranden und Briefe und Tagebucheinträge, die seine Frustration dokumentierten – *Warum begreift AC immer noch nicht, dass ALLE ausländischen Einwohner interniert werden MÜSSEN?! Wir müssen nach der Maxime »Schuldig bis zum Beweis der Unschuld« arbeiten.* (Ziemlich heftig, fand Julia und dachte dabei an das Personal vom Moretti's.) *Es herrscht da ein altmodischer Liberalismus, der sich im Kabinett auszubreiten scheint – das wird tödlich enden! ... Der Justizminister will komplette Zensur in der Republik Irland einführen ... habe Rothschild im*

Athenaeum getroffen ... Justizminister wurde angeblich 38 von der Reichsabwehr rekrutiert, aber er ist immer noch im Amt! ... überall undichte Stellen ... bürokratische Unfähigkeit ... die Prostituierte LK hat bekanntermaßen eine Affäre mit Wilson im Außenministerium, und dennoch ... Selbstzufriedenheit ... Schusseligkeit ... Und so weiter. Und weiter.

Und weiter.

Und weiter.

Godfreys Gespräche nebenan – überwiegend einschläfernd banal – waren dagegen eine Erleichterung.

- 20 -

GODFREY. Und dieser Mann — Benson (Henson?)
BETTY. Er hat gesagt, dass er Mosley nicht besonders mag, er schien vor allem aus einer B.U.-Perspektive zu sprechen (vier Wörter unverständlich)
GODFREY. Ja, ich verstehe.

(Kekspause.)

GODFREY verlässt den Raum. Unverständliches Geflüster zwischen BETTY und TRUDE. GODFREY kommt zurück.

13. PROTOKOLL

BETTY. Chelmsford ist offenbar eine Brutstätte des Kommunismus geworden. MRS HENDRY (HENRY?) —
GODFREY. Die Schottin?
BETTY. Ja, sie arbeitet dort in einem Pub, dem Red Lion oder Three Lions, und sagt, dass der Besitzer — BROWN glaube ich —, sie sagt, dass er vom Premier Guaranteed Trust — einer jüdischen Firma — geneppt worden ist, zwei Pfund, fünfzehn Shilling, sechs Pennys für eine Flasche Whisky.

Gespräch nur teilweise verständlich aufgrund von Flüstern. Etwas über Leute, die streng jüdisch sind, etwas über die Britische Israel-Stiftung.

BETTY. Und es ist schwierig zu kontern, wenn Leute behaupten, dass die Deutschen damit angefangen haben, weil man dann nur die Aufmerksamkeit auf sich zieht.
TRUDE. Ich sage – ganz beiläufig – »Ich wünschte, es wären nicht wir gewesen, die den Krieg angefangen haben«. Dann sind sie für gewöhnlich still.
GODFREY. Hat sich an den Gefechtsstellungen an der Front von Broadstairs etwas verändert? (TRUDE war offenbar vor Kurzem an der Küste.)
TRUDE. Nein, sie sind mit drei oder vielleicht fünf Männern besetzt. (vier oder fünf Wörter unverständlich) Truppen von den Staffords, glaube ich.
GODFREY. Ja, ja, ich verstehe.

Unermüdlich gaben die Informanten halb gare Gedanken und Ideen von sich, und Godfrey saugte alles auf wie ein geduldiger Schwamm. Sie belasteten sich ununterbrochen selbst, während er fast nichts sagte. Mit seinen gelassenen Reaktionen (*Hm?* und *Ja, ja* und *Ich verstehe*) entlockte er ihnen auf wunderbare Weise alles; nicht so sehr ein *agent provocateur*, sondern ein *agent passif*, falls es so etwas überhaupt gab. (»Manchmal«, sagte Perry, »ist Schweigen die beste Waffe.«) Julia, und vielleicht nur Julia, begann, Godfreys Ungeduld zu spüren. Sie hatte gelernt, zwischen den Zeilen zu lesen. Wurden dort nicht die wichtigsten Dinge gesagt?

- 21 -

BETTY. Ich weiß nicht, wann ich kommen kann. Donnerstag oder Freitag.
GODFREY. Sie können hier anrufen.
TRUDE. Können Sie die unsichtbare Tinte mitbringen? Wenn möglich?

BETTY. Ja, ich wollte das andere Fläschchen zurückbringen.

GODFREY erklärte, dass die Tinte ziemlich selten war, und gab DOLLY dann ein paar unhörbare Anweisungen, wie sie zu benutzen war.
Gespräch unverständlich aufgrund von Papierrascheln.

(Zigaretten)

GODFREY. Werde ich Sie nächste Woche wiedersehen?
TRUDE. Die nächsten zwei Wochen nicht. Ich fahre nach Bristol. Ich werde bei dem Bauern vorbeischauen (drei Wörter unverständlich). Er hatte viel über Kitzbühel zu sagen (??)

(Allgemeines Gelächter)

Es folgte eine Diskussion über die verschiedenen Möglichkeiten, nach Hause zu gelangen. Godfrey sagte, es wäre eine gute Idee, die Routen zu variieren.

GODFREY. Danke für diesen ertragreichen Abend.

Alle gehen gemeinsam.

Ende des 21. PROTOKOLLS. <u>19.45</u>

Unsichtbare Tinte, schnaubte Julia. Perry und Godfrey trieben gemeinsam mit der Trickabteilung des MI5 immer kleine Geschenke und Spielereien auf, um die Nachbarn an der Nase herumzuführen. Die unsichtbare Tinte (»Schwer aufzutreiben, benutzt sie sparsam«, riet Godfrey) oder Reispapier, das man essen konnte (»Wenn nötig«, sagte er feierlich). Briefmarken und Umschläge für ihre endlosen Korrespondenzen. Geld für Telefonanrufe. In

Godfreys Wohnung stand ein Telefon – Victoria 3011 –, sodass sie ihn anrufen konnten, wenn er da war. Offenbar hatten Ingenieure der Post eine Weile versucht, einen aus der Ferne zu bedienenden Anrufbeantworter zu entwickeln, bevor sie das undankbare Projekt wieder aufgaben.

Godfreys Informanten waren angemessen beeindruckt von der Bedeutung, die ihnen das Dritte Reich zumaß. Sie waren hoffnungslos leichtgläubig. »Wir glauben, was wir glauben wollen«, sagte Perry.

Gelegentlich nahm Julia eine Nachricht vom MI5 für Godfrey entgegen. Sie notierte sie und legte sie auf den kleinen Tisch in der Diele der Nachbarwohnung.

»Wenn Sie schon hinübergehen, Miss Armstrong«, sagte Perry, »könnten Sie vielleicht ein bisschen abstauben, Aschenbecher ausleeren und so weiter. Es ist besser, wenn Sie es machen, als irgendeine Putzfrau, die herumschnüffelt.«

Als sie eine Antwort darauf formuliert hatte *(Aber Sir, ich wurde vom MI5 doch bestimmt nicht angestellt, um Staub zu wischen?)*, war er aus der Tür. Einen Augenblick später war er wieder da, ermunterte sie mit seinem wirklich hübschen Lächeln und sagte: »Ich glaube, irgendwo steht eine Teppichkehrmaschine.«

Cyril kam, diensteifrig wie immer. »Guten Abend, Miss.«

»Guten Abend, Cyril.«

»Möchten Sie eine Tasse Tee, Miss?«

»Nein, danke, ich bin fast fertig.«

»Dann fang ich gleich an, an der Ausrüstung muss ein bisschen herumgebastelt werden.« Die Ausrüstung war Cyril heilig, er wartete sie ständig. Und er war ein Horcher, ein begeisterter Funkamateur, der sich »freiwillig« vom MI18 hatte anheuern lassen, um seine Freizeit damit zu verbringen, deutsche Funksprüche abzufangen, Kurzwellensender zu überwachen und Morsebotschaften zu transkribieren. Sie fragte sich, ob er jemals schlief.

Julia hämmerte sich zum Ende des letzten Berichts. Sie massierte sich die Schläfen – sie hatte jetzt öfter Kopfschmerzen als sonst, weil sie sich so konzentrieren musste, um zu verstehen, was die Informanten sagten. Vieles war geraten, manchmal fragte sie sich, ob sie nicht einfach etwas erfand, die Lücken füllte, damit alles einen Sinn ergab. Nicht dass es jemandem aufgefallen wäre. Und wenn sie es nicht tat, würde sie wie eine Idiotin dastehen, und Perry würde sich womöglich ein anderes Mädchen suchen – auch wenn diese andere das Gehör einer Fledermaus haben müsste.

Julia war wegen einer Erkältung ein paar Tage zu Hause geblieben, und ein anderes Mädchen – Stella Chalmers – war für sie eingesprungen. »Ich verstehe nicht, warum sich Miss Chalmers überhaupt die Mühe gemacht hat«, sagte Perry und zeigte Julia die Abschriften, die wie ein Fischernetz voller Löcher waren. »Es lohnt kaum die Mühe, diesen Unsinn zu archivieren. Cyril hat sie weinend vor der Schreibmaschine angetroffen.«

»Es ist eine ziemlich frustrierende Arbeit, Sir«, sagte Julia und freute sich insgeheim, wie unzulänglich die arme Stella gewesen war. Sie hatte offensichtlich nicht gelernt, wie man die Lücken füllte.

»Es ist eine Arbeit, für die man ein gutes Ohr braucht«, sagte Perry. »Oder zwei«, verbesserte er sich und lachte unsicher – in dem Versuch, ihr zu gefallen, vermutete sie. »Ihre Erkältung hat sich hoffentlich gebessert. Wir haben Sie vermisst.« (Oh, sei still, mein klopfendes Herz, dachte sie.) »Niemand macht so guten Tee wie Sie, Miss Armstrong.«

Julia zog das letzte Blatt Papier und die Durchschläge aus der Imperial. Wie üblich waren ihre Finger vom Kohlepapier lila gefleckt. Sie schob die Schutzhaube über die Schreibmaschine und legte die Originalabschrift auf Perrys Schreibtisch, damit er sie später lesen konnte. Ein Durchschlag wurde abgelegt, und der zweite kam in das Körbchen für den Boten, der es morgen abholen und irgendwo anders hinbringen würde. Julia glaubte, dass es ungelesen in einem weiteren Aktenschrank lag, irgendwo in einem Ministerium oder in den Scrubs. Am Ende des Kriegs würde sich eine schreckliche Menge Papier angesammelt haben.

Julia war überrascht, dass sie die Scrubs vermisste, sogar das Schlimmste daran – die Debütantinnen, die schrecklichen Eisentreppen, sogar die schauerlichen Toiletten ließen sie nostalgisch werden. Sie traf sich noch immer oft mit Clarissa, ließ sich drei- oder viermal in der Woche in ihren hektischen Orbit ziehen – tatsächlich wollten sie sich auch heute Abend treffen.

»Ist Mr Gibbons da?«, fragte Cyril.

»Nein, ich habe ihn seit einer Weile nicht mehr gesehen«, sagte sie und schlüpfte in den Mantel.

Sie hatte keine Ahnung, wo Perry war. Sie sah ihn wesentlich seltener, als sie anfänglich gedacht hatte. Wenn sie morgens zur Arbeit kam, wirkte die Wohnung manchmal, als wäre über Nacht niemand da gewesen, und sie nahm an, dass er in seiner »anderen Wohnung« in der Petty France weilte. Obwohl das nicht leicht zu verifizieren war, weil Perry so bedürfnislos wie ein Asket lebte, wenn er da war – was in einem merkwürdigen Widerspruch zu seinem ausgesuchten Geschmack stand, was Restaurants (Escargot, L'Etoile, das Café Royal) und seinen schicken Kleidungsstil betraf. Die Oxford-Aktentasche, der flotte Hut, die Fliege, all das schien auf einen anderen Perry zu verweisen.

Auf jeden Fall fand sie ihn sehr launenhaft. Da war sein Charme – er konnte wirklich außerordentlich charmant sein –, und da war seine dunklere Seite, wenn er verdrossen, nahezu verbittert war. Ein Mann der Widersprüche. Oder These und Antithese. Sie hatte für die Oxbridge-Aufnahmeprüfungen, die sie nie abgelegt hatte, Hegel gelesen. Vielleicht könnte es eine Synthese geben, einen Perry, der jeden Tag ausgeglichen war, unterstützt von dem hingebungsvollen Mädchen, das seine Gehilfin war. (*Ohne Sie wäre ich nichts, Miss Armstrong.*)

Als sie die Wohnung verließ, sah sie Godfrey Toby, der unentschlossen im Flur stand. Er hatte den Schlüssel zu »seiner« Wohnung in der Hand, aber er starrte die Tür an, als wäre er tief in Gedanken versunken.

»Guten Abend, Mr Toby.«

»Ah, Miss Armstrong. Guten Abend.« Er tippte leise lächelnd an seinen Hut und sagte: »Ich bin früh dran. Ihnen und mir scheint es bestimmt zu sein, wie Schiffe in der Nacht aneinander vorbeizufahren.«

»Oder wie das Paar im Wetterhäuschen.«

»Wetterhäuschen?«, fragte er freundlich verwirrt.

»Sie wissen schon, die Frau kommt heraus, wenn die Sonne scheint, und der Mann, wenn es regnet. Für gewöhnlich deutscher

Herkunft«, fügte sie hinzu und fühlte sich plötzlich lächerlicherweise unpatriotisch, weil sie es erwähnt hatte.

»Ja?«

»Ich meine – wir sind nur selten zur selben Zeit am selben Ort, als ob, als ob ...« Sie verheddertesich in dem Versuch, etwas zu erklären, was sie nicht verstand. »Als wäre es uns unmöglich, zur gleichen Zeit zu existieren.«

»Eine Verletzung der Naturgesetze.«

»Ja. Genau!«

»Und doch können wir offensichtlich zur gleichen Zeit existieren, da wir beide hier stehen, Miss Armstrong.« Nach einer verlegenen Pause sagte er: »Es ist interessant, dass der Mann den Regen repräsentiert und die Frau den Sonnenschein, finden Sie nicht? Sind Sie am Gehen? Soll ich Sie zum Aufzug bringen?«

»Das ist wirklich nicht nötig, Mr Toby.« Zu spät, er führte sie bereits den Flur entlang.

Gab es in seinem Zuhause in Finchley eine Mrs Toby?, fragte sich Julia. Oder eine Mrs Hazeldine? Es erschien ihr unwahrscheinlich, dass eine englische Hausfrau Teil der Scharade des MI5 wäre. Eigentlich sollte sie seinen wahren Namen nicht kennen, aber Clarissa hatte in den esoterischen Tiefen der Registratur für sie nachgeforscht.

Er schien zu der Sorte Mann zu gehören, die Kartoffeln und Rosen pflanzte und seinen Rasen ordentlich pflegte. Zu der Sorte, die am Abend neben dem Radio saß, die Zeitung las und sonntags in die Kirche ging. In ihren wildesten Fantasien hätte sich Julia nicht vorstellen können, dass er zu der Sorte gehörte, die seit Jahren als Spion arbeitete.

Er drückte auf den Knopf, um den Aufzug zu holen. »Haben Sie heute Abend schon etwas vor, Miss Armstrong?«

»Ich gehe ins Royal Opera House. Wir gehen immer donnerstags.«

»Ein bisschen Kultur, um uns in diesen dunklen Zeiten den Weg zu erhellen. Ich selbst mag Verdi.«

»Nichts so Anspruchsvolles wie Verdi, Mr Toby. Das Royal Opera House ist jetzt ein Mecca-Ballhaus. Ich gehe tanzen, mit einer Freundin.«

Godfrey nahm seine Schildpattbrille ab und putzte sie mit einem Taschentuch, das er mit der schwungvollen Geste eines Zauberers aus seiner Manteltasche gezogen hatte.

»Sie sind jung«, sagte er und lächelte sie matt an. »Sie werden es noch nicht so empfinden. Aber wenn Sie älter werden – ich bin fünfzig –, werden Sie anfangen, an der boshaften Dummheit der Welt zu verzweifeln. Sie ist ein Fass ohne Boden.«

Julia wusste nicht recht, was das mit Tanzen oder Verdi zu tun hatte – weder das eine noch der andere erschien ihr besonders boshaft. Sie vermutete, dass es Godfrey ziemlich anstrengen musste, stundenlang mit den Nachbarn zusammenzusitzen und so zu tun, als wäre er jemand, der er nicht war.

»Aber Sie scheinen ganz gut mit ihnen zurechtzukommen«, sagte sie. »Mit den Informanten.«

»Ja. Natürlich.« Er kicherte leise. »Manchmal vergesse ich, dass Sie alles abhören.«

»Leider nicht alles«, sagte Julia und dachte an die zahllosen »unverständlichen« Lücken in den Abschriften.

»Wenn man sie träfe, ohne sie zu kennen«, sagte Godfrey, »würde man sie für ganz normale Leute halten. Sie *sind* ganz normale Leute, aber leider sehr starrköpfig.«

Julia schämte sich, da sie überlegt hatte, welches Kleid sie heute Abend tragen sollte, statt an das bodenlose Fass des Bösen zu denken. Der Krieg wirkte noch wie eine Unannehmlichkeit und nicht wie eine Bedrohung. Die Finnen hatten vor den Sowjets kapituliert, und Hitler und Mussolini hatten sich am Brenner getroffen, um ihre »Freundschaft« zu besprechen, aber der richtige Krieg, in dem man umkommen konnte, schien noch weit weg. Im Moment sorgte sich Julia vor allem, weil seit Kurzem Fleisch rationiert war.

»Ja, meine Frau und ich werden unseren Sonntagsbraten vermissen«, sagte Godfrey. Es gab also eine Mrs Toby. (Oder er behauptete, dass es eine gäbe, was etwas anderes war. *Nichts für bare Münze nehmen*, hatte Perry ihr geraten.) »Wo bleibt der Aufzug?« (Ja, wo blieb er?, fragte sie sich. Sie würde zu spät kommen.) Godfrey stieß mit seinem Stock mit dem silbernen Knauf auf den Boden, als würde das helfen, den Aufzug zu holen. Julia hatte einen Zauberer auf der Bühne gesehen, der das Gleiche tat, um etwas hinter einem Vorhang hervorzuzaubern. (Oder war es ein Kaninchen in einem Hut gewesen? Und war es vielleicht verschwunden und nicht hervorgezaubert worden?) »Sie werden gleich kommen«, sagte Godfrey. Er kicherte wieder. »Die Nachbarn, wie ihr sie nennt.«

Der kleine Aufzug kündigte sein Erscheinen mit einem kurzen fröhlichen *Ding* an. »Hier kommt Ihr *deus ex machina*, Miss Armstrong.«

Die Aufzugtüren öffneten sich und gaben den Blick frei auf eine Frau mit Hund. Die Frau schien Julias Anblick zu beunruhigen, und der Hund zog in einem halbherzigen Knurren die Lefzen nach oben. Die Frau schaute nervös von Julia zu Godfrey, als wollte sie herausfinden, was er in ihrer Gesellschaft zu suchen hatte. Der Hund fing an zu bellen, ein Geräusch, das Julia nur zu gut kannte. Dib, dachte sie, Dib und Dolly. Es war das erste Mal, dass Julia einem von ihnen ein Gesicht zuordnen konnte, Dib eingeschlossen, der ein ziemlich mottenzerfressener Pudel war.

Dolly starrte Julia argwöhnisch an. Sie verströmte eine griesgrämige, unzufriedene Aura, aber Godfrey sagte »Dolly!«, als wäre sie ein lange erwarteter Gast auf einer Party. »Sie sind früh dran, kommen Sie. Ich habe gerade zu dieser jungen Dame gesagt, dass der Aufzug einen eigenen Willen hat.« (Er war gut, dachte Julia.) Dolly trat aus dem Aufzug und warf Julia einen bösen Blick zu. Julia betrat den Aufzug. »Miss ...?«, sagte Godfrey und tippte sich an den Hut.

»Armstrong«, sagte Julia hilfsbereit.

»Miss Armstrong. Ich wünsche Ihnen einen schönen Abend.«

Bevor sich die Aufzugtüren schlossen, hörte sie Dolly misstrauisch Godfrey fragen »Wer war das?« und Godfrey antworten: »Ach, nur eine Nachbarin, kein Grund zur Sorge.«

WARTEN AUF OTTER

- 1 -

<u>J.A.</u>

<u>07.04.40</u>

<u>1. PROTOKOLL</u>

<u>17:20</u>

GODFREY, EDITH und DOLLY. Kurze Unterhaltung über das Wetter und EDITHS Gesundheit.

DOLLY. Ja, eine junge Dame war bei ihm. (Gelächter)
EDITH. Eine junge Dame? Das ist (unverständlich wegen Dib)
GODFREY. Ja, ja.
DOLLY. Sehr freundlich! (Alle lachen) Ich dachte — eine neue Freundin.
EDITH. Er mag junge Damen.
GODFREY. Eine Nachbarin.
EDITH. Kennen Sie sie?
GODFREY. Schiffe, die sich nachts begegnen.
DOLLY. Sie haben keine Ahnung?
GODFREY. Keine Ahnung?
DOLLY. Was wir hier tun!

Gekicher.

Unterhaltung, »nach der Invasion nette blonde SS-Männer« für DOLLY und EDITH zu finden.

GODFREY. Möchten Sie noch eine Zigarette?
DOLLY. Habe nichts dagegen.

GODFREY. Ich muss mich um Viertel nach sechs mit jemandem treffen. Ich überlege, wie man die Sache am besten arrangiert. Vielleicht —

In ihrem Rücken räusperte sich Peregrine Gibbons, als wolle er eine Ankündigung machen, tatsächlich aber wollte er sie mit seiner plötzlichen Anwesenheit im Zimmer nur nicht erschrecken. Er ging sehr leise, schlich nahezu. Julia vermutete, dass er das bei seinen naturkundlichen Ausflügen gelernt hatte. Sie stellte sich vor, wie er sich an einen armen ahnungslosen Igel anpirschte und ihm den Schrecken seines Lebens einjagte.

Er las über ihre Schulter hinweg, stand dabei ganz nah hinter ihr, sie konnte ihn atmen hören. »Wer ist diese ›junge Dame‹, über die sie reden?«, fragte er.

»Ich, Sir! Ich bin gestern Abend Dolly begegnet, als sie aus dem Aufzug kam. Godfrey – Mr Toby – hat so getan, als würde er mich nicht kennen. Er war sehr gut.«

»Ausgezeichnet.« Er räusperte sich noch einmal. »Entschuldigen Sie die Störung, Miss Armstrong.«

»Ist schon in Ordnung, Sir. Wollten Sie etwas von mir?«

»Heute ist Freitag, Miss Armstrong.«

»Den ganzen Tag, Sir.«

»Und morgen ist Samstag.«

»So ist es«, pflichtete sie ihm bei. Würde er alle Wochentage aufzählen?

»Ich hatte ... gedacht.«

»Sir?«

»Würden Sie gern eine kleine Expedition mit mir machen?«

»Eine Expedition, Sir?« Das Wort ließ sie an Scott und Shackleton denken, aber es war unwahrscheinlich, dass er vorhatte, sie zum Südpol mitzunehmen.

»Ja. Ich habe über Sie nachgedacht.«

»Über mich?« Sie spürte, dass ihr heiß wurde.

»Dass Ihre Pflichten hier Ihren Talenten vielleicht eine Grenze setzen.«

Was sollte das heißen? Manchmal drückte er sich so umständlich aus, dass seine Absichten unterwegs verloren gingen.

»Ich dachte, wir sollten uns vielleicht besser kennenlernen.«

Um ihre Eignung für die Ausübung der dunklen Kunst der Gegenspionage zu beurteilen? Eine Einführung? Oder – mein lieber Schwan – eine Verführung?

Ein Wagen und ein Chauffeur waren für die »Expedition« (vermutlich von Hartley) angefordert worden, für die Julia mehrere Stunden früher als geplant hatte aufstehen müssen. Sie gähnte sich durch die erste Stunde der Fahrt, und während der zweiten Stunde konnte sie an nichts anderes als das Frühstück denken, für das keine Zeit gewesen war.

Der Dunst löste sich gerade erst auf, als sie an Windsor vorbeifuhren, der runde Turm ragte weiß und gespenstisch aus dem Nebel auf. »Dieses England«, sagte Perry. Julia glaubte, er würde Shakespeare zitieren *(diese bezepterte Insel)*, doch stattdessen sagte er: »*Dieses* England.« (Als gäbe es irgendwo anders noch eins.) »Oder vielleicht sollte ich *jenes* England sagen.« Er nickte in Richtung Windsor in der Ferne. »Es lohnt sich, dafür zu kämpfen, nicht wahr?«

Sie war nicht sicher, ob er die Frage ihr oder sich selbst stellte, aber sie sagte: »Ja.« Gab es eine andere Antwort?

Sie fuhren ins Hambledon Valley, wo sie die angenehme Wärme des Wagens gegen ein kaltes Flussufer tauschten. Um Himmels willen, es ist doch erst April, dachte sie, aber Perry schien dem Wetter gegenüber unempfindlich zu sein. Allerdings mussten seine Tweedschichten wärmender sein als ihr eigenes Ensemble – ein leichter Mantel, ein dünner Pullover und ihr bester Rock. Ganz zu schweigen von ihrem guten Paar Strümpfe und den schicken Schuhen, denn sie hatte damit gerechnet, die Landschaft durch das Fenster des Wagens zu betrachten und nicht mittendrin zu stehen. »Landschaft« war für Julia mehr ein Konzept als eine Realität.

»Otter«, flüsterte er und breitete eine Plane am Flussufer aus.

»Sir?« Hatte er *Otter* gesagt? Also keine Verführung.

Die Zeit verging, sehr langsam. Sehr feucht. Sehr kalt. Julia fragte sich, ob das Warten auf die Otter vielleicht Teil ihrer Ausbildung war – Überwachung vielleicht. Oder Geduld. Sie brauchte Übung in Geduld, das wusste sie. Und es fühlte sich auf seltsame Weise wie eine Undercovermission an, während sie atemlos still dasaßen, am Flussufer, und auf eine kleine Otterfamilie warteten.

Er blickte zu ihr, als der erste Otter auftauchte, und lächelte sie entzückt an. Er hatte wirklich ein nettes Lächeln, sein ganzes Gesicht veränderte sich, und er wurde zu einem Mann, der aussah, als wäre er in der Lage, glücklich zu sein – was nicht der Eindruck war, den er normalerweise vermittelte. Ihr wurde klar, dass die Otter in irgendeiner Weise ein Angebot an sie waren.

»Weder Fisch noch Fleisch«, murmelte sie, und dann wurde sie verlegen, weil ihr einfiel, dass Falstaffs Beschreibung eines Otters etwas Anrüchiges hatte, auch wenn sie nicht genau wusste, was. Das Zitat, ob vulgär oder nicht, war verschwendet an Perry, der sagte: »Ganz bestimmt kein Fisch. Der europäische Otter – *Lutra lutra* – gehört zur Gattung der *Mustelidae*, zu der auch Dachse und Wiesel zählen.«

»Natürlich«, sagte sie.

Julia hatte nie zuvor Otter gesehen, und die Jungtiere waren entzückend – geschmeidig und verspielt. Aber sie waren wirklich nur *Otter*, und wenn er ihr irgendetwas Gutes tun wollte, dann wäre ihr das Picknick lieber gewesen, das mitzubringen sie von ihm erwartet hatte. Sie hatte ihre Enttäuschung verbergen müssen, als sie den leeren Kofferraum sah. Vielleicht würden sie später in einem Pub essen, sie stellte sich ein Dünnbier und Steak und Ale Pie vor. Die Fantasie hob ihre Stimmung.

Die Otter jedoch, auf die sie so lange gewartet hatten, schienen jetzt entschlossen, den ganzen Tag hier zu verbringen, und Julia war erleichtert, als ihr Hustenanfall sie erschreckte, sodass sie untertauchten und verschwanden. Perry runzelte die Stirn, aber sie war nicht sicher, ob er von ihr oder den Ottern enttäuscht war.

»Entschuldigung, Sir«, sagte sie. »Ich habe Heuschnupfen.« Hatte sie nicht, sie war bedauerlicherweise bei ausgezeichneter Gesundheit. Es war bestimmt Mittagessenszeit? Aber nein, sie kehrten zum Wagen zurück, und Perry sagte: »Fahren Sie in Richtung Christmas Common.« Und statt vor dem Gasthaus ihrer Vorstellung anzuhalten, parkten sie auf einem Pfad neben einer Wiese.

Ihr wurde schwer um Herz, als er zum Fahrer sagte: »Wir machen eine Wanderung, es wird eine Weile dauern.«

»Alles klar«, sagte der Fahrer und nahm ein in Wachspapier gewickeltes Paket mit belegten Broten aus der Tasche. »Dann werde ich jetzt Mittag essen.«

»Kommen Sie, Miss Armstrong«, sagte Perry zu ihr. »Folgen Sie mir.«

Er hatte ein Fernglas dabei, und sie fragte, ob er nach etwas Besonderem Ausschau halten wollte.

»Milane«, sagte er. »In diesem Teil der Welt gibt es sie schon lange nicht mehr, und ich nehme an, wir werden sie nicht wiedersehen, aber die Hoffnung stirbt zuletzt.« Milane? Erst Otter, dann Milane. Sie dachte an Milchschokolade, ein Gedanke, der sie unermesslich traurig stimmte, weil sie wusste, dass es keine geben würde.

Er legte die Hand ans Ohr und sagte: »Hören Sie den Specht?«

»Dieses …« (nervige) »… klopfende Geräusch?«

Julia wusste nichts über Vögel. Sie kannte die gewöhnlichsten – Tauben, Spatzen und so weiter –, doch ihre ornithologischen Kenntnisse reichten nicht über die Straßen von London hinaus. Was die Tierwelt anbelangte, war sie eine vollständige Banausin. Perry andererseits war naturbegeistert. Er entdeckte keine Milane, aber er erspähte und benannte mordsmäßig viele andere Vögel. Mordsmäßig viele.

»Für unsere Arbeit braucht man ein gutes Gedächtnis«, sagte er. Aber sie würde keine Vögel identifizieren müssen, oder? (Oder doch?) »Schauen Sie«, flüsterte er, ging in die Hocke und zog sie mit sich herunter. »Hasen – die boxen. Es ist das Weibchen, das die Schläge austeilt. Wunderbar!«

Alle romantischen Vorstellungen, die sie gehegt haben mochte, waren von Kälte und Hunger betäubt. Im Augenblick erläuterte er die Würgegewohnheiten der Eulen. »Fell und Knochen von Wühlmäusen und Mäusen«, sagte er, und sie musste an die Hexen in *Macbeth* denken und lachte: »Molchesaug und Unkenzehe.«

»Nun, ja«, sagte er, verwirrt von ihrer Anspielung. »Unken – und Molche – findet man gelegentlich in ihrem Gewölle. Spitzmäuse findet man häufig. Man kann die verschiedenen Spezies anhand ihrer Kieferknochen identifizieren.« Er kannte seinen Shakespeare nicht.

Er schritt vor ihr aus, und sie musste nahezu traben, um mit ihm mitzuhalten, ihm wie ein pflichtbewusster Retriever auf den Fersen zu folgen. Es wehte jetzt eine frische Brise und trug seine Worte davon, und viele Informationen über die Fortpflanzungsgewohnheiten von Rehen und die Architektur eines Hasenbaus gingen ihr verloren. Sie dachte sehnsüchtig an die schönen weißen Brote des Chauffeurs.

Die düstere Landschaft, die sie gerade durchwanderten, der tief hängende Himmel über ihren Köpfen und das unebene Terrain unter ihren Füßen hatten sich gegen sie verschworen, und sie fühlte sich wie eine unglückliche Brontë-Schwester, die ziellos Moore abklapperte auf der Suche nach unerreichbarer Erfüllung. Perry verfügte durchaus über Heathcliffsche Eigenschaften – den Mangel an jeglicher Ungezwungenheit, die rücksichtslose Missachtung der Komfortwünsche eines Mädchens, die Art, wie er sie musterte, als wäre sie ein Rätsel, das gelöst werden musste. Würde er es lösen? Vielleicht war sie nicht kompliziert genug für ihn. (Andererseits war sie vielleicht zu kompliziert.)

Plötzlich machte er auf der Stelle kehrt, und sie wäre beinahe mit ihm zusammengestoßen. »Alles in Ordnung, Miss Armstrong? Was macht Ihr Heuschnupfen?«

»Hat aufgehört, danke, Sir.«

»Gut!«

Und sie marschierten weiter, stolperten über Wiesen, über Bäche, Hügel hinauf, die vom morgendlichen Regen noch rutschig waren. Mit jedem Schritt ruinierte sie ihre Schuhe mehr (und sie würden dieselbe Strecke auf dem Rückweg noch einmal zurücklegen müssen).

Gott sei Dank blieb er schließlich stehen und sagte: »Sollen wir eine Pause machen?« Wieder breitete er die Plane aus im unzureichenden Schutz einer kahlen Weißdornhecke. Sie wusste, dass es sich um Weißdorn handelte, weil er es ihr gesagt hatte. Julia schauderte. Es war wirklich nicht das richtige Wetter für diese Art Unternehmung.

»Rauchen Sie?«, fragte er und holte ein schweres Feuerzeug zwischen den Tweedschichten hervor.

»Ja, Sir.«

»Ich bedauerlicherweise nicht«, sagte er, und sie musste in ihrer Handtasche nach ihrer eigenen Schachtel kramen. Nachdem der Wind mehrmals die kleine Flamme ausgeblasen hatte, gelang es ihm, ihre Zigarette anzuzünden. Natürlich war keine Thermosflasche mit heißem Tee zur Hand, und sie beklagte innerlich ihr Fehlen, als er sich neben sie kniete und ihr die Hand auf den Oberschenkel legte und etwas abwesend begann, den Stoff ihres Mantels zu streicheln, als wäre es ein Tierfell (und sie war das Tier).

Oh heiliger Strohsack, dachte Julia, war das – endlich –, was sie glaubte, dass es war? Gab es Benimmregeln dafür? War es eine weitere Prüfung? Sie hatte das Gefühl, dass möglicherweise irgendeine Art Protest gefordert war (*Es ist das Weibchen, das die Schläge austeilt. Wunderbar!*), und sagte: »Sir? Mr Gibbons?«

»Nennen Sie mich Perry, bitte.«

Einen Augenblick lang glaubte sie, dass er ihren Mantel aufknöpfen würde. Um sie auszupacken wie ein Geschenk. (Ich *bin* ein Geschenk, dachte sie), doch er gab sich damit zufrieden, an einem Knopf herumzufummeln. Er nahm seinen Hut ab und legte ihn auf den Boden. Der Wind würde ihn davonwehen, war ihm das nicht klar?

Er nahm ihr die Zigarette ab und drückte sie auf dem Boden aus, und Julia dachte: Ah, das ist es also. Eine Einführung *und* eine Verführung.

»Ich habe für das Priesteramt studiert«, sagte er. Das Pendel entfernte sich von der Verführung. Er hatte eindeutig etwas Jesuitisches, sie konnte sich ihn in einer schwarzen Soutane vorstellen. »Leider habe ich meinen Glauben verloren«, sagte er und fügte reumütig hinzu: »Nicht so sehr verloren als verlegt.«

Würden sie jetzt über Theologie diskutieren? Er neigte sich näher zu ihr, als wollte er sie inspizieren, und sie roch seinen tweedigen Tabakgeruch. Das Pendel schlug wieder in Richtung Verführung aus. Er runzelte die Stirn. Das Pendel schwang unsicher hin und her.

»Sind Sie … intakt, Miss Armstrong?«

»Intakt?« Sie musste einen Augenblick überlegen, was er damit meinte. (Sie dachte an Latein. *Unberührt.*) »Oh«, sagte sie schließlich. Das Pendel kroch auf Verführung zu. »Ja, Sir.« Sie errötete, und ihr war plötzlich trotz des Wetter schrecklich heiß. Diese Frage stellte man nicht, wenn man nicht vorhatte, etwas daran zu ändern, oder? Obwohl dieser Akt in ihrer Fantasie gedämpftes Licht, Satinlaken, vielleicht Champagnerflöten und einen diskreten Schleier über der unbeholfenen Mechanik des Aktes beinhaltet hatte, vor allem weil sie nicht wirklich wusste, worin genau diese Mechanik bestand.

Zudem hatte sie sich praktischerweise ein Bett vorgestellt, nicht eine hügelige Wiese und einen düsteren Himmel in der Farbe von Spachtelmasse. Ein hartes Grasbüschel stach in ihre linke Hinterbacke. Von Westen zogen dunkle Wolken heran, und sie dachte: Es wird regnen. Aus dem Augenwinkel sah sie, dass sein Hut davongeweht wurde. »Oh«, sagte Julia noch einmal.

Er neigte sich näher zu ihr. Sehr nahe. Aus dieser Entfernung sah er nicht so attraktiv aus, sondern eher ein bisschen wie ein Otter. Sie schloss die Augen.

Als nichts passierte, öffnete sie sie wieder und sah, dass er sie unverwandt anschaute. Sie dachte daran, dass er als junger Mann Mesmerismus studiert hatte, und dachte: Großer Gott – hypnotisierte er sie? Plötzlich fühlte sie sich schummrig, allerdings nahm sie an, dass sie jetzt offiziell am Verhungern war, insofern war es kein Wunder. Und dann war er auf den Beinen, deutete auf den Himmel und sagte: »Schauen Sie, ein Sperber!«

War es das gewesen?

Julia kämpfte sich auf die Beine und reckte gehorsam den Hals. Die ersten dicken Regentropfen fielen ihr ins Gesicht. »Es regnet, Sir«, sagte sie. Er achtete nicht auf sie, verfolgte den Vogel mit seinem Fernglas. Nach einer Weile reichte er es ihr, und sie hob es an die Augen, sah jedoch nur den düsteren Himmel.

»Haben Sie ihn gesehen?«, fragte er, als sie das Fernglas senkte.

»Ja«, sagte sie. »Wunderbar.«

»Er weiß nicht, dass wir im Krieg sind«, sagte er. Der Vogel schien ihn melancholisch gestimmt zu haben.

»Nein, vermutlich nicht, Sir.«

»Perry«, erinnerte er sie.

Die nächsten zwanzig Minuten verbrachten sie damit, seinen Hut zu suchen, dann gaben sie auf und kehrten zum Wagen zurück.

Der Fahrer stieg aus, als er sie näher kommen sah. Julia bemerkte, dass er grinste, als er Perrys hutlosen Kopf und die schmutzigen Knie seiner Hose sah, wo er von der Plane gerutscht war.

»Schöne Wanderung, Sir?«, fragte der Fahrer.

»Ausgezeichnet«, sagte Perry. »Wir haben einen Sperber gesehen.«

»Hat Ihnen der Ausflug gefallen, Miss Armstrong?«

»Ja«, sagte sie. »Es war sehr nett. Danke.« Um ehrlich zu sein, nicht ein bisschen, dachte sie.

Auf der Rückfahrt saß sie hinten, während Perry vorn neben dem Fahrer einstieg.

»Miss Armstrong – alles in Ordnung da hinten?«

»Ja, Sir. Perry.«

»Warum machen Sie nicht ein Nickerchen?«

Sie tat es, während Perry und der Chauffeur über Fußball sprachen; sie schienen beide Experten für das Thema zu sein, allerdings hatte nur der Fahrer jemals nach einem Ball getreten.

Wieder in London, führte er sie zum Abendessen ins Bon Viveur in Shepherd Market aus, und sie verzieh ihm die Hungersnot, der er sie den ganzen Tag lang unterworfen hatte. Sie musste sich natürlich erst umziehen, ihre Schuhe und ihr Mantel waren mit Schmutz überzogen, und ihre Strümpfe hatten irreparable Laufmaschen. Selbst ein gutes Abendessen konnte das kaum wiedergutmachen.

Es war jedoch ein sehr gutes Essen. »Greifen Sie zu«, sagte er. »Wahrscheinlich sind Sie noch nicht ausgewachsen. Sie sehen aus, als könnten Sie was auf den Rippen vertragen.« (Wie ein zum Schlachten bestimmtes Kalb?) Es gab Hühnchen in einer weißen Soße und eine Art Kuchen mit Orangenmarmelade, und sie tranken »einen ausgezeichneten Pouilly«, den der Sommelier für Perry aufgehoben hatte. »Findet man jetzt immer seltener, Sir«, murmelte er.

Sie hatte noch nie zuvor »ausgezeichneten« Wein getrunken, hatte nie zuvor mit einem Mann zu Abend gegessen, war nie in einem teuren Restaurant gewesen, in dem es Servietten aus Leinen gab und kleine Lampen mit roten Schirmen auf den Tischen standen und die Kellner sie mit »Madam« ansprachen.

Perry hob das Glas, lächelte und sagte: »Auf den Sieg.« Sie hatte die Prüfung offenbar bestanden, doch sie konnte den Verdacht nicht loswerden, dass sie irgendwie »betäubt« worden war. Was, wenn er ihr etwas eingeflüstert hatte? Sie hatte Hypnotiseure auf der Bühne gesehen und sorgte sich, dass sie in der Kantine plötzlich wie eine Ente schnattern oder sich in der U-Bahn für eine Katze halten würde. (Oder Schlimmeres.)

Er fasste unerwartet über den Tisch nach ihrer Hand und hielt sie ein wenig zu fest, um sich dabei gut zu fühlen. Er schaute ihr unverwandt in die Augen und sagte: »Wir verstehen uns doch, nicht wahr, Miss Armstrong?«

»Ja«, erwiderte sie, obwohl sie ihn überhaupt nicht verstand.

Sie war gepflückt worden. Oder vielleicht eher gerupft. Mehr Taube als Rose.

KENNEN SIE EINEN SPION?

- 18 -

10. PROTOKOLL (Forts.)

(Geräusch einer Landkarte, die entfaltet wird.)

GODFREY. Wie sehen die Wahrzeichen aus?
WALTER. Ein Gaswerk.

Kurze Unterhaltung über ein Gasometer, überwiegend unverständlich wegen der Karte. WALTER sagt etwas über einen »schmalen Weg« oder Steg (?)

(Zwei Minuten verloren wegen technischer Störung. Aufnahme im Anschluss sehr undeutlich.)

WALTER. Es ist schwierig, verstehen Sie, hier ist ...
(6 Wörter fehlen) wie genau zu überqueren (?)
GODFREY. Überqueren hier?
WALTER. Das ist entscheidend. Aber ich rechne damit, dass sie (unverständlich)
GODFREY. Ja, ja.
WALTER. Aber sie werden (unverständlich, aber das Wort »Flugplatz« verstanden)
GODFREY. (Geräusch der Landkarte) Ist es das (?) Gebäude hier?
WALTER. Was wollen Sie wissen?
GODFREY. Fahren Sie nach Hertford? (Oder Hatford?)
WALTER. Diese Fabrik da ist in der Nähe von Abbot's Langley. Neben dem Fluss. Das ist der Kanal.
GODFREY. Ich verstehe.
WALTER. Nahe den Eisenbahngleisen. Da ist ein klei-

ner Bunker, dann der Zaun aus Stacheldraht. Dann
der Bahneinschnitt. Munition oder Schießpulver,
glaube ich. Sie haben ein Schild angebracht –
»Rauchen im Umkreis von 100 m verboten«.
GODFREY. Ja. Haben Sie da ein Kreuz gemacht?
WALTER. Nicht das da. Das ist nur Abbot's Langley.
Sie können wahrscheinlich (unverständlich)

(Getränke. Geplauder.)

GODFREY. Wie geht es Ihrer Frau?
WALTER. Warum fragen Sie?
GODFREY. Wir nehmen Anteil am häuslichen Leben
unserer Agenten.

Wenn nur Perry Anteil an ihrem »häuslichen Leben« nehmen würde, dachte Julia. (*Gibt es einen Mann in Ihrem Leben, Julia – darf ich Sie Julia nennen? Es wäre mir eine Ehre, dieser Mann zu sein und –*)

»Haben Sie kurz Zeit, Miss Armstrong?«

»Ja, natürlich, Sir.«

»Ich habe lange darüber nachgedacht«, sagte Perry, »und bin zu dem Schluss gekommen, dass Sie möglicherweise so weit sind.«

Heiliges Kanonenrohr – so weit? Wofür? Hoffentlich keine weiteren Otter-Expeditionen.

Sie sollte als Spionin arbeiten. Endlich. Ihr *nom de guerre* war »Iris Carter-Jenkins«. Zumindest hatte er keine Shakespeareschen Konnotationen. Niemand würde mehr »*O Romeo! Warum denn Romeo?*« zitieren.

»Ich habe Sie etwas hochgestuft«, sagte Perry. »Habe Sie aus Kentish Town herausgeholt. Iris ist in Hampstead aufgewachsen, ihr Vater war Arzt im St Thomas's. Orthopäde – Knochen und so weiter.«

»War?«, fragte sie.

»Tot. Ihre Mutter auch. Ich finde, das ist authentischer, leichter für Sie zu ›spielen‹.«

Musste sie immer Waise sein, sogar in ihrem fiktiven Leben?
Ihre Aufgabe sei es, erklärte er, den Right Club zu infiltrieren. »Diese Leute sind was Besseres als unsere Bettys und Dollys«, sagte er. »Der Right Club rekrutiert sich aus dem Establishment – eine Mitgliedschaft, die mit bedeutenden Namen gepfeffert ist. Brocklehurst, Redesdale, der Herzog von Wellington. Angeblich gibt es ein Buch – das Rote Buch –, in dem alle aufgeführt sind. Wir würden es gern in die Hände bekommen. Etliche von ihnen wurden natürlich durch die Verteidigungsverordnung 18b einkassiert, aber es sind noch immer viele übrig – zu viele.

Als Extraköder für sie arbeiten Sie – in Form von Iris Carter-Jenkins – im Verteidigungsministerium, als Angestellte, Sie kennen die Arbeit.« (Ich mache die Arbeit, um meine Sünden abzubüßen, dachte sie.) »Sie haben einen Verlobten bei der Marine, einen Kapitänleutnant, Schotte. ›Ian‹, er ist auf der HMS *Hood*, einem Kriegsschiff. Ihrer Mutter habe ich unbedeutende Verbindungen zum königlichen Haushalt gegeben – Sie werden also zu denen passen oder zumindest den Anschein erwecken.«

»Ich soll also herausfinden, was sie vorhaben?«

»Kurz gefasst. Ich habe schon Agenten dort, aber Sie sollen sich vor allem mit Mrs Scaife anfreunden, sie ist ganz oben mit dabei. Iris wurde ›entworfen‹, um bei ihr Interesse zu wecken. Wir glauben, dass sie gut auf sie reagieren wird.«

»Auf mich, meinen Sie.«

»Nein, ich meine sie, Iris. Lassen Sie Ihre Fantasie nicht mit sich durchgehen, Miss Armstrong. Sie haben bedauerlicherweise die Tendenz dazu. Iris ist nicht real, vergessen Sie das nicht«, sagte Perry. (Aber wie kann sie nicht real sein?, dachte Julia. Sie ist ich, und ich bin real.)

»Und bringen Sie die beiden nicht durcheinander, sonst lauert der Wahnsinn, glauben Sie mir.« (War er jemals wahnsinnig gewesen?, fragte sie sich.) Er war in letzter Zeit ziemlich knatschig, hatte die Büste auf seinem Rollschreibtisch düster angestarrt, als wäre Beethoven persönlich für die Frustrationen des Kriegs verantwortlich.

Er war vor dem Mittagessen mit fliegendem Tweed in die Wohnung am Dolphin Square gestürmt und hatte mit ihr gesprochen, noch bevor er durch die Tür war. »Das Klima im Innenministerium ist *unglaublich* lax. Ich hatte heute Morgen um neun eine Besprechung, und Rothschild und ich mussten fast *zwei Stunden* warten. Die einzige andere anwesende Person war die Putzfrau. *Wissen* sie überhaupt, dass Krieg ist?« Wenn er wütend war, schien er plötzlich ein ganz anderer Charakter – wirklich ziemlich gut aussehend.

Sie überredete ihn, mit ihr hinunter ins Dolphin-Square-Restaurant zu gehen, um Tee zu trinken und Kuchen zu essen (wahrscheinlich ein »unglaublich laxes« Vorhaben). »Entschuldigen Sie, Miss Armstrong«, sagte er bei einer Tasse japanischen Tees, »ich bin im Augenblick ein bisschen schwierig.« Selbstverständlich wusste Perry Dinge, die andere nicht wussten, es musste sich auswirken. Ein Mann mit Geheimnissen – seinen eigenen und denen anderer Leute.

»Sie werden eine offizielle zweite Identität haben – Ausweis, Bezugsscheinheft und so weiter, alles auf Iris' Namen. Sollte jemand, sagen wir, Ihre Handtasche durchsuchen, hätte er keine Ahnung, dass Sie nicht sie sind. Am besten benutzen Sie eine zweite Handtasche, wenn Sie Iris sind – für den Fall, dass jemand misstrauisch ist und Sie überprüfen will.«

So viele Instruktionen! Sie sprachen weiter, als sie zurück in der Wohnung waren, der Kuchen hatte ihn nicht merklich beschwichtigt.

»Wenn möglich, halten Sie sich eng an die Wahrheit«, sagte Perry. »Dann ist es weniger wahrscheinlich, dass Sie einen Fehler machen. Zum Beispiel steht es Ihnen vollkommen frei, Shepherd's Pie zu mögen und die Farbe Blau und Maiglöckchen und Schostakowitsch – aus welchen Gründen auch immer.« Er lachte freundlich.

Wie viel er über sie wusste! Sie hatte keine Ahnung, woher. Wann hatte sie je mit jemandem über Shepherd's Pie gesprochen? Oder Schostakowitsch? Was wusste er sonst noch über sie?

»Andererseits, wenn ich es mir recht überlege, kann ich mir nicht vorstellen, dass Iris Schostakowitsch mag, er ist ein bisschen zu unkonventionell für sie. Halten Sie sich an leichtere Kost, wenn Sie über Musik reden müssen. *Die lustige Witwe* und so was. Der Teufel steckt im Detail, Miss Armstrong – vergessen Sie das nicht.

Sie können – grundsätzlich – *Sie selbst* sein – Ihr Wesen –, Sie können nur nicht Julia Armstrong sein, die für den MI5 arbeitet. Versuchen Sie nicht zu *schauspielern*«, fügte er hinzu, »versuchen Sie, einfach zu *sein*. Und denken Sie dran, wenn Sie eine Lüge erzählen, erzählen Sie eine gute.«

Er schaute sie prüfend an. »Es kann eine schwierige Aufgabe sein, ein Leben vorzutäuschen – die Unwahrheiten und so weiter. Für manche Leute ist es eine große Herausforderung, zu heucheln.«

Nicht für mich, dachte Julia. »Ich werde es versuchen«, sagte sie und schlug einen beherzten Tonfall an. Sie hatte bereits beschlossen, dass Iris Carter-Jenkins ein mutiges Mädchen war. Wagemutig sogar.

»Braves Mädchen. Es wird ein kleines Abenteuer für Sie sein. Als Erstes schicke ich Sie in den Russian Tea Room in Kensington. Eine Probe. Er ist nicht weit von Ihrer Wohnung entfernt. Kennen Sie ihn?«

Nein. »Ja«, sagte sie.

»Es ist eine Brutstätte für Nazi-Sympathisanten – der Right Club hält dort seine Treffen ab. Er wird geführt von einer Frau namens Anna Wolkoff, sie ist die Tochter des Marineattachés des Zaren. Die Familie sitzt seit der Revolution hier fest. Alle diese weißrussischen Emigranten sehen in Hitler die Möglichkeit, ihr Land zurückzubekommen. Das ist natürlich absolut illusorisch, er wird sich letztlich gegen sie wenden.«

Julia kannte sich aus mit russischen Emigranten, denn in Kentish Town hatte neben ihr und ihrer Mutter eine sehr missmutige solche Familie gewohnt. Sie schienen sich ausschließlich von Kohl und Schweinefüßen zu ernähren, und ihre heftigen Streitereien waren deutlich zu hören, wenn auch nicht zu verstehen. Ihre Mutter war mitfühlend gewesen, aber genervt.

Julia fühlte einen schmerzhaften Stich, als sie sich daran erinnerte, wie ihre Mutter ärgerlich den Mund verzogen hatte, kaum wurden die Russen laut, für gewöhnlich sofort nach (oder vielleicht infolge) ihrer Kohlmahlzeit.

»Können Sie mir folgen, Miss Armstrong? Julia?«, verbesserte sich Perry und schlug einen milderen Tonfall an. Am Tag zuvor hatte er zugegeben, dass er sie vielleicht etwas zu sehr gemaßregelt hatte – ihre Unpünktlichkeit, ihre Verträumtheit, ihren Mangel an Aufmerksamkeit »und so weiter«. »Es ist nicht meine Aufgabe, Ihren Charakter zu ändern«, hatte er gesagt. (Das schien ihn jedoch nicht davon abzuhalten, es zu versuchen.) Sie wartete noch immer darauf, verführt zu werden. Seit der Otter-Expedition war über ein Monat vergangen. Ein weniger belastbares Mädchen hätte mittlerweile die Hoffnung aufgegeben.

»Ja, Entschuldigung, ich höre zu.«

»Gehen Sie hin und trinken Sie eine Tasse Tee. Zeigen Sie Ihr Gesicht. Ich habe einen kleinen Test für Sie organisiert – damit Sie Ihre Rolle üben können.«

»Einen Test?« Vermutlich war das der Krieg – eine Prüfung nach der anderen. Früher oder später würde sie zwangsläufig versagen.

Er öffnete eine Schublade in seinem Sekretär und nahm eine kleine Pistole heraus. Es befanden sich also nicht nur Büroklammern und Gummibänder in dem großen Ding. »Eine Mauser 6,35 mm«, sagte er. Einen schwindelerregenden Augenblick lang fragte sich Julia, ob er sie erschießen würde, aber er sagte: »Da. Stecken Sie sie in Ihre Handtasche. Benutzen Sie sie nur als allerletzten Ausweg.«

»Eine Pistole?«, sagte sie.

»Nur eine kleine.«

Es war ein Teehaus, kein Saloon im Wilden Westen. Dennoch gefiel ihr, wie bequem die kleine Pistole in ihre Hand passte.

»Ich kann Ihnen zeigen, wie man sie benutzt, wenn Sie möchten.«

Das klang nach mehr Gestolper durch unwirtliche Gegenden, doch er lachte. »Wir haben einen Schießstand. Sie werden Ihre Arbeit hier natürlich weitermachen«, sagte er und deutete auf die Imperial. »Ihre Arbeitszeit wird sich möglicherweise verlängern. Ich will Sie nicht länger aufhalten. Ich habe noch eine Verpflichtung woanders.«

Sie hatte gehofft, er würde sie zum Abendessen einladen, um weiter über ihre neue Rolle zu diskutieren, aber offenbar hatte er anderes vor. Er hatte seine Krawatte gewechselt und trug jetzt eine, die bei Weitem zu extravagant für White Hall oder einen seiner (diversen) Clubs war. Er musste sie von seiner »anderen Wohnung« in der Petty France mitgebracht haben, da seine Dolphin-Square-Garderobe (sie hatte sein Zimmer gründlich erforscht) keine auffällige Halsbekleidung enthielt. Sie hätte gern gewusst, wie seine zweite geheimnisvolle Wohnung aussah. War sie ganz anders als diese? War *er* ganz anders, wenn er dort war? Wie Jekyll und Hyde.

Sie rechnete halb damit, ein Nest von Spionen vorzufinden, Menschen, die sich verdächtig benahmen und in dunklen Ecken versteckten, aber es war tatsächlich nur ein Teehaus. Ein schmutziger offener Kamin und kaum Platz zwischen den Tischen mit Wachstuchdecken. Es standen Bugholzstühle herum, und darauf saßen verstreut ganz gewöhnliche Leute, keiner von ihnen sah aus wie ein Sympathisant der Faschisten, aber woher sollte man auch wissen, was jemand zuinnerst war?

Sie führte eine verdeckte Studie der Gäste durch. Zwei matronenhafte Engländerinnen, die sotto voce miteinander plauderten, und eine einzelne ältere Frau, die einen merkwürdigen rotbraunen Hut, der selbst gemacht und klobig aussah, und lockere pilzfarbene Strümpfe trug. Dann war da noch ein Mann in einem abgetragenen Anzug, neben dessen Füßen eine große Aktentasche stand. Ein Handlungsreisender, dachte Julia. Sie kannte sie.

Jemand wird sich Ihnen nähern, hatte Perry gesagt. Er hatte bereits Leute »eingeschleust«. Er – oder sie – würde einen Satz sagen, der die Frage »Kann ich Sie verleiten?« beinhaltete. Auf diese Weise würde Julia die Person als Kollegen erkennen. Sie sollte antworten: »Das ist sehr freundlich von Ihnen. Ich glaube, ja.« Es erschien Julia ziemlich kryptisch, und eine billige Scharade dazu.

Sie las die Speisekarte. Sie war voller Flecken und enthielt mysteriöse Dinge – *Piroggi, Blinis, Stroganoff.* Offenbar schenkten sie auch Wodka aus. Er stand jedoch nicht auf der Karte. »Nur Tee, danke«, sagte sie steif, als ein Kellner nach ihren Wünschen fragte.

Ein Mann kam herein, er sah nicht schlecht aus und hatte nicht die geknechtete Ausstrahlung eines Handlungsreisenden. Er setzte sich an einen Tisch neben dem Fenster und lächelte sie an. Julia lächelte ebenfalls. Dann nickte ihr der Mann kurz verschwörerisch zu. Perrys Spion, dachte sie. Sie lächelte ihn wieder an, und er grinste und stand von seinem Tisch auf. Oh, jetzt geht's los, dachte Julia. Er kam zu ihr und hielt ihr eine Schachtel Zigaretten hin.

»Kann ich Sie verleiten?«, sagte er.

»Das ist sehr freundlich von Ihnen«, sagte Julia. »Ich glaube, ja.« Sie nahm eine Zigarette, er setzte sich auf den Stuhl neben ihrem und neigte sich vor, um die Zigarette mit einem Streichholz anzuzünden.

»Dennis«, sagte er.

»Iris Carter-Jenkins«, erwiderte sie. Es war das erste Mal, dass sie ihren Codenamen vor jemand anderem als ihrem Spiegelbild aussprach. Sie konnte nahezu spüren, wie Iris sich entfaltete, zum Leben erwachte wie ein gerade aus der Puppe geschlüpfter Schmetterling.

»Was macht ein hübsches Mädchen wie Sie in einer schäbigen Spelunke wie dieser?«, fragte Dennis. Hatte er sich eine Figur aus einem Film zum Vorbild genommen? Einen Gangster, so wie er klang. Julia hatte kein Drehbuch, abgesehen von dem Einführungssatz. Es gehörte zum Test, oder? Zu improvisieren?

»Also ...«, sagte sie. »Ich wohne in der Nähe.«

»Wirklich?« Nachdem er ihre Zigarette angezündet hatte, blieb er unangenehm weit vorgeneigt, und sie erschrak, als er seine Hand auf ihre legte und sagte: »In der Nähe? Das ist praktisch. Sollen wir gehen?« Er nahm seine Brieftasche heraus und sagte: »Wie groß ist der Schaden?« Julia war verwirrt. Bat er sie, den Rechnungsbetrag zu schätzen? Oder dazu beizutragen? Aus dem Augenwinkel sah sie, wie die Frau mit dem rotbraunen Hut aufstand und sich ihnen näherte.

Als sie am Tisch ankam, ergriff sie Julias andere Hand und sagte: »Iris, du bist es, oder? Die Freundin meiner Nichte – Marjorie?« Sie lächelte Dennis zu und sagte: »Tut mir wirklich leid, aber Iris und ich haben uns so viel zu erzählen.«

»Wir wollten gerade gehen«, sagte Dennis und stand auf. »Das wollten wir doch, oder, Iris? Kommst du?« Er zog sie auf die Füße, aber die Frau mit dem rotbraunen Hut hielt ihre andere Hand fest. Sie ignorierte Dennis und sagte zu Julia: »Wusstest du, dass Marjorie jetzt in Harpenden lebt?«

»Wirklich, nein!«, sagte Julia und entschied sich für die Frau. *(Schauspielern Sie nicht, seien Sie Sie.)* »Ich dachte, Marjorie wäre in Berkhamstead.« (Wäre das nicht ein besserer verschlüsselter Wortwechsel gewesen? Weniger anfällig für Fehlinterpretation?) Die Frau und Dennis begannen ein Tauziehen, Julia war der Preis in der Mitte, und sie fragte sich, ob sie erst zufrieden wären, wenn sie sie entzweigerissen hätten. Glücklicherweise ließ Dennis, der sich einer zähen Gegnerin gegenübersah, die Trophäe los und zog sich unter Gemurmel von Obszönitäten an seinen Tisch zurück.

Die Siegerin setzte sich, ohne dazu aufgefordert worden zu sein, und sagte zu Julia: »Kann ich Sie zu einer *Veruschka* verleiten?« Julia war verwirrt, es klang, als würde ihr eine Warze angeboten. (Es stellte sich als Kuchen heraus.) »Es ist die Spezialität des Hauses«, erklärte die Frau, »und wirklich gut.«

»Das ist sehr freundlich von Ihnen«, sagte Julia. »Ja.«

»Ja, oder Sie glauben, ja?«

Um Gottes willen, dachte Julia, wie lächerlich. »Ich *glaube*, ja.«

»Gut. Ich bin übrigens Mrs Ambrose«, sagte Mrs Ambrose.

»Wissen Sie, liebe Iris«, sagte Mrs Scaife, »die Macht hinter der Weltrevolution ist das internationale Judentum. Juden haben seit dem Mittelalter überall soziale Unruhen angezettelt, nicht wahr, Mrs Ambrose?«

»So ist es«, stimmte Mrs Ambrose willfährig zu. Mrs Ambroses richtiger Name war Florence Eckersley. Perry führte sie seit Jahren.

Mrs Scaife biss in ein Käseküchlein. Es war ein graziöser Akt für eine Frau ihrer Fülle. Sie schien Spitze zu mögen, sie zierte ihren beträchtlichen Körper in vielfältigen Ausführungen. Mrs Scaife tupfte sich ordentlich den Mund mit einer Serviette ab und fuhr fort: »Die russische Revolution und der spanische Bürgerkrieg sind nur die jüngsten Beispiele. Möchten Sie noch Tee?«

»Danke«, sagte Julia. »Soll ich einschenken? Mrs Ambrose – noch eine Tasse für Sie?« Mrs Ambrose murmelte zustimmend, in ihrem eifrigen Umgang mit den kleinen Küchlein war sie nicht so kultiviert gewesen wie Mrs Scaife.

Es war ein Samstagnachmittag, und da saßen sie, dachte Julia,

Engländerinnen, die taten, was Engländerinnen am besten konnten, wo immer sie sich in der Welt aufhielten – sie tranken Tee und plauderten gemütlich, auch wenn das Thema dieser Unterhaltung Landesverrat war, ganz zu schweigen von der Vernichtung der Zivilisation und der britischen Lebensart. Obwohl Mrs Scaife zweifellos behauptet hätte, eine unerschütterliche Verteidigerin beider zu sein.

Mrs Scaifes Mann war Ellroy Scaife, ein pensionierter Konteradmiral, der Parlamentsabgeordneter für einen obskuren Wahlkreis in Northamptonshire und ein Hauptakteur des Right Club war. Derzeit schmachtete er gemeinsam mit seinen Kohorten von Nazi-Sympathisanten im Gefängnis, aufgrund von Verteidigungsverordnung 18b. Mrs Scaife (»so gut wie Witwe«) nahm sich der Interessen ihres Mannes an. »Werden Sie ihre junge Freundin«, hatte Perry gesagt. »Finden Sie etwas über ihre Aktivitäten heraus. Wir halten sie für ziemlich wichtig. Und gerüchteweise heißt es, dass sie im Besitz einer Kopie des Roten Buches ist. Schnüffeln Sie rum, versuchen Sie, was rauszufinden.«

Soweit Mrs Scaife wusste, war »Iris« eine Freundin von Mrs Ambroses Nichte – der zuvor erwähnten Marjorie aus Harpenden – und hatte »Zweifel an unserer Einstellung« gegenüber Deutschland. Sie befürwortete »stark die Beschwichtigungspolitik«, und ihr gefiel nicht, dass Leute, die gegen den Krieg waren, als fehlgeleitet dargestellt wurden. (»Bringen Sie einfach ein paar naive intolerante Gedanken zum Ausdruck«, riet Perry. »Aber übertreiben Sie nicht.«)

»Das alles ist ein wesentlicher Bestandteil ein und desselben Plans«, erklärte ihr Mrs Scaife beflissen. »Der Plan wird im Verborgenen vom Weltjudentum ausgeführt und kontrolliert, so wie es in den *Protokollen der Weisen von Zion* vorgesehen ist. Haben Sie eine Ausgabe davon, meine Liebe?«

»Nein«, sagte Julia, obwohl sie ein Exemplar hatte. Perry hatte ihr seine eigene Ausgabe geliehen, damit sie eine Ahnung davon bekam, »was diese Leute glauben«.

»Ich lasse Ihnen eins bringen«, sagte Mrs Scaife und klingelte mit der kleinen Glocke auf dem Tablett. »Schön, dass Mrs Ambrose Sie heute mitgebracht hat. Sie ist uns eine sehr gute Freundin.«

Das Mädchen, das ihnen den Tee serviert hatte, hastete herein.

»Dodds, holen Sie Miss Carter-Jenkins eine Ausgabe des Buchs – Sie wissen, welches.« Dodds wusste es offenbar, quiekte zustimmend und eilte davon.

Die Sonne durchflutete das Wohnzimmer im ersten Stock am Pelham Place, obwohl es noch April und ziemlich kühl war. Auf der Straße unten begannen die frischen grünen Blätter an den Bäumen zu sprießen. Es war eine so hoffnungsvolle Jahreszeit, und doch hatte Dänemark gerade kapituliert, und die Deutschen hatten Oslo eingenommen und eine Regierung unter Quisling installiert. Polen, Norwegen, Dänemark – Hitler sammelte Länder wie Briefmarken. Wie lange noch, bis er den vollständigen Satz hatte?

Die Zukunft rückte näher, einen erbarmungslosen Stechschritt nach dem anderen. Julia konnte sich noch daran erinnern, dass Hitler wie ein harmloser Clown gewirkt hatte. Jetzt war niemand mehr amüsiert. (»Clowns sind gefährlich«, sagte Perry.)

Das Haus am Pelham Place schien ein merkwürdiger Ort für eine Mantel-und-Degen-Operation. Das Wohnzimmer der Scaifes war schön, Perserteppiche und zwei Sofas, bedeckt von einem Meer aus lachsfarbenem Damast. Eine chinesische Vase, gefüllt mit Narzissen, stand auf einem Beistelltisch, und im Kamin brannte lodernd ein Feuer. Auch die Fenster waren groß, eingefasst mit genügend Stoff für eine Theaterbühne. Es stand ein Flügel darin – spielte jemand? Mrs Scaife sah nicht aus, als würde sie gesteigerten Wert auf ein Nocturne legen. Julias Finger streckten sich und zogen sich zusammen vor Sehnsucht nach den Tasten. Sie fragte sich, wie es gewesen wäre, in einem Haus wie diesem ein Kind zu sein. Wäre sie hier aufgewachsen, hätte sie dann dieselben Überzeugungen wie Mrs Scaife?

Mrs Scaife hatte zwei erwachsene Kinder – Minerva und Ivo. Was für skurrile Namen, die sie tragen mussten, dachte Julia. Minerva »jagte« (als wäre es ein Beruf) und hatte einen Reitstall irgendwo weit weg auf dem Land – Cornwall oder Dorset –, Orte jenseits von Julias Vorstellungskraft. Ivo wurde nie erwähnt. (»Er neigt eher nach links«, erklärte Mrs Ambrose.) Trotz all ihrer Fehler war Mrs Scaife von einer gewissen Mütterlichkeit, und Julia tat ihr Bestes, um sie nicht anziehend zu finden. Wenn nicht ihr fanatischer Antisemitismus und ihre Verehrung für Hitler gewesen wären, wären sie vielleicht gut miteinander ausgekommen. (Ein ziemlich großes »Wenn«, meinte Perry.)

Mrs Scaife hatte bereits ihren Hausdiener an den Krieg verloren, und ihr deutsches Hausmädchen war interniert worden, sodass sie jetzt nur noch über eine Köchin, die arme kleine Dodds und ein Allzweckfaktotum namens Wiggins verfügte, der am Pelham Place herumtrampelte, Kohleneimer füllte und Unkraut jätete.

»Ich möchte Britannien retten«, erklärte Mrs Scaife und nahm eine heroische Pose vor den Teetassen ein.

»Wie Boudicca«, sagte Mrs Ambrose.

»Aber nicht vor den Römern«, sagte Mrs Scaife, »vor den Juden und den Kommunisten und den Freimaurern. Dem Abschaum der Erde«, sagte sie freundlich. »Judäobolschewismus – *das* ist der Feind, und wenn Britannien wieder groß werden soll, dann muss der Feind an diesen Küsten ausgemerzt werden.« (»Setzen Sie Nationalismus nicht mit Patriotismus gleich«, hatte Perry Julia gewarnt. »Nationalismus ist der erste Schritt auf dem Weg zum Faschismus.«)

Mrs Ambrose war eingenickt, und wenn sie nicht aufpasste, würde es Julia genauso ergehen. Mrs Scaife redete weiter, ihr Bekehrungseifer war einschläfernd. Juden hier, Juden da, Juden überall. Es klang absurd in seiner Starrköpfigkeit, wie ein verrücktes Kinderlied. Es musste unheimlich praktisch sein, einen Sündenbock für die Übel der Welt zu haben. *(Leider sind Frauen und Juden immer die Ersten, die es trifft.)*

Julia erschien es unwahrscheinlich, dass die Juden eine »Weltrevolution« planten. Andererseits, warum sollten sie nicht? Versunken zwischen lachsfarbenen Damastkissen, erschien es Julia eine ausgezeichnete Idee.

Sie stellte die Tasse vorsichtig auf die Untertasse zurück, achtete auf ihre Bewegungen, als könnte Ungeschicklichkeit sie verraten. Es war ein kleiner Triumph, sich eine Einladung ins innere Sanktum vom Pelham Place verschafft zu haben, aber es war auch eine nervenaufreibende Probe.

Das Mädchen kehrte mit den *Protokollen der Weisen von Zion* zurück und reichte sie Julia wortlos mit einem kleinen Knicks. Bevor Julia ihr danken konnte, huschte sie davon in das Mauseloch, in dem sie vermutlich lebte.

»Dodds ist ein vollkommen hoffnungsloser Fall«, sagte Mrs Scaife und seufzte. (Sie besaß ein umfangreiches Repertoire an Seufzern.) »Sie macht sich so widerwillig die Hände mit Hausarbeit schmutzig, dass man sie glatt für eine Brahmanin halten könnte. Das Mädchen kommt allerdings direkt aus dem Waisenhaus. Sie werden dort als Dienstpersonal ausgebildet. Aber ich kann nur sagen, dass sie sie nicht sehr gut ausbilden. Wir hatten ein sehr gutes deutsches Mädchen, aber sie wurde natürlich interniert. Sie ist auf der Isle of Man. Sie fiel in die Kategorie ›A‹, aber nach der ganzen Aufregung wegen Norwegen und Dänemark fällt sie jetzt in Kategorie ›B‹. Sie ist ein *Hausmädchen*, um Gottes willen, wie soll sie jemandem gefährlich werden?«

»Haben Sie sie auf der Isle of Man besucht?«, fragte Mrs Ambrose, die plötzlich munter wurde. Perry war stets an jeder Form von Kommunikation mit Internierten interessiert.

»Auf der Isle of Man?«, entgegnete Mrs Scaife ungläubig. Mrs Ambrose hätte genauso gut fragen können, ob sie jemanden auf dem Mond besucht hatte.

»Ach nein, wie sollten Sie auch«, wiegelte Mrs Ambrose ab und lachte friedfertig. »Wie dumm von mir. Was habe ich mir nur dabei gedacht?« In dem Versuch, die Stimmung wieder aufzuheitern, sagte sie: »Iris ist auch eine Waise.« Aus ihrem Mund klang es wie eine Errungenschaft.

Mrs Ambrose nahm ihr Strickzeug aus der Tasche. Sie hatte es immer dabei, obwohl Julia den Eindruck hatte, dass sie ständig am selben Teil strickte – es schien nicht größer zu werden oder eine bestimmte Form anzunehmen. »Iris hat ein paar … Fragen«, sagte sie. »Zweifel. Kritik sogar. Am Krieg und unserer Rolle dabei.«

Julia war in der Lage, ziemlich viel nachzubeten, was Godfreys Informanten von sich gaben. »Ja, es ist schwierig zu kontern, wenn die Leute behaupten, die Deutschen hätten den Krieg angefangen, weil man dann nur die Aufmerksamkeit auf sich zieht.«

»Wie wahr«, sagte Mrs. Scaife.

»Ich sage: ›Ich wünschte, nicht wir wären es gewesen, die den Krieg angefangen haben.‹ Dann sind sie für gewöhnlich still.«

»Iris arbeitet im Kriegsministerium«, sagte Mrs Ambrose.
»Oh?«, sagte Mrs Scaife.
»Schrecklich langweiliges Zeug«, sagte Julia. »Überwiegend Ablage.«

Mrs Scaife schien enttäuscht, und Mrs Ambroses Nadeln hielten warnend mitten in einer Masche inne. »Aber so werden Kriege gewonnen und verloren, nicht wahr?«, fügte Julia hastig hinzu.

»Ja. Vermutlich«, sagte Mrs Scaife nachdenklich. »Sie sehen wahrscheinlich viele Dinge.«

Mrs Ambrose nahm das unerbittliche Klimpern ihrer Nadeln wieder auf. »Und Iris' Verlobter ist bei der Marine«, murmelte sie. »Er sieht vermutlich auch viele Dinge.«

»O ja, Ian«, sagte Julia hilfsbereit. »Er ist auf der HMS *Hood*. O Gott, das hätte ich nicht sagen sollen! Es ist wahrscheinlich ein Geheimnis!« Ich bin die Verkörperung der Unschuld, dachte sie.

»Ich werde es niemandem erzählen«, sagte Mrs Scaife beschwichtigend. Auch sie war gut darin, Unschuld zu heucheln.

Julia gab vor, das ekelhafte kleine Buch zu studieren. »Vielen Dank dafür, Mrs Scaife, ich freue mich schon, es zu lesen.«

»Ach, nennen Sie mich Rosamund, meine Liebe«, sagte Mrs Scaife, und Julia merkte, dass in Mrs Ambrose kurz Genugtuung aufflackerte wie bei einer Regisseurin, wenn eine Schauspielerin erfolgreich ihre Rolle spielt.

Das Telefon klingelte, ein störendes Geräusch in dieser vornehmen Atmosphäre. Der Apparat stand auf einer kleinen Louisquinze-Kommode neben dem Fenster, und Mrs Scaife raffte sich vom lachsfarbenen Damast auf, um abzunehmen.

Julia blätterte in den *Protokollen*, gab Interesse an dem verlogenen Inhalt vor, während sie auf Mrs Scaife horchte. Das Telefon der Scaifes war angezapft, aber bislang hatten die Aufnahmen kaum Interessantes erbracht.

Das Telefongespräch schien sich – enttäuschenderweise – um Schweinskotelett zu drehen und wurde vermutlich mit Mrs Scaifes Metzger geführt, es sei denn, »Schweinskotelett« wäre Code. Ein Metzger im East End hatte vor Kurzem ein Schild aufgehängt, auf dem stand: »Wenn Sie Schwein essen, sind Sie willkommen«, eine antisemitische Botschaft, die für die meisten seiner Kunden zu subtil war. Eine Sondereinheit der Polizei hatte ihn festgenommen, aber Julia nahm an, dass er mittlerweile wieder seinem Gewerbe nachging.

Normalerweise sollte doch die Köchin der Scaifes mit dem Metzger verhandeln, oder? Mrs Scaife wirkte nicht wie eine Frau, die sich um häuslichen Stumpfsinn kümmerte. Julia blickte zu Mrs Ambrose, um zu sehen, ob ihr der gleiche Gedanke gekommen war, aber sie strickte weiter seelenruhig linke und rechte Maschen. Es war ihre Passivität, sagte Perry, die sie so gut machte – alle hielten sie für eine harmlose alte Dame, wenn auch mit extrem christlichen Ansichten und einem heftigen Hass auf die Kommunisten. »Sie ist über die militanten christlichen Patrioten zu uns gekommen«, erklärte er.

»Das klingt furchterregend.«

»Ist es auch ein bisschen«, gab er zu und lächelte. Es war eine Erleichterung, zu sehen, dass er seine Niedergeschlagenheit abgeschüttelt hatte. Sollte er sie küssen (das Geschenk direkt vor seiner Nase, der Apfel am Baum, die Perle in der Auster), würde er vielleicht noch mehr lächeln, dachte sie, trotz des Krieges.

Klick, klick, klick, klick, machten Mrs Ambroses Nadeln. Wenn man sie nur hörte und nicht sah, hätte man sie für ein riesiges durchgedrehtes Insekt halten können. Einfacher war es allerdings, sich Mrs Ambrose als eine der *tricoteuses* neben der Guillotine vorzustellen, die fröhlich strickte, während ihr blutige Köpfe vor die Füße rollten.

Mrs Scaifes Rückkehr zum Sofa schloss eine Runde durchs Zimmer ein, bei der sie auf ihre »besseren Stücke« hinwies. »Sèvres«, sagte sie und deutete auf eine Vitrine voll herzzerreißend schönem Porzellan – gelb und golden, bemalt mit pastoralen Szenen. Sie nahm eine kleine Kaffeetasse mit Untertasse heraus, damit Julia sie bewundern konnte. Die Tasse war verziert mit Cherubim, die mit einer hübschen Ziege spielten. Sie frohlocken, dachte Julia.

Auf der dazugehörigen Untertasse bekränzten weitere Cherubim ein Lamm mit Blumengirlanden. Julia spürte Begehren – sie wünschte sich allerdings nicht so sehr das Porzellan als das arkadische Leben, das darauf geführt wurde.

Mrs Scaife setzte die Musterung ihres Hab und Guts fort, fuhr liebevoll über einen großen Sekretär mit Intarsien (»Sheraton«), wedelte mit einer besitzergreifenden Hand zu mehreren Porträts von Vorfahren, bevor sie vor einem der großen Fenster stehen blieb. »Ich bin in Gefahr«, sagte sie beiläufig. »Die Regierung lässt mich natürlich beobachten.« Sie deutete mit einer verächtlichen Handbewegung hinunter auf die Straße. Wirklich? Perry hatte keine Beobachter erwähnt, aber Julia vermutete, dass es sinnvoll war. »Aber ich habe meine eigenen ›Wächter‹. Leute, die mich beschützen.«

Sie nahm ihre Runde wieder auf. Diesmal blieb Mrs Scaife vor einem silbergerahmten Foto vom Herzog und der Herzogin von Windsor stehen, das den Ehrenplatz auf einem kleinen Beistelltisch (»Hepplethwaite«) einnahm. »Ah, die Herzogin«, sagte Mrs Scaife, nahm das Foto und schaute bewundernd auf die dünne arrogante Dame. »Sie war *comme il faut*. Eine von uns selbstverständlich. Sie werden wieder eingesetzt – sobald der Faschismus bei uns triumphiert.«

»Königin Wallis?«, fragte Julia. Es klang nicht königlich.

»Warum nicht?«, sagte Mrs Scaife, kehrte zurück zum Sofa und ankerte *(»Uff«)* erneut auf dem lachsfarbenen Damast.

»Soll ich in den Teeblättern lesen?«, fragte Mrs Ambrose.

Mrs Ambrose war nach eigenen Angaben »so etwas wie eine Hellseherin«. Sie behauptete, es wäre eine Gottesgabe und deswegen mit ihrem christlichen Glauben vereinbar. Es erschien Julia unwahrscheinlich, aber offenbar fühlte sich Mrs Scaife zu allen okkulten Dingen hingezogen und verbrachte lange Stunden eingesperrt mit Mrs Ambrose, starrte auf Kristalle und Wasserschalen und wartete auf Zeichen und Omen. »Der Führer glaubt natürlich, dass unser Schicksal in den Sternen steht«, sagte Mrs Ambrose. Julia fragte sich, ob Mrs Ambrose wusste, dass der MI5 einen Astrologen angestellt hatte, der herausfinden sollte, was Hitlers eigener Astrologe ihm riet, um zu erfahren, was er plante. (»Sieht nach Verzweiflung aus«, sagte Perry.)

»Oh, lesen sie die von Iris!«, rief Mrs Scaife.

Julia reichte ihr etwas unwillig ihre Tasse, und Mrs Ambrose blinzelte hinein. »Ihnen stehen Schwierigkeiten bevor, aber Sie werden sie meistern«, sagte sie. (War die Sibylle von Delphi so langweilig gewesen?, fragte sich Julia.) »Sie haben bereits jemand kennengelernt, der Ihr Leben verändern wird.«

»Zum Besseren hoffentlich«, sagte Mrs Scaife und lachte.

Oh, was für ein Jahrmarktsunsinn, dachte Julia.

Julia war aus ganzem Herzen froh, als Mrs Ambrose sagte: »Wir sollten gehen, Iris.«

»Vielen Dank, Mrs Scaife«, sagte Julia und steckte die *Protokolle* in ihre Handtasche. »Es war so freundlich von Ihnen, mich einzuladen. Und so interessant, ich würde mich gern öfter mit Ihnen unterhalten.«

»Es war mir ein Vergnügen, Iris, meine Liebe. Sie müssen wiederkommen.«

Dodds, das ängstliche Mädchen, brachte sie hinaus und knickste noch einmal, nachdem sie die Tür geöffnet hatte. Julia ließ ihr mitfühlend einen Sixpence in die Hand gleiten, den das Mädchen mit einer weiteren kleinen Kniebeuge rasch einsteckte.

»Wie es scheint, haben Sie bestanden«, flüsterte Mrs Ambrose hocherfreut, als sie die Treppe hinuntergingen.

Julia holte tief Luft. Es war eine große Erleichterung, der stickigen Atmosphäre in Mrs Scaifes Haus zu entkommen und frische Frühlingsluft zu atmen.

Ein Mann, der aussah wie ein Gauner, stand an der Straßenecke, und Julia vermutete, dass er einer von Mrs Scaifes »Wächtern« war. Andererseits konnte er auch einer von Perrys Männern sein. Wer immer er war, sie spürte, wie sein Blick ihnen bis zum Ende der Straße folgte (schrecklicher Ausdruck – als hätte er sich aus seinem Gesicht gelöst!).

»Übrigens«, sagte Mrs Ambrose. »Sie schulden mir Ninepence. Für die *Veruschka*.«

TOTER BRIEFKASTEN

- 13 -

6. PROTOKOLL (Forts.)
19.50

DOLLY. (Forts.) Bei ihnen ist er sich sicher, aber woher weiß er, dass er sich bei ihnen sicher sein kann?
GODFREY. Hm. Ruft er an?
DOLLY. Ja. Und er schreibt.
GODFREY. Er schreibt?
TRUDE. Sie könnten eine Postkarte schreiben.
GODFREY. Das ist doch MONTGOMERY, oder?
DOLLY. Ja, MONTGOMERY. Ich glaube, er hat ganz schön viel gesagt. Ich habe ihn gefragt, ob er jemanden von den Leuten kennt, die antideutsch sind, und er hat gesagt, dass einige Kommunisten darunter sind. Ich habe gefragt, ob er wüsste, wer sie sind, und er hat gesagt: O ja, ich kenne einen oder zwei von ihnen. Er hat mir nicht gesagt, wen. Ich könnte ihn natürlich später dazu überreden. Damit könnten wir was anfangen, oder?
GODFREY. Ja, ja.
TRUDE. Es ist verflucht ärgerlich, dass Sie ihn nur eine halbe Stunde in der Woche sehen können.
DOLLY. Er hat gesagt, dass er nicht viel mit anderen Leuten redet, nur wenn er sich bei ihnen sicher ist.
GODFREY. Ich nehme nicht an ... (zwei Wörter) Telefon.
TRUDE. Nein, das nützt nichts. Ich sehe ihn am Freitag. Ich werde ihn an seinem Arbeitsplatz treffen.

GODFREY. Das ist sehr gut.

TRUDE und DOLLY bereiten sich zum Gehen vor, und dann sagt TRUDE —

Julia gähnte ausgiebig. Am Abend zuvor war sie im Dorchester gewesen, wo Lew Stone und seine Band gespielt hatten, und sie und Clarissa hatten sich erst in den frühen Morgenstunden durch die Verdunkelung nach Hause getastet. Sie hatte zu viel getrunken, und infolgedessen war die tägliche Langeweile an der Schreibmaschine noch schwerer zu ertragen als gewöhnlich – sie musste mehrmals hinhören, um zum Kern dessen vorzudringen, was die Informanten sagten. Und so war ihr die Unterbrechung nur willkommen, als es an der Tür klingelte.

Morgens kam grundsätzlich niemand außer einem Botenjungen zum Dolphin Square, doch diesmal war es kein Junge, sondern ein Mann, den Julia zwar wiedererkannte, aber nicht sofort platzieren konnte.

»Ah, die berühmte Miss Armstrong«, sagte er, als sie ihm die Tür öffnete. (Berühmt? Wofür?) Er nahm den Hut ab und trat ein, ohne aufgefordert worden zu sein. »Oliver Alleyne«, sagte er. Natürlich. (»Er ist ehrgeizig«, hatte Perry gesagt.) Er war in Begleitung eines kleinen, mürrisch dreinblickenden Hundes. Mit seinem missmutigen Gesicht und den nach unten hängenden Barthaaren erinnerte er Julia an den verdrossenen cholerischen Oberst, den sie in der Woche zuvor kennengelernt hatte, als sie Perry nach White Hall begleitet hatte. *(Frankreich wird fallen! Verstehen Sie? Versteht irgendjemand?)*

»Mr Gibbons ist leider nicht da«, sagte Julia. Doch der Mann ging bereits durch den Flur, der Hund trottete ihm gehorsam hinterher.

Oliver Alleyne betrat das Wohnzimmer, als gehörte es ihm, und sagte: »Hier versteckt sich Perry also? Das ist Perrys Versteck?« Die Vorstellung schien ihn zu amüsieren. Alleyne sah sehr gut aus, was Julia ziemlich umhaute. Hätte sie ihn eingelassen, wenn er weniger attraktiv gewesen wäre?

»Er ist nicht da.«

»Ja, das haben Sie schon gesagt. Er ist in den Scrubs, ich habe ihn dort gerade gesehen. Ich wollte mit Ihnen sprechen.« Der Hund legte sich auf den Boden und schlief sofort ein, als wüsste er, dass ihm eine lange Wartezeit bevorstand.

»Mit mir?«

Alleyne legte seinen Hut unverfroren auf Perrys Sekretär neben die Büste von Beethoven. Er nahm die Büste in die Hand und sagte: »Gott, das Ding wiegt eine Tonne. Damit könnte man jemanden erschlagen. Wer soll das sein?«

»Beethoven, Sir.«

»Wirklich?«, sagte er verächtlich, als wäre Beethoven ein Niemand. Er stellte die Büste wieder auf den Sekretär und setzte sich lässig auf eine Ecke ihres Schreibtischs. »Ich wollte Sie fragen, ob Sie vielleicht Zeit erübrigen können?«

»Nicht wirklich.«

Er nahm die Seiten, die sie gerade getippt hatte, und sagte: »Ach, du lieber Gott, Mädchen, das ist ja Plackerei auf niedrigstem Niveau.« Er hatte eine angenehme Stimme, wohlerzogen, aber mit rollendem R, einer Spur Kaledonien. (»Angloschottisch«, erzählte ihr Clarissa später. »Seine Familie besitzt ganze Landstriche in den Highlands, aber sie fahren nur hin, um zu töten. Hirsche, Moorhühner und so weiter.«)

Er begann, laut vorzulesen, als wäre es ein Drehbuch und er ein schlechter Schauspieler. (Sie war sicher, dass er es nicht war.) »*Aber vielleicht hätte er es mir gesagt, zu anderen Leuten sagt er vielleicht nicht so viel.*« Dolly, die echte Dolly, hatte einen bedauernswerten Midlands-Akzent, doch Oliver Alleyne las sie im Stil von Celia Johnson und verwandelte sie in jemanden, der zugleich lächerlich und seltsam anrührend war.

»*Bei ihnen ist er sich sicher, aber woher weiß er, dass er sich bei ihnen sicher sein kann?*

Godfrey. *Hm. Ruft er an?*

Dolly. *Ja. Und er schreibt.*

Godfrey. *Er schreibt?*«

Julia schaute zu Oliver Alleynes Hund, der unter Perrys Sekretär schlief. Er öffnete ein spekulatives Auge und blickte sie an. Ihr wurde klar, dass er Schlaf vortäuschte.

»Trude – die Norwegerin?«

»Ja, Sir.«

»Trude. *Sie könnten eine Postkarte schreiben.*« (Bei ihm klang Trude absurd, eher pseudospanisch als skandinavisch.) »Du lieber Gott, Miss Armstrong, wie halten Sie das aus?«

»Das sollten Sie eigentlich nicht lesen, Sir.« Sie konnte sich ein Lächeln nicht verkneifen. Sein Verhalten lud ein zu Ungezwungenheit, Vertraulichkeit sogar. Im Vergleich zu Perry wirkte er oberflächlich. Vermutlich hatte sie selbst eine oberflächliche Seele, warum sonst sollte sie diese Eigenschaft ansprechend finden?

»Ich darf«, sagte er. »Ich bin der Boss.«

»Wirklich?«, fragte sie zweifelnd.

»Perrys Boss jedenfalls.« Das hatte Perry nie erwähnt. Julia hatte nie daran gedacht, dass Perry einen Boss haben könnte. Sie sah ihn jetzt in einem anderen Licht.

»Wie ich höre, leistet ›Miss Carter-Jenkins‹ ausgezeichnete Arbeit«, sagte Oliver Alleyne. »Freundet sich mit Mrs Scaife an und so weiter. Kleine Tête-à-Têtes.«

Ja, Julia sei ein »großer Erfolg« bei Mrs Scaife, hatte Mrs Ambrose Perry berichtet. Sie hatte mittlerweile mehrere Nachmittage am Pelham Place verbracht und mit Mrs Scaife und verschiedenen Ausgaben der 18b-Witwen Tee getrunken – Frauen, deren Männer wie Mrs Scaifes Konteradmiral in Haft waren. »Meine junge Freundin«, nannte Mrs Scaife sie. »Ich wünschte, meine eigene Tochter wäre so aufmerksam.« (»Ziehen Sie sie langsam an Land«, sagte Perry. »Es ist ein Geduldsspiel.«)

»Sie sind perfekt platziert, um mitzukriegen, wer dort kommt und geht, finden Sie heraus, was sie denken«, sagte Perry. »Hören Sie einfach zu. Irgendwann wird sie etwas Nützliches sagen. Das tun sie alle.«

Doch die Gespräche gingen selten über die Grausamkeit der Butterrationierung oder den Mangel an gutem Personal hinaus, da sich alle freiwillig zum Militär meldeten; das Ganze gepfeffert mit den üblichen antisemitischen Kommentaren. Das Rote Buch wurde ein-, zweimal erwähnt, und Mrs Scaife vermittelte eindeutig den Eindruck, dass es sich irgendwo im Haus befand, aber mehr sagte sie dazu nicht.

Perry hatte ihr eine winzige geheime Kamera gegeben, versteckt in einem Feuerzeug – in dem Feuerzeug, das er bei der Otter-Expedition dabeigehabt hatte. (Hatte er sie heimlich fotografiert, als sie auf der kalten Plane saß?)

»Mikrofilm«, sagte er. Von den »Tüftlern« des MI5 entwickelt. Bislang hatte Julia jedoch kaum Gelegenheit gehabt, die Kamera zu benutzen, da sie die meiste Zeit in dem lachsfarbenen Wohnzimmer festsaß.

Wenn sie sich »die Nase pudern« wollte – Mrs Scaife zog Euphemismen für die unvermeidlichen Folgen des vielen Teetrinkens vor –, dann wurde sie jedes Mal in eine Toilette im Erdgeschoss geschickt, obwohl sich alle interessanten Dinge am Pelham Place in den oberen Stockwerken befanden. Ein paar Tage zuvor hatte sie einen kleinen Triumph erlebt, als es ihr gelang, ein paar Briefumschläge zu fotografieren, die auf einem kleinen Tisch im Flur darauf warteten, dass die arme kleine Dodds sie zur Post brachte.

Der MI5 glaubte, dass der Right Club Kontakt zu seinen Freunden in Deutschland über Dritte in der belgischen Botschaft hielt, und Perry war höchst interessiert daran, zu sehen, mit wem Mrs Scaife korrespondierte. Er hatte Julia in eine obskure Abteilung der Post in Dollis Hill geschickt, wo sie lernen sollte, Umschläge zu öffnen und wieder zu schließen und Schlösser an Briefkästen und Truhen und so weiter zu knacken. Sie wollte diese neu gelernten Fähigkeiten unbedingt anwenden.

Ein Umschlag adressiert an »Herrn William Joyce« (»Der verdammte Held der Fünften Kolonne«, sagte ein angewiderter Perry) lag verlockend ganz oben auf dem Stapel, doch leider hatte Mrs Scaifes Köchin Julias Spionagebemühungen unterbrochen, als sie aus ihrer Küchenhöhle herauftrampelte mit einem Vorschlag fürs Abendessen, den ihre Herrin billigen sollte.

»Hummer«, sagte sie, verdrehte vor Julia die Augen und schnaubte, als wäre Hummer ein besonders lästiger Gast, mit dem sie es zu tun hatte.

Zu Julias Überraschung waren Hummer nicht rationiert, sondern einfach nur schwer erhältlich, und sie hatte erst letzte Woche mit Perry bei Prunier Hummer gegessen. Als er sie einlud, hatte sie auf romantisch flackerndes Kerzenlicht und vielleicht eine zweite Runde Händchenhalten (oder schmerzhaftes Zupacken) über den Tisch hinweg gehofft. Die Art Abendessen, bei dem ein Mann seine unterdrückte Leidenschaft enthüllt. *(Miss Armstrong, ich kann meine Gefühle für Sie nicht länger für mich behalten.)* Stattdessen hatte er ihr einen Vortrag über das Essen gehalten.

»Der gemeine europäische Hummer oder *Homarus gammarus*«, sagte Perry, als das unglückselige Krustentier vor sie gestellt wurde. »Das Exoskelett ist im Wasser natürlich blau, die roten Pigmente werden erst durch das Kochen freigesetzt – üblicherweise lebend«, fügte er hinzu und riss eine Schere ab, als würde er eine Autopsie durchführen. »Jetzt müssen Sie die Beine abreißen und das Fleisch heraussaugen.«

Mit etwas Widerwillen befolgte sie seine Instruktionen. Schließlich wäre es eine Schande, umsonst bei lebendigem Leib gekocht zu werden.

Die Tändelei nach dem Essen bestand in einem zehnseitigen Diktat beim Kaffee, bis sie schielte. (*»Er wurde davon in Kenntnis gesetzt, dass die BBC Tag und Nacht mithört und –* Großbuchstaben, Miss Armstrong *– KEINE SOLCHEN SENDUNGEN gehört hat.«*) Jede Menge unterdrückter Leidenschaft, aber nicht für sie.

»Ja, ich gehe heute Nachmittag zum Tee zum Pelham Place«, sagte sie zu Oliver Alleyne. Die Aussicht auf mehr Tee war öde, sie hatte genug Tee mit Mrs Scaife getrunken, um die HMS *Hood* zu versenken. Wie ging es Ian?, fragte sie sich. Iris' fiktiver Verlobter (und automatisch auch ihrer) gewann jeden Tag an Format. Eine rasche Beförderung zum Hauptmann, eine breitere Brust, volleres Haar. Charmantes Benehmen, aber darunter ein Herz aus Stahl, während er männlich auf der Brücke stand und die HMS *Hood* irgendwo auf der Hochsee herumschipperte –

»Miss Armstrong?«

»Was genau wollen Sie, Sir?«

»Sie, Miss Armstrong«, sagte Oliver Alleyne. »Ich will Sie.«

»Ich bin sehr beschäftigt.«

»Selbstverständlich«, sagte er. »Und ich kann mit der großen Dramatik dieser Arbeit kaum mithalten.« Er warf die getippten Seiten auf den Schreibtisch, sodass sie verstreut herumlagen. Ich werde sie später wieder sortieren müssen, dachte Julia verärgert. »Aber Sie werden kaum Zeit dafür aufwenden müssen – eigentlich gar keine. Was sagen Sie?«

»Habe ich die Wahl, Sir?«

»Nicht wirklich.«

»Dann lautet die Antwort also ›Ja‹.«

»Ausgezeichnet. Nun – zum Geschäft. Das muss strikt unter uns bleiben. Haben Sie verstanden?«

»Ja.«

»Es ist ziemlich heikel. Es betrifft unseren Freund Godfrey Toby.«

»Godfrey?«

»Ja. Ich möchte, dass Sie ihn im Auge behalten.«

Schon wieder so ein schrecklicher Ausdruck, dachte Julie. »Godfrey?«

»Ja. Werfen Sie ein Auge« (noch schlimmer!) »auf alles, was Ihnen komisch vorkommt.«

»Komisch?«, wiederholte Julia.

»Ungewöhnlich, untypisch«, sagte er. »Auch nur Kleinigkeiten.«

Julia war überrascht. Godfrey war die Verkörperung von Seriosität.

»Ist Ihnen in letzter Zeit etwas aufgefallen?«

»Also ... vor ein paar Tagen ist er zu spät gekommen.«

»Ist das ungewöhnlich?«

»Nur weil er nie zu spät kommt.« *(Man kann die Uhr nach Godfrey stellen.)* »Wohl kaum ein Grund, ihn zu verurteilen. Ich komme ständig zu spät.«

Julia und Cyril waren in der Wohnung gewesen – Cyril wartete die Geräte, und Julia tippte stoisch Godfreys Aufzeichnungen vom Vortag –, als sie laute besorgte Stimmen im Hausflur hörten. Jemand begann so heftig und hartnäckig an die Tür der Nachbarwohnung zu klopfen, dass es sogar durch die Schalldämpfung (die sich als mangelhaft herausgestellt hatte) zu hören war.

Ein besorgter Cyril kam aus seinem Bau heraus und sagte: »Godfrey ist noch nicht da, Miss. Er kommt nie zu spät. Sie warten draußen auf ihn.«

Sie schlichen zur Wohnungstür und horchten. Julia erkannte Bettys zänkische Tonlage und Victors nördliches Knurren. Sie schienen aufgebracht, beunruhigt – besorgt vielleicht, dass der Geheimdienst seine Identität aufgedeckt hatte (und deshalb auch die ihre). Sie waren gereizt, Schafe ohne Schäfer. Oder Ratten ohne Rattenfänger. (»Sie sind Godfrey gegenüber sehr loyal«, hatte Perry vor Kurzem zu ihr gesagt.)

»Wenn er verhaftet worden ist, sind wir die Nächsten«, sagte Victor.

»Wir sollten gehen«, sagte Betty. »Ich werde ihn anrufen.« Sie murmelten, dass das belastend sein könnte, wenn Godfreys Telefon abgehört würde, dann klopften sie wieder an der Tür nebenan, und schließlich hörte Julia erleichtert Godfreys Stimme lauter werden, der sich näherte und sich für sein Zuspätkommen entschuldigte, gefolgt von beruhigtem (und nachtragendem) Getuschel der Nachbarn.

Sie haben Angst gehabt, dachte Julia. Gut so. Sie sollten Angst haben.

»Hat er gesagt, warum er spät dran war?«, fragte Oliver Alleyne.

»Es war nichts«, erwiderte Julia. »Die U-Bahn war verspätet. Ich weiß gar nicht, warum ich es überhaupt erwähne.«

»Aber genau das ist es, wofür ich mich interessiere!«, sagte er. Er lächelte sie an. Wölfisch, dachte sie, ein Klischee aus den Liebesromanen ihrer Mutter, aber treffend. Es hing vermutlich davon ab, ob man Wölfe attraktiv fand oder nicht. Er hatte etwas Verschlagenes – als wolle er sie gleich schänden –, und sie fragte sich, wie es wäre, von ihm geküsst zu werden. Ziemlich brutal, stellte sie sich vor.

»Miss Armstrong?«

»Sir?«

»Noch etwas?«

»Nein.«

Da war natürlich noch diese merkwürdige Begebenheit letzte Woche, als sie Godfrey in Kensington Gardens über den Weg gelaufen war. Perry hatte gesagt, sie solle sich den Nachmittag freinehmen – er schien die Wohnung am Dolphin Square für sich allein haben zu wollen, obwohl er keinen Grund dafür nannte, und sie fragte nicht nach –, deswegen machte sie einen Schaufensterbummel in der Stadt, trank bei Fuller in der Strand Tee und aß ein Stück Walnusskuchen, bevor sie *Rebecca* im Curzon in Mayfair anschaute. Anschließend beschloss sie, durch die Parks nach Hause zu gehen. Es war früher Abend – die magische Stunde –, und Julia machte einen Umweg zum Buckingham-Palast, weil sie vom Bus aus dort ein Beet mit roten Tulpen erspäht hatte und die Blumen genauer in Augenschein nehmen wollte. London war kriegerisch grau, und jeder Farbfleck war willkommen. Es würde vermutlich nicht lange dauern, bevor sie die Tulpen ausrissen und stattdessen Kohlköpfe und Zwiebeln pflanzten. Es war zweifelhaft, dass Gemüse das Herz dann genauso erfreuen würde.

Cyril hatte ihr erzählt, dass er im Hyde Park Schafe hatte weiden sehen, und die wollte sie ebenfalls noch suchen. Sie dachte an Mrs Scaifes Sèvres. Der Hyde Park würde vermutlich nicht wie Arkadien aussehen. Tatsächlich tat er es nicht. Keine Schafe, nur die Plattformen der Flugabwehrkanonen, die dort zusammengebaut wurden.

In Kensington Gardens sah sie plötzlich Godfrey Toby auf einer Bank sitzen, allerdings brauchte sie einen Augenblick, um ihn außerhalb des Dolphin-Square-Habitats zu erkennen. (Er »streifte frei herum«, dachte sie. Ein gefährlicher Elefant.) Sie nahm an, dass er unterwegs in die Wohnung war und die Gelegenheit nutzte, die Frühlingsluft zu genießen, bevor er sich mit seinen Informanten einschließen musste. Neben ihm auf der Bank lag eine Zeitung – *The Times* –, aber er las sie nicht, sondern saß da wie jemand, der in einem Kreuzgang meditierte, die Hände auf die Knie gestützt, die Augen geschlossen. Er sah so friedlich aus, dass Julia ihn nicht stören wollte. Andererseits war es vielleicht unhöflich, sich zu verhalten, als wäre er nicht da.

Bevor sie dieses Dilemma lösen konnte, stand er plötzlich auf und ging davon, offenbar ohne sie zu sehen. Die Zeitung hatte er auf der Bank liegen lassen. Sie schien ungelesen, wahrscheinlich war er so in Gedanken versunken gewesen, dass er sie vergessen hatte. Wenn sie sich beeilte, könnte sie ihn vielleicht einholen *(Mr Toby! Mr Toby!)* und sie ihm geben. Bevor sie bei der Bank anlangte, kam jedoch ein Mann raschen Schritts den Weg entlang. Er war groß und imposant und trug einen schweren Mantel mit Persianerkragen, in dem er noch größer und imposanter aussah. Er ging an der Bank vorbei, griff nach der Zeitung und nahm sie mit, ohne innezuhalten.

Obwohl sie nichts gegen das Entwenden liegen gelassener Zeitungen einzuwenden hatte – man musste sie ja nicht gleich wegwerfen –, war Julia Godfreys wegen aufgebracht. Der Mann mit dem Persianerkragen ging so schnell, dass er fast nicht mehr zu sehen war, und zudem in die entgegengesetzte Richtung, sodass sie Godfrey unmöglich mit seiner Zeitung wiedervereinigen konnte. Dennoch lief Julia Godfrey nach, sie wollte zumindest Hallo sagen, jetzt, da seine Meditation beendet war.

Sie sah einen Handschuh – Leder, mit Wolle gefüttert, ziemlich abgewetzt – auf dem Weg liegen, den sie als seinen wiedererkannte und aufhob. Wie viel Ballast würde er noch abwerfen?, fragte sie sich. Oder vielleicht legte er wie Hänsel und Gretel mit den Brotkrumen eine Spur in der Hoffnung, den Weg hinaus aus Kensington Gardens zu finden (was er jetzt wegen ihr nicht mehr könnte). Sie betrachtete den Handschuh, als wäre er ein Hinweis auf etwas. Auf diese Weise pflegten Frauen einen Mann dazu zu bringen, sie zu bemerken, oder? *(Oh, Miss, ich glaube, Sie haben etwas fallen gelassen.)* Es schien unwahrscheinlich, dass das Godfreys Motiv war.

Sie beschleunigte den Schritt und zog ihn am Ärmel seines Mantels. Er drehte sich um, blickte kurz wirklich beunruhigt drein, als würde er von Wegelagerern überfallen, erhob den Gehstock – drohend –, doch dann erkannte er sie, und die Beunruhigung in seinem Gesicht wich Überraschung.

»Ich bin's nur, Mr Toby«, sagte sie. »Sie haben einen Handschuh verloren.«

»Danke, Miss Armstrong«, sagte er und schien beschämt über seine Reaktion. »Ich hätte mich über seinen Verbleib gewundert.« Er nahm den zweiten aus der Manteltasche, zog beide Handschuhe an und sagte: »So, jetzt kann ich sie nicht mehr verlieren.«

Warum hatte er die Handschuhe nicht vorher schon getragen?, fragte sie sich. Die Dämmerung war kühl, und jetzt war es fast dunkel.

»Sind Sie mir gefolgt?«, fragte er freundlich.

»Nein, ganz und gar nicht. Ich war auf dem Heimweg.«

»Ah. Vielleicht kann ich Sie bis zur Albert Hall begleiten?« Er hielt ihr seinen Arm hin, und Julia fragte sich, ob sie wie ein nicht zusammenpassendes Liebespaar aussahen, das durch den dämmrigen Park spazierte. Oder wie etwas moralisch noch Fragwürdigeres. *(Sie haben ja doch eine kleine Flamme, Gibbons. Wer hätte das gedacht?)*

Sie plauderten über Belangloses, nichts, woran sie sich später noch wirklich erinnern konnte, abgesehen von ein paar Sätzen über die Neutralität Hollands (»Sie wird ihnen letztlich nichts nützen«), begleitet von dem *Klopf-klopf-klopf* seines Gehstocks. Sie trennten sich an der Albert Hall. »Nun, bis demnächst«, sagte er, und erst als er gegangen war, fiel ihr ein, dass sie vergessen hatte, ihm von der Zeitung zu erzählen. Aber vermutlich war es nicht wichtig.

Und dennoch. Der Mann im Mantel mit dem Persianerkragen hatte sich so rasch auf Godfreys *Times* gestürzt, fast als hätte er darauf gewartet. Und obwohl sie ganz sicher gewesen war, dass Godfrey den Handschuh wirklich einfach verloren hatte – vielleicht täuschte sie sich, vielleicht war es eine Art Signal gewesen. Und seine Bestürzung, als sie ihn angehalten hatte, als würde er mit einem Angriff rechnen. Persianer war das Fell ungeborener Lämmer. *Vor der Zeit geschnitten aus dem Mutterleib* wie in *Macbeth*, dachte Julia und schauderte bei der Vorstellung.

»Noch etwas?«, fragte Oliver Alleyne.

»Nein, Sir. Er tut nie etwas Ungewöhnliches.« Es war eine Frage der Loyalität, oder? Vielleicht auch des Vertrauens. Sie vertraute Godfrey auf eine Weise – instinktiv –, wie sie Oliver Alleyne nicht vertraute. »Warum?«, fragte sie, ihre Neugier war geweckt.

»Niemand ist absolut unschuldig, Miss Armstrong.« Ein ungeborenes Lamm vielleicht, dachte Julia. Er ließ sie in den vollen Genuss seines verwegenen Lächelns kommen. Wie Clarissa später erzählte, war er mit einer Schauspielerin verheiratet. »Sie ist ziemlich bekannt. Georgina Kelloway.« (Vielleicht erklärte das seine

Neigung zur Theatralik.) Julia hatte seine Frau in einem Stück von Noël Coward auf der Bühne gesehen. Sie war ziemlich auffällig gewesen, aber das hatte die Rolle verlangt. Unschuld war nicht im Angebot gewesen.

Oliver Alleyne nahm seinen Hut vom Sekretär und sagte: »Ich gehe dann mal.« Der Hund erwachte sofort und saß aufmerksam in Habtachtstellung da. »Und bitte, wie gesagt, das bleibt alles unter uns, Miss Armstrong. Streng vertraulich. Sprechen Sie mit niemandem darüber.«

»Auch nicht mit Perry?«

»Insbesondere nicht mit Perry. Godfrey ist Perrys Mann.«

»Ich bin Perrys Mädchen«, sagte Julia.

»Ich glaube nicht, dass Sie irgendjemandes Mädchen sind, Miss Armstrong.«

Er ging zur Tür. Der Hund blieb sitzen, und Julia sagte: »Sir? Mr Alleyne? Sie haben Ihren Hund vergessen.«

Er wandte sich um, sah den Hund an und sagte: »Oh, er gehört nicht mir. Ich dachte, Sie könnten mir vielleicht den Gefallen tun und ihn für eine Weile aufnehmen.«

»Ich?«, sagte sie erschrocken.

»Sie heißt Lily. Offenbar ist sie ein Zwergschnauzer.« Reimt sich auf Mauser, dachte Julia.

Der Hund, der Oliver Alleyne beunruhigt angesehen hatte, wandte seine Aufmerksamkeit jetzt Julia zu. Sie hatte nicht gewusst, dass ein Hund zweifelnd dreinblicken konnte.

»Der Besitzer musste ins Ausland«, sagte Oliver Alleyne.

»Für Sie? Für den MI5?«

»Unter der Bedingung, dass wir uns um ihren Hund kümmern.«

»Eine Frau?«

»Der Hund ist eine Art ... Lösegeld, könnte man sagen.« Der Hund schaute ihn neugierig an, als würde er über die Bedeutung von »Lösegeld« nachdenken. »Um sicherzugehen, dass sein Frauchen zurückkehrt. Mehr müssen Sie nicht wissen, das versichere ich Ihnen.«

»Ich weiß nichts über Hunde«, sagte Julia.

»Dann haben Sie jetzt die Chance, etwas über sie zu lernen«, sagte er frohgemut. »Wir zahlen. Für sein Fressen und so weiter.

Wir sind sehr dankbar. Und, Miss Armstrong? Passen Sie auf, dass dem Hund nichts passiert. Das ist wirklich wichtig.«

Sie brachte ihn zur Tür. Er bedachte sie wieder mit seinem verwegenen Lächeln. Die Wirkung ließ deutlich nach. »Und, Miss Armstrong – die Sache mit unserem Freund. *Semper vigilans,* Miss Armstrong, *semper vigilans.* Und jetzt will ich Sie nicht länger von der Arbeit abhalten.«

KRIEGSANSTRENGUNG

- 17 -

7. PROTOKOLL
(Forts.)

D. Nein, ich habe mich nur gewundert.
G. Es ist ein bisschen weit weg, oder?
T. Ja, das ist es wirklich. Mir ist einfach niemand anderer eingefallen, der interessant wäre.
G. Fällt Ihnen jemand ein, der gestorben ist (?Bin bei diesem Satz nicht sicher)
T. Nein. (lacht) Nicht dass sie was nützen würden, oder? Es ist schade, dass der Mann gestorben ist, nicht wahr?
G. ... (unverständlich)
D. Welcher Mann?
T. ... (?) (Gelächter)
G. Ja, das ist sehr schade. Er wäre ein sehr guter Mann gewesen.
T. Ja, ziemlich nützlich.
G. Wie lautet die Telefonnummer?
T. BUNTINGFORD (?)214 BUNTINGFORD (HUNTINGFORD??) ist das nächste Fernsprechamt (drei Wörter).
G. Und er hat ganz bestimmt gesagt –
T. Ja, ja.

Auf Anweisung von oben musste alles getan werden, um Papier zu sparen, deswegen kürzte Julia die Namen mit den Initialen ab und tippte auf beide Seiten der Blätter. Weniger wegzuwerfen, wenn sie den Krieg gewannen, und weniger zu vernichten, wenn sie verloren. (»Wir werden alles loswerden müssen«, sagte Perry. »Wenn nötig, brennen wir das Gebäude ab.«)

GODFREY geht, um Sandwiches zu kaufen. TRUDE und
DOLLY suchen wie verrückt nach Mikrofonen. Krei-
schendes Gelächter. GODFREY kehrt mit den Sandwiches zurück und fragt sie, ob sie »gründlich« nach
Mikrofonen gesucht hätten. Mehr Gelächter. Sie
scheinen zu glauben, dass die Gestapo ihre Gespräche aufnimmt (nicht der MI5). Sie kommentieren die
Qualität der Sandwiches (»gut«).

(Kekspause.)

D. Ich habe vergessen zu erzählen — ich habe eine
5£-Spende von MRS BRIDGE. Für den Gestapo-Fonds.
G. Oh, aber das macht nur Probleme mit der Buch-
führung und so weiter. Sie wollen kein Geld von
auswärtigen Quellen. Papierkram, ihr wisst schon.

Julia musste lachen.
»Miss?«
»Oh, hallo, Cyril, ich habe gar nicht mitgekriegt, dass Sie ge-
kommen sind. Sie geben Godfrey Geld für den ›Gestapo-Fonds‹.«
»Was ist das?«
»Das weiß nur der liebe Gott. Irgendwas, das ihre kollektive
fiebrige Fantasie erfunden hat. Ganze fünf Pfund sogar.«
»Damit könnten wir uns alle einen schönen Abend machen,
Miss.«
Das Wort »Gestapo« schien die Nachbarinnen in Aufregung zu
versetzen. Vor allem Betty und Dolly wollten immer Godfreys
»Gestapo-Karte« sehen – den Gestapo-Ausweis, den die »Berliner
Polizeidirektion« angeblich 1938 ausgegeben hatte. Der MI5 hatte
eine sehr gute Fälschungsabteilung, unnötig zu erwähnen.
Godfrey sprach gut Deutsch, in Julias Ohren klang es fließend.
Er hatte in jungen Jahren Zeit dort verbracht, hatte er Julia erzählt.
»Heidelberg. Und den Krieg natürlich.« Was hatte er im Krieg ge-
tan?
»Dies und das, Miss Armstrong. Dies und das.«
Trude sprach manchmal Deutsch mit ihm, auch wenn ihr

Deutsch nicht besonders gut war. (Sie hielt es natürlich für gut.) Betty und Dolly liebten es, wenn er Deutsch sprach, es bestätigte seine Legitimität und auch ihre. Sie dienten dem Dritten Reich, und Godfrey war der Beweis.

7. PROTOKOLL (Forts.)

Sie unterhalten sich leise über Leute, aber es ist schlecht zu hören. Gegen 14.45 sprechen sie davon, wann VICTOR kommen wird. 16.05 geht TRUDE etwas kaufen. Mehr Geplauder. TRUDE kommt zurück.

8. PROTOKOLL
16.25

TRUDE und EDITH scherzen mit GODFREY darüber, was sie mit seiner Leiche tun sollen, sollte er sterben. TRUDE sagt, dass es nur gut sei, dass er nicht gestorben ist, noch nicht. GODFREY lacht. Sie sprechen weiter über die Entsorgung der Leiche.

T. Ich habe eine gute Idee, wo man eine Leiche verstecken kann. Wir könnten sie in eine Kohlenklappe im Gehweg werfen.

(Allseits Gelächter)

G. Welche Kohlenklappe?
T. Vom Carlton Club.

(Gelächter)

G. Und was soll ich tun, wenn Sie sterben?
T. Das Gleiche.
E. Wir könnten alle Kohlenkeller auffüllen.
T. Mit Juden!

Es klingelt an der Tür. GODFREY geht öffnen. GOD-
FREY kehrt zurück.

G. VICTOR ist da.

»Haben Sie das gestern gehört, Cyril? Als sie darüber gesprochen haben, wie man eine Leiche entsorgt?«

Cyril lachte. »Der Kohlenkeller vom Carlton Club? Wir wissen, wo wir nachsehen müssen, wenn Godfrey verschwindet.«

»Ziemlich clever.«

»Man sollte es tun, bevor eine große Kohlenlieferung kommt. Dann würde die Leiche lange Zeit nicht entdeckt. Keine gute Idee in dieser Jahreszeit, es wird wärmer.«

»Sie haben viel darüber nachgedacht, Cyril.«

»Das habe ich. Ich würde gern diese Trude in einen Kohlenkeller werfen. Sie ist ein fieses Stück.«

»Sie ist ein harter Brocken«, pflichtete ihm Julia bei. »Ich möchte ihr nachts nicht in einer dunklen Gasse begegnen.«

Das Farbband der Imperial musste demnächst gewechselt werden. Julia überlegte, wie viel sie damit noch tippen konnte, bevor die Worte der Nachbarn vollkommen verblassten. Die Zeit würde auch ihr Werk tun. Eines Tages würden sie ihr schließlich alle anheimfallen, zu nichts verblassen, nicht wahr?

- 23 -

9. PROTOKOLL

GODFREY zählt Wechselgeld ab.

G. Und zwei Threepence macht 5/6. Wie lang dauert
es, bis Sie nach Liverpool durchkommen?
V. Fünf Minuten (25?) manchmal. Von einem Telefon
im Postamt in der St James Street — Whitehall
4127.
G. Wie viel kostet es?
V. Ungefähr 2/6.

Viel Papierrascheln, deswegen mehrere Minuten des
Gesprächs unverständlich.

19.50

Da es regnet, schlägt GODFREY vor, in das italienische Restaurant auf der anderen Straßenseite
zu gehen, er würde mit VICTOR später dazustoßen.

TRUDE und EDITH gehen.

»Er steht auf ziemlich vertrautem Fuß mit ihnen, oder?« sagte Cyril und las über Julias Schulter hinweg.

Wer studierte diese Gespräche wirklich? Selbstverständlich sollte Perry es tun, aber er las oft Godfreys eigene Berichte, statt sich mit den Abschriften zu langweilen. (Julia konnte es ihm nicht verübeln.) In letzter Zeit war sie nicht sicher, dass er überhaupt etwas las, da er in Düsternis versunken schien. *(Entschuldigung, Miss Armstrong, der Trübsinn hat mich in den Fängen.)* Wieder einmal, dachte sie.

»Sie gehen ziemlich oft aus«, sagte sie zu Cyril. Da war das italienische Restaurant auf der anderen Straßenseite, das Godfrey zu bevorzugen schien, und es gab auch noch ein Schweizer Restaurant in der Nähe. Und ein Pub, das sie alle mochten – das Queen's Arms –, doch dorthin ging er vor allem mit den Männern, nicht so sehr mit den Frauen.

»Ich würde es nicht unbedingt ›vertraut‹ nennen«, sagte Julia und zog die Schutzhaube über die Imperial. »Es gehört zum Job, sie sollen sich sicher mit ihm fühlen.«

»Ja, aber wir können sie nicht aufnehmen, oder, Miss? Nicht wenn sie ihre *Spaghetti* essen.« Er sprach das Wort verächtlich aus. Fremdländisches Essen hatte keinen Platz in Cyrils Vokabular, da er ein Aalpasteten- und Kartoffelbreijunge aus Rotherhithe war.

»Nein.« Sie stand auf und holte ihren Mantel. »Sie sind früh dran, oder, Cyril?«

»Nein, Miss. Sie sind noch spät da. Haben Sie die Nachrichten gehört?«

»Churchill wird Premierminister? Ja.«

»Wohin gehen Sie heute Abend, Miss?«

»Ich gehe ins Kino, Cyril«, sagte Julia und schaute in den blinden Spiegel in der Diele, um zu überprüfen, ob sie ihren Hut richtig aufgesetzt hatte.

»Um was zu sehen, Miss?«

»Ich weiß es noch nicht. Ich gehe mit einer Freundin, sie sucht den Film aus. Sieht das richtig aus?«

»Sie sehen umwerfend aus, Miss.« Er war hingerissen von ihr, sie wusste es.

»Ja, aber der *Hut?*« Sie schaute stirnrunzelnd auf ihr Spiegelbild. Sie nahm nicht an, dass Cyril viel von Damenhüten verstand. »Wann soll Godfrey kommen?«

»Um sechs Uhr.« Godfreys Routine war seit Kurzem komplizierter, weil er die Nachbarn jetzt auch tagsüber traf. (»Sie haben so viel zu erzählen.«) Er klopfte neuerdings mit seinem Stock an ihre Wohnungstür, ein *Tock-tock, Tock-tock-TOCK*, um kundzutun, dass er da war.

Lily war Julia hoffnungsvoll gefolgt.

»Tut mir leid, wir gehen nicht Gassi«, sagte sie zu dem Hund, ging in die Knie, um Lily zum Ausgleich einen Kuss auf den seidigen Kopf zu geben.

»Du kommst heute Abend mit mir nach Hause, Lil«, sagte Cyril zu dem Hund. »Wir werden Spaß haben, was? Silly Lily«, sagte er und warf eine von seiner »Oma« gestrickte Vogelscheuche. Oma war eine geheimnisvoll mächtige Matriarchin, die Cyril in Abwesenheit seiner untauglich klingenden Eltern aufgezogen hatte. Sie strickte fieberhaft für Lily – einen Kobold, einen Teddybär, einen Polizisten und viele andere wollene Spielsachen, die der Hund begeistert in Stücke riss. Lily hatte sich als willkommene Erweiterung ihres kleinen Dolphin-Square-Clubs erwiesen. Trotz ihres missmutigen Aussehens war sie von fröhlichem Naturell, wollte gefallen und verzieh rasch. Cyril kam jeden Tag früher, damit er mit Lily auf dem Herbstlaubteppich herumbalgen konnte, und Perry verbrachte viel Zeit damit, die Hundenatur zu erforschen, indem er kleine Verhaltensexperimente durchführte. (»Also, Julia, stellen Sie sich bitte hinter die Tür da und flüstern ganz neutral ›Komm‹ – ohne Betonung –, damit ich sehen kann, wie sie reagiert.«) Manchmal schaute der kleine Hund Perry so neugierig an, dass Julia sich fragte, ob sie nicht die Rollen getauscht hatten und Lily Perry studierte.

Julia wusste dank Perry jetzt etwas mehr über die Herkunft des Hundes und den Stammbaum seiner früheren Besitzerin. Sie sei »Ungarin, ziemlich verrückt«, sagte Perry. Seiner Ansicht nach waren alle Ungarn verrückt – es hatte etwas mit dem Zusammenbruch von Österreich-Ungarn zu tun, aber Julia hatte nicht wirklich zugehört.

Lilys Frauchen, die verrückte Ungarin, hieß Nelly Varga und war laut Perry dabei erwischt worden, wie sie für die Deutschen spionierte. »Wir haben sie ›umgedreht‹.«

Was bedeutete das?

»Sie hatte die Wahl – sie konnte still und leise zum Galgen gehen wie die deutschen Spione, die wir vor ihr geschnappt haben – oder sie konnte für uns arbeiten. Die Drohung mit dem Strick kann ziemlich überzeugend sein«, sagte Perry.

»Das glaube ich.«

»Und jetzt ist sie in unserem Auftrag in Frankreich. Und sie muss zurückkommen, und der hier –«, sagte er und deutete auf den Hund (der den Kopf schräg legte), »wird dafür sorgen, dass sie es tut. Wir haben ihr versprochen, dass ihm nichts passieren wird. Sie ist besessen von dem Hund – er ist unsere einzige Möglichkeit, sie unter Kontrolle zu halten.«

»Abgesehen vom Strick.«

Die Deutschen klopften an Belgiens Tür, und nach Belgien wäre Frankreich an der Reihe. Es schien unwahrscheinlich, dass Nelly Varga dem eisernen Rachen entfliehen könnte, der Europa schluckte. Julia hoffte, sie würde es nicht schaffen – es wäre schrecklich, ihr den Hund zurückgeben zu müssen.

Der Hund war auch »umgedreht« worden. Unbekümmert und nichts von seinem Lösegeldstatus ahnend, hatte er seine Liebe auf Julia und Cyril übertragen. Sogar der mönchisch unberührbare Perry wurde in diesen Kreis der Wärme hineingezogen und saß oft auf dem Sofa mit Lily auf dem Schoß, deren weiche Ohren er gedankenverloren streichelte. »Hilft mir beim Nachdenken«, sagte er kleinlaut, wenn er bei diesem Akt der Zuneigung erwischt wurde.

»Also, ich muss los, Cyril.« Sie hatte alle Hoffnung aufgegeben, der Hut würde nie richtig sitzen.

»Guten Abend, Miss. Und viel Spaß im Kino.«

Ja, es wäre nett gewesen, »viel Spaß im Kino« zu haben, dachte sie. Im warmen Dunst des Odeon am Leicester Square zu sitzen und einen Film zu sehen oder still zu dösen und Schlaf nachzuholen oder auch nur von »Ian« zu träumen, aber leider war sie in geheimer Mission für den Right Club unterwegs.

Nach ihrem Debüt am Pelham Place war Julia zu einem Treffen in einem verrauchten engen Raum über dem Russian Tea Room eingeladen worden. Die meisten Anwesenden waren 18b-Witwen. Natürlich wurde viel über genau dieses Thema geschimpft. Mrs Ambrose war selbstverständlich da, sie trug eine gehäkelte Baskenmütze in einem beunruhigenden Pinkton. Sie strickte die ganze Zeit, blickte gelegentlich von ihren Maschen auf und lächelte die anderen Mitglieder glückselig an.

Mrs Scaife kam nur selten zu den Treffen, aber sie war ein-, zweimal mit Julia in den Russian Tea Room gegangen, wo sie von Anna Wolkoffs Mutter zubereitetes Essen zu sich genommen hatten. Sie war die Köchin des Etablissements und tauchte wie eine Höhlenbewohnerin aus der Kellerküche mit Gulasch auf – Julia hatte anfänglich »Ghulisch« verstanden. »Und das war es auch«, berichtete sie Perry. »Ich möchte gar nicht wissen, was für ein Tier da drin war, es hat ziemlich zoologisch geschmeckt.«

Es gab nur zwei Personen im Right Club, die im ähnlichen Alter waren wie Julia. Einer war ein unerfahrener Jugendlicher, der eine große Menge Polemik von sich gab und genauso gut an einem Treffen der Kommunisten hätte teilnehmen können. Und eine junge Frau, schön und hochnäsig gallisch (»Belgierin eigentlich«), die ununterbrochen rauchte und von Trägheit nahezu erschlagen schien. Ihr Name sei, sagte sie, »Giselle«. Gazelle, dachte Julia. Gelegentlich riss sich Giselle aus ihrer Erstarrung (sie bewegte sich wie eine besonders faule Katze), um etwas zu verachten. In keiner festgelegten Reihenfolge verabscheute sie den Herzog von Kent (ohne einen Grund zu nennen), die Londoner U-Bahn, englisches Brot und Mrs Ambroses Hut (Letzteren verdammte sie in einem Bühnenflüstern in Julias Ohr: »Isch asse ihren Ut«).

Julia war eingeladen worden, an der »Etiketten«-Kampagne teilzunehmen, für die sie paarweise kombiniert wurden wie für ein Partyspiel. Sie war erleichtert, dass ihr Mrs Ambrose zugeteilt wurde, und dachte, dass sie offen miteinander reden konnten, doch Mrs Ambrose blieb beherzt bei ihrer Rolle, während sie durch das Zentrum von London stolperten.

Sie schlichen durch die Verdunkelung, blieben nahe an Mauern und Geländern, mieden Polizisten und Wachtposten, die vor Luftangriffen warnten. »Juden«, sagte Mrs Ambrose, schnaubte und klebte ein »Das ist der Krieg des Juden«-Flugblatt an die Tür eines Wachtpostens. (Welcher Jude?, fragte sich Julia.) Sie »etikettierten« die Propaganda *(Krieg vernichtet Arbeiter)*, wo immer es angemessen schien – auf Regierungsplakaten, Telefonzellen, gelben Blinklichtern an Zebrastreifen, Herrenbekleidungsgeschäften und Lyons-Corner-Restaurants. »Wo immer Juden sind«, sagte Mrs Ambrose.

Nicht zum ersten Mal fragte sich Julia, ob Mrs Ambrose wirklich gegen die Nazis war. Sie schien eindeutig nicht für die Juden zu sein, und sie spielte ihre Rolle so überzeugend, dass Julia leicht vergaß, dass sie »eine von uns« und nicht »eine von ihnen« war. Hätte sie auf der Bühne gestanden, hätte man ihr leicht Überagieren vorwerfen können. (»Sie ist als Spionin außerordentlich geschickt«, sagte Perry. »Das Markenzeichen eines guten Spions ist, dass man nicht weiß, auf welcher Seite er steht.«)

Julia schien es, als wären die Grenzen zwischen den Überzeugungen ziemlich verschwommen – Perry war einst Mitglied der Britischen Union der Faschisten gewesen (»Es war nützlich«, sagte er. »Hat mir geholfen, sie zu verstehen«). Und Hartley (ausgerechnet Hartley!) war als Student in Cambridge Mitglied der Kommunistischen Partei gewesen. »Aber vor dem Krieg waren alle Kommunisten«, protestierte er. Godfrey schließlich verkehrte seit Jahren im Auftrag des MI5 in faschistischen Kreisen, und an manchen Tagen schien es, als hätte er seine Informanten wirklich gern.

»Beeilen Sie sich, meine Liebe«, sagte Mrs Ambrose. »Sie sind so langsam. Sie müssen kleben und *laufen.*« Mrs Ambrose sah nicht so aus, als könnte sie laufen, selbst wenn ein Bulle sie verfolgen würde.

Ein andermal war Julia mit Giselle unterwegs, die wenigstens nicht einmal vorgab, etikettieren zu wollen, sondern direkt in ein Pub ging. »Isch brauche was zu trinken«, sagte sie. »Kann isch Sie verleiten?«

Was sollte das bedeuten? Sprachen sie in Code? War es immer derselbe? Eine armselige Art von Geheimhaltung wäre das. Julia zögerte. Vermutlich müsste sie es sagen. »Das ist sehr freundlich von Ihnen«, sagte sie vorsichtig. »Ich glaube, ja.«

Giselle schaute sie finster an. »Isch habe nischt angeboten zu zahlen.«

Im Pub war es voll und laut, viele Matrosen weit entfernt von der See, und die beiden zogen eine Menge anstößiger Kommentare auf sich, die Giselle mit beeindruckender Hochnäsigkeit hinnahm.

Sie zwängten sich an einen Ecktisch, von wo aus Julia zur Bar geschickt wurde, um Rum zu holen. Für den sie auch bezahlte. Es war ziemlich strapaziös, mit Giselle unterwegs zu sein. Was hatte sie für einen Hintergrund?, fragte sich Julia. (»Sie hat mal als Mannequin für Worth gearbeitet«, hatte Mrs Ambrose ihr anvertraut.) Sie tranken den Rum, es war zu laut, um sich zu unterhalten, und sie gingen so schnell wieder, wie sie gekommen waren. Sie fuhren mit unterschiedlichen U-Bahnen, und Julia wurde oben an der Rolltreppe ohne auch nur eine Spur von Dankbarkeit verabschiedet.

»Ah, Mam'selle Bouchier«, sagte Perry später. »Sie ist dem Alkohol leider sehr zugeneigt. Und anderen Dingen bedauerlicherweise auch.«

»Sie kennen sie?«

Er runzelte die Stirn. »Natürlich kenne ich sie. Sie ist eine von uns. Eine ausgezeichnete Agentin. Hat sie sich nicht zu erkennen gegeben?«

»In gewisser Weise schon. Nehme ich an.« (Wie viele Agenten hatte Perry im Right Club platziert? Anscheinend die Hälfte der Mitglieder.)

Sein Stirnrunzeln wurde tiefer. Angesichts ihrer Inkompetenz, vermutete sie. »Sind Sie sicher, dass die Verstellung eine Stärke von Ihnen ist?«, fragte er.

»Bin ich«, sagte Julia. »Absolut.«

Nach zwei Wochen dieser heimtückischen Aktivitäten bekam Julia ein Abzeichen. Anna Wolkoff höchstpersönlich steckte es ihr an. Sie hatte wilde Augenbrauen und wirkte russisch-traurig, und während sie Julia das Abzeichen ans Kleid heftete, seufzte sie auf die tragische Art einer Frau, deren Kirschgarten gefällt worden ist. »Sie sind jetzt eine von uns, Iriska«, sagte Anna. Sie trat einen Schritt zurück, um Julia zu bewundern, und küsste sie dann auf beide Wangen.

Das Abzeichen war rot und silbern, darauf abgebildet war ein Adler, der eine Schlange tötete, darunter die Initialen K und J.

»Krepiere Juda«, erklärte Mrs Ambrose freundlich, als sie danach fragte.

»Was ist das für ein hässliches Ding an Ihrem Kleid?«, fragte Perry.

»Ich habe mir ein Abzeichen verdient. Es ist, als wäre ich wieder bei den Pfadfinderinnen. Wirklich sehr albern.«

»Diese Leute sind gefährlicher, als sie aussehen«, sagte er. »Wir werden sie erwischen, wenn wir Geduld haben. Mit Geduld und Spucke fängt man eine Mucke.«

Was macht das aus mir?, fragte sich Julia – den Köder? Womit ködert man eine Mücke? *(Kann ich Sie verleiten?)* Blut, dachte sie.

»Es ist, als wäre ich in gewisser Weise wie Jekyll und Hyde.«

»Gut und böse, hell und dunkel«, sagte Perry nachdenklich. »Vermutlich gibt es das eine nicht ohne das andere.« (Beschrieb er seinen eigenen Charakter?) »Vielleicht sind wir alle Dualisten.«

Julia wusste nicht genau, was ein Dualist war. Eher nicht jemand, der im Morgengrauen die Klingen kreuzte. Vielleicht jemand, der sich nicht zwischen zwei Dingen entscheiden konnte.

Im Odeon wurde am Ende des Films die Nationalhymne gespielt, und Julia kämpfte sich verschlafen auf die Beine. Giselle, die neben ihr gesessen hatte, entrollte sich träge wie eine verträumte Kobra. Julia hatte gerade angefangen »God Save Our Gracious King« zu singen, als ihr Giselle den Ellbogen in die Seite stieß.

Ach, du lieber Gott, dachte Julia, denn der Right Club stand nicht auf und sang für seinen König, sie hatten ihre eigene Version von »Land of Hope and Glory«. Die beiden schrillen 18b-Witwen, in deren Gesellschaft sie sich befanden, schmetterten bereits »Land of Hope and Jewry« mit ihren durchdringenden Kirchenstimmen. (»Alle Judenjungen loben dich,/während sie dich plündern.«)

»Sing«, zischte Giselle sie an.

»Land jüdischer Finanzwirtschaft,/für dumm verkauft von Lügen«, sang Julia leise. Es war so eine Travestie, in jeder Beziehung – musikalisch und moralisch – ein Kontrapunkt zur Nationalhymne. Die Leute neben ihnen blickten sie beunruhigt an, schienen aber zu überrascht, um etwas zu sagen.

Es war nicht die einzige Ordnungswidrigkeit, die sie in Kinos begingen. Sie pfiffen und johlten während der *Wochenschau* – »Judenfreund«, »Kriegstreiber« und so weiter –, und dann rannten sie aus dem Kino, bevor jemand etwas unternehmen konnte.

»Sie haben *Gaslight* mit Anton Walbrook gezeigt, er war schrecklich gut«, sagte sie zu Perry später (und auch attraktiv, aber das sagte sie nicht für den Fall, dass er es als Urteil über sein eigenes Aussehen aufnahm). »Er redet seiner Frau ein, dass sie wahnsinnig wird.«

Perry lachte freudlos und sagte: »Und das hat Ihnen gefallen, oder?«

»Hast du es denn nicht gewusst?«, fragte Hartley. »Seine Frau ist durchgedreht und hat sich im Kleiderschrank erhängt.« Dann doch eher Rochester als Heathcliff. »Seine erste Frau natürlich«, fuhr Hartley frohgemut fort. (Seine *erste* Frau?) »Niemand weiß, was mit der zweiten passiert ist.«

Also Blaubart. Gott sei Dank gab es in der Wohnung am Dolphin Square keine verschlossenen Räume, und Julia fand keine toten Ehefrauen blutig an Fleischerhaken hängend – oder im Kleiderschrank. Vielleicht lagerte er sie in seiner »anderen Wohnung« in der Petty France.

»Ich bin überrascht«, sagte Clarissa. »Männer wie Perry heiraten normalerweise nicht.«

15.05.40

G. Als Sie mit MRS SHUTE unterwegs waren?

T. GLADYS? Ja.

G. Und patschnass geworden sind? (beide lachen)

(Zigaretten)

18.30 Es klingelt an der Tür.

G. BETTY ist da.

T. Haben Sie die Stelle bei NAAFI gekriegt?

B. Ich warte noch auf eine Antwort.

G. Ich verstehe.

B. Und ich muss erst noch alles abwickeln, wo ich jetzt bin, ich könnte sowieso erst in einer Woche anfangen.

G. Bei der NAAFI?

B. Ja. (Unverständlich)

T. Für diesen Brief würde sie zehn Jahre kriegen.

B. Ja, oder?

T. Was kriegt man, wenn man ihn bekommt?

(Allseitiges Gelächter)

G. Hat jemand hier walisisches Blut?

B. Vor langer Zeit, aber ich bin nicht stolz darauf.

T. Ich war in Manchester, um mich mit dieser Frau zu treffen.

G. Der Deutschen? Und sie heist BERTHA?

T. DICKE BERTHA. (Gelächter)

B. Sie kommt nach ihrer Mutter. Ich habe ein Foto gesehen.

T. Ein deutsches Gesicht?

B. Würde ich sagen. (Gelächter) Wird sie schreiben? SW6 — ist das Fulham?

(Kekspause)

B. Habe ich euch von dem Juden erzählt, der bei mir war? Er hat gesagt, er könnte mir Unterwäsche besorgen.
G. Ja, ja.
B. Sie horten alles irgendwo.
T. Er ist nicht der Schlimmste von ihnen. (unverständlich) Giftig (?)
B. Eine Freundin von mir kennt eine Jüdin, die (unverständlich) oft an Ostern. Das ist gar nicht ihr Feiertag!
G. Sie haben Pessach.
T. Das werden sie bald herausfinden, oder? Kriegen, was ihnen zusteht.
G. Hm?

Je näher der Krieg ihren Küsten rückte, umso aufgeregter wurden die Informanten. Und auch umso selbstsicherer. »Ein dreister Haufen«, sagte Cyril.

Godfrey und Perry hatten den Plan ausgeheckt, sie für ihre Loyalität mit kleinen eisernen Kreuzen auszuzeichnen – Reversabzeichen, die ein Botenjunge eines Nachmittags bei Julia ablieferte.

»Hat Ihnen ein Verehrer etwas geschickt, Miss?«, fragte Cyril und schaute auf die Schachtel auf ihrem Schreibtisch.

»Ich glaube nicht, dass das von einem Verehrer ist, Cyril«, sagte sie, als sie die Schachtel öffnete. »Das hoffe ich zumindest.«

»Kriegsverdienst zweiter Klasse.« Godfrey kicherte, als er extra früh kam (*Tock-tock, Tock-tock-TOCK*), um sie abzuholen. »Ein *Kriegsverdienstkreuz*«, sagte er. »Soll ich es für Sie buchstabieren, Miss Armstrong? Für das Protokoll?«

»Ja, bitte, Mr Toby.«

»Für Verdienste um das Dritte Reich!« Godfrey lächelte sie an, als hätten sie ein Geheimnis, das über den Dolphin Square hinausreichte. (Sie dachte wieder an ihren Spaziergang in der Dämmerung durch Kensington Gardens, an den verlorenen Handschuh. *Vielleicht kann ich Sie bis zur Albert Hall begleiten?*) »Die Orden müssen natürlich versteckt getragen werden«, fügte er hinzu. »Ich werde ihnen sagen, dass sich die deutsche Regierung für ihre Arbeit erkenntlich zeigen will. Und wenn es zu einer Invasion kommt, werden sie sich als Freunde der Nazis und nicht als ihre Feinde identifizieren können.«

Aber war das eine gute Idee?, fragte sich Julia. Auf die Deutschen würden Kohorten einsatzbereiter Kollaborateure warten.

»Aber *wir* werden sie anhand der Orden identifizieren können! Außerdem haben wir ihnen Adressen gegeben, wohin sie im Fall einer deutschen Invasion gehen sollen. Sammelplätze, könnte man sagen, und sobald sie dort aufkreuzen, werden sie verhaftet.«

Julia konnte sich nicht erinnern, das in einem Protokoll gelesen zu haben. Vielleicht hatten sie bei Spaghetti darüber gesprochen.

»Und dann was, Mr Toby?«, fragte Cyril.

»Oh«, sagte Godfrey beiläufig, »sobald der erste Nazi den Fuß auf unseren Boden setzt, werden wir alle Informanten erschießen.«

Wer würde die Waffe in der Hand halten?, fragte sich Julia. Schwer vorstellbar, dass Godfrey Betty oder Dolly eine Augenbinde umband und sie an die Mauer stieß.

»Ich würde es tun«, sagte Cyril. »Mir macht es nichts aus. Sie sind Verräter.«

Sie hatten in letzter Zeit mehrmals beratschlagt, was sie im Fall einer Invasion tun würden. »Es ist zwingend erforderlich, die BBC zu verteidigen«, sagte Perry. »Die Deutschen dürfen unsere Sendeanlagen nicht in die Hände kriegen.« Julia stellte sich vor, wie sie mit der Mauser in der Hand vor dem Broadcasting House am Portland Place heldenhaft bis zum Tod kämpfte. Dieses Bild gefiel ihr.

»Miss Armstrong?«

»Ja, Sir?«

»Sollen wir im Radio Churchills Rede hören? Ich habe im Kriegsministerium Gin mitgehen lassen.«

»Hervorragend, Sir.« Es war das Ende des Arbeitstags, und sie hatte vorgehabt, mit Clarissa in den Embassy Club zu gehen. Sie nahm jedoch an, dass sie ihre patriotische Pflicht verletzen würde, sollte sie die Rede ihres neuen Premierministers nicht anhören –

obwohl sie lieber getanzt und die Sorgen ihres Landes vergessen hätte. Vor allem weil er ihnen nur einen elenden Cocktail aus Blut, Plackerei, Tränen und Schweiß zu bieten hatte. *Uns steht eine Prüfung der schmerzlichsten Art bevor.*

Doch es war eine aufrüttelnde Rede, und sie fühlte sich plötzlich überaus erwachsen und ernsthaft, auch wenn es vielleicht am Gin lag. »Werden wir es schaffen, was meinen Sie?«, fragte sie Perry.

»Weiß Gott«, sagte er. »Die Lage ist ernst. Wir können nur unser Bestes geben.«

Sie stießen mit den Gläsern an, und Julia sagte: »Auf den Sieg«, und Perry sagte: »Auf den Mut. Die Losung heißt Mut, Miss Armstrong.« Sie tranken den Gin.

MASKERADE

»Eine Party?«
»Eine Soiree. Sie werden doch kommen, meine Liebe, oder?«, sagte Mrs Scaife.
»Liebend gern«, sagte Julia. »Findet sie am Pelham Place statt?«
Mrs Scaife lachte. »Du meine Güte, nein. Bekannte stellen mir einen Raum zur Verfügung.«
Die »Soiree« sollte ein Zusammentreffen »gleichgesinnter Leute« sein. »Uns stehen große Zeiten bevor, Iris, meine Liebe.«
Die Vorstellung, allein hingehen zu müssen, machte Julia nervös. Sie hatte sich an die unerschütterlich wollene Präsenz von Mrs Ambrose und sogar die außerordentliche Gleichgültigkeit von Giselle gewöhnt, doch jetzt würde sie allein zurechtkommen müssen. Ihr Solodebüt.

Der »Raum« war großartig – der Ballsaal eines grandiosen Hauses in der Pall Mall –, und Julia fragte sich, wer Mrs Scaifes Bekannte waren, dass er (oder möglicherweise sie) so einen opulenten Veranstaltungsort bereitstellen konnte. Zwei Reihen massiver Säulen aus Marmor, die hoch oben befindlichen Kapitelle verziert mit vergoldetem Akanthus. Mit glänzenden Spiegeln getäfelte Wände, in denen sich die gigantischen Kronleuchter widerspiegelten. Es war die Art Raum, wo Männer Verträge unterschrieben, die sowohl Sieger wie Verlierer knebelten, oder wo verkleidete Mädchen ihre gläsernen Pantoffeln zurückließen.
Die Etiketten-Kampagne, die Einschüchterungsversuche und so weiter, all das war folgenlos, nicht wahr? Ablenkung sogar. Das wahre Machtzentrum des Right Club lag woanders. In Whitehall, in den Hinterzimmern muffiger Londoner Clubs, in glanzvollen Räumen wie diesem. Die Bettys und Dollys dieser Welt waren die Fußsoldaten, die über das Wetter, die Fahrpreise und die Rationierung nörgelten, aber hier versammelten sich die Generäle. Sie würden die neue Weltordnung begründen, wenn die Deutschen kämen.

Perry hatte Julia ein neues Kleid für die Party gekauft. Es war eine offenherzige Angelegenheit aus Satin, ein Kauf, den er befürwortet hatte. Ja, er hatte sie zu Selfridges begleitet, und die Verkäuferin hatte ihr in der Umkleidekabine zugeflüstert: »Was für ein großzügiger Mann. Sie haben Glück.« Und Julia hatte erwidert: »Vielleicht hat *er* Glück.« Ich bin ein Geschenk. Ein Apfel, der darauf wartet, gepflückt zu werden. Eine Rose. Eine Perle.

»Und ich habe gedacht, das hier wäre nicht schlecht«, sagte Perry und hielt ihr eine kleine grüne Lederschachtel hin. Als sie sie öffnete, lag auf dem weißen Satinfutter ein Paar Diamantohrringe.

»Oh«, sagte Julia.

»Diamanten«, sagte er, als wüsste sie nicht, was es war. »Ziemlich gute – wurde mir gesagt. Sie sind versichert, aber versuchen Sie, sie nicht zu verlieren. Sie müssen sie morgen zurückgeben.«

»Oh.« Kein Geschenk. Warum geben sie mir nicht einfach einen Kürbis und sechs weiße Mäuse, und die Sache wäre erledigt, dachte Julia.

»Ein Geschenk Ihres Vaters zum einundzwanzigsten Geburtstag, falls Sie gefragt werden.«

»Ich bin erst achtzehn.«

»Ja, aber Sie wirken älter.« (War das attraktiv für ihn oder eher weniger?, fragte sie sich.)

»Und Sie haben gesagt, dass mein Vater tot ist«, erinnerte sie ihn.

»Das stimmt.«

Sie war überrascht – Perry vergaß nie etwas. Heute Morgen während der Frühstückspause war ihm in der winzigen Küche am Dolphin Square eine Tasse aus der Hand gerutscht, und er hatte eine Zeit lang dagestanden und auf die Scherben auf dem Küchenboden gestarrt. »Ich bin nicht ich selbst«, sagte er schließlich. Er ist er selbst, dachte sie, er hat nur zwei Abteilungen wie eine Drehtür. Dr Jekyll, darf ich Ihnen Mr Hyde vorstellen? Ein Dualist.

Er ging und ließ sie die Scherben aufheben.

Jetzt seufzte er und riss sich sichtlich zusammen. »Dann sind die Ohrringe eben ein Familienerbstück – von Ihrer Mutter.«

Während sie beim Friseur in Knightsbridge unter einer gefährlich heißen Trockenhaube saß und ein Mädchen ihre Fingernägel manikürte, fühlte sich Julia nicht so sehr wie Aschenputtel als vielmehr wie ein Opfer, das für das Ritual vorbereitet wurde.

»Ah, Iris, meine Liebe«, sagte Mrs Scaife und kreuzte auf sie zu, bauschende Spitze im Schlepptau. »Ich bin so froh, dass Sie kommen konnten. Was für hübsche Ohrringe.«

»Meine Mutter hat sie mir hinterlassen, als sie starb.«

Mrs Scaife legte den Arm um Julias Schulter und drückte sie kurz aufmunternd an sich. »Arme, liebe Iris.«

Mrs Scaife trug Perlen, einen dreireihigen Choker im Stil von Königin Mary. Sie trug immer etwas um den Hals – einen seidenen Schal oder einen Pelzkragen. Julia meinte, sie wollte eine Narbe verstecken, aber Mrs Ambrose sagte nur: »Falten.«

Am anderen Ende des Raums war eine professionelle Bar eingerichtet worden, unpassend modern in glänzendem Chrom und Glas neben dem vielen Marmor, und Mrs Scaife nahm ein Glas Sherry vom Tablett einer vorbeigehenden Kellnerin. (»Stehen Sie gerade, wir sind nicht in einem Lyons.«) Sie reichte Julia den Sherry. »Hier, meine Liebe. Es sind so viele Leute da, die ich Ihnen vorstellen möchte.« Oh, Gott, dachte Julia. Jetzt geht's los.

Mrs Scaife schob den runden Bug ihres mächtigen Busens durch die Menschenmenge, machte einen Kanal für Julia frei, die folgsam hinter ihr herging. Sie wurde mehrmals als »unser neuer kleiner SA-Mann« vorgestellt, und die Leute lachten, als wäre es eine charmante Beschreibung. Perry hatte ihr eingeschärft, sich die Namen aller zu merken, denen sie vorgestellt wurde, aber es waren so viele, und ihre Namen purzelten übereinander, ein Lord da, ein Ehrenwerter hier, ein Richter, ein Abgeordneter, ein Bischof und … Clarissa?

»Lady Clarissa Marchmont. Clarissa, meine Liebe, darf ich Ihnen Iris Carter-Jenkins vorstellen?«

Clarissa sagte: »Wie geht es Ihnen, Iris? Schön, ein weiteres junges Gesicht hier zu haben, nicht wahr, Mrs Scaife?« Sie trug ein wunderschönes Kleid. (»Schiaparelli. Uralt natürlich. Seit der Kriegserklärung habe ich nichts Neues mehr gekauft. Bald werde ich in Lumpen gehen.«) »Ich sage Ihnen was, Iris, warum lassen

Sie den Sherry nicht stehen, und wir schauen mal, ob uns der Barkeeper vielleicht zwei Cocktails machen kann. Kann ich Sie verleiten?«

»Warum hast du nichts gesagt?«, murmelte Julia, als sie geziert an etwas unbeschreiblich Süßem und Alkoholischem nippten und den Raum überblickten.

»Ich wusste es nicht! Ich hab's erst in letzter Minute erfahren. Mach dir keine Sorgen, ich bin keins der geschätzten Mädchen von deinem Perry«, sagte Clarissa und lachte.

»Er ist nicht meiner.« (Wenn er's nur wäre.)

»Er dachte, ich wäre ganz passend wegen Papa.«

»Papa? Der Herzog?«

»Wenn du meinst. Er steht da drüben«, sagte Clarissa und nickte in Richtung eines Knäuels von Männern, die in ein ernstes Gespräch vertieft waren. »Sie sehen aus wie eine Gruppe Pinguine in ihren Abendanzügen, findest du nicht? Ein – wie ist der Sammelbegriff?«

»Wilder Haufen?« Pinguine waren komische Geschöpfe, dachte Julia. Diese Männer waren nicht komisch. Sie beherrschten auf die eine oder andere Weise dieses Land. Sprachen sie darüber, wie sie die Macht verteilen würden, sollte Hitler in Whitehall einmarschieren?

»Papa ist inbrünstig rechts, vollkommen prodeutsch«, sagte Clarissa. »Wir haben Hitler getroffen. 36 bei den Olympischen Spielen.« *(Wir?)* »Deswegen passe ich natürlich dazu. Du bist gut darin, nicht schockiert dreinzuschauen. Nimm eine Fluppe.«

Julia nahm eine Zigarette aus der vertrauten Schachtel mit dem goldenen Wappen. »Aber du bist nicht ... du weißt schon, oder doch?«

»Eine von ihnen? Du lieber Gott, nein. Natürlich nicht. Sei nicht albern. Aber meine Schwestern. Und Mama. Und die arme Pammy natürlich – sie *verehrt* den alten Adolf, träumt davon, ein Kind von ihm zu kriegen. Oh, schau nur, da kommt Monty Rankin, ich muss ihn begrüßen. Schöne Ohrringe übrigens. Hoffentlich kannst du sie behalten.«

Clarissa entfernte sich, und Julia fühlte sich exponiert, nicht nur wegen der hauchdünnen Qualität ihres Kleids. Sie bahnte sich einen Weg durch die Menge, schnappte dabei Fetzen von Gesprächen auf. »*Die Deutschen sind an der Maas ... die Franzosen wollen die Brückenköpfe sprengen ... ihre Truppen stammen aus den Kolonien ... keine Loyalität ... die Holländer sind am Ende ... Wilhelmina ist auf einem Schiff unterwegs hierher, während wir sprechen.*« Sie wussten so viel, es war furchterregend. Vielleicht wussten sie alles.

Julia fand sich in einem Vorraum wieder, wo es mehr zu trinken und auch etwas zu essen gab. Das Essen sah köstlich aus – keine Anzeichen von Rationierung hier.

Jenseits des Vorraums befand sich ein weiteres Vorzimmer – Horden von Flüchtlingen und Evakuierten könnten hier untergebracht werden, ohne dass es jemand bemerken würde. Auf diesen Raum folgte ein Treppenhaus, keine grandiose Marmortreppe, wie sie prahlerisch von der Eingangshalle hinaufführte, sondern eine gewöhnliche, aber immer noch mit einem dicken Teppich belegt, daher auch keine Dienstbotentreppe. Julia ging mutig hinauf (»Verhalten Sie sich immer, als würden Sie dazugehören«, riet Perry) und gelangte in das wahre Herz des Hauses. Ein Wohnzimmer, ein Esszimmer und ein Arbeitszimmer, angefüllt mit Schränken, Kommoden und Regalen. Auf Perrys Anweisung hin hatte sie das Feuerzeug mit der eingebauten Kamera mitgenommen, das jetzt schwer in ihrer kleinen Abendhandtasche lag. (»Schauen Sie, ob Sie etwas finden, Dokumente und so weiter. Eine Ausgabe des Roten Buchs vielleicht. Wer weiß.«)

Sie kam in eine Bibliothek – die Wände waren bedeckt mit ledergebundenen Bänden, und ein massiver Tisch nahm wie in einem Refektorium fast die ganze Länge des Raums ein. Er war bedeckt mit Dokumenten und Papieren, von denen nicht wenige auf Deutsch waren (es war viel vom *Reich* und vom *Führer* die Rede). Na los, dachte Julia und holte die Kamera heraus, aber sie hatte noch kein einziges Foto gemacht, als sie hinter sich eine tiefe, volle Stimme sagen hörte: »Brauchen Sie eine Zigarette dazu?«

Ihr Herz rutschte mehrere Stockwerke tiefer – war das Spiel aus? Würde sie die Themse hinuntertreiben wie ein Stück Holz? Oder in einem Kohlenkeller in ewiger Dunkelheit landen?

Mut, dachte sie und drehte sich zu dem großen, auffällig hässlichen Mann um, der hinter ihr stand. Er kam ihr bekannt vor, und sie brauchte ein paar Sekunden, bis sie wusste, wer er war. Er war der Mann mit dem Persianerkragen! Kein Persianerkragen heute Abend, sondern natürlich eine weiße Krawatte, dennoch erkannte sie ihn. Julia spürte, wie sie erbleichte. Fühlte es sich so an, wenn man in Ohnmacht fiel? Nicht transzendent und romantisch, sondern als ob das Herz vor Angst den Dienst versagte.

»Oh, das wäre wunderbar, ich scheine meine irgendwo liegen gelassen zu haben«, brachte sie heraus.

»Alles in Ordnung?«

»Danke, ja.«

Er zog ein emailliertes Zigarettenetui heraus. Wie es schien, wollte er ihr tatsächlich nur eine Zigarette anbieten.

»Danke.«

Er nahm ihr das Feuerzeug ab und zündete ihre Zigarette an. Zu ihrer Erleichterung brannte die Flamme ruhig.

»Ich glaube, wir sind uns noch nicht begegnet«, sagte er.

»Iris Carter-Jenkins«, sagte sie, aber er stellte sich nicht vor, sondern sagte stattdessen: »Darf ich Sie hinunterführen? Sie scheinen sich verlaufen zu haben.«

»Ja, sieht so aus.« Sie lachte leichthin. Ihr Herz hatte sich immer noch nicht beruhigt, und ihr war etwas schlecht.

Er geleitete sie die Treppe mit dem Teppich hinunter und sagte dann: »Hier muss ich Sie leider verlassen, ich habe noch woanders eine Verabredung.« Und dann fügte er so leise hinzu, dass sie sich zu ihm neigen musste, um ihn zu verstehen: »Seien Sie vorsichtig, Miss Armstrong.«

»Um Gottes willen, was trinken Sie denn da? Das ist lila.« Ein Mann. Einer der Pinguine aus dem wilden Haufen.

»Ich glaube, es heißt ›Aviation‹«, sagte Julia.

»Kann ich Sie zu einem weiteren verleiten?«

»Nein«, sagte Julia. »Ich glaube nicht, danke.«

Wie angewiesen ging Julia am Morgen nach Mrs Scaifes Soiree zum Juwelier, um die Diamantohrringe zurückzugeben. Wie das

Schicksal es wollte, traf sie, als sie das Geschäft betrat, ausgerechnet auf Mrs Scaife höchstpersönlich. Es schien ein merkwürdiger Zufall, aber das war vermutlich das Wesen des Zufalls – er schien immer merkwürdig.

Durch das Fenster sah sie einen von Mrs Scaifes persönlichen Gaunern draußen Wache stehen. Julia war sich ziemlich sicher, dass sie ihr folgten, wann immer sie Mrs Scaifes Haus verließ, deswegen hatte sie es sich auf Perrys Anweisung hin angewöhnt, auf immer neuen Routen fortzugehen. Manchmal stieg sie in der Fulham Road in einen Bus und an der nächsten Haltestelle wieder aus, oder sie nahm am Bahnhof South Kensington die U-Bahn. Und wenn sie mit dem Taxi fuhr, stieg sie gemäß Perrys Instruktionen an der Victoria Station aus und ging den Rest des Wegs zum Dolphin Square zu Fuß. Es war ziemlich aufregend, als wäre sie eine Figur in einem Roman von John Buchan oder Erskine Childers.

Jetzt fragte sie sich, ob sie ihr vom Dolphin Square hierher gefolgt waren. Sie konnten aber nicht wissen, was sie dort tat. Oder? Es würde erklären, warum Mrs Scaife genau zur selben Zeit am selben Ort war wie sie. Der Gedanke versetzte sie in Panik. (»Es ist wichtig, keinen Wahnvorstellungen und Neurosen auf den Leim zu gehen«, sagte Perry. Aber er sagte auch: »Vertrauen Sie nie einem Zufall.«)

Julia war zudem unangenehm berührt von Mrs Scaifes Pelzkragen – Hermelin oder Wiesel –, der so eng um ihren Hals geschlungen war, dass er sie zu erdrosseln schien. Das spitze kleine Gesicht war in einem Knurren erstarrt und fixierte Julia aus schwarzen gläsernen Knopfaugen, als wollte es sie dazu bringen, ihr wahres Selbst zu offenbaren.

»Oh, Iris, meine Liebe, dass ich Sie hier treffe! Alles in Ordnung? Sie sehen so blass aus. Wollten Sie sich umschauen? Ich bringe ein paar Sachen, um sie reinigen zu lassen.«

Julia hatte sich gerade voll und ganz wie Julia gefühlt, eine Julia, die von dem vielen Alkohol, den sie am Abend zuvor bei Mrs Scaifes Soiree getrunken hatte, lädiert war. Es bedurfte einiger Anstrengung, sich so abrupt in Iris zu verwandeln.

»Ja«, sagte sie. »Ich suche nach einem Taufarmband. Für das Baby meiner Schwester. Ich soll Patentante sein.« Wie gut es sich anfühlte, »meine Schwester« zu sagen. Der Herzenswunsch eines Einzelkindes. Ich könnte Patentante sein, dachte sie. Ich wäre eine gute Tante.

»Oh, wie schön. Sie haben gar nicht erwähnt, dass Sie eine Schwester haben.« Mrs Scaife wandte sich dem Mann hinter der Ladentheke zu. »Könnten Sie eine hübsche Kollektion von Taufarmbändern für Miss Carter-Jenkins holen?«

Kaum waren die kleinen silbernen Armbänder zu Mrs Scaifes Zufriedenheit auf dem samtenen Tablett arrangiert, sagte sie: »Ich würde gern bleiben und Ihnen bei der Auswahl behilflich sein, aber ich bin mit Bunny Hepburn zum Mittagessen im Ritz verabredet. Die Köchin hat die ganze Woche Urlaub genommen. Kaum zu glauben. Ich muss gehen. Schön, Sie so bald wiederzusehen, meine Liebe. Warum kommen Sie nicht morgen Vormittag zum Kaffee zu mir?«

»Madam?«, sagte der Verkäufer, kaum hatte Mrs Scaife das Geschäft verlassen. »Kann ich Sie zu einem dieser Armbänder verleiten?«

»Nein«, sagte Julia. »Leider nicht. Es tut mir schrecklich leid, aber ich muss los, ich habe es eilig.« Es stimmte. Sie hastete schnurstracks zum Pelham Place. Mrs Scaife würde stundenlang beim Mittagessen sitzen, und das war die perfekte Gelegenheit, nach dem Roten Buch zu suchen. Die arme kleine Dodds musste sie nur ins Haus lassen.

»Hallo, Dodds.«

»Hallo, Miss«, sagte Dodds schüchtern. Das Mädchen lugte furchtsam hinter der imposanten Tür hervor und bewachte die Schwelle. Der schwarze Anstrich der Tür war so glänzend, dass Julia ihr Gesicht darin widergespiegelt sah. »Mrs Scaife ist nicht da, Miss.«

»Ach, das macht nichts. Ich glaube, ich habe neulich, als ich da war, was verloren.«

»Ich habe nichts gefunden, Miss.«

»Es war sehr klein. Ein Ring. Ich glaube, er muss irgendwo ins Sofa gerutscht sein. Kann ich reinkommen und danach suchen, Dodds?«

»Ich darf niemanden reinlassen, wenn Mrs Scaife nicht da ist, Miss.«

»Meine Mutter hat ihn mir geschenkt, bevor sie gestorben ist«, sagte Julia leise. Ich wäre eine große Tragödin geworden, dachte sie. Doch die Erwähnung ihrer Mutter beschwerte ihr das Herz wirklich. Hätte ihr ihre Mutter einen Ring geschenkt, sie hätte ihn nie abgezogen.

Dodds zögerte, dachte zweifellos an ihre eigene tote Mutter. Sie waren Schwestern im Schmerz. Verwaiste Mädchen, die sich durch den gefährlichen dunklen Wald schlugen. »Bitte, Dodds.«

»Also …«

»Bitte.« Es war, als würde sie versuchen, ein zögerliches Waldgeschöpf dazu zu bringen, ihr aus der Hand zu fressen. Nicht dass Julia das je versucht hätte. Aber Perry vermutlich. »Ich bin wieder draußen im sprichwörtlichen null Komma nichts. Ehrlich.«

Dodds seufzte. »Versprechen Sie es, Miss?«

Sie öffnete widerwillig die imposante Tür.

Julia wühlte zwischen den lachsfarbenen Damastkissen, überwacht von der nervösen Dodds. Es war entmutigend. »Wissen Sie, Dodds«, sagte Julia. »Ich bin am Verdursten. Könnten Sie mir vielleicht eine Tasse Tee machen?«

»Ich darf Sie hier nicht allein lassen, Miss. Mrs Scaife bringt mich um, wenn sie es erfährt.«

Armes Mädchen, sie hatte keinen freien Willen, musste immer tun, was ihr befohlen wurde. Es war nur eine Stufe über der Sklaverei. Sie musste einen Namen haben, dachte Julia. »Wie heißen Sie, Dodds?«

»Dodds, Miss.«

»Nein, ich meine Ihren Vornamen.«

»Beatrice, Miss.«

Sie waren alle gleich, oder? Der einzige Unterschied war, dass die einen Glück hatten und die anderen nicht. Julias Mutter war Hausmädchen gewesen, bevor sie Schneiderin wurde. Julia hätte leicht »Armstrong« werden können und einen verwöhnten Pudel von Frau wie Mrs Scaife von vorn bis hinten bedienen müssen.

»Beatrice?«

»Ja, Miss?«

Julia nahm ihre Geldbörse aus der Tasche. Sie enthielt fünf neue Pfundscheine, die sie am Morgen für Perry bei der Bank geholt hatte. Sie hielt sie dem Mädchen hin, die sie fasziniert und zugleich entsetzt anstarrte. »Nehmen Sie sie«, sagte Julia.

Dodds sah sie fragend an. »Wofür, Miss?«

»Für nichts.«

»Nichts, Miss?«

»Also gut, wie wäre es, wenn Sie unverhältnismäßig lange brauchten, um eine Kanne Tee zu machen?«

»Das kann ich nicht, Miss.« (*Ehrenwert und aufrichtig*, dachte Julia. Miles Merton hätte Beatrice Dodds rekrutiert.)

Es hieß, dass die Wahrheit einen befreien konnte, aber Julia hatte nie viel auf diese Vorstellung gegeben. Doch jetzt dachte sie, dass es einen Versuch wert sein könnte, und sagte: »Beatrice, ich heiße nicht Iris Carter-Jenkins. Ich heiße Julia. Julia Armstrong. Ich arbeite für die Regierung«, fügte sie feierlich hinzu. Es stimmte, und doch fühlte es sich merkwürdigerweise an wie eine Lüge, als würde sie ihr wahres Selbst nur schauspielern. »Sie würden Ihrem Land einen enormen Dienst erweisen, wenn Sie mir helfen würden.« Eine kleine effektvolle Pause. »Ich halte Mrs Scaife für eine Verräterin.«

Dodds brauchte keine weiteren Erklärungen. Sie ignorierte das Geld und sagte: »Ich koche Ihnen Tee, Miss.« Sie machte einen kleinen Knicks, mehr zu ihrem König und Land hin als zu Julia. Mit einem stolzen kleinen Lächeln des Heldenmuts sagte sie: »Es kann eine Weile dauern, Miss.«

Kaum war Dodds – Beatrice, wohlgemerkt – aus dem Zimmer geeilt, wandte sich Julia vom lachsfarbenen Damast ab und dem Rest des Raumes zu. Sie begann mit dem Vielversprechendsten – dem Sekretär –, zog eine Schublade nach der anderen auf und untersuchte den Inhalt. Sie hatte keine Ahnung, wie groß das Rote Buch war – so groß wie eine Familienbibel oder so klein wie das Notizbuch eines Polizisten –, doch sie fand keine Spur davon zwischen Mrs Scaifes reichlich vorhandenem Briefpapier, ihren Einladungen und den Stapeln von Rechnungen und Quittungen. Anscheinend bezahlte Mrs Scaife ihre Händler immer erst auf den letzten Drücker.

Eine weitere Untersuchung des Wohnzimmers – hinter den Bildern, unter den Ecken der Teppiche, sogar in der Vitrine mit dem Sèvres – ergab nichts. Im Flur stieß sie auf die nervöse Beatrice. Zu Julias Enttäuschung schien sie keinen Tee gekocht zu haben. »Haben Sie gefunden, wonach Sie gesucht haben, Miss?«

»Nein. Leider nicht.«

»Wonach suchen Sie denn, Miss?«

»Nach einem Buch, einem roten Buch.«

»Dem Roten Buch?«

»Ja!« Warum hatte sie das Mädchen nicht gleich gefragt? »Haben Sie es gesehen?«

»Ich glaube schon, Miss. Mrs Scaife bewahrt es in – «

Sie wurde unterbrochen von dem unverwechselbaren Geräusch der Haustür, die geöffnet wurde, und Mrs Scaifes Stimme, die rief: »Dodds? Dodds, wo bist du?« Als wäre die Geschichte dazu verurteilt, sich endlos zu wiederholen (und das war sie auch, oder?).

Julia und Beatrice starrten sich entsetzt an, als Mrs Scaife auf einem Floß aus Beschwerden in die Eingangshalle gesegelt kam. »Das Ritz hat falsch reserviert, sie haben behauptet, dass keine Tische mehr frei sind. Was für ein Unsinn. Bunny Hepburn war natürlich zu nichts nütze …«

Und so weiter. O Gott, jetzt waren sie dran, dachte Julia.

Beatrice fasste sich als Erste wieder. »Nach oben«, flüsterte sie und deutete auf die Treppe in den zweiten Stock. »Gehen Sie rauf. Verstecken Sie sich.«

»Und ich habe zum Oberkellner gesagt: ›Mein Mann ist Konteradmiral, wissen Sie.‹« Mrs Scaifes Worte trieben die Treppe hinauf, schwungvoller und schneller, als Julia es vermochte.

Als sie den Fuß auf die erste Stufe setzte, fiel Julia plötzlich ihre Handtasche ein, die für alle sichtbar auf dem Teppich neben dem lachsfarbenen Sofa stand. Nicht Iris' Handtasche, sondern Julias. Was würde Mrs Scaife aus einer fremden Handtasche in ihrem Wohnzimmer schließen?

Mrs Scaife war sehr aufmerksam, und die Handtasche war auffällig – rotes Leder mit einem Schulterriemen und einer Schließe, die wie eine Gürtelschnalle aussah –, sie würde sie bestimmt als die wiedererkennen, die Iris beim Juwelier getragen hatte. Sobald sie hineinsah, fände sie nicht Iris', sondern Julias Ausweis und Bezugsscheine. Ganz zu schweigen von ihrem Sicherheitsausweis! Zumindest lag die Mauser nicht darin, die hatte Iris, und die Schlüssel zur Wohnung am Dolphin Square waren aus Gründen der Bequemlichkeit immer in ihrer Manteltasche. Dennoch musste man kein Genie sein, um zu schlussfolgern, dass »Iris« tatsächlich jemand namens Julia Armstrong war, den man zu Spionagezwecken in die Höhle des Löwen geschickt hatte.

Sie hörte, wie Mrs Scaife näher kam. Sie hätte genauso gut *Fee! Fie! Foe! Fum!* rufen können, so ein Entsetzen verbreitete sie. »Dodds, bring mir Tee, ja? Wo bist du?«

Julia packte Beatrices Hand, als sich das Mädchen abwandte (sie spürte, dass sie vor Angst zitterte), und zischte: »Meine Handtasche – im Wohnzimmer.«

Beatrice verzog das Gesicht und nickte, bevor sie »Gehen Sie« flüsterte und Julia die Treppe hinaufstieß. Das Mädchen sah aus, als würde es vor Panik zusammenbrechen.

Es war wie ein schreckliches Versteckspiel, dachte Julia, als sie die Treppe hinauflief. Sie stürzte in das erste Zimmer – so wie es aussah, Mrs Scaifes Schlafzimmer –, ein großes, düsteres Nest dank der dichten Gardinen vor den französischen Fenstern. Im Zimmer roch es nach Puder und Arznei, vermischt mit dem Duft von Lilien, obwohl keine Blumen im Raum standen.

Julia hörte Mrs Scaifes schweren Schritt auf der Treppe und ihren schneidenden Tonfall, als sie Dodds rief. »Dodds, kannst du mich hören? Hast du deine Zunge verschluckt?« (Was für eine schreckliche Vorstellung, dachte Julia. Und wie sollte das gehen – versehentlich oder absichtlich?) »Bring mir den Tee ins Schlafzimmer, Dodds. Ich lege mich ein bisschen hin.«

Oh, um Himmels willen, dachte Julia. Die Frau konnte einen zur Verzweiflung treiben. Was um alles in der Welt sollte sie jetzt tun?

»Was ist das? Haben Sie neuen Krimskrams gekauft?«

»Ach, das«, sagte Julia und betrachtete die kleine gelb-goldene Kaffeetasse mit den hübschen Cherubim darauf, die Perry auf ihrem Schreibtisch aufgefallen war. »Ich habe sie in einem Trödelladen gefunden. Ich glaube, es ist echtes Sèvres. Ich habe sie für Sixpence bekommen. Ein Schnäppchen.«

Kriegsbeute, hatte Julia gedacht, während die kleine verwaiste Tasse wie ein wertvolles Ei in ihrer Manteltasche lag und sie sich den wilden Wein vor Mrs Scaifes Schlafzimmer hinunterkämpfte. Sie bedauerte, nicht auch die Untertasse mitgenommen zu haben. Vielleicht könnte sie sie beim nächsten Besuch entwenden und das Paar wiedervereinigen. Vielleicht könnte sie die ganze Sammlung klauen, ein hübsches Stück nach dem anderen. Die Kaffeekanne wäre schwierig, vor allem wenn sie wieder aus Mrs Scaifes Schlafzimmerfenster klettern müsste.

Die Flucht war ihr gelungen, indem sie sich durch die dichten Gardinen vor dem französischen Fenster zwängte wie eine Fliege, die sich aus einem Spinnennetz befreite, und gerade noch rechtzeitig auf einen gefährlich schmalen gusseisernen Balkon trat, um Mrs Scaife sagen zu hören: »Stell das Tablett auf die Ottomane, Dodds.«

Das Schlafzimmer ging auf den Garten hinter dem Haus hinaus, und zäher alter wilder Wein rankte sich um den Balkon. Es schien ein schrecklich weiter Weg vom zweiten Stock hinunter, und Julia fragte sich, was Mrs Scaife davon halten würde, wenn sie Julia mit gebrochenem Hals in ihrem Garten liegen sähe.

Iris war beherzt, erinnerte sie sich, als sie nach dem Wein griff und dann ungeschickt über das Balkongeländer kletterte. Wiggins, Mrs Scaifes uraltes Faktotum, schlurfte ausgerechnet in diesem Augenblick um die Ecke, mit einer langen Baumschere, die viel zu schwer für ihn schien. Julia hielt den Atem an. Was würde er tun, wenn er aufblickte und sie wie einen Affen im Wein hängen sah? Glücklicherweise hielt er den Blick fest auf den Garten gerichtet. Er schaute sich kurz um und schlurfte dann wieder davon, als hätte er das Vorhaben zu arbeiten aufgegeben. Julia atmete wieder.

Sie kletterte weiter vorsichtig am Wein hinunter in den Garten. Im Turnunterricht der Schule waren sie an Seilen geklettert, allerdings hatte sie nicht damit gerechnet, dass sie diese Fähigkeit später im Leben noch einmal brauchen würde. Julia schien es, dass sie in der Schule und bei den Pfadfinderinnen eine gute Ausbildung für den Geheimdienst erhalten hatte. Spionage war ziemlich aufregend, wie ein Abenteuer in der Wochenzeitschrift *Girl's Own*.

»Ich bin Mrs Scaife über den Weg gelaufen, und sie hat mich

zum Tee am Pelham Place eingeladen«, erzählte sie Perry beflissen, als sie am Dolphin Square ankam. »Und sie hat das Rote Buch, sagt Mrs Scaifes Dienstmädchen – sie heißt Beatrice. Ich glaube, sie könnte uns nützlich sein. Ich musste durch ein Fenster im zweiten Stock flüchten«, fügte sie atemlos hinzu.

»Du lieber Gott«, sagte Perry. »Das passiert, wenn man Sie von der Leine lässt, Miss Armstrong.« Und das, dachte Julia ärgerlich, wäre jetzt der Moment, wo starke Arme in Tweed sie an sich ziehen und ihr zukünftiger Liebhaber ihr tief in die Augen schauen und sagen sollte –

»Sie sehen ziemlich zerzaust aus, Miss Armstrong. Brauchen Sie einen Kamm?«

»Ich habe einen in meiner Handtasche, danke, Sir.« Iris jedenfalls hatte einen. Julia wollte diesen Augenblick des Heldentums nicht mit dem Eingeständnis verderben, dass sie ihre Tasche am Pelham Place zurückgelassen hatte. Sie könnte sie bestimmt wiedererlangen, ohne dass Perry erfahren musste, was für eine sorglose Idiotin sie war. Er hatte sie vor einer Serie von Taschendiebstählen in der Nähe der Victoria Station gewarnt. Schlimmstenfalls würde sie die Schuld einem Straßenräuber in die Schuhe schieben.

Aber was war mit Mrs Scaife – hatte sie die Tasche schon entdeckt? Befand sich ein Schild mit der Aufschrift darauf: *Öffnen Sie mich und finden Sie Hinweise auf Iris' wahre Identität?* Hoffentlich nicht, dachte sie. Beatrice Dodds schien ein findiges Mädchen, und es war auch in ihrem Interesse, alle Anzeichen auf einen Eindringling zu beseitigen.

Am nächsten Morgen folgte Julia der von Mrs Scaife beim Juwelier ausgesprochenen Einladung und ging ein weiteres Mal zum Pelham Place.

Die Tür wurde von einem neuen Mädchen geöffnet, sie war groß und blass und sah kränklich aus, als wäre sie wie ein Pilz im Dunkeln aufgewachsen.

»Wo ist Dodds?«, fragte Julia.

»Wer?«

»Dodds. Mrs Scaifes Dienstmädchen.«

»Ich bin Mrs Scaifes Dienstmädchen.«

»Aber wo ist Beatrice? Beatrice Dodds?«

»Nie von ihr gehört, Miss.«

»Iris, sind Sie das?«, rief Mrs Scaife von oben. »Kommen Sie herauf, meine Liebe.«

Mrs Scaife schickte die nie von der Sonne beschienene Bohnenstange los, um Kaffee zu machen. Als sie zurückkehrte, wankte sie unter dem Gewicht des Tabletts.

»Stell es ab, Nightingale, bevor du es fallen lässt«, sagte Mrs Scaife.

»Wo ist Dodds?«, fragte Julia beiläufig, heuchelte Gleichmut, den sie nicht empfand.

»Dodds?«, sagte Mrs Scaife. »Sie ist auf und davon, können Sie sich das vorstellen? Ohne um Erlaubnis zu fragen. Im einen Augenblick ist sie da, im nächsten ist sie verschwunden.«

»Sie ist verschwunden?«

»Hat sich in nichts aufgelöst. Sie hat allerdings ein Stück Sèvres mitgehen lassen, als Andenken an ihre Zeit bei mir – eine kleine Kaffeetasse. Sie hat sich als gemeine Diebin herausgestellt, und doch hätte man gedacht, dass sie kein Wässerchen trüben könnte.«

»Was ist mit ihren Sachen – hat sie alles mitgenommen?«, fragte Julia. »Ihre Kleider und … so weiter?«

»Nein, sie hat alles in ihrem Zimmer gelassen. Nichts von Wert. Ich musste mir die Mühe machen und alles ausräumen.«

Während sie Kaffee einschenkte, blickte Nightingale kurz zu Mrs Scaife. *Sie* hatte sich die Mühe machen müssen, vermutete Julia. Armes Mädchen, dachte sie. Sie sah ihrem Namensvetter Nachtigall überhaupt nicht ähnlich.

Mrs Scaife reichte Julia eine Tasse. »Nehmen Sie ein Scone. Nightingale hat sie gemacht. Sie hat eine gute Hand für Gebäck. Die Köchin muss sich in Acht nehmen, wenn sie zurückkommt.«

Julia sah, dass das Tablett für drei gedeckt war, und fragte: »Kommt Mrs Ambrose?«

»Nein, eine neue Freundin. Sie hat sich ein bisschen verspätet.«

Auf dieses Stichwort hin klingelte es an der Tür. Julia war neugierig, wer die neue Freundin war, da sich Mrs Scaife normalerweise an ihren vertrauten Kreis der 18b-Witwen hielt. Und sie vergoss beinahe ihren Kaffee, als sie den vertrauten, nörgelnden skandinavischen Tonfall hörte. Trude! Julias zwei Welten kollidierten unerwartet hier in diesem Meer aus lachsfarbenem Damast. *Diese Leute sind nicht Ihre Bettys und Dollys*, hatte Perry über den Right Club gesagt, und doch war hier Trude, eine Brücke zwischen den Welten. Plötzlich wirkten die Informanten mächtiger, hinterhältiger.

»Ah«, sagte Mrs Scaife zu Trude, »da sind Sie ja. Ich habe mir schon Sorgen gemacht, dass Sie vielleicht nicht kommen können.«

»Ich habe mich verlaufen«, sagte Trude. »Die Straßen sehen alle gleich aus.« Sie war zänkisch, als wäre Mrs Scaife für die Topografie von SW7 verantwortlich. Leibhaftig war sie eine Überraschung. Julia hatte sie sich dünn, sogar dürr vorgestellt angesichts ihres durchtrieben kratzbürstigen Charakters in den Aufnahmen, doch leibhaftig war sie ziemlich groß und gut gepolstert. »Grobknochig«, wie Julias Mutter freundlich über die »molligen Damen« gesagt hatte.

»Jetzt sind Sie ja da«, beschwichtigte Mrs Scaife. »Ich möchte Ihnen Iris Carter-Jenkins vorstellen, eine unserer loyalen jungen Freundinnen. Iris, das ist Miss Trude Hedstrom.«

Sie schüttelten Hände. Trudes Hand fühlte sich an wie ein schlaffes, nasses Fischfilet.

In vertraulichem Tonfall, als würde jemand sie belauschen (Ich, dachte Julia), sagte Mrs Scaife: »Miss Hedstrom macht qualitativ hochwertige Arbeit. Sie leitet ein Netzwerk deutscher Spione im ganzen Land. Sie versorgen die deutsche Regierung mit wertvollen Informationen.«

»Oh, wie faszinierend«, sagte Julia. »Berichten Sie direkt nach Berlin?«

»Einem Gestapo-Agenten hier. Aber ich kann nicht darüber sprechen. Es ist streng geheime und extrem gefährliche Arbeit.«

»Gut für Sie«, sagte Julia. »Bleiben Sie dabei.« Wie aufgeblasen, dachte Julia. Man wollte sich gar nicht vorstellen, wie schrecklich Trude wäre, gäbe man ihr wirkliche Macht, eine *Gauleiterin*, die sich mit ihrem (erheblichen) Gewicht in die Bresche warf.

Julia konnte es gar nicht erwarten, zum Dolphin Square zurückzukehren und Perry von Mrs Scaifes Besucherin zu erzählen, musste jedoch eine Menge Geschwafel über den bevorstehenden Sieg der Deutschen in Europa und die Schönheit der bayerischen Landschaft zu dieser Jahreszeit über sich ergehen lassen. (Mrs Scaife hatte wie Trude mehrmals einen Sommerurlaub in Deutschland verbracht.)

Irgendwann erklärte Trude plötzlich vehement: »Hoffentlich bombardieren uns die Deutschen so, wie sie Rotterdam bombardiert haben.«

»Um Himmels willen, warum?«, fragte Mrs Scaife erschrocken über diesen wilden Ausbruch.

»Weil dann die Feiglinge in der Regierung kapitulieren und mit dem Dritten Reich Frieden schließen werden.«

»Nehmen Sie einen Scone«, sagte Mrs Scaife beschwichtigend.

Wer wusste schon, ob in ein paar Wochen das schöne Wohnzimmer am Pelham Place nicht voller Offiziere der *Wehrmacht* wäre, die auf dem lachsfarbenen Damast säßen und sich von Mrs Scaifes Gebäck bedienten? Die Deutschen hatten die Maas überschritten. Was Churchill die »monströse Tyrannei« nannte, war dabei, den ganzen Kontinent einzunehmen, ein Delta aus Blut in den Niederungen Europas.

»Und was machen *Sie*?«, fragte Trude und wandte plötzlich ihre ganze furchterregende Aufmerksamkeit Julia zu.

»Ach, Sie wissen schon ... dies und das.«

Nightingale brachte Julia zur Tür. Sie knickste nicht so ausführlich, wie Dodds es getan hatte. Sie hatte ihr Lily gebracht. Der Hund wurde immer ins Dienstbotenquartier abgeschoben, wenn Julia Pelham Place besuchte. Mrs Scaife fand Tiere »unberechenbar«. (Als ob Menschen es nicht wären.)

»Nightingale«, sagte Julia und senkte die Stimme, »war bei Dodds' Sachen eine Handtasche?«

»Ja, Miss.«

»Rotes Leder, Schulterriemen, Schließe, die aussieht wie eine Gürtelschnalle?«

»Nein, Miss, nichts dergleichen.«

TÄUSCHUNGSMANÖVER

Die Schlacht um Frankreich tobte. Deutsche Panzerdivisionen rollten durch die Ardennen. Amiens wurde belagert, und Arras war umzingelt, doch in London hatte der Sommer eingesetzt, und es war noch immer ein Vergnügen, an einem Samstagnachmittag mit einem Hund in einem Park spazieren zu gehen. Julia tat genau das in Kensington Gardens.

Lily ließ sich leicht ablenken und war plötzlich davongerannt, um – vergeblich – einen Lurcher zu verfolgen. Julia trottete gehorsam hinterher, hatte gerade den Hund eingeholt und ihn mit Mühe wieder an die Leine genommen, als sie die unauffällige, aber unverwechselbare Gestalt von Godfrey Toby sah. Er flanierte langsam, aber zielgerichtet entlang des Round Pond.

Sie beschloss, ihm zu folgen, auch wenn Godfrey nichts Verdächtigeres tat, als einen Spaziergang im Park zu machen. Sie war damit beauftragt worden, ein Auge auf ihn zu werfen, also würde sie ein Auge auf ihn werfen. Zwei sogar. Vier, wenn man den Hund mitzählte.

Sie verfolgte ihn eine lange Weile, an der Albert Hall und der Rückseite des Science Museum vorbei, weiter zur Exhibition Road und schließlich in die Brompton Road. Er schwang seinen Gehstock mit dem silbernen Knauf und klopfte hin und wieder damit auf das Pflaster, als würde er eine Melodie begleiten. Einmal näherte sie sich ihm wagemutig so sehr, dass sie ihn, wenn sie sich nicht irrte, »You Are My Sunshine« pfeifen hören konnte. Sie hätte ihn nicht für einen Mann gehalten, der pfiff. Oder der auch nur eine Melodie halten konnte.

Sollte er sich plötzlich umdrehen und sie sehen – wie bei Ochsam-Berg –, würde sie sagen, dass sie zu Harrods wollte. Sie probte beiläufige Überraschung – *Oh, hallo, Mr Toby, was für ein Zufall!* Sie brauchte eigentlich keine Entschuldigung, es war schließlich ihr Viertel. Vielleicht war Godfrey unterwegs zu Harrods. Vielleicht hatte die geheimnisvolle Mrs Toby Geburtstag, und Godfrey wollte ihr ein kleines Geschenk kaufen – ein Parfüm oder bestickte

Taschentücher. *Lassen Sie Ihre Fantasie nicht mit sich durchgehen, Miss Armstrong.*

Er wandte sich kein einziges Mal um, und zu ihrer Überraschung schwenkte er jäh in Richtung Oratorianerkirche. War er katholisch? Wenn überhaupt, hätte sie ihn für protestantisch-calvinistisch gehalten.

Misstrauisch folgte sie ihm hinein. Ein paar Menschen saßen verstreut auf den Bänken, einige knieten und beteten still.

Sie zog den Hund in eine der hinteren Bankreihen. Von hier aus konnte sie Godfrey sehen, der jetzt den Hut in der Hand hielt und in einem der Gänge Richtung Altar schlenderte, immer noch mehr wie ein Flaneur als ein Mann, der beten wollte. *Klopf-klopf-klopf* machte sein Stock auf dem Steinboden.

Und dann hielt er kaum merklich ganz kurz inne, nahm blitzschnell ein Stück Papier aus der Manteltasche und schob es in die Lücke zwischen einem Pfeiler und einer der vielen kunstvollen Grabplatten an der Wand. Zumindest nahm Julia das an.

Er setzte seine langsame Wanderung fort, ging an der Kanzel vorbei und den nächsten Gang wieder zurück.

Julia senkte hastig den Kopf und tat so, als würde sie beten. Lily hielt das für ein lustiges Spiel und scharrte mit den Pfoten an ihr, bis Julia sie um den runden Bauch fasste und fest an sich drückte. Sie spürte das Zittern der Aufregung in Lilys Körper. Sie wagte es nicht, in Godfreys Richtung zu schauen, aus Angst, dass er ihren Blick auffangen würde. (Schreckliche Vorstellung.) Sie sah ihn vor sich, wie er vor ihr aufragte *(Hallo, Miss Armstrong, was für eine Überraschung, Sie ausgerechnet hier zu treffen. Ich habe Sie nicht für eine Kirchgängerin gehalten)*, doch als sie endlich allen Mut zusammennahm und aufschaute, war er nirgendwo mehr zu sehen.

Sie stand auf und wollte Godfreys kleinen Taschenspielertrick erkunden, als der Mann mit dem Persianerkragen auftauchte. Julia duckte sich wieder; sie fing allmählich an, sich dem Glauben zuzuwenden. Der Mann ging raschen Schritts zu dem Grabmal, nahm ohne zu zögern heraus, was immer Godfrey dort versteckt hatte, machte kehrt und steuerte ebenso rasch wieder auf den Ausgang zu. Der Mann mit dem Persianerkragen verließ die Kirche so schnell, wie er hereingekommen war, und wenn er sie gesehen hatte, ließ er es sich nicht anmerken.

Julia dachte an seine Warnung bei Mrs Scaifes Party. *Seien Sie vorsichtig, Miss Armstrong.* Er jagte ihr auf eine Weise Angst ein, wie es der Krieg nicht vermochte.

– 11 –

7. PROTOKOLL

G. Was ist die 236. Batterie? Königliche Artillerie?
D. Ich glaube Infanterie. Erste Infanteriedivision vielleicht.
G. Sind die nicht in Frankreich?
D. Also, das weiß ich nicht. Vielleicht eine Highland-Division.

(Zwei Minuten unverständlich aufgrund technischer Probleme.)

Das wilde Bellen von DOLLYs Hund macht einen Großteil des Gesprächs unverständlich.

G. Will er einen Knochen (??)
E. Die Umschläge.
G. Ja, gut, die Umschläge.
D. O ja, die Umschläge natürlich. Ich kann ihre Telefonnummern nicht herauskriegen. Ich werde es weiter versuchen, aber bislang hatte ich keinen Erfolg. Ich war nicht da, als sie mich angerufen haben.

»Die Nazis klopfen an unsere Tür, Miss, nicht wahr?«, sagte Cyril. Auf diese Aussage folgte – beunruhigenderweise – ein *Poch-poch-poch-POCH* an ihrer eigenen Tür, das sie beide zusammenzucken ließ.

»Godfrey«, sagte Cyril.

Wieder *Poch-poch-poch-POCH*.

»Er wird mit uns sprechen wollen«, sagte Cyril.

Es war tatsächlich Godfrey.

»Miss Armstrong«, sagte er und lüpfte den Hut, als sie öffnete und beiseitetrat.

»Wollen Sie nicht reinkommen, Mr Toby?«

»Nein, wenn es recht ist. Ich bleibe lieber hier stehen. Unsere Freunde werden jeden Augenblick kommen – wir wollen doch nicht, dass sie uns erwischen. Sie sind schließlich der Feind, Miss Armstrong.« Er lächelte sie an.

Hatte er sie in der Oratorianerkirche gesehen? Wusste er, dass sie Zeugin seiner merkwürdigen Verabredung und seltsamen Mauschelei mit dem Stück Papier gewesen war? Es war als Thema nur schwer ins Gespräch einzuführen. *(Ich vermute, Sie sind ein Doppelagent, Mr Toby.)* Und vielleicht war es nichts Hinterlistiges gewesen, sondern eine Kriegshandlung. Er war schließlich Spion, und Perry war sein Vorgesetzter, nicht Alleyne.

»Einen Penny für Ihre Gedanken«, sagte Godfrey. Wenn nötig, war er sich nicht zu schade für ein Klischee.

»Entschuldigung, Mr Toby.«

»Ich habe kein Papier und keine Bleistifte mehr«, sagte er. »Kann ich mir von Ihnen welche leihen? Ich nehme an, dass Sie immer einen Vorrat haben.«

»Ja, natürlich, ich hole Ihnen welche.«

»Und ein bisschen unsichtbare Tinte, wenn Sie welche haben.«

»Mache ich.« Sie holte die geforderten Dinge und gab sie Godfrey.

Er seufzte überraschend und sagte: »Es ist ziemlich ermüdend, nicht wahr?«

»Der Krieg?«

»Ich meine die Feindseligkeit«, stellte Godfrey klar, als er ihren fragenden Blick sah. »Diese Leute« – er deutete auf die Tür nebenan – »sind so ... gehässig, nicht wahr?«

»Vermutlich«, sagte Julia.

»Die menschliche Natur liebt die Stammeszugehörigkeit. Stämme neigen zu Gewalt. Es war schon immer so, und es wird immer so sein.«

Julia unterdrückte ein Gähnen und war dankbar, als sie hörte, dass sich die Aufzugstür öffnete. Godfrey verabschiedete sich wortlos und verschwand in seiner Wohnung.

Sie ließ ihre eigene Tür lange genug einen Spaltbreit offen, dass sie hören konnte, wie Victor sagte: »Mr Toby! Ich muss Ihnen erzählen –«, und Godfrey flüstern: »Psst, die Mauern haben Ohren, Victor. Kommen Sie rein.«

Julia schloss leise die Tür. »Zweifeln Sie jemals an Godfrey?«, fragte sie Cyril.

»Ich, Miss? Nein, nie. Warum, Sie etwa?«

»Nein, natürlich nicht. Ist es schon so spät, Cyril?«

»Sie müssen wieder zu Mrs S, nicht wahr, Miss?«

»Um für meine Sünden zu büßen.«

»Haben Sie mir etwas zu erzählen, Miss Armstrong?« Oliver Alleyne lehnte lässig an der Motorhaube eines Autos in der Chichester Street, am Hintereingang zum Dolphin Square. Lily rückte näher an Julia und drückte sich an ihr Bein, als bräuchte sie die Sicherheit ihrer Präsenz.

»Über Mr Toby?«

»Irgendetwas Verdächtiges?«

»Nein«, sagte Julia. »Nichts.«

»Bestimmt?«

»Ganz bestimmt, Sir.«

»Soll ich Sie irgendwohin mitnehmen, Miss Armstrong? Pelham Place vielleicht?«

»Nein, danke, Sir. Der Hund muss ausgeführt werden, sie war den ganzen Tag in der Wohnung. Was glauben Sie, kommt ihre Besitzerin zurück?«

»Wer weiß, Miss Armstrong. Die Situation auf dem Kontinent ist prekär.«

Am Vortag war wieder eine Tasse zu Bruch gegangen.

»Wie tollpatschig«, sagte Perry zur Erklärung, obwohl es sich vom Nebenraum aus angehört hatte, als würde er absichtlich etwas zerschmettern. Bald gäbe es kein Geschirr mehr in der Wohnung. Die kleine Sèvres-Tasse hatte sie bereits nach Kensington in Sicherheit gebracht.

»Ich glaube, wir beide brauchen eine Pause, Miss Armstrong. Einen kleinen Urlaub.«

Urlaub! Sie dachte an ein Wochenende in Rye oder sogar ein paar Tage in Hampshire. Ein Hotel oder ein Ferienhaus, in dem sie bei Kerzenlicht eine Flasche Wein trinken und auf einem Teppich vor einem lodernden Feuer sitzen würden, und dann würde er den Arm um sie legen und sagen –

»Verulamium? In der Nähe von St Albans«, sagte er.

Nach ihrer Erfahrung mit den Ottern packte sie für den Ausflug Sandwiches und eine Thermosflasche ein.

Sie wurden vor einer wenig eindrucksvollen Ruine unter einem bedrohlichen Himmel aus dem Auto entlassen, und Perry sagte zum Fahrer: »Holen Sie uns in drei Stunden wieder ab.« (Drei Stunden!, dachte Julia.)

Eine römische Villa, sagte er. »Ein sehr gut erhaltener Mosaikfußboden. Er bedeckt das Hypokaustum. *Hypocaustum* aus dem Altgriechischen – *hypo* bedeutet ›darunter‹ und *caust* ›gebrannt‹. Welches Wort, glauben Sie, haben wir davon übernommen?«

»Ich habe keine Ahnung«, sagte sie kaustisch. Nicht dass er es bemerkte. Adverbien waren eine zu subtile Wortart für ihn. Sah er denn nicht, dass sie reif war und gepflückt werden wollte? Und nicht als Rose. Sie war ein Geschenk. Eine Perle. Der Apfel, der am Baum lockte – eine Tatsache, die ihm vollkommen entging, während er sich über die römische Watling Street verbreitete, die sich irgendwo unter ihren Füßen befand.

Es begann zu regnen – ein elendes Nieseln –, und sie stapfte in seinem Schlepptau verbittert durch die Ruinen, bis die höllischen drei Stunden vorbei waren und der Fahrer, der nach Bier und Zigaretten roch, zurückkam.

So viel zu einem Urlaub. Er tat keinem von beiden gut, insbesondere Perry nicht.

»Übrigens hat Garrard's neulich angerufen, als Sie weg waren«, sagte Perry bei ihrer Rückkehr. »Sie haben die Ohrringe noch nicht zurückgegeben.«

»Ach, ich wollte Ihnen schon sagen – «

Perry machte eine wegwerfende Geste. Offenbar übertrumpfte

der Krieg die Ohrringe. »Wir sind auf der Flucht«, sagte er. »Unsere Truppen sind unterwegs zur Küste. Es ist vorbei. Europa ist am Ende. Es bricht einem das Herz, nicht wahr?«

5. PROTOKOLL

<u>15.20</u>

GODFREY erkundigt sich nach dem Sohn von MRS TAYLOR, einer Freundin EDITHs, der in die Fernmeldetruppe aufgenommen worden ist.

E. Ich habe zu seiner Mutter gesagt –
G. MRS TAYLOR?
E. Ja. Dass es erstaunlich ist, wie viele Pazifisten bei der Armee sind.
G. Ja?
E. (mehrere Wörter unverständlich) Erinnern Sie sich an die Männer, die bei Rolls-Royce arbeiten?
G. Die Belgier?
E. Sie haben eine sehr schlechte Meinung von der Royal Air Force.

<u>15.30</u>

Das Telefon klingelt.
G. Hallo … hallo? (legt wieder auf)
E. Wer war das?
G. Niemand. Verwählt.

Wer rief ihn an?, fragte sich Julia. Sie hörte, wie er »Ja, genau, verstanden« sagte, und zwar in einem ganz anderen Ton als dem, den er mit den Informanten anschlug. Julia fragte sich, ob es der Mann mit dem Persianerkragen war.

Sie mochte Oliver Alleyne nicht, traute ihm nicht wirklich, aber sie nahm an, dass sie verpflichtet war, etwas über Godfreys heimliche Treffen zu sagen. Manchmal fragte sie sich, ob alles so war, wie es zu sein schien. Was, wenn ein größeres Täuschungsmanöver im Gange war? Was, wenn Godfrey wirklich ein Gestapo-Agent war? Ein Gestapo-Agent, der so tat, als wäre er ein MI5-Agent, der so tat, als wäre er ein Gestapo-Agent? Sie bekam Kopfschmerzen, wenn sie darüber nachdachte. Und wie perfekt er platziert wäre, der Strippenzieher in einem Netzwerk von Sympathisanten. Die Spinne im Zentrum des Netzes.

Sie wünschte, sie könnte mit Perry darüber sprechen, aber Oliver Alleyne hatte gesagt, dass sie mit niemandem darüber reden durfte. Ich übe zu heucheln, dachte sie. Reimt sich auf meucheln.

Nach längerem Zögern tippte sie eine kryptisch kurze Notiz für Alleyne. *Ich habe etwas mit Ihnen zu besprechen.* Sie würde sie dem Botenjungen geben, wenn er das nächste Mal käme. Auf den Umschlag schrieb sie: »O. Alleyne persönlich.«

Dann wandte sie sich wieder der Schreibmaschine zu – einem von Giselles Berichten (obwohl er kaum die Bezeichnung verdiente). Es war ein analphabetisches Durcheinander, als würde ihr Einblick in die chaotische Funktionsweise eines Katzenhirns gewährt. Darunter befand sich die gut gezeichnete Karikatur eines fetten, weiß befrackten Mannes mit weißer Krawatte, der eine ebenso fette Zigarre im Mund hatte. Darunter hatte Giselle »*La Proie du soir*« gekritzelt. *La Proie* – war das die Beute? Am Dolphin Square gab es keinen Larousse. Julia vermutete, dass es das Porträt des schwedischen Waffenhändlers war, den Giselle hatte verführen wollen. Offenbar erfolgreich.

Erst als sie überlegte, ob sie ein zweites Frühstück einlegen sollte (obwohl es erst halb elf war), hörte sie seltsame Geräusche aus Perrys Schlafzimmer. Als sie am Morgen am Dolphin Square angekommen war, hatte sie kein Lebenszeichen in der Wohnung bemerkt und angenommen, dass Perry nicht da war. Das Geräusch war eine Art Schniefen, als würde ein Tier – eine große Ratte oder ein kleiner Hund – Amok laufen. Auch Lily hatte es gehört und stand aufmerksam da, den Kopf schräg gelegt, und starrte auf die geschlossene Tür.

Julia stand vom Schreibtisch auf und klopfte leise – wenn es allerdings eine Ratte oder ein Hund war, schien es unwahrscheinlich, dass darauf Wert gelegt wurde. Als keine Reaktion erfolgte, öffnete sie argwöhnisch die Tür, falls etwas herauslaufen würde, aber nichts dergleichen geschah. Die weniger schüchterne Lily stieß die Tür weiter auf und lief in Perrys Schlafzimmer. Julia folgte ihr.

Kein Tier, sondern Perry – er war die ganze Zeit da gewesen! Er kniete neben dem Bett, als würde er beten. Er wandte ihr das Gesicht zu, und sie sah, dass es tränenüberströmt war. War er krank? Er schien verwundet, wenn auch nicht auf sichtbare Weise. Lily leckte ihm aufmunternd die Hand, aber seine Haltung blieb die eines Verzweifelten.

»Kann ich etwas für Sie tun, Sir?«, fragte sie.

»Sie können mir nicht helfen«, sagte er niedergeschlagen. »Niemand kann es.«

»Sind Sie in einer seelischen Krise?«, fragte sie vorsichtig – mitfühlend, wie es einer seelischen Krise angemessen war –, doch er lachte (wie ein Wahnsinniger). Sie warf einen Blick ins Zimmer (schrecklicher Ausdruck) auf der Suche nach Hinweisen für seinen plötzlichen Zusammenbruch. Aber das Zimmer gab nichts preis – das ordentlich (auf militärische Weise) gemachte Bett, die akkurat aufgereihten Utensilien zur Körperpflege, das weiße Hemd, das am Schrank hing. Sie starrte unverwandt auf den Schrank. Gehörte er zur Wohnung, oder war es vielleicht der, in dem sich seine geheimnisvolle »erste Frau« erhängt hatte? Das musste eine Überraschung für Perry gewesen sein, als er die Schranktür öffnete.

Perry schluchzte elendiglich. Und da ihr nichts anderes einfiel, brachte ihm Julia eine Tasse Tee und stellte sie wortlos neben ihn auf den Teppich, auf dem er immer noch kniete. Sie schloss leise die Tür und machte sich wieder an die Arbeit. Einen Mann weinend auf den Knien vorzufinden erwies sich als überraschend wirksames Mittel gegen romantische Gefühle jeder Art für diesen Mann. Und der Kleiderschrank, nicht zu vergessen.

Eine Stunde später kam Perry heraus und schien wieder vollkommen beherrscht, allerdings sah er noch gequält und gramerfüllt aus.

War es Zufall, dass sich diese Episode einen Tag nach dem Besuch von zwei Männern der Staatspolizei ereignete? Sie hatten sich mit Perry im Wohnzimmer verschanzt, aus dem Julia verbannt worden war. »Vielleicht können Sie in der Küche etwas machen?«, hatte Perry vage gesagt. Vielleicht auch nicht, dachte Julia, und weil sie wegen des Ausflugs nach Verulamium am Tag zuvor noch verärgert war, sagte sie: »Ich gehe mit dem Hund raus.«

Sie ließ die Tür zum Wohnzimmer einen Spalt offen und konnte einen der Männer von der Staatspolizei fragen hören: »Mr Gibbons, können Sie uns sagen, wo Sie letzte Nacht waren?« Sie beneidete den Hund um sein gutes Gehör. Sie hörte nur, dass Perry etwas vom »Kriegsministerium« murmelte. Sie legte den Hund an die Leine und ging. Sie wusste genau, wo Perry die letzte Nacht gewesen war, weil sie ihn gesehen hatte.

Sie war mit Clarissa in der Rivoli Bar im Ritz gewesen, wo sie Cocktails getrunken und ihren Gefühlen über römische Ruinen eindeutigen Ausdruck verliehen hatte.

»Ach, die Römer«, sagte Clarissa verächtlich, als wären sie lästige Familienfreunde.

Am Ende des Abends hatte Julia gesehen, wie Perry aus der Bar im Keller kam – »dem Ritz unter dem Ritz«, wie es genannt wurde. Jemand hatte ihr erzählt, dass die Bar auch als »Rosa Gully« bekannt war. Vermutlich weil die Bar rosa gestrichen war, auch wenn Clarissa in lautes Gelächter ausbrach bei dieser Vorstellung. Julia war überrascht, weil Perry immer nur zu arbeiten schien, und sie hätte nie gedacht, dass er in einer Bar etwas trinken gehen würde, schon gar nicht in einer rosa Bar.

»Komm«, sagte Clarissa, hakte sich bei Julia unter und zog sie in die entgegengesetzte Richtung. »Gehen wir da lang, ich glaube nicht, dass er uns begegnen will.«

Warum nicht? Als sie über die Schulter blickte, sah sie, wie ein Mann in Marineuniform, ein Matrose, sich Perry näherte. Er war, wie Perry es verächtlich genannt hätte, ein »affektierter Typ«. Ein- oder zweimal hatte er sie, wenn sie abends mit ihm in einem Wagen saß, auf die »Tunten« am Piccadilly hingewiesen, die »wie gewöhnliche Flittchen um Kunden werben«. Sie war nicht sicher, was er meinte. Sie wusste von den Flittchen am Piccadilly – aber Männer? Sie hatte nicht gewusst, dass es so etwas gab, und auch jetzt konnte sie nur mutmaßen.

»Man erkennt sie an ihrem Gang«, hatte Perry gesagt. Er hatte angewidert geklungen, und jetzt stand er da und ließ zu, dass der Matrose sich an ihn drückte und ihm eine Zigarette anzündete. Perry fasste nach den Händen des Matrosen, um das Feuerzeug ruhig zu halten. Es war die Geste, die ein Mann bei einer Frau machte, nicht bei einem Mann. Das Aufflackern der Flamme hatte den gequälten Ausdruck in Perrys Gesicht erhellt, als wäre er gezwungen, etwas zu tun, was er nicht tun wollte.

Aber er raucht doch nicht, hatte Julia gedacht.

VIEL LÄRM UM NICHTS

Da sich Godfrey heute nicht mit seinen Informanten traf, waren Julia und Perry allein am Dolphin Square und arbeiteten noch spät eifrig an den Vorbereitungen. »Gut organisiert und vorbereitet, Miss Armstrong«, sagte Perry, »gut organisiert und vorbereitet.« Als sie fertig waren, setzten sie sich auf das Sofa und hörten die Neunuhrnachrichten, jeder mit einem Glas Whisky in der Hand. »Miss Armstrong?«, sagte Perry.

»Hm?«

»Darf ich Sie etwas fragen?«

»Ja, natürlich.«

Er runzelte die Stirn, als hätte er Mühe, den nächsten Satz zu formulieren, dann sank er ohne Vorwarnung wie ein Büßer vor ihr auf die Knie, und Julia dachte: O nein, nicht schon wieder. Er wird doch bestimmt nicht wieder anfangen zu beten? Doch das tat er nicht. Stattdessen sagte er: »Miss Armstrong – würden Sie mir die Ehre erweisen und zustimmen, meine Frau zu werden?«

»Wie bitte?«

»Wollen Sie mich heiraten?«

»Sie sollten heute Nacht hierbleiben«, sagte Perry. »Ist das nicht sinnvoll? Bei der Verdunkelung und so weiter.«

Julia war von seinem Antrag so vor den Kopf gestoßen, dass sie weder »Ja« noch »Nein« gesagt, sondern etwas gemurmelt hatte, das er als Einverständnis interpretierte.

»Auf dem Sofa?«, fragte sie, und er lachte und sagte, dass er ein völlig zweckdienliches Bett habe, das sie mit ihm teilen könne. »Wir sind jetzt schließlich verlobt.« Er schien heiter, als hätte er die Lösung für ein Problem gefunden.

»Sind wir das? Verlobt?«, sagte sie matt. Aber ich will nicht heiraten, dachte sie.

Er reichte ihr einen seiner Schlafanzüge – helle taubenblaue Seide mit burgunderroten Biesen, hübsch, wenn auch etwas groß, und sie ging ins (eiskalte) Bad, um ihn anzuziehen. Als sie in das karge

Schlafzimmer zurückkehrte, sah sie, dass Perry ähnlich gekleidet im Bett saß und in offiziellen Dokumenten blätterte – Haftbefehlen, dem Anschein nach.

»Ah, Miss Armstrong«, sagte er, als hätte er sie vergessen. Er tätschelte das Bett, als wollte er Lily ermuntern, hinaufzuspringen und sich zu ihm zu legen. Es waren immer noch nicht die Satinlaken und Champagnerflöten ihrer Fantasie, aber besser würde es vielleicht nie werden.

Sie legte sich in das kalte Bett und blieb erwartungsvoll liegen. Er neigte sich über sie, und sie schloss die Augen, erhielt jedoch nur einen trockenen Kuss auf die Wange. »Gute Nacht«, sagte er und schaltete seine Nachttischlampe aus. Und so schliefen sie, züchtig Seite an Seite, so keusch wie Statuen auf einem eisigen Grabmal. Sie sollte nicht beackert werden, sondern brach und vertrocknet daliegen. Der Kuss war wie ein Siegel gewesen, das sie verschloss und nicht öffnete.

Julia lag lange Zeit wach, bevor der Hund auf das Bett sprang, ihr das Gesicht leckte und mit der Schnauze gegen ihren Hals stieß, liebevoller als der Mann, der fest schlafend neben ihr im Bett lag. War Perry ein gequälter Katholik? Der den Eid abgelegt hatte, bis zu den Flitterwochen zölibatär zu leben? (Vielleicht würden sie sie verbittert in St Albans verbringen?)

Der Kleiderschrank ragte Furcht einflößend in der Dunkelheit auf, und sie dachte an seine erste Frau. Und was war mit der zweiten – was für ein unglückseliges Schicksal hatte sie ereilt? Sollte sie Perry heiraten, wäre sie seine dritte Frau. Vielleicht wäre es wie in *Goldlöckchen,* und sie wäre *genau die Richtige.* (»Du musst ihm anrechnen, dass er es versucht hat«, sagte Clarissa.)

Julia schaute ratlos zu Perrys schlafendem Profil. War ein bisschen Leidenschaft zu viel verlangt? Ein bisschen Dahinschmelzen und In-Ohnmacht-Fallen? Vielleicht war Sex etwas, das man lernen musste, und dann sollte man dabei bleiben, bis man gut darin war, wie Hockey oder Klavier. Aber eine erste Lektion wäre hilfreich.

Sie musste eingeschlafen sein, denn plötzlich weckte sie ein lautes Hämmern an der Tür. Perry sprang aus dem Bett wie eine verbrühte Katze, fast als würde er Ärger erwarten. Es begann gerade erst hell zu werden, deswegen war es wahrscheinlich irgendein Notfall. War Paris gefallen?

Sie hörte Stimmen im Flur, und dann kam Perry zurück, blickte verwirrt drein, aber auch erleichtert, und sagte: »Sie ziehen besser was an. Ihre Anwesenheit ist gefragt.« Also nicht Paris.

»Was ist los?«, fragte sie verschlafen.

»Es sind Polizisten von Scotland Yard. Sie scheinen Sie für tot zu halten.«

»Was?«

Er reichte ihr seinen Morgenmantel. Der Hund, der am Fußende des Betts geschlafen hatte, sprang herunter und begleitete sie aus dem Schlafzimmer, seine Krallen kratzten über das kalte Linoleum.

Er knurrte, als er die zwei ernsten Männer – einer ziemlich groß, der andere ziemlich klein – im Wohnzimmer warten sah. Sie stellten sich als Kriminalbeamte von Scotland Yard vor. Julia dachte an die kleine Sèvres-Tasse. Deswegen waren sie doch bestimmt nicht gekommen? Statt seines Morgenmantels hatte Perry seinen großen Tweedmantel über den Schlafanzug angezogen. Er sah etwas lächerlich aus.

Ich kann ihn unmöglich heiraten, dachte Julia.

»Da ist sie«, sagte Perry untypisch fröhlich. Er stellte sie vor: »Meine Fiancée, Miss Armstrong.« *Fiancée* – o Gott, dachte Julia, war sie das jetzt wirklich?

»Sie sehen ja selbst«, sagte Perry zu den Polizisten. »Für eine Leiche sieht Miss Armstrong ziemlich gut aus. Zugegebenermaßen« – er lachte – »ist sie immer etwas langsam, wenn man sie früh weckt.«

Der kleine Kriminalbeamte betrachtete sie von oben bis unten, den Morgenmantel, ihre zerzauste Erscheinung. Er warf ihr einen milde verächtlichen Blick zu. Es ist nicht so, wie es aussieht, dachte sie mürrisch. (Wenn es nur so wäre.)

»Vielleicht kann uns Miss Armstrong einen Ausweis zeigen«, sagte der große Kriminalbeamte. Er lächelte sie aufmunternd an.

»Schatz?« Jetzt lächelte Perry sie erwartungsvoll an. (Schatz! Wann hatte er sie je so angesprochen?) Er legte ihr die Hand auf den Rücken. Es fühlte sich sowohl intim als auch warnend an. Die Anwesenheit des Gesetzes schien ihn unerklärlich nervös zu machen. Sie erinnerte sich an den Besuch der Staatspolizei.

»Miss Armstrong?«, sagte der kleine Kriminalbeamte.

»Ich weiß, wer ich bin.« (Wirklich?, fragte sie sich.) »Ist das nicht Beweis genug? Und Perry – Mr Gibbons – weiß, wer ich bin.«

Sie schaute Perry an, und er nickte hilfreich und sagte: »Ich weiß es.«

»Aber abgesehen davon, dass Sie es beide behaupten, haben Sie irgendetwas, das es beweist?«

»Behaupten?«, sagte Perry und sah die beiden stirnrunzelnd an. »Ist mein Wort nicht gut genug? Ich bin ranghoher Mitarbeiter des MI5.«

Beide Kriminalbeamte ignorierten ihn, und wieder sagte der kleinere: »Miss Armstrong?«

»Also«, sagte Julia, »die Sache ist die, meine Tasche ist vor ein paar Tagen gestohlen worden, in einem Café – in der Nähe der Victoria Station. Ich hatte sie dummerweise auf den Boden gestellt, während ich eine Tasse Tee getrunken habe, und dann war sie weg. Ich weiß nicht, ob Sie es wissen, aber in der Gegend werden zurzeit viele Handtaschen entwendet, und es war natürlich alles Mögliche darin. Ausweise und so weiter.« *Wenn Sie eine Lüge erzählen, erzählen Sie eine gute.*

»Und haben Sie den Diebstahl gemeldet?« fragte der kleine Kriminalbeamte.

»Ich bin noch nicht dazu gekommen, wir hatten so viel zu tun. Es ist schließlich Krieg.«

Sie schaute verzagt zu Perry. »Entschuldige ... *Schatz*, ich wollte nicht, dass du es erfährst. Du hast mich ermahnt, aufzupassen, und ich wusste, dass du böse auf mich sein würdest.«

Perry fuhr ihr liebevoll durch die Locken und sagte: »Sei nicht albern. Ich kann dir gar nicht böse sein.«

Sie verhielten sich auf eine Weise, die so wenig mit ihrem normalen Verhalten zu tun hatte, dass sie genauso gut in einem Stück hätten spielen können. Das allerdings verrissen worden wäre.

»Können Sie uns Ihre Handtasche beschreiben, Miss Armstrong?«, fragte der große Kriminalbeamte. Von den beiden schien er der freundlichere zu sein.

»Rotes Leder, Schulterriemen, Schließe, die aussieht wie eine Gürtelschnalle. Haben Sie sie gefunden?«

»Ich muss Ihnen leider mitteilen«, sagte der kleine Kriminalbeamte, »dass dem so ist. Sie befand sich bei einer jungen Dame, deren Leiche gestern gefunden wurde.«

»Leiche?«, sagte Perry. »Tot?«

»Ich fürchte ja, Sir.«

»Ein Unfall?«

»Ermordet«, sagte der kleine Kriminalbeamte unverblümt.

Beatrice, dachte Julia und stöhnte kurz auf vor Schmerz, und Perry sagte auf rührend besorgte Weise: »Julia?« Und dann, an den Kriminalbeamten gewandt: »Ermordet?«

»Leider, Sir«, sagte der große nettere Kriminalbeamte. »Haben Sie eine Ahnung, wer die junge Dame sein könnte, Miss Armstrong?« Perrys Hand drückte jetzt auf ihren Rücken, deswegen nahm sie an, dass sie nichts sagen sollte.

»Nein«, flüsterte Julia. »Ich weiß es nicht. Keine Ahnung.«

Hatte Beatrice versucht, ihr die Handtasche zurückzubringen? War sie deswegen ermordet worden? War ihr einer von Mrs Scaifes Gaunern gefolgt und hatte sie umgebracht? Es war zu schrecklich, um darüber nachzudenken.

»Deswegen haben wir natürlich erst einmal angenommen, Miss Armstrong«, sagte der Kleine und übernahm die Moderation, »dass die junge Dame Sie sind, weil sich in der Tasche Ihr Ausweis befand.« Julia fühlte sich, als würde ihr gleich schlecht.

»Sie wissen also nicht, wer sie ist? Diese Person? Diese junge Dame?«, fragte Perry den kleinen Kriminalbeamten.

»Nein. Wissen *Sie* vielleicht, wer sie sein könnte, Sir?«

»Natürlich nicht. Ich kann nur annehmen, dass sie Miss Armstrongs Handtasche gestohlen hat – oder ein ihr bekannter Mann, der sie ihr dann gegeben hat. Darf ich fragen, wie sie gestorben ist?«

»Erwürgt, mit einem Kopftuch«, sagte der kleine Kriminalbeamte.

Julia stöhnte lautlos. Der Hund schaute sie besorgt an.

»Und sie wurde wo gefunden?«, fragte Perry. Er hatte ein unbarmherzig forensisches Wesen.

»Sie wurde im Kohlenkeller des Carlton Club gefunden.«

»Des Carlton Club«, wiederholte Perry. Er wechselte kurz einen Blick mit Julia. Er hatte offenbar die Abschrift von Trudes Gespräch mit Godfrey gelesen.

»Sir?«, sagte der kleine Kriminalbeamte. »Sagt Ihnen das etwas?«

»Nein, überhaupt nicht.«

»Wir glauben, dass sie dort schon ein paar Tage lag, bevor man sie entdeckt hat.«

Drei Tage, dachte Julia. Es war nur drei Tage her, dass sie Beatrice zum letzten Mal am Pelham Place gesehen hatte.

»Alles in Ordnung, Miss Armstrong?«, fragte der große Kriminalbeamte.

»Ja«, sagte sie leise. Nein, dachte sie. Überhaupt nicht.

»Miss Armstrong hatte selbstverständlich nichts damit zu tun«, sagte Perry.

»Selbstverständlich nicht, Sir.«

Die Kriminalbeamten, der große wie der kleine, gingen schließlich, doch keiner von beiden schien wirklich zufriedengestellt.

Perry schloss die Tür und wandte sich ihr zu. »Was um alles in der Welt ist da los?«

»Meine Handtasche wurde nicht gestohlen«, sagte sie hastig. »Ich habe sie in Mrs Scaifes Haus liegen lassen, aber ich wollte es Ihnen nicht sagen, weil es *meine* Handtasche war, nicht die von Iris, und ich dachte, ich könnte sie zurückkriegen. Und ich habe geglaubt, Sie würden sich ärgern, weil ich so sorglos gewesen bin – die Diamantohrringe waren in der Handtasche, ich hatte keine Zeit, sie zurückzugeben, weil ich bei Garrard's Mrs Scaife getroffen habe. Das tote Mädchen muss Beatrice Dodds sein, Mrs Scaifes Dienstmädchen. Ich dachte, sie wäre davongelaufen, aber jetzt glaube ich, dass sie mir vielleicht die Tasche zurückbringen wollte, und sie haben es herausgefunden und sie umgebracht.«

»Regen Sie sich nicht so auf, Miss Armstrong.« (Sie war nicht länger sein *Schatz*.) »Setzen Sie sich.«

»Es war Trude, die mit Godfrey Witze über den Kohlenkeller des Carlton Club gemacht hat«, fuhr er nachdenklich fort, »und wir wissen, dass sie mit Mrs Scaife unter einer Decke steckt. Könnte Trude Beatrice umgebracht haben?«

»Wahrscheinlich war es einer von Mrs Scaifes Gaunern – sie folgen den Leuten oft, wenn sie vom Pelham Place weggehen. Und Beatrice wusste, wo das Rote Buch war. Vielleicht war es in ihrer Tasche – meiner Tasche vielmehr. Vielleicht wollte sie es mir bringen.«

»Wir wissen nichts mit Sicherheit. Wir wissen nicht einmal mit Sicherheit, dass es das Dienstmädchen ist.«

»Beatrice.«

»Wir müssen Gewissheit haben. Jemand wird sie identifizieren müssen.«

»Mrs Scaife vermutlich«, sagte Julia. »Sollten wir das alles nicht der Polizei erzählen?«

»Du lieber Gott«, sagte Perry, »wir wollen nicht, dass die Polizei am Pelham Place herumpoltert und sich in unsere Operation einmischt. Je weniger Leute etwas wissen, umso besser. Wenn es wirklich dieses Mädchen ist, muss sie eine andere Identität bekommen. Für den Augenblick jedenfalls. Sie müssen ins Leichenschauhaus gehen.«

»Ich?«

Beatrice Dodds, wenn sie es war, war nur noch eine unwirkliche Form unter einem weißen Tuch im öffentlichen Leichenschauhaus von Westminster.

Der Mitarbeiter wollte Julia die Leiche nur ungern zeigen. »Können Sie sie nicht anhand der Kleider identifizieren, Miss? Es ist wahrhaftig kein Anblick, dem sich eine junge Dame aussetzen sollte.«

Und doch war es etwas, das einer jungen Dame zugestoßen war, dachte Julia. Sie hatte keine Ahnung, was für Kleider Beatrice getragen hatte – abgesehen von dem schwarz-weißen Dienstmädchenkleid, in dem sie laut dem Mitarbeiter nicht gefunden worden war. »Ich muss ihr Gesicht sehen.«

»Sind Sie sicher, Miss?«

»Ja.« Einen Augenblick lang drohten ihr die Nerven zu versagen, aber dann dachte Julia: Nein, ich muss. Mut hieß die Losung.
»Sind Sie bereit?«
»Ja.«

Beatrice sah aus, als wäre sie – ziemlich schlecht – aus Lehm modelliert worden, und der Lehm wäre weich geworden. Jemand hatte sie gewaschen, doch der Kohlenstaub hatte sich in ihrer Haut festgesetzt, und ihr Mäusehaar war rußig. Irgendetwas hatte bereits an ihr genagt, und Julia fragte sich, was für Kreaturen in Kohlenkellern lebten und auf dieses schreckliche Futter warteten.

Es war jedoch unleugbar Beatrice Dodds. Mir wird nicht schlecht, dachte Julia. Ich werde sie nicht mit Abscheu entehren.

»Miss?«, sagte der Mitarbeiter leise. Er deckte Beatrices kleines tragisches Gesicht wieder zu. *(Bedecke ihr Gesicht; meine Augen blenden.)*

Es ist meine Schuld, dachte Julia, Beatrice wäre wahrscheinlich noch am Leben, wenn ich sie nicht um Hilfe gebeten hätte. Und jetzt ist sie eine verwesende Leiche.

»Miss Wilson?«
»Ja?«
»Ist es Ihre Schwester, Miss Wilson?«, fragte der Mitarbeiter leise. Er war an Schmerz gewöhnt, dachte Julia. Julia gab sich als »Madge Wilson« aus, und niemand im Leichenschauhaus hatte sie gebeten, »sich auszuweisen«. Es schien nur allzu einfach, in einem Krieg jemand anders zu werden.

»Ja«, murmelte sie. »Das ist meine Schwester Ivy, Ivy Wilson.« Julia hatte eine vom MI5 gefälschte Geburtsurkunde auf den Namen »Ivy Wilson« dabei.

»Sind Sie sicher, Miss? Wie Sie wissen, gab es ganz am Anfang schon eine Verwechslung.«

»Wie schrecklich«, murmelte sie. »Nein, das ist ganz bestimmt Ivy.« Julia spürte, wie ein Schluchzer in ihrer Brust aufstieg.

»Leider müssen ein paar Formulare ausgefüllt werden«, sagte der Mitarbeiter des Leichenschauhauses. »Und Sie wissen, dass es Ermittlungen geben wird. Die Polizei wird die Leiche Ihrer Schwester erst freigeben, wenn die Ermittlungen abgeschlossen sind.«

»Ja«, sagte sie, »natürlich. Wir müssen wissen, was passiert ist. Ich weiß nicht, wie Mutter es ertragen soll.«

Der Mitarbeiter führte sie nach nebenan in ein kleines Vorzimmer, wo sie die Formulare ausfüllte. Das Zimmer war krankenhausgrün gestrichen, Tisch und Stühle waren aus Eisen. Es war ein schrecklicher Ort, um trauernde Angehörige den Papierkram erledigen zu lassen. Nachdem sie die Formulare ausgefüllt hatte, unterschrieb sie unten mit »Madge Wilson«. Eine nicht existente Person, eine Fälschung, zeichnete das Leben einer anderen nicht existenten Person ab. Julia war möglicherweise der einzige Mensch auf der Welt, dem etwas an Beatrice Dodds gelegen hatte. Und jetzt hatte das arme Mädchen nicht einmal mehr ihren richtigen Namen, so erfolgreich ausradiert aus der Welt, als hätte sie nie existiert.

»Es tut mir leid, aber ich fühle mich ein bisschen schwach«, murmelte Julia. »Könnte ich vielleicht eine Tasse Tee haben? Es muss der Schock sein. Heißer, süßer Tee – das hilft doch angeblich?«

»Ja, Miss, das hilft. Bleiben Sie sitzen, ich bin sofort wieder da.« Es war ein netter Mann – freundlich, dachte sie. Sie fühlte sich wirklich ein bisschen schwach, sie hatte nicht damit gerechnet, dass der Anblick von Beatrice so schrecklich sein würde.

Von Beatrices weltlichen Besitztümern war nur ein weiches, in braunes Papier gewickeltes Paket in der Ecke des Zimmers übrig. Jemand hatte mit schwarzer Tinte »Julia Armstrong« darauf geschrieben und dann durchgestrichen und durch »Weiblich – unbekannt« ersetzt. Das ganze Leben einer Person, dachte Julia, passte in ein Paket. Sie dachte an Pelham Place, bis unters Dach vollgestopft mit Mrs Scaifes »besseren Stücken«. Es wäre viel braunes Papier nötig, um Mrs Scaifes Leben einzupacken.

Julia hob das Paket auf, das wesentlich schwerer und unhandlicher war, als sie erwartet hatte; es hätte fast das Gewicht von Beatrice selbst sein können, das sie in Händen hielt. Sie verließ das Zimmer und lief den Korridor zum Ausgang entlang. Als sie um die Ecke bog, hörte sie die Stimme des Mitarbeiters, der ihr nachrief. »Miss Wilson, Miss Wilson!«

Zurück am Dolphin Square, legte Julia eine Zeitung auf dem Teppich aus und packte das Bündel von Beatrice Dodds' billigen Kleidern aus. Ruß und Kohlenstaub stiegen in schmutzigen Wölkchen auf. Am schmutzigsten war das Kopftuch. War das die Mordwaffe? Die Polizei hätte es doch bestimmt als Beweis behalten? Es war aus Seide, Hermès, teuer. Zum letzten Mal hatte Julia es um Mrs Scaifes gefurchten Hals gesehen. War es möglich, dass Mrs Scaife und nicht einer ihrer Gauner Beatrice umgebracht hatte? Es schien unwahrscheinlich, aber Mrs Scaife hatte die Kraft und das Gewicht, und Beatrice war ein mageres Ding gewesen. Aber was war dann mit dem Kohlenkeller des Carlton Club? Hatte sich Mrs Scaife bei Tee und Scones gegenüber Trude beklagt, dass sie sich einer unerwünschten Leiche entledigen musste, und Trude hatte gesagt: »Oh, ich weiß, was Sie damit tun können!«?

Die Handtasche selbst war leer – kein Rotes Buch. Kein Zettel, auf dem in Großbuchstaben »Hinweis« stand. Selbstverständlich keine Diamantohrringe.

»Julia?«, sagte Perry und tauchte in der Tür auf. »Mein Gott, sind Sie schmutzig. Sind das die Sachen des armen Dings?«

»Beatrice. Ja.«

»Ist das Ihre Handtasche? Die Ohrringe waren vermutlich nicht darin?«

»Leider nicht.«

Er zuckte gleichgültig die Achseln und sagte: »Garrard's hat sie versichert. Also – wir nutzen unsere Macht, um die üblichen Prozeduren der Polizei zu umgehen. Ein Bestatter aus Ladbroke Grove hat sie abgeholt, sie wird am Freitag in Kensal Green begraben.«

»Sie ist Waise«, sagte Julia. »Ich nehme nicht an, dass irgendjemand kommen wird.«

»Tut mir leid«, sagte Perry. »Wirklich. Aber Sie wissen schon, das übergeordnete Wohl und so weiter.«

»Mir ist ein Gedanke gekommen«, sagte Perry. Er langte über die gestärkte weiße Tischdecke bei Simpsons und nahm ihre Hand. Er hatte sie zum Abendessen eingeladen, um sie nach dem Leichenschauhaus »aufzuheitern«. Beatrices Tod schien ihn nicht zu berühren, als wäre sie nur ein weiteres Kriegsopfer. Ein Mädchen. Ein Niemand. Eine Maus.

»Und natürlich müssen wir unsere Verlobung feiern«, sagte Perry. Er hatte ihr einen Ring gekauft – einen bescheidenen Saphir, der bereits einen schwarzen Kreis auf ihrem Finger hinterlassen hatte. Er griff immer wieder nach der Hand mit dem Ring und hielt ihn hoch, als sollte alle Welt sehen, dass sie seine Fiancée war. Vermutlich besser, als eine *kleine Flamme* zu sein. Andererseits vielleicht auch nicht.

Ein großer Servierwagen mit silbernem Deckel näherte sich bedrohlich. Ein Kellner hob den Deckel von einem riesigen Rinderbraten, der so roh und blutig war, dass das Herz des armen Tiers noch hätte schlagen können. So viel zur Rationierung. Scheiben wurden abgeschnitten und auf ihre Teller gelegt.

»Ihnen ist ein Gedanke gekommen«, erinnerte sie ihn.

»Ja, danke. Ich habe gedacht, wenn es ein Fall von verwechselter Identität ist, dann hat, wer immer dieses Mädchen umgebracht hat –«

»Beatrice«, sagte Julia müde.

»Ja, er hat sie vielleicht mit Ihnen verwechselt. Sie hatte Ihre Handtasche dabei, Ihre Ausweise. Während der nächsten Tage, bis diese Leute hinter Gittern sind, müssen Sie besonders vorsichtig sein.«

Es schien seltsam, dass »Julia Armstrong« ein paar Tage lang offiziell nicht mehr existiert hatte. Vielleicht war sie unerlaubt in Urlaub gefahren, um mit Cherubim, Ziegen und Lämmern herumzutollen. War während ihrer Abwesenheit Iris für sie eingesprungen? Hatte sie die Rolle gut gespielt? War Perry die Hochstaplerin aufgefallen? Glaubte er, dass es –

»Essen Sie auf«, sagte Perry gut gelaunt. »So gut werden wir nicht mehr oft essen, und Sie brauchen etwas Fleisch auf den Knochen.«

Julias normalerweise unempfindlicher Magen verzagte, und sie ließ den größten Teil des Bratens (*Fleisch*, dachte sie flau) still und leise auf die Serviette auf ihren Knien fallen.

Sie stand auf und sagte: »Entschuldigen Sie mich« und ging mit der Serviette auf die Damentoilette, wo sie das Fleisch entsorgte. Sie fragte sich, was die arme Putzfrau davon halten würde.

Sehen Sie es als Abenteuer, hatte Perry ganz am Anfang gesagt. Und so hatte sie es auch empfunden. Ein Jux, wie etwas aus John Buchan oder Erskine Childers, hatte sie gedacht. Ein Abenteuer aus *Girl's Own*. Das Russische Teehaus, das Etikettenkleben, die Flucht den wilden Wein hinunter. Aber es war kein Abenteuer. Jemand war gestorben. Beatrice war gestorben. Ein Spatz. Eine Maus. Bedeutungslos für alle außer für Julia.

DER WÜRFEL IST GEFALLEN

Perrys Stimmung schien sich gebessert zu haben. Julia war erleichtert, dass die Wolke, die ihn bedroht hatte, abgezogen war. Es wurde schwieriger, mit seinen Stimmungsschwankungen mitzuhalten.

»Wir haben diesen Amerikaner im Blick«, sagte er zu ihr. »Er heißt Chester Vanderkamp.« Er sprach den Namen angewidert aus, er mochte Amerikaner nicht. »Er arbeitet in der amerikanischen Botschaft, in der Dechiffrierabteilung.«

»Chiffren?«, sagte Julia. »Codes, geheime Telegramme und so weiter?«

»Ja, er sieht alles – die ganze Korrespondenz, die in die Botschaft kommt und sie verlässt. Er ist heftig dagegen, dass Amerika in den Krieg eintritt. Ein Ton, den natürlich dieser abwiegelnde Botschafter angeschlagen hat.« Für Kennedy hatte Perry eine ganz besondere Animosität reserviert. »Bewundert die Deutschen. Hat was gegen Juden, behauptet, sie würden die Industrie, die Regierung, Hollywood et cetera dominieren – die üblichen Schmähungen. Dieser Vanderkamp verschlüsselt und entschlüsselt die heikelsten Telegramme, und offenbar nimmt er Kopien davon mit nach Hause – er hat eine Wohnung in Reeves Mews, gleich um die Ecke der Botschaft.«

»Woher wissen Sie das alles?«, fragte Julia.

»Mam'selle Bouchier hat ihn für uns ›umworben‹.«

»Giselle?«

»Unsere Mata Hari. Sie ist hervorragend in Bettgeflüster. Ungut für uns ist, dass auch viel von der Korrespondenz zwischen Churchill und Roosevelt dabei ist – wie Roosevelt uns unterstützen kann. Wenn die Isolationisten und Beschwichtiger in Amerika sie in die Hand kriegen, haben sie ihren großen Tag. Es wäre das Ende von Roosevelt. Und wahrscheinlich das Ende unserer Hoffnung, die Amerikaner zum Kriegseintritt zu bewegen. Und es gibt noch eine Menge anderes Material, das unseren Truppen in Europa gefährlich werden könnte – militärische Geheimnisse und so weiter.«

»Donnerlittchen.«

»Donnerlittchen in der Tat, Miss Armstrong. Die schlechte Nachricht ist, dass Vanderkamp in Betracht zieht, diese Informationen nicht nur den Amerikanern, sondern auch den Deutschen zukommen zu lassen.«

»Dennoch wirken Sie ausgesprochen fröhlich«, sagte Julia. Er lächelte sein hübsches Lächeln. Küss mich, dachte sie. Ein bisschen Hoffnung.

»Weil Mr Vanderkamp Mrs Scaife kennenlernen möchte. Er hat von ihren Verbindungen ins Ausland erfahren und ist in vollkommener Übereinstimmung mit ihrer politischen Linie. Wir können sie beide in flagranti erwischen und verhindern, dass die verdammten Telegramme übergeben werden. Und auf diese Weise schlagen wir zwei Fliegen mit einer Klappe.«

»Was für ein schreckliches Bild«, sagte Julia.

»Sie brauchen jemanden, der den Kontakt herstellt«, sagte Perry.

»Mich?«

»Sie. Genau.«

»Also«, sagte Mrs Scaife und verrührte nachdenklich Zuckerstücke in ihrem Tee, »dieser Amerikaner ... Chester Vanderkamp?«

»Ja.«

»Er hat Informationen, die er uns zukommen lassen will?«

»Ja. Wichtige Informationen. Er hat Kopien – entschlüsselte – von einer großen Anzahl diplomatischer Telegramme zwischen Roosevelt und Churchill.« (»Underte davon« laut Giselle, die zudem die unnötige Information weitergab, dass er »im Bett langweilisch« sei.) »Offenbar enthalten sie viel über Roosevelts Unterstützung für uns.«

»Und er ist willens, sie uns zu geben?«

»Er ist willens, sie uns zu geben. *Ihnen*, Mrs Scaife. Er will sie nur Ihnen persönlich übergeben.«

»Wir haben jemanden, der sie in einer Diplomatentasche nach Belgien schaffen kann und dann weiter in die deutsche Botschaft in Rom. Und die Deutschen werden es im Radio in die ganze Welt übertragen. Und wenn nicht sie, dann wird es unser guter Freund

William Joyce tun. Die Deutschen verstehen was von Propaganda. Genau wie die amerikanischen Isolationisten.«

»Zwei Fliegen mit einer Klappe, Mrs Scaife. Zwei Fliegen mit einer Klappe.«

»Er kann aber nicht hierher kommen – ich stehe unter Beobachtung. Und er vielleicht auch.«

»*Ich* werde nicht beobachtet, Mrs Scaife«, sagte Julia. »Warum verabreden Sie sich nicht in meiner Wohnung? Ich kann den Kontakt vermitteln. Noch Tee? Soll ich eingießen?«

Alle Hebel wurden in Bewegung gesetzt. Das Treffen zwischen Mrs Scaife und Chester Vanderkamp sollte am übernächsten Tag in einer Wohnung des MI5 in Bloomsbury stattfinden – einem schmuddeligen Ort, einer Hymne an braune Wandfarbe und schmutzige Fenster –, die als Julias ausgegeben wurde. Die Wohnung war mit Mikrofonen ausgestattet, die Übergabe der Telegramme sollte aufgenommen werden. Sobald die Telegramme den Besitzer gewechselt hätten, würde Julia ein Zeichen geben, und die Polizei würde beide, Mrs Scaife und Chester Vanderkamp, verhaften.

Elf Uhr morgens am nächsten Tag war die für die Festnahmen vorgesehene Zeit. Julia hatte die Nacht erneut am Dolphin Square verbracht. Sie hatte wieder den gleichen trockenen Gutenachtkuss auf die Wange erhalten und dagelegen wie eine Statue, während Perry offenbar friedlich neben ihr schlief. Sie erwachte früh, machte Tee und trank ihn, während sie aus dem Wohnzimmerfenster auf den Hof hinunterschaute. Der frühe Morgenhimmel schimmerte wie eine Perle. Der Springbrunnen plätscherte vor sich hin. Die Magnolien und Fliederbüsche waren verblüht, aber die einjährigen Sommerblumen tauchten die Beete in Farbe.

»Ah, Sie sind auf«, sagte Perry und erschreckte sie. »Und Tee gibt es auch. Großartig. Sind Sie bereit fürs Endspiel?«

Julia war überrascht, als sie sah, dass Mrs Scaife in Begleitung von Mrs Ambrose in die Bloomsbury-Wohnung kam. »Mrs Ambrose ist so eine loyale Dienerin«, sagte Mrs Scaife.

»Freundin, nicht Dienerin«, erwiderte Mrs Ambrose milde. »Ich will beim Abschuss dabei sein«, flüsterte sie Julia zu, als sie im Flur an ihr vorbeiging.

»Du meine Güte«, sagte Mrs Scaife und schaute sich nahezu angewidert um. »Wohnen Sie wirklich hier, Iris, meine Liebe?«

Julia lachte und sagte: »Schrecklich, nicht wahr? Allerdings nur vorübergehend, Mrs Scaife. Nächste Woche ziehe ich in eine Wohnung in Mayfair.«

»Das klingt schon viel angemessener. Ich leihe Ihnen Nightingale, damit sie Ihnen hilft.«

In diesem Augenblick durchsuchte die Polizei Mrs Scaifes Haus am Pelham Place nach Beweisen, die sie belasten würden. Hätte Nightingale irgendetwas dazu zu sagen?, fragte sich Julia.

Es folgte endloses Geplauder über den deutschen Vormarsch und was er für die Mitglieder des Right Club bedeutete.

»Orden, denke ich«, sagte Mrs Scaife.

»Ein eisernes Kreuz?«, sagte Mrs Ambrose und schien sich über die Vorstellung zu freuen. Sie hatte ihr Strickzeug herausgeholt, ihre Nadeln klimperten wie ein Schnellzug.

»Tee?«, fragte Julia. »Mr Vanderkamp wird bestimmt gleich kommen.«

Julia stellte den Kessel auf den Gasherd in der schäbigen kleinen Küche und ging auf Zehenspitzen in den Flur, um nach Cyril zu sehen. Er war rekrutiert und im Garderobenschrank untergebracht worden, wo er die Aufnahmegeräte überwachte.

Er zeigte ihr den erhobenen Daumen und flüsterte: »Hier drin ist es wie im Schwarzen Loch von Kalkutta.«

»Ich bringe Ihnen Tee«, flüsterte Julia.

»Mit wem sprechen Sie da draußen, Iris, meine Liebe?«

»Mit mir selbst«, rief Julia.

Der Tee war mit dem üblichen Theater um Zucker und Löffel etc. serviert worden, als es an der Tür klingelte.

»Mr Vanderkamp – kommen Sie herein«, sagte Julia. Er war kleiner, als sie erwartet hatte, sah aber rüstig und sportlich aus, und im Gegensatz zu den einheimischen Männern, die Julia kannte, strahlte er die Gesundheit und Energie der Neuen Welt aus. Sie führte ihn ins Wohnzimmer und stellte alle einander vor.

»Ich glaube, wir haben gemeinsame Bekannte«, sagte Mrs Scaife, jeder Zentimeter die höfliche Gastgeberin.

»Das glaube ich auch, Ma'am«, sagte er, jeder Zentimeter der Gast. Die Ratten saßen in der Falle. Für Ratten hatte sie exzellente Manieren.

Es gab weiteres Getue mit den Teetassen, weiteres Geplapper über den bevorstehenden Sieg der Nazis. »Es wird ein großer Tag, wenn die Deutschen nach Whitehall marschieren und uns helfen, in diesem Land die Vernunft wieder regieren zu lassen, nicht wahr, Mr Vanderkamp?«, sagte Mrs Scaife. »Dann werfen wir alle Juden und Ausländer raus und gewinnen unsere Souveränität zurück.«

»Bravo!«, sagte Chester Vanderkamp.

Und dann wurden endlich die Telegramme hervorgeholt. Vanderkamp öffnete seine Aktentasche und zog einen gelben Umschlag heraus. Er nahm die Telegramme aus dem Umschlag, schob die Teetassen beiseite, damit er die Papiere auf dem Tisch ausbreiten konnte. Mrs Scaife neigte sich vor, um sie zu studieren. Julia heuchelte Gleichmut, stand von ihrem Stuhl auf und ging zum Fenster. Sie hatte einen guten Blick auf die Straße. Keiner von Mrs Scaifes Gaunern war zu sehen. Vermutlich waren sie »aus dem Verkehr gezogen« worden. Auf dem Gehsteig gegenüber sah sie einen Mann stehen. Einen der grauen Männer. Er starrte zum Fenster herauf. Julia starrte zu ihm hinunter.

»Wunderbar!«, sagte Mrs Scaife. »Ich kann Ihnen gar nicht sagen, wie sehr das unserer Sache nützen wird.«

»Freue mich, wenn ich helfen kann«, sagte Vanderkamp, sammelte die Telegramme ein und stopfte sie wieder in den Umschlag. Julia nahm ihr Taschentuch aus dem Ärmel. »Bitte sehr«, sagte Vanderkamp und reichte den Umschlag Mrs Scaife. Mrs Scaife nahm den Umschlag. Julia putzte sich die Nase. Es schien ein ziemlich banales Signal.

»Sie werden sich doch nicht erkältet haben?«, fragte Mrs Scaife besorgt und drückte den Umschlag an ihren großen Busen.

»Nein«, sagte Julia. »Bestimmt nicht.«

Wo waren sie?, fragte sie sich. Sie ließen sich Zeit. Doch dann erfolgte ein Mordskrach, als die Wohnungstür eingetreten wurde.

Mussten sie so melodramatisch sein? Hätten sie geklingelt, hätte sie sie einfach eingelassen.

»Na also«, sagte Julia zu Mrs Scaife, die stirnrunzelnd fragte: »Wie meinen Sie das?«

Ein Schwarm Polizisten betrat die Wohnung. Mrs Scaife stieß einen kleinen Schrei aus und kämpfte sich auf die Füße, und Chester Vanderkamp sagte: »Was zum Teufel?« Julia erkannte den großen Kriminalbeamten wieder. Er sah sie an und tippte sich an den Hut.

Vanderkamp wurde verhaftet und in Handschellen gelegt. Er blickte ungläubig zu Julia. »Du Schlampe«, zischte er.

»Aber, aber«, sagte der große Kriminalbeamte. »Nicht nötig, ausfallend zu werden.«

Mrs Scaife war unterdessen zu einem Haufen Spitze auf dem Sofa zusammengesackt. »Iris, meine Liebe«, sagte sie matt, »ich verstehe nicht.«

Bevor Julia antworten konnte, tauchte Perry mit Giselle im Schlepptau auf. Sie wirkte unsicher, wie überrascht, plötzlich auf einer Bühne zu stehen. Perry wandte sich an Mrs Scaife. »Jetzt haben wir Sie, Madam. Wir haben dieses Treffen aufgenommen, und in Ihrem Haus haben wir Briefe an Joyce und anderen faschistischen Abschaum gefunden, sogar einen ›Fanbrief‹ an Herrn Hitler, und« – es folgte eine für Perry untypische dramatische Pause, bevor er »das Rote Buch« in die Höhe hielt. Es war eigentlich burgunderrot, aber über den Farbton wollte sich keiner der Anwesenden streiten. Mit dem *pièce de résistance* in der Hand wandte er sich an Julia. »Im Haus dieser Dame, genau wie Sie gesagt haben, Miss Armstrong.«

Mrs Scaife starrte Julia mit offenem Mund an. »Iris, meine Liebe, was geht hier vor?« Sie langte nach Mrs Ambroses Hand, als wäre sie ein Rettungsring, und sagte: »Mrs Ambrose – Florence – was ist los?« Mrs Ambrose schwieg. Julia fragte sich, ob Mrs Scaife ihr Horoskop für diesen Tag gelesen hatte und, wenn ja, was es besagt hatte. *Ihnen steht heute eine Überraschung bevor.*

Mrs Scaife wandte sich ratlos an Giselle. »Sie auch?«

»*Oui. Moi aussi*«, sagte sie gleichgültig.

Es war wie eine Farce, dachte Julia und fragte sich, wer als Nächstes die Bühne betreten würde. Ein Butler vielleicht oder ein raubeiniger Brigadegeneral, doch Giselle war das letzte Mitglied der Besetzung. Perry deutete auf Mrs Scaife und sagte zum nächsten Polizisten: »Verhaften Sie sie. Bringen Sie sie in die Bow Street.«

»Aber ich habe doch gar nichts getan«, protestierte Mrs Scaife. Sie sah plötzlich alt und hilflos aus. Fast hätte sie Julia leidgetan. Fast.

»Jede Tat hat Folgen, Madam«, sagte Perry streng.

»Was ist mit den anderen Damen?«, fragte ein Polizist. »Sollen wir sie auch verhaften, Sir?«

»Nein«, sagte Perry. »Sie sind vom MI5.«

»Alle, Sir?«

»Ja.«

Wie absurd, dachte Julia. Sie sah ein winziges Lächeln im Gesicht des großen Kriminalbeamten und fragte sich, ob er dasselbe dachte.

»Ich bring dich um, du kleine Verräterin«, schrie Vanderkamp Julia an, als sie ihn hinausschoben.

»Ich würde mir keine Sorgen machen«, sagte der große Kriminalbeamte zu Julia. »Wird er wahrscheinlich nicht tun.«

Und das war es dann. Das Ende der Operation bedeutete offenbar das Ende ihrer Laufbahn als Spioninnen. Perry lud sie alle zu Prunier zu einem späten Mittagessen ein; Cyril durfte mitkommen und war so überwältigt von dem Restaurant und dem Essen und der Gesellschaft von Perrys Harem, dass er kein Wort mehr herausbrachte. »Eine ganze Schar Schönheiten«, biederte sich der Oberkellner an, als er sie zu ihrem Tisch führte. Mrs Ambrose warf ihm einen vernichtenden Blick zu.

Giselle rauchte eine Zigarette nach der anderen. Sie schien zerstreut und pickte nur an dem Hähnchen auf ihrem Teller. Julia hatte sich gefragt, ob sie wieder Hummer essen würden, doch der Kellner sagte leise zu Perry, dass sie *poularde au riz suprême* hätten. Die Hähnchen seien »morgens mit dem Milchzug aus Hampshire« gekommen, sagte er, und Julia musste lachen, weil sie sich einen verschlafenen Bahnsteig voller gackernder und glucksender Hühner vorstellte, die wie Pendler auf den Zug warteten.

Perry sah sie an und zog eine Augenbraue in die Höhe. Sie nahm an, dass sie sich als seine Fiancée würdevoll benehmen sollte. Er hatte – Gott sei Dank – ihre Verlobung der anwesenden Gesellschaft nicht mitgeteilt, sie wäre nicht in der Lage gewesen, die neugierigen Blicke zu ertragen. (War es normal, dass sich Bräute in spe so fühlten? Wahrscheinlich nicht.) Nur gut, dass er ein Mann war, der Geheimnisse liebte. Ihr Verlobungsring war zur »sicheren Aufbewahrung« in eine der zahllosen Schubladen seines Sekretärs gewandert.

»Wenn du es nicht isst, esse ich es«, sagte Julia und schob Giselles Teller zu sich.

»Du wirst dick werden«, sagte Giselle.

»Werde ich nicht«, erwiderte Julia. Die unermessliche Leere in ihr würde nie gefüllt werden. »Was wird mit ihnen passieren? Mrs Scaife und Vanderkamp?«, fragte sie Perry.

»Ich nehme an, dass ihnen hinter verschlossenen Türen der Prozess gemacht wird. Mosley und viele andere sind auch verhaftet worden. Mrs Scaife wird wahrscheinlich zusammen mit ihren Freunden in Holloway interniert werden.«

»Ich dachte, sie würde vielleicht gehängt«, sagte Julia. Eine Schlinge um ihren runzligen Hals statt eines Schals von Hermès.

»Wir wollen keine Märtyrer aus ihnen machen. Vanderkamp werden wir wahrscheinlich den Amerikanern übergeben müssen. Vermutlich werden sie ihn feuern und in irgendein schreckliches südamerikanisches Land verfrachten. Sie werden wütend sein, dass wir sie an der Operation nicht beteiligt haben.«

Am Ende des Essens sagte Mrs Ambrose: »Ich muss los«, als hätte sie an einem Treffen der Landfrauen teilgenommen. »Ich ziehe nach Eastbourne, um bei meiner Nichte zu wohnen.«

»Ich dachte, sie lebt in Harpenden?«, sagte Julia.

»Ich habe mehr als eine Nichte«, sagte sie und lachte kurz. Bevor sie ging, schenkte sie Julia das Produkt ihrer Strickerei, ein so verwirrend formloses Stück, dass seine Bestimmung unmöglich festzustellen war. Es wäre vielleicht gut für Lilys Körbchen.

Giselle riss sich aus ihrem verschlafenen Zustand und sagte allen *Adieu*. Kein *Au Revoir*, kein Wiedersehen demnach?

Sie gehe in den aktiven Dienst, erklärte Perry, nachdem Giselle gegangen war.

Um zu kämpfen? Um Menschen – den Feind – zu töten, dachte Julia. Kein Wunder, dass sie noch geistesabwesender gewesen war als üblich.

Die Verhaftungen waren letztlich eine enttäuschende Antiklimax gewesen. Julia hatte auf mehr als die kalte Hand des Gesetzes gehofft. Kleinere Gewalttätigkeiten wären nicht verkehrt gewesen. Vielleicht wäre ich auch gern »im aktiven Dienst«, dachte sie. Um den Feind zu töten.

»Das Rad der Zeit hält niemand auf«, sagte Perry. »Weder Mann noch Frau. Zurück an die Arbeit, Miss Armstrong.«

Julia seufzte und sagte: »Kommen Sie, Cyril. Auf ins Gefecht.«

Julia schob die Hand in die Manteltasche, um den Schlüssel für die Wohnung am Dolphin Square herauszunehmen. Ihre Hand schloss sich um eine kleine grüne Lederschachtel. Sie hatte die Diamantohrringe dort hineingesteckt, als sie bei Garrard's auf Mrs Scaife traf, und es nicht über sich gebracht, sie zurückzugeben. Mit dem ganzen Drama um die Festnahmen und so weiter. Man musste es einem Mädchen verzeihen, wenn es bestimmte Dinge vergaß.

»Alles in Ordnung, Miss?«, fragte Cyril, als sie den Schlüssel in der Tür umdrehte.

»Ja, alles in Ordnung, Cyril.«

Der Krieg erstreckte sich vor ihnen, unbekannt, und doch fühlte es sich an, als wäre sein ganzes Drama schon vorbei.

Julia hängte ihren Mantel auf und entfernte die Haube von der Imperial. Sie setzte sich davor und streckte die Finger, als wollte sie Klavier spielen.

- 9 -

3. PROTOKOLL (Forts.)

<u>18.10</u>

GODFREY und TRUDE sind anwesend. Allgemeines Gespräch über das Wetter. Kurzes Gespräch über TRUDEs Freundin MRS SHUTE, deren Tochter einen Mann im Militärgeheimdienst heiratet. TRUDE schlägt vor, MRS SHUTE nächste Woche zu besuchen.

G. In Rochester? Ja, und sollen wir mit der Tochter sprechen?
T. Ihr gratulieren! (Gelächter)
G. Haben Sie das Gefühl, gute Fortschritte gemacht zu haben? Ich frage mich, ob (?) Sie nachlässig gemacht hat.
T. (Überrascht) Nein! (lacht laut. Etwas Unverständliches, klingt wie Nachrichten (oder Ansichten)) Der gleiche Mist, den sie uns bei jeder Wochenschau aufoktroyieren.
G. Ja, ja.

»Das übliche langweilige Zeug, was, Miss?«, fragte Cyril.
»Leider ja, Cyril.«
Wie sehr sie sich täuschten. »Langweiliges Zeug« – unpassender hätte man den Horror dessen, was als Nächstes passierte, kaum beschreiben können.

1950

TECHNISCHE STÖRUNG

Als Julia vom Moretti's zurückkehrte, wappnete sie sich mental für die Aufnahme von *Frühere Leben* am Nachmittag. Das pampige Mädchen am Empfang war verschwunden – vermutlich vom Minotaurus im Keller zum Mittagessen verschlungen. Statt ihrer stand Daisy Gibbs herum. Ein Ungeheuer würde es sich zweimal überlegen, sie zu fressen – essbar, aber unverdaulich, dachte Julia. »Ah, da sind Sie ja, Miss Armstrong«, sagte sie. »Ich habe mich schon gefragt, wo Sie bleiben.«

»Ich war beim Mittagessen«, sagte Julia. »Ich bin nicht zu spät dran. Fast nicht jedenfalls. Gibt es ein Problem? Mit *Frühere Leben*?«

»Vielleicht.« Daisy lächelte. Sie war sowohl rätselhaft wie auch unerschütterlich. Schwer einzuschätzen. Sie wäre ein Geschenk für den Geheimdienst. Man war sich nie wirklich sicher, ob sie ironisch oder einfach nur zurückhaltend war. Noch eine gute Eigenschaft für den Dienst.

»Wir haben leider einen Ausfall in letzter Minute«, sagte Daisy. »Uns fehlt eine Frau«, fügte sie hinzu und ging voran zu Julias Büro, als müsste sie Julia den Weg weisen..

»Jessica Hastie?«, vermutete Julia.

»Ja. Die Frau des Müllers tritt leider nicht an. Sie hat auch das Kleine Mädchen gesprochen, das jetzt offenbar Lepra hat. Sie haben das Drehbuch ziemlich umgeschrieben, oder?«

»Habe ich«, gab Julia zu. »Es stand keine Krankheit drin. Im Mittelalter gab es doch außer Krankheiten fast gar nichts.«

»Ja, und wir scheinen den Schwarzen Tod vollkommen zu ignorieren«, sagte Daisy. »Ich hatte mich schon darauf gefreut. Jedenfalls habe ich neue Kopien gemacht.«

»Wo ist Miss Hastie eigentlich?«

»Ich glaube, sie hat beim Mittagessen ein bisschen zu viel getrunken. Ich habe sie in ein leeres Studio gebracht. Sie hat sich im Aufenthaltsraum ziemlich aufgeführt.« Der Aufenthaltsraum war winzig, und Julia konnte sich die Panik vorstellen, die eine besoffene Jessica Hastie dort verursachen konnte.

»Ich fürchte, sie ist bekannt für ihren Alkoholkonsum«, sagte Julia. »Ich schaue mal nach ihr. Wir werden pünktlich anfangen, keine Sorge.«

»Ich mache mir keine Sorgen«, sagte Daisy. »Es wird alles klappen.«

Frühere Leben war, wie der Titel besagte, eine Serie über die Lebensweise von Menschen in der Vergangenheit, auch wenn Julia einen Augenblick lang gehofft hatte, dass es auch um Reinkarnation ging. Die kollektive Fantasie von kleinen Kindern hätte davon angeregt werden können. Sie würden natürlich alle als Hunde zurückkehren wollen – die Jungen jedenfalls. (Zu ihrem Job gehörte es, in Schulen zu gehen.) »Alltagsleben«, hatte Joan Timpson zu ihr gesagt. »Den Durchschnittsmenschen zu allen Zeiten lebendig machen. Den ganz gewöhnlichen Mann – und die Frau natürlich – und die Gesellschaft, in der sie gelebt haben.« Auf subtile – oder auch nicht so subtile – Weise sollte im Schulfunk das Bürgerliche betont werden. Julia fragte sich, ob man dem Hang zum Kommunismus entgegenarbeiten wollte.

Geschichte im Schulfunk wurde überwiegend in dramatisierter Form gesendet. Nackte Fakten würden sie nur »harte Zeiten« durchmachen lassen, sagte Joan und freute sich über die Anspielung. (»Ich bin hoffentlich kein Mr Gradgrind wie in Dickens' *Hard Times!*«) Nach dem Krieg war die Welt der Fakten überdrüssig, vermutete Julia. Es hatte schrecklich viele Fakten gegeben.

Frühere Leben war bereits durch die Steinzeit, die Kelten, Römer, Sachsen, Wikinger und Normannen galoppiert, und mit der heutigen Sendung *Leben in einem mittelalterlichen Dorf in England* waren sie im Mittelalter angekommen. Joan Timpson hatte versprochen, rechtzeitig für die Tudors wieder zurück zu sein. (»Das will ich auf keinen Fall verpassen.«) Wo würden sie aufhören?, fragte sich Julia.

»Mit dem Krieg«, sagte Joan bestimmt. »Mit dem Krieg hat alles aufgehört.«

»Nicht alles«, wandte Julia ein.

»Ich glaube«, sagte Charles Lofthouse später bei Drinks im Langham, »dass Mr Timpson während des Blitz schauerlich zu

Tode gekommen ist.« Er zog das Adverb theatralisch in die Länge. Der Verlust eines Beins im Krieg hatte ihn erstaunlich kaltherzig gegenüber den Leiden anderer gemacht.

»Joan wirkt ziemlich heiter.«

»Das ist nur Fassade, Liebes.«

Aber war nicht alles Fassade?

Julia fand Jessica Hastie in einem leeren Studio im obersten Stock. Es wurde nur selten benutzt und hatte sich bei mehreren Gelegenheiten als nützlich erwiesen, um einen Einzelnen von der Herde zu trennen. Jessica Hastie schnarchte friedlich, den großen Kopf auf dem Schreibtisch in der Abhörkabine abgelegt. Es wäre eine Schande (wenn nicht gar eine Unmöglichkeit) gewesen, sie zu stören, deswegen schaltete Julia das Licht aus und schloss die Tür.

»Sie schaffen die Frau des Müllers, oder?«, fragte sie Daisy.

»Ich denke schon.« Sie war unerschütterlich.

Die Serie wurde aufgenommen, keine der Sendungen wurde live ausgestrahlt im Gegensatz zu anderen Schulfunkprogrammen. Aufnahmen waren teurer, und Julia fragte sich, ob Joan über spezielle Mittel verfügte. »Na ja, Sie wissen schon«, sagte Prendergast vage, »die arme Joan.«

Selbstverständlich favorisierte Joan Timpson ein Trommelfeuer an Klangeffekten – die Phalanx an Männern in Rüstungen (davon war Joan besonders begeistert), die in *Frühere Leben* herumklapperten, seit die Neunte Legion verschwunden war, hätte allein schon ausgereicht, um die hartgesottensten Effektassistenten zu Boden zu strecken. Auf der anderen Straßenseite hatten sie Regiepulte, die aussahen, als gehörten sie auf die Brücke eines Raumschiffs von einem anderen Planeten. Nichts so Hochgerüstetes für den Schulfunk.

Das Drehbuch für das *Dorf in England* (wieder so eine Alltagsgeschichte über das Volk auf dem Land, dachte Julia) stammte von einer Frau namens Morna Treadwell und war haarsträubend. Julia war, unterstützt von einem Glas guten Scotch und einer Schachtel Craven »A«, die halbe Nacht aufgeblieben und hatte es überarbeitet. Kinder verdienten etwas Besseres als Morna Treadwells Interpretation des mittelalterlichen Alltags. Morna war mit dem stellvertretenden Direktor befreundet und schien eine Menge Aufträge zu bekommen, obwohl sie weder um der Liebe noch um des Geldes willen schreiben konnte. Sie hörte sich die Sendungen offenbar nie an, aber warum auch – sie war schließlich ein an einen Stuhl gekettetes kleines Kind.

Im Dorf befanden sich ein Herrenhaus, eine Kirche, eine Mühle, ein Dorfanger (mit Teich) und jede Menge Leibeigene (ziemlich glückliche – höchst unwahrscheinlich). Die Leibeigenen pflügten und pflanzten ununterbrochen, und es wurde viel über Streifenanbau und den Zehnten geplaudert. Ansonsten passierte nicht viel. Die Frau des Müllers war unbeliebt wegen ihrer hochnäsigen Art; ein gutmütiges Paar verlor ein Schwein. Oh, und es trat ein durch und durch nerviger Barde auf, der alle mit seiner Laute und seinen parabelhaften Liedchen unterbrach. Nirgendwo Anzeichen eines richtigen Plots. Geschichte sollte immer einen Plot haben, dachte Julia, während sie Morna Treadwells schauderhaftes Manuskript zusammenstrich und verbrannte. Wie sonst sollte man einen Sinn darin entdecken?

Sie merzte den Barden aus – sie konnten später, wenn nötig, eine Laute einfügen (aber wann war eine Laute schon nötig?). Sie war zufrieden mit sich selbst, weil sie ein ergreifendes Ende fand, das auf das bevorstehende Wüten der Pest verwies, auch wenn sie die Pest überspringen und gleich mit den Rosenkriegen weitermachen würden. Ein Dienstmädchen im Herrenhaus sah eine Ratte durch die Speisekammer huschen und wurde nahezu sofort darauf von einem Floh gebissen. »Verflixte Viecher«, sagte sie. (Durften sie »verflixt« im Schulfunk sagen? Julia konnte sich nicht erinnern, ob das Wort auf der schwarzen Liste stand. Wahrscheinlich.) »Das ist nichts«, sagte die Köchin zum Dienstmädchen. Aber es war etwas, und es würde definitiv eine schrecklich große Zahl von Menschen das Leben kosten – fast der Hälfte der Weltbevölkerung laut Geschichte. Das hatte nicht einmal der Krieg geschafft.

»Miss Armstrong? Alle Pferde und Reiter am Start«, sagte Daisy ins Studiomikrofon. Sie salutierte kurz zu Julia in der Regiekabine.

Die Besetzung, nach Wegfall des Barden und ohne Daisy mitzuzählen, bestand aus zwei Schauspielern und einer Schauspielerin. Die Schauspielerin war weit über das Rentenalter hinaus, und einer der Schauspieler, ein pensionierter »Artiste« des Repertoiretheaters, war ein zitterndes Fiasko – er konnte sich kaum vor dem Mikrofon auf den Beinen halten. Das dritte Mitglied der Besetzung war ein Mann namens Roger Fairbrother, der auf unbestimmte Weise kriegsgeschädigt war und in Abwesenheit von Jessica Hastie die Rolle der Köchin sprach, da er eine sehr hohe Stimme hatte. Der Hörfunk gestattete ein gewisses Maß an Flexibilität in der Geschlechterabteilung.

War das wirklich das Beste, was die Besetzungsabteilung zustande brachte? In dieser Gesellschaft glänzte Daisy Gibbs als hochnäsige Frau des Müllers. Zudem überzeugte sie als das Kleine Mädchen mit Lepra und kreischte begeistert, als sie von der Menge aus dem Dorf vertrieben wurde. Die Menge bestand aus den anderen drei Sprechern, verstärkt von einer zufällig vorbeikommenden Schreibkraft, auf die sich Daisy gestürzt hatte, um sie wie Beute ins Studio zu zerren. Immer schon war es ein weitverbreitetes Vorgehen im Schulfunk gewesen, jeden zwangsweise zu rekrutieren, der gerade zur Hand war, damit er oder sie beim Schauspielern aushalf, nicht immer zum künstlerischen Vorteil der Sendung.

Für das Happy End sorgten die Rückkehr des verlorenen Schweins vom gutherzigen Paar und – eine der dramatischeren Änderungen Julias – die wohlverdiente Strafe für die Frau des Müllers, die ihr herrisches Gebaren nicht bereute und von den Leibeigenen in den Dorfteich geworfen wurde. Wahrscheinlich völlig falsch, aber den Kindern würde es gefallen. Auch sie waren letztlich Leibeigene, oder? Geknechtet vom Staat in Form des Erziehungswesens.

»Sie waren ein Star«, gratulierte Julia Daisy, als die Aufnahme beendet war. »Vielleicht haben Sie Ihren Beruf verfehlt.«

»Vielleicht auch nicht«, sagte Daisy. Das Mädchen war undurchschaubar.

Lester Pelling (reimt sich auf »Lemming«, dachte Julia) fügte Klangeffekte hinzu. Sein Markerstift steckte zwischen den Zähnen, während er mit einer Miene zorniger Konzentration die Platte auf dem Playback-Plattenteller anhörte, als würde sie seine Zukunft voraussagen.

Julia zögerte, weil sie ihn nicht stören wollte, als er die Nadel hob, um eine Rille mit seinem Stift zu markieren. Ein sechster Sinn veranlasste ihn jedoch, sich umzuwenden. Er nahm den Kopfhörer ab und sagte ziemlich kleinlaut, »Oh, hallo, Miss«, als wäre es ihm peinlich, bei der Arbeit erwischt zu werden.

»Entschuldigung, ich wollte Sie nicht stören«, sagte Julia.

»Schon in Ordnung. Ich wollte gerade das Schwein einbauen. Die Hühner und Kühe habe ich schon.«

»Haben Sie Gänse?«

»Nein.«

»Wir brauchen unbedingt Gänse«, sagte Julia. »Im Mittelalter hatten sie jede Menge Gänse.«

»Ich habe auch keine Musik. Ich wusste nicht, was wir brauchen.«

»Krummhörner und Flageolette vermutlich. Und auch ein oder zwei Schalmeien«, sagte Julia und nahm die Wörter aus einem obskuren Regal in ihrem Gedächtnis. Waren das echte Instrumente, fragte sie sich, oder hatte sie sie gerade erfunden? Sie klangen lächerlich. »Eine Laute«, fügte sie widerwillig hinzu.

»Ich spring schnell über die Straße zu Effekte«, sagte Lester.

»Nein, ist schon in Ordnung. Ich gehe ins BH, Sie machen hier weiter.«

»Wissen Sie, ich wäre gern Produzent, Miss«, brach es plötzlich aus ihm heraus. »Wie Sie«, fügte er schüchtern an.

»Wirklich? Es ist nicht immer so, wie man es sich vorstellt.« Sie sollte ihn nicht entmutigen. Der Junge hatte noch Hoffnungen. Sie dachte wieder an Cyril Forbes. Er war ebenfalls Toningenieur gewesen. Würde Godfrey Toby auch abstreiten, *ihn* zu kennen, wenn er gefragt wurde? Cyril, erinnerte sie sich liebevoll, hatte den optimistischen Charakter eines Terriers besessen, unerbittlich auch angesichts des Grauens. *(Kommen Sie, Miss, wir schaffen das.)*

»Miss? Miss Armstrong?«

Es schien plötzlich unerlässlich, positiv zu sein. Im Gegensatz zu Cyril hatte Lester eine Zukunft vor sich. »Natürlich ist es schon vorgekommen, dass jemand in Ihrer Position befördert wird, Lester«, sagte sie. »Die BBC kann gütig sein. Jetzt sind Sie ein junger Rekrut, aber Sie könnten als Anführer des Regiments ausscheiden.«

»Wirklich?«

»Warum nicht?«

Er wurde sichtlich größer. Er grinste breit und entblößte zwei Reihen erschreckend fehlangepasster Zähne. *Freude*, dachte Julia. So sah sie aus. Sie sollte Prendergast rufen, damit er es sich anschaute. Sie tat es nicht.

»Danke, Miss.«

»Gern geschehen.«

Daisy Gibbs hielt sie auf, als sie gehen wollte, und reichte ihr einen Umschlag.

»Das ist für Sie gekommen, Miss Armstrong.«

»Sie können Julia zu mir sagen, wissen Sie.«

»Ich weiß.«

Julia betrachtete den Brief, während das Mädchen von Effekte versuchte, ein Flageolett aufzutreiben. Ihr Name stand handschriftlich darauf – »Miss J. Armstrong«. War er geöffnet worden? Nichts wies darauf hin, und doch konnte sie den Verdacht nicht loswerden. Botschaften, die aus heiterem Himmel auftauchten, waren selten beruhigend und häufig unerfreulich. Als sie den Brief mit einiger Vorsicht öffnete, sah sie das gefaltete Blatt eines Notizblocks – kein Briefkopf –, auf dem nur ein Satz stand. »Wirklich?«, dachte sie. Sie konnten nicht einmal –

»Miss Armstrong? Ich habe das Flageolett gefunden. Ich musste zur Musik.« Das Mädchen von Effekte klang atemlos, als wäre sie dem Flageolett durch das ganze Gebäude nachgelaufen. (Es wäre ein hübscher Name für eine Gazelle, dachte Julia. Oder für eine hoch entwickelte Kaninchenart.) »Und ich habe eine Botschaft für Sie – nicht so sehr eine Botschaft als eine Frage, von Mr Pelling. Er fragt: ›Ist es eine Wasser- oder eine Windmühle, und können Sie den Effekt besorgen?‹«

»Gut, dass Sie an die Mühle gedacht haben«, sagte Julia zu Lester. »Ich hatte sie völlig vergessen. Ich habe mich für Wind entschieden, sie haben so nett ... wie sagt man? Gerauscht. Oder geschwirrt – Sie wissen schon, die Flügel. In Norfolk vor dem Krieg. Wir müssen unseren eigenen Tauchstuhl machen, scheint nichts zu sein, was sie im Broadcasting House oft brauchen.«

In Manchester hatten sie immer alles live gesendet mit zwei Effektjungen und Behältern mit Wasser, Windmaschinen, Vogelpfeifen – die Jungs ahmten authentisch (und ziemlich enervierend) Möwen nach. Niemand konnte besser Seelandschaften darstellen. Manchmal wankten die Jungs aus ihrer kleinen Kabine und sahen aus, als hätten sie gerade eine schreckliche maritime Katastrophe überlebt. Das war natürlich zu der Zeit gewesen, als sie von *Continuity* zur *Kinderstunde* wechselte. Eigentlich sollten sie sich mit anderen Regionen abwechseln, aber der Norden war sehr eigen, was seine *Stunde* anbelangte. Es war lustiger als hier gewesen. Die *Kinderstunde* sollte unterhalten, während der Schulfunk unendlich zweckgerichtet war. Julia fand gerade heraus, dass das seinen Tribut forderte.

»Vermissen Sie ihn? Den Norden?«, hatte Daisy sie einmal wehmütig nach etwas gefragt, das sie nie gekannt hatte. Sie war die Tochter eines Vikars aus dem ländlichen Wiltshire. (Natürlich, was sollte sie sonst sein?) »All diese *echten* Menschen?«

»Auch nicht echter als die Leute hier«, sagte Julia und war nicht überzeugt von ihrer Antwort. Ihre Mutter war Schottin – gewesen – (obwohl man es ihr nicht ansah), und einmal hatten sie die lange Reise in ihre Heimat gemacht. Julia war noch sehr klein gewesen und konnte sich kaum an diese Pilgerfahrt erinnern. Nur an ein bedrückendes Schloss und die dunklen rußigen Flecken überall. Sie hatte Verwandte erwartet, aber sie erinnerte sich an keinen einzigen. Auch nicht auf der Seite ihres Vaters. »Du hast seine Locken«, sagte ihre Mutter. Es schien ein ärmliches Erbe.

Als sie sich für die Sprecherstelle bei der BBC in Manchester beworben hatte, wollten sie unbedingt wissen, ob sie Verbindungen zum Norden Englands hatte, es schien ein Kriterium zu sein, das sie erfüllen musste. Sie bezweifelte, dass die vagen kaledonischen Wurzeln ihrer Mutter gut ankommen würden – es war eine ganz andere Region, zu weit nördlich des Walls –, und deswegen hatte sie »Middlesbrough« aus der Luft gegriffen. »Wunderbar«, hörte sie jemanden flüstern. Die Leute behaupteten immer, sie wollten die Wahrheit hören, aber tatsächlich waren sie mit einem Faksimile völlig zufrieden.

Lester Pelling wartete geduldig. Darauf, dass sie ihn allein ließ, nahm sie an. »Ich lasse Sie weitermachen«, sagte sie. »Brauchen Sie Hilfe?«
Brauchte er nicht.
Als Julia sich zum Gehen wandte, erinnerte sie sich plötzlich. »Was war Ihr Vater, Lester?«
»Miss?«
»Was war Ihr Vater?«
»Ein Scheißkerl«, sagte er leise und überraschte sie. Niemand beim Schulfunk benutzte Kraftausdrücke, nichts außer einem gelegentlichen »Verflixt und zugenäht« wegen eines technischen Problems, und jetzt war es die zweite Obszönität, die sie in der letzten halben Stunde gehört hatte. Auf dem Rückweg vom Broadcasting House hatte Charles Lofthouse sie aufgehalten und gesagt: »Also, Fuchs ist im Arsch.« Er versuchte, sie zu schockieren, das war ihr klar, aber sie sah ihn kühl an und sagte: »Wirklich?«
Er hielt ihr die Titelseite der frühen Ausgabe des *Evening Standard* hin, damit sie sie lesen konnte.
»Vierzehn Jahre«, sagte er. »Sie hätten ihn hängen sollen, oder?«
»Russland war unser Verbündeter, als er ihnen Geheimnisse verriet«, sagte Julia und überflog die Zeitung. »Man kann kein Verräter sein, wenn es sich nicht um den Feind handelt.«
»Spitzfindigkeiten«, sagte er und schnaubte. »Und bestenfalls eine naive Verteidigungsstrategie. Auf welcher Seite stehen Sie eigentlich, Miss Armstrong?« Er grinste wie ein Pantomime, der einen Bösewicht darstellte, und plötzlich wurde ihr klar, dass er sie überhaupt nicht ausstehen konnte. Sie fragte sich, warum sie es nicht früher bemerkt hatte.
»Es geht nicht um Seiten«, sagte sie gereizt, »es geht um das Recht.«

»Wenn Sie meinen, Schätzchen.« Er humpelte davon, und sie musste sich zusammenreißen, um ihm nicht eine der Schallplatten, die sie dabeihatte, nachzuwerfen. Sie fragte sich, ob man jemanden enthaupten konnte, indem man eine mit Azetat überzogene Aluminiumscheibe im richtigen Winkel durch die Luft schleuderte. Tod durch Flageolett.

»Und abgesehen davon, dass er ein Scheißkerl war?«, hakte sie bei Lester Pelling nach.

»Entschuldigung, Miss. Es ist mir einfach so rausgerutscht.«

»Glauben Sie mir, ich habe schon Schlimmeres gehört. In der Besprechung heute Morgen haben Sie einen Tag im Leben eines Trawlerfischers vorgeschlagen und gesagt, Ihr Vater sei – ich bin nur neugierig. Ich finde nicht beendete Sätze beun…«

»Fischhändler. Er war Fischhändler, Miss.«

»Na also.«

»Und ein Scheißkerl«, hörte sie ihn murmeln, als sie den Raum verließ.

Sie hatte sich gerade an ihren Schreibtisch gesetzt, als ein BBC-Botenjunge – sie waren die Kadetten der Corporation – einen weiteren Umschlag auf ihren Schreibtisch legte. »Julia Armstrong« stand in einer schlampigen, ausländisch wirkenden Handschrift darauf. Sie seufzte – sollte sie den ganzen Tag mit Botschaften bombardiert werden? Diese hier war allerdings von ganz anderer Art als die Nachricht, die Daisy ihr zuvor ausgehändigt hatte. In dem Umschlag befand sich ein einzelnes liniertes, ziemlich kleines Blatt, herausgerissen aus einem Notizbuch. In derselben krakeligen Schrift wie auf dem Umschlag hatte jemand geschrieben: »Du wirst bezahlen für das, was du getan hast.«

Julia sprang vom Tisch auf, als wäre sie von einer pestübertragenden Ratte gebissen worden, und lief hinaus auf den Flur zu dem Jungen und fragte so scharf, dass er zusammenzuckte: »Wer hat dir das gegeben?«

»Der Empfang, Miss. Wollen Sie mir eine Antwort mitgeben?«, fragte er kleinlaut.

»Nein.«

»Wer hat Ihnen den gegeben?«, fragte sie das Mädchen am Empfang und hielt ihr den Umschlag vor die Nase.
»Irgendjemand«, sagte sie und ließ sich nicht einschüchtern.
»Können Sie etwas genauer sein?«
»Ein Mann. Klein.«
»Noch etwas?«, drängte Julia.
»Er hatte ein komisches Auge.«
»Und hat er gehinkt?« Julia erinnerte sich an den komischen kleinen Mann im Moretti's.
»Ja, genau. Er war sehr merkwürdig. Ist er ein Freund von Ihnen?«

Ich bin Ariadne, Herrin des Labyrinths, dachte Julia gereizt. (War ein Irrgarten etwas anderes als ein Labyrinth? Inwiefern?) Und ich werde keinen halbgöttlichen Finger heben, um dich zu retten, wenn es an der Zeit ist, dich diesem großen Stiermann zu opfern. War der Stier die obere Hälfte oder die untere? Sie konnte sich nicht erinnern. Sie hatten die priapische Geschichte von Daidalus und seinem Labyrinth für die *Kinderstunde* aufbereitet, gesäubert und gekürzt. Die Sendung war sehr beliebt gewesen. Ikarus, sein Sohn, war dann natürlich zu hoch hinaufgeflogen und abgestürzt. Es war der perfekte Plot. In gewisser Weise war es der einzige Plot.

»Als er das Urteil verkündete, sagte der Lordoberrichter Lord Goddard: ›Sie haben den größtmöglichen Verrat begangen, indem Sie die Gastfreundschaft und den Schutz missbrauchten, die Ihnen dieses Land zuteilwerden ließ.‹« Julia las beim Abendessen ihre eigene Spätausgabe des *Standard*.

Du wirst bezahlen für das, was du getan hast. Fuchs würde jetzt bezahlen. Aber wer will, dass ich bezahle?, fragte sie sich. Und womit? Blutgeld? Einem Pfund ihres Fleisches? Und wer forderte Vergeltung? Und wofür? In ihrem Leben gab es so viele Missetaten, es war schwierig, die herauszugreifen, für die sie jemand zur Rechenschaft ziehen wollte. Sie dachte immer wieder daran, wie Godfrey Toby sie verleugnet hatte. Es war absolut unmöglich, dass er sie nicht wiedererkannt hatte. Der Krieg war eine Flut gewesen, die sich zurückzog, und jetzt plätscherte sie wieder um ihre Knöchel. Sie seufzte und tadelte sich für eine unterdurchschnittliche Metapher.

Hatte es etwas mit dem unerwarteten Wiederauftauchen von Godfrey Toby zu tun? Es gab einen Pakt der Schuld zwischen ihnen – war ihm auch eine Rechnung zugestellt worden? Und konnte man sich selbst mit Fragen in den Wahnsinn treiben?

Sie schnitt sich eine weitere Scheibe Brot ab und bestrich sie dick mit Butter. Die Spaghetti in der Dose, die sie vorgehabt hatte zu essen, hatte sie zum Glück aufgegeben. Auf dem Nachhauseweg war sie in die Lebensmittelabteilung von Harrods gegangen, um Vorräte für den unerwarteten Besucher zu kaufen, der später kommen sollte. Harrods lag auf ihrem Weg – sie lebte in einer Wohnung in einer der eher obskuren Straßen von South Kensington, die noch stoisch darauf warteten, sich vom Krieg zu erholen. Sie hatte während des gesamten Kriegs hier gewohnt, und es erschien ihr illoyal, jetzt wegzuziehen. Auch als sie nach Manchester gegangen war, um bei der BBC anzufangen, hatte sie die Wohnung behalten und sie an eine ältere Dame von St George's vermietet, die die Verkörperung der Anständigkeit zu sein schien, sich jedoch als wüste Alkoholikerin entpuppte und Julias uralten Glauben bestätigte, dass der Schein ausnahmslos trügt.

Bei Harrods hatte sie Brot, Butter, Schinken, der unter ihren Augen vom Bein geschnitten wurde, ein großes Stück Cheddar, ein halbes Dutzend Eier, ein Glas mit eingelegten Zwiebeln und Weintrauben gekauft. Sie ließ alles auf Hartleys Rechnung setzen – er hatte eine Sondervereinbarung, die die Rationierung umging. Sie bezweifelte, dass sie legal war. Sie steckte die Quittung sorgfältig in ihre Geldbörse. In der Buchhaltung würden sie sich beschweren, dass sie bei Harrods gewesen war und nicht irgendwo, wo es billiger war, aber Hartley wäre es gleichgültig.

Julia aß ein paar Trauben, stellte den Wasserkessel auf und entzündete ein Feuer im Kamin. Ihr Besucher sollte erst in einer Stunde kommen. Sie wünschte, nicht zum ersten Mal, dass es in der Wohnung Platz für ein Klavier gäbe. Sie war natürlich völlig eingerostet. Manchmal ging sie ins Broadcasting House und übte auf einem Klavier in einem der Probenräume. Sie besaß ein Grammofon, aber das war nicht dasselbe, ja, es war das Gegenteil.

Zuhören und nicht spielen – so wie Lesen das Gegenteil von Schreiben war.

Sie legte Rachmaninows Klavierkonzert Nr. 3 auf – seine eigene Aufnahme von 1939 mit dem Philadelphia Orchestra –, nahm den Umschlag aus ihrer Handtasche und las die Nachricht noch einmal, die Daisy ihr gegeben hatte. »Der Flamingo wird um neun Uhr abends kommen.« Nicht wirklich Code, oder? Man sollte meinen, sie könnten es besser, würden Chiffren benutzen, wenn sie etwas auf Papier notierten. Sollte es die Botschaft verschleiern, wenn jemand sie zufällig las? Oder auch absichtlich? Sie dachte an Daisy – hatte sie die Nachricht gelesen? Sie verhielt sich so unschuldig wie ein Lämmchen, aber das hieß nichts, oder?

Und wer, der noch alle Tassen im Schrank hatte, würde glauben, dass ihr ein Flamingo zugestellt würde? Ein Papagei vielleicht, ein Wellensittich – die Haustierabteilung von Harrods würde wahrscheinlich beides liefern –, aber ein Flamingo? Warum nicht einfach »Päckchen« oder »Paket«? Selbstverständlich hatte Hartley die Notiz geschrieben, eine Tatsache, die sie noch mehr erzürnte.

Sie warf das Papier ins Feuer. Es war natürlich kein Flamingo, es war ein Tscheche, der mit einem RAF-Transport aus Wien über Berlin hierhergebracht wurde. Ein Wissenschaftler, der irgendwas mit Metallen zu tun hatte, nicht dass sie es wirklich wissen wollte. Er wurde zum RAF-Stützpunkt Kidlington geflogen, und morgen Abend wäre er wieder unterwegs, nach Harwell oder Amerika oder zu einem noch obskureren Ort.

Der MI5 hatte Julia vor Kurzem gebeten, hin und wieder einen sicheren Unterschlupf zur Verfügung zu stellen. Da sie während des gesamten Kriegs für den Geheimdienst gearbeitet hatte, schienen sie zu glauben, sie könnten ihre Vertrauenswürdigkeit für sich beanspruchen. Es war langweilig, eher Babysitten als Spionage.

Der Rachmaninow war zu Ende, und Julia machte das Radio an und schlief prompt ein. Sie erwachte wieder, als Big Ben die Neunuhrnachrichten einläutete. Wieder Fuchs. Jemand klopfte so leise an die Wohnungstür, dass es kaum zu hören war.

»Ich habe eine Klingel«, sagte sie, als sie die Tür öffnete. Sie hatte die üblichen ununterscheidbaren grauen Männer erwartet, doch stattdessen stand da die RAF; ein Major und – sie übersetzte die Streifen – ein Oberst. Mein lieber Schwan, dachte Julia.

Der Oberst sah auf zerfurchte Weise gut aus und musste während des Kriegs schneidig gewesen sein, doch er interessierte sich nicht für Freundlichkeiten. »Miss Armstrong? ›Zinnober‹ ist die Losung des Tages, und das ist Mr Smith. Soweit ich weiß, soll er heute Nacht bei Ihnen bleiben?«

»Ja, das soll er«, sagte sie und öffnete die Tür weiter. Die beiden Offiziere traten beiseite und offenbarten den Tschechen, klein und ziemlich schäbig, der zwischen zwei RAF-Polizisten stand. Er sah eher aus wie ein Gefangener als wie ein Überläufer. Er trug einen Mantel, der ihm eindeutig zu groß war, und einen kleinen abgewetzten Lederkoffer. Julia fiel auf, dass er keinen Hut bei sich hatte. Ein Mann ohne Hut sah überraschend verletzlich aus.

»Kommen Sie herein«, sagte Julia.

Sie servierte das Essen. »Ein Mitternachtsmahl«, ermunterte sie ihn. »Greifen Sie zu, Mr Smith.« Wie lächerlich, ihn so anzusprechen. »Sie können mir Ihren Namen sagen. Ihren Namen«, wiederholte sie lauter. Er schien kaum Englisch zu sprechen. Sie deutete auf sich selbst und sagte: »Ich heiße Julia.«

»Pavel.«

»Gut«, sagte sie fröhlich. Armer Tropf, dachte sie. Sie fragte sich, ob er wirklich weg*gewollt* hatte oder ob er auf irgendeine Weise »überredet« worden war.

Er stocherte unglücklich im Essen herum. Es schien ihn noch mehr zu deprimieren – er zuckte zusammen, als er auf eine eingelegte Zwiebel biss. Er wollte keinen Tee und fragte, ob sie ein Bier hätte. Sie hatte keins. Sie bot ihm stattdessen Whisky an, und er trank ihn hastig mit gerunzelter Stirn, als würde er ihn an etwas erinnern, an das er sich nicht erinnern wollte. Nach dem Whisky nahm er ein zerknittertes Foto aus seiner Brieftasche und zeigte es ihr. Eine Frau, in den Vierzigern vielleicht, gealtert vom Krieg.

»Ihre Frau?«, fragte sie. Er zuckte zweideutig die Achseln, steckte das Foto zurück in die Brieftasche und begann lautlos und still zu weinen – was schlimmer war, als hätte er lauthals geschluchzt. Sie tätschelte ihm den Rücken. »Alles ist gut«, sagte sie, »oder wird es zumindest werden. Bestimmt.«

Er war bleich vor Erschöpfung. Sie stellte ein Schutzgitter vor das Feuer (sie nahm an, dass es nicht gut ankommen würde, wenn er unter ihrer Aufsicht verbrannte) und machte ihm ein Bett auf dem Sofa. Er schlief in seiner Kleidung, sogar seine Schuhe zog er nicht aus, den Lederkoffer hielt er noch fest, als er – nahezu sofort – einschlief. Julia nahm ihm vorsichtig den Griff des Koffers aus der Hand, legte die Decke über ihn und schaltete das Licht aus.

Sie schlüpfte in ihr eigenes kaltes Bett und dachte neidisch an das Feuer nebenan. Die Andeutung von Frühling am Morgen hatte sich längst wieder in den Winter zurückgezogen. Sie hätte sich eine Wärmflasche machen sollen. In einer kalten Nacht wie dieser brauchte man einen anderen Körper neben sich – wegen der Wärme, wenn schon nicht wegen anderem –, aber nicht den des Tschechen von nebenan. Gott behüte. Julia dachte an die arme zerknitterte Frau auf dem Foto. Tot, vermutete sie.

Es war schon eine Weile her, dass Julia das Bett mit jemandem geteilt hatte. Es hatte einige Männer gegeben, doch sie dachte an sie als Fehler, nicht als Liebhaber, und es gab niemanden Festes in ihrem Leben, seit sie die ziemlich quälende Beziehung mit dem zweiten Cello des BBC Northern Orchestra mehr erduldet als sich daran erfreut hatte. Er war ein Flüchtling – Jude – und einer der Lauscher in Raum M in Cockfosters gewesen. Immer völlig fertig, nachdem er den ganzen Tag lang die Nazis hatte belauschen müssen. Und natürlich hatte er viel über die Lager gehört.

Es hatte zu ihrem Job gehört, mit dem Northern Orchestra auf Tour zu gehen, und ihre Erinnerungen an die Affäre bestanden hauptsächlich aus heimlichem Sex in unwirtlichen Pensionen in kleinen, finsteren Textilstädten. Sie erinnerte sich, dass sie »Jerusalem« zu dem Cellisten gesagt hatte, als sie in einem gottverlassenen schäbigen Loch aus einer Bahnunterführung kamen und die rußige Stadtlandschaft betrachteten. Sie nahm allerdings an, dass er als Jude bei »Jerusalem« nicht an William Blake dachte.

Sie hatte gemeint, dass sie vielleicht etwas gemeinsam hätten, da sie schließlich beide den Feind belauscht hatten, aber tatsächlich war die Affäre von Anfang an dem Untergang geweiht. Sie erholten sich beide noch vom Krieg, und es war eine Erleichterung gewesen, ihn zu verlassen.

Jetzt allerdings vermisste sie ihn. Vielleicht hatte sie ihn mehr gemocht, als sie gewusst hatte. Und seit Kurzem sorgte sie sich, dass sie zu einem der gefürchteten »alten Mädchen« würde. Bald wäre die Verwandlung abgeschlossen, und sie wäre eine alte Jungfer. Es gab schlimmere Schicksale, die einen Menschen heimsuchen konnten, mahnte sie sich. Es konnte auch nichts weiter von einem übrig bleiben als ein Foto. Oder nur ein Name. Und es war vielleicht nicht einmal der eigene Name.

Sie stieg aus dem Bett und öffnete ihren Kleiderschrank, in dem sie ein Paar Stiefeletten aus Wildleder aufbewahrte – robuste Stiefel mit Reißverschluss und Schaffellfutter, die ihr in den harten Wintern nach dem Krieg hervorragende Dienste geleistet hatten. Aus dem behaglichen Versteck im linken Stiefel holte sie die Mauser, die ihr Perry Gibbons gegeben hatte. Sie war immer geladen, und jetzt, im Licht von Godfrey Tobys Wiederauferstehung, war es ein ungutes Gefühl, sie in der Hand zu halten. *(Wir müssen ihr leider den Gnadenschuss geben.)* Sie legte die kleine Pistole auf ihren Nachttisch. Vorsicht ist besser als Nachsicht.

Perry war am Anfang Godfreys Führungsoffizier gewesen, aber Perry war 1940 aus dem Dienst ausgeschieden, und seitdem hatte sie ihn praktisch nicht mehr gesehen. Dieser Tage schrieb er Bücher und hielt Vorträge über »die Natur«. *Ein Führer durch die britischen Wälder* für Kinder – sie hatte es aus Freundschaft gelesen, lange nachdem sie nicht mehr befreundet waren, falls sie es jemals gewesen waren. Er trat regelmäßig in der *Kinderstunde* auf, in der er als »Mr Nature« bekannt war.

Neben ihrem Bett stand ein Transistorradio, ein kleines Philetta. Sie schaltete es ein und stellte es leise, um ihren Gast nicht zu stören. Wie viele andere ließ sich Julia von der Seewettervorhersage in den Schlaf wiegen. *Viking, Nord-Utsira, Süd-Utsira, Forties, Süd drei bis vier, anfangs bei Utsira, später fünf bis sechs, auf Südwest oder West drehend vier bis fünf, Regen, dann Schauer, gut.*

Sie schlief fest, bevor die Litanei bei Island anlangte. Sie träumte nicht von Seefahrt oder Seewetter, sondern von Godfrey Toby. Sie gingen in der Dämmerung Hand in Hand durch einen Park, und als sie sich ihm zuwandte, war ein schwarzes Loch, wo sein Gesicht hätte sein sollen. Trotz dieses Nachteils sprach er und sagte: »Wir müssen ihr leider den Gnadenschuss geben.«

Julia erwachte erschrocken. Sie spürte, wie etwas Düsteres auf sie zukroch. Es war etwas Grausames, das wachsen und ans Tageslicht wollte. Es war die Wahrheit. Sie war nicht sicher, ob sie sie kennen wollte. Seit Langem hatte Julia zum ersten Mal wieder Angst.

Sie erwachte ein zweites Mal in der dunklen Ödnis der frühen Morgenstunden.

O Gott, dachte sie – Jessica Hastie. Schlief sie immer noch in dem Studio?

Julia erwachte zu *In aller Frühe* mit Marcel Gardner und dem Serenade Orchestra im Radio. Eine unnötig gut gelaunte Art und Weise, den Tag zu beginnen. Sie stand auf, um Tee zu kochen, und musste feststellen, dass Pavel bereits wach war. Ihr Besucher hatte das Bettzeug vom Sofa genommen und ordentlich gestapelt, und jetzt saß er da und starrte auf seine Hände, als säße er in der Todeszelle und wartete auf die Hinrichtung.

»Tee?«, fragte sie fröhlich. Sie stellte pantomimisch Tasse und Untertasse dar. Er nickte. Ein Danke wäre nett gewesen, dachte sie, auch in einer fremden Sprache.

Zum Frühstück aßen sie das Abendessen vom Vorabend. Obwohl er geschlafen hatte, schien es ihm nicht besser zu gehen. Blass und ruhelos deutete er immer wieder auf seine Uhr und sah sie fragend an.

»Wann?«, sagte Julia. »Meinen Sie, wann sie kommen?«

»Ja. Wann.«

Julia unterdrückte einen Seufzer. Sie waren wirklich spät dran, aber er würde sich (so das überhaupt möglich war) noch mehr Sorgen machen, wenn er es wüsste, deswegen sagte sie zuversichtlich: »Bald. Sehr bald.« Sie hatte kein Telefon. Vor Kurzem hatte sie

Schritte unternommen, eines installieren zu lassen, doch das Ganze verzögerte sich. Wenn sie zu einer Telefonzelle ginge, wäre ihr Besucher allein in der Wohnung, und weiß Gott was für katastrophale Folgen das nach sich ziehen würde.

»Soll ich Musik auflegen?«, fragte sie und hielt zu Demonstrationszwecken eine Schallplatte hoch. Er zuckte die Achseln, dennoch zog sie Dvořáks *Sinfonie Nr. 9* aus der Hülle und legte sie auf den Plattenteller. Es schien ihr angemessen – ein Landsmann, der über die Neue Welt komponiert hatte –, doch die Musik schien keinerlei Wirkung auf ihn zu haben. Vielleicht wäre ihm seine alte Welt lieber gewesen.

Er begann durch die kleine Wohnung zu tigern wie ein unglückliches Tier im Zoo, betrachtete alles, worauf er zufällig stieß, aber ohne echte Neugier. Er fuhr mit dem Finger über die Rücken ihrer Bücher, nahm ein Sofakissen in die Hand und studierte die Blumenvase aus Kreuzstich darauf (gestickt von Julias Mutter), strich über das Weidenmuster eines Tellers. Seine Nerven waren schrecklich angespannt. Als er ihre kleine Sèvres-Kaffeetasse nahm und sie geistesabwesend wie einen Tennisball von einer Hand in die andere warf, sah sie sich gezwungen einzuschreiten. »Setzen Sie sich, bitte«, sagte sie, nahm ihm sanft die kleine Tasse ab und stellte sie in ein hohes Regalfach, als wollte sie sie vor einem Kind in Sicherheit bringen.

Dvořák spielte. Dvořák war zu Ende. Immer noch keine Spur von ihnen. Irgendetwas musste dazwischengekommen sein.

»Tee?«, fragte sie. Sie hatte bereits zwei Kannen Tee gemacht, und jetzt starrte er sie nur finster an. »Nicht meine Schuld, Freundchen«, murmelte sie. Es folgte ein lautes Klopfen an der Tür, und vor Schreck fuhren sie beide beinahe aus der jeweiligen Haut. »Na also«, sagte Julia, »da sind sie ja.« Doch als sie die Tür öffnete, stand ein Botenjunge aus der Curzon Street davor. Er war eine noch geringwertigere Spezies als die BBC-Jungen.

»Ich habe eine Klingel«, sagte Julia.

»Zinnober«, sagte der Botenjunge zum Gruß. »Ich habe eine Nachricht für Sie.«

»Schieß los.«

»Sie sollen den Flamingo ins Strand Palace Hotel bringen.«

»Jetzt?«

Der Junge durchforstete sichtlich sein Gedächtnis. »Weiß nicht«, sagte er schließlich.

»Danke. Du kannst gehen«, sagte sie, und als er sich nicht rührte: »Du kriegst kein Trinkgeld.«

»In Ordnung«, sagte er und lief vor sich hin pfeifend die Treppe hinunter.

»Gut, wir gehen«, sagte sie zu Pavel. »Nehmen Sie Ihre Sachen.« Julia führte eine Scharade auf und bedeutete ihm, seinen Koffer und Mantel zu holen. Ich könnte auf der Bühne auftreten, dachte sie. Ich wäre besser als so manche, die ich kenne. Wieder fiel ihr Jessica Hastie ein, und sie fühlte sich kurz schuldig.

Ihr Gast nahm seine dürftigen weltlichen Habseligkeiten. In dem großen Mantel wirkte er wie ein Kind, als hätte er eine Kiste mit Kostümen geplündert. Ohne Hut wird er frieren, dachte sie. Was war damit geschehen? War der Hut das Erste, was ein Mann in einer Krise verlor?, fragte sie sich. Oder das Letzte?

Das einzig Vernünftige war, auf der Straße ein Taxi anzuhalten, deswegen schob sie ihn die Treppe hinunter, als wäre er ein Schüler, und sie würden einen lustigen Klassenausflug machen, anstatt sein Schicksal in den Wind zu schlagen.

Julia ließ ihn außer Sichtweite im Eingang eines Wohnblocks am Ende einer Seitenstraße warten und stellte sich an die Hauptstraße, um ein Taxi zu finden. Sie musste sich so weit auf die verkehrsreiche Brompton Road hinauswagen, dass sie es als Wunder betrachtete, nicht von einem Bus umgemäht zu werden.

Schließlich gelang es ihr, vor der Oratorianerkirche ein Taxi anzuhalten und Pavel hastig hineinzuschieben, dann sagte sie so leise wie möglich zum Fahrer: »Zum Strand Palace Hotel, bitte.«

»Hat keinen Sinn zu flüstern«, sagte er. So wie er klang, musste er ein professioneller Cockney sein. »Auf dem Ohr bin ich taub. Der Blitz«, fügte er hinzu, als hätte er einen Orden verdient, weil er ihn überlebt hatte. (Ja, definitiv ein Profi.) Sie hätten alle Orden bekommen, wenn es so einfach wäre. Sie wiederholte geduldig die Adresse, und er schrie »Zum Strand Palace Hotel?« so laut, dass ganz South Kensington es hören musste. Sie hätte ihn am liebsten erwürgt.

Nachdem sie sich kurz in alle Richtungen umgesehen hatte, sprang Julia ins Taxi. Sie wollten gerade losfahren, als die Tür auf Julias Seite aufgerissen wurde. Pavel schrie wie ein Fuchs, und Julia dachte an die kleine Mauser und wie praktisch sie für Augenblicke wie diesen wäre (um den Taxifahrer zu erschießen, wenn schon niemand anderen), doch dann sah sie, dass die Person, die ihr Taxi entführte, Hartley war.

»Können wir jetzt fahren?«, fragte der Taxifahrer. »Oder gibt es noch mehr von euch?« Er war von der streitlustigen Sorte. Julia vermutete, dass er ganz und gar nicht taub war.

»Ja«, fuhr Julia ihn an. »Wir können fahren.« Einen Moment lang hatte sie eine Mordsangst gehabt. »Um Gottes willen, Hartley.« Sie warf ihm einen finsteren Blick zu. Pavel kauerte sich in die Ecke der Rückbank, eher ein Hase als ein Fuchs. »Du hast ihn zu Tode erschreckt.«

»Er ist ein Freund«, sagte sie beschwichtigend zu Pavel und stieß Hartley den Finger in die Brust, um es zu beweisen. »Freund. Und außerdem ein Idiot.«

»Bin ich ein Freund?«, fragte Hartley.

»Nein. Ich habe nur versucht, ihn zu beruhigen.«

Julia und Hartley hatten vor langer Zeit aufgehört, gutes Benehmen zu heucheln. Es war erfrischend, jemanden respektlos behandeln zu können.

Hartley stank nach Knoblauch, ein unangenehmer Geruch in einem kleinen schwarzen Taxi. Er hatte schon immer einen befremdlichen Geschmack gehabt, was Essen anbelangte – Essiggurken und Knoblauch, stinkenden Käse, und einmal, als sie ihn in seiner Zelle in den Scrubs aufgesucht hatte, stand ein Glas mit Tentakeln auf seinem Schreibtisch. (»Tintenfisch«, sagte er zufrieden. »Ist mit dem Flugzeug aus Lissabon gekommen.«)

»Du bist spät dran«, sagte er.

»Ich bin nicht spät dran, du bist es«, konterte sie und bot Pavel ein Minzbonbon aus einer Rolle an als Abwehr gegen den Knoblauch – aber er winkte ab, als wollte sie ihm etwas Giftiges unterschieben.

Der arme Mann war zehnmal schlauer als sie und Hartley zusammengenommen (zwanzigmal schlauer als Hartley allein), und doch war er vollkommen von ihnen abhängig.

Hartley machte es sich auf dem Notsitz bequem und grinste Pavel dümmlich an. »Hat er Schwierigkeiten gemacht?«

»Nein, natürlich nicht. Er macht den Mund nicht auf. Ich komme zu spät zur Arbeit«, sagte sie und dachte an *Frühere Leben*. Die gestern aufgenommene Sendung sollte am Nachmittag ausgestrahlt werden, und sie hatte sie noch nicht angehört. Alles war in Verzug wegen Joan Timpsons »kleiner« Operation. Sie lag im Barts, aber Julia hatte sie noch nicht besucht. Sie sollte sie besuchen. Sie würde es tun.

»Zinnober«, sagte sie sotto voce zu Hartley. Sie wollte verhindern, dass der Taxifahrer es auf den Trafalgar Square hinausposaunte, über den sie gerade höchst mühsam navigierten. »Können Sie ein bisschen schneller fahren?«, sagte sie zu ihm, aber er ignorierte sie. »Zinnober«, wiederholte sie leise für Hartley.

»Ja. Das Passwort für –« Er nickte in Pavels Richtung. »Was ist damit?«

»Ist es heute geändert worden?«

»Ja.«

»In was?«

Er formte ein Wort mit den Lippen. Er sah dabei aus wie ein verstörter Fisch. »Aquamarin« entschlüsselte sie schließlich. Arbeiteten sie sich durch die Farben und hatten jetzt die abstruseren Bereiche des Spektrums erreicht? Was käme als Nächstes – Caput mortuum, Heliotrop? Die Farben des Tages. Letztes Jahr waren es Meeresbewohner gewesen. Oktopus, Garnele, Delfin. Fisch des Tages. Sie musste an Lester Pelling und seinen Vater, den Fischhändler, denken.

»Du solltest es kennen«, sagte Hartley. »Warum kennst du es nicht?«

»Vielleicht, weil ich eigentlich nicht mehr für dich arbeite. Du bezahlst mich nicht einmal, nur die Unkosten. Und du bist offensichtlich inkompetent, sonst *würde* ich es kennen.« Pavel gab ein leises wimmerndes Geräusch von sich. »Er mag es nicht, wenn die Erwachsenen sich streiten«, sagte sie verärgert zu Hartley. Vielleicht sollte sie auch Hartley erschießen. »Der Botenjunge heute Morgen hat jedenfalls ›Zinnober‹ gesagt.«

»Ach, Botenjungen sind bekanntermaßen dusselig«, sagte Hartley. »Wenn nicht sogar ausgesprochen dumm.« Er versuchte, den Fahrer zum Seiteneingang des Hotels in der Exeter Street zu dirigieren. Der Fahrer ließ sich nichts sagen, und sie bogen in die Burleigh Street und fuhren dann auf die Strand, bevor er sich schließlich davon überzeugen ließ, dass sie wirklich hinwollten, wo sie sagten, dass sie hinwollten. Sie waren einmal um das Gebäude gefahren, gelegentlich im hupenden Gegenverkehr, bevor sie schließlich vor der Tür stehen blieben.

»Ich hüpf raus und schau nach, ob die Luft rein ist«, sagte Hartley.

Was für ein hässliches Hotel. Julia konnte das Savoy auf der anderen Seite der Strand sehen. So viel hübscher. Im Krieg war es ein bevorzugter Ort von Giselle gewesen. Sie war sehr freizügig mit ihrer sexuellen Gunst gewesen, angeblich um Informationen zu sammeln, doch Julia glaubte, dass sie auch sonst sehr freizügig damit gewesen wäre. Dann war sie der Nachrichtendienstlichen Spezialeinheit in die Hände gefallen, die sie mit dem Fallschirm über Frankreich absetzte. Man hatte nie wieder etwas von ihr gehört, sie war demnach vermutlich gefangen genommen und entweder erschossen oder in ein Lager gebracht worden. Manchmal fragte sich Julia, ob –

»Wir gehen? Bitte?«, sagte Pavel und unterbrach ihren Gedankengang.

»Nein. Wir gehen nicht. Noch nicht.«

Zehn Minuten vergingen. »Sie wissen, dass die Uhr läuft«, sagte der Fahrer.

»Das weiß ich, danke«, sagte sie scharf.

Fünfzehn Minuten. Es war lächerlich. Pavel wurde immer aufgeregter. Er schien kurz davor, wegzulaufen. Julia traf eine Entscheidung und sagte: »Fahren Sie los. In die Gower Street.« Doch in diesem Augenblick tauchte Hartley wieder auf. Er öffnete die Taxitür und sagte zu Julia: »Alles klar« und zu Pavel: »Wollen wir?« und gestikulierte wie ein Lakai, damit er ausstieg.

»Ich glaube, dazu sind größere Überredungskünste nötig«, sagte Julia.

Diesmal waren die ununterscheidbaren grauen Männer erschienen. Sie saßen in der Lobby, einer trank Tee, der andere las die

Times. Sie konnten sich nicht gut verstellen. Ich könnte es viel besser, dachte Julia.

Sie schaute sich um und stellte fest, dass Hartley verschwunden war. Sie musste es selbst erledigen.

Als sie Julia sahen, standen die beiden Männer auf und gaben ihre Requisiten auf. Oh, jetzt geht's los, dachte sie. Sie hakte sich bei Pavel unter, als wollten sie den Gay Gordons tanzen. Er war nervös, sie spürte, dass er unter dem dicken Kammgarn seines Mantels zitterte. Sie mussten jedem, der ihr langsames Vorankommen beobachtete, als ein merkwürdiges Paar erscheinen. Sie blickte ihm in die Augen, nickte und sagte: »Nur Mut.« Er nickte ebenfalls, aber sie wusste nicht, ob er sie verstanden hatte oder nicht. Sie führte ihn behutsam zu den grauen Männern.

»Miss Armstrong«, sagte der Teetrinker. »Danke, wir übernehmen ihn jetzt.«

Sie führten ihn fort. Er war zwischen ihnen eingeklemmt. Armer Flamingo, dachte sie, stets dazu bestimmt, das Fleisch in irgendjemandes Sandwich zu sein. Wurde Flamingo gegessen? Es schien ihr ein eher unappetitlicher Vogel.

Er schaute zu ihr um, seine Miene zeugte von Entsetzen. Sie lächelte ihn an und hob kurz den Daumen, doch sie dachte, dass sie den Daumen vielleicht besser gesenkt hätte. Er sah aus wie ein Mann, der zum Galgen geführt wurde.

»Sie bringen ihn nach Kent«, flüsterte Hartley ihr ins Ohr.

»Schleich dich nicht so an. Was ist in Kent?«

»Das Landhaus von irgendjemandem. Du weißt schon – prasselndes Feuer, bequeme Sofas, Whisky nach dem Essen. Er soll sich wohlfühlen, und dann leeren sie ihm das Gehirn aus.«

»Er mag keinen Whisky, er trinkt lieber Bier«, sagte Julia.

»Du weißt es nicht von mir, aber ich glaube, er ist unterwegs nach Los Alamos. Ein Geschenk für die Yankees. Nett von uns, oder?«

»Sehr nett. Nett von uns auch, dass wir zuvor den Inhalt seines Gehirns aus ihm herausholen. Das werden wir den Amerikanern vermutlich nicht mitteilen. Sie wären bestimmt verärgert.«

»Das wären sie. Er ist mit Originalblaupausen herausgekommen, hat keine Kopien zurückgelassen. Die Sowjets müssen mit seinem Forschungsgebiet wieder von vorn anfangen. Möchtest du einen Drink?«, fragte er hoffnungsvoll.

»Nein – ja, gut. Nur Kaffee. Ich muss mit dir reden.«

»Das sagen die Leute immer«, sagte Hartley grimmig, »aber für gewöhnlich wollen sie *nicht* reden.«

»Trotzdem«, sagte sie und deutete auf einen kleinen Tisch in der Ecke, weit weg vom geschäftigen Kommen und Gehen im Hotel.

»Godfrey Toby«, sagte sie, nachdem die Kellnerin eine Kanne Kaffee vor sie gestellt hatte. Hartley nahm einen kleinen Flachmann heraus und goss etwas daraus in seinen Kaffee. Er hielt ihr wortlos den Flachmann hin. Sie roch Brandy und schüttelte den Kopf. »Godfrey Toby«, wiederholte sie.

»Wer?«

»Stell dich nicht dumm, Hartley – ich *weiß*, dass du dich an ihn erinnerst.«

»Ja?«

»Er hat sich als Gestapo-Spion ausgegeben und während des Kriegs die Mitglieder der Fünften Kolonne eingesammelt. Perry Gibbons war sein Führungsoffizier, er hat die Operation geplant. Sein richtiger Name war John Hazeldine.«

»Wer?«

»John Hazeldine«, wiederholte Julia geduldig.

»Oh, der olle Toby, warum hast du das nicht gleich gesagt?«

»Ich wünschte, du würdest ihn nicht so nennen.«

»Oller Toby?« Er schien gekränkt über den Rüffel. »Ein Kosename.«

»Du hast ihn kaum gekannt.«

»Du auch nicht.«

Oh, doch, dachte sie. *(Kann ich Ihnen eine Tasse Tee bringen, Miss Armstrong? Würde das helfen? Das war ein ziemlicher Schock.)*

»Nach dem Krieg war er in Berlin.«

»Berlin?«, sagte sie überrascht.

»Oder vielleicht auch in Wien.« Hartley trank seine Tasse aus. »Ja, ich glaube Wien. Nach dem Krieg gab es viele Säuberungen. Godfrey war gut darin. Im Säubern.« Hartley seufzte und fuhr fort: »Ich war in Wien. Es war die Hölle. Man konnte alles kaufen, es gab nichts, was keinen Preis gehabt hätte. *Trauen* konnte man allerdings niemandem.«

»Kann man es jetzt?«

Er warf ihr einen schrägen Blick zu. »Ich traue dir.« Julia vermutete, dass er betrunken war, er war immer mehr oder weniger betrunken, sogar zu dieser Tageszeit.

»Ich habe gehört, dass er nach dem Krieg in die Kolonien geschickt wurde«, sagte Julia. »Glaubst du, dass ihm wirklich Vergeltung drohte?«

»Wir sind alle bedroht. Die ganze Zeit.«

»Ja, aber Rache wegen des Kriegs? Vonseiten der Informanten?«

Hartley lachte verächtlich. »Ein Sturm im Wasserglas, dieses Gerede über die Fünfte Kolonne. Die meisten waren frustrierte Hausfrauen. Gibbons war besessen von ihnen. Jedenfalls habt ihr euch die falschen Leute angeschaut – ihr hättet die Kommunisten beobachten sollen, sie sind immer die wahre Bedrohung. Das weiß doch jeder. Oder?«

Hartley hob den Flachmann und schüttelte sich die letzten Tropfen in den Mund. »Ich sollte vermutlich denen da oben Bericht erstatten, dass alles funktioniert hat wie ein Uhrwerk. Gott sei Dank.«

»Wie geht es denen da oben?«

»Wie immer – sie sind geheimniskrämerisch, undurchsichtig. So wie man es vom Geheimdienst erwartet. Du weißt, dass Oliver Alleyne jetzt stellvertretender Generaldirektor ist?«

»Das habe ich gehört. Er war immer durchtrieben.« *Er ist ehrgeizig*, hatte Perry gesagt.

»Ja, er ist ein aalglatter Fiesling. Hat nach dem Krieg Karriere gemacht. Merton ist ausgestiegen – hat jetzt eine Stelle in der National Gallery.«

»Wirklich?«

»Seid ihr nicht in Kontakt?«

»Warum sollten wir?«

Merton und Alleyne, dachte Julia, klingt wie langweilige Komiker oder ein altmodisches musikalisches Duo – Merton spielt Klavier, und Alleyne (mit großer Sicherheit ein Countertenor) singt

Schuberts Arrangement von *An Sylvia*. *(Lassen Sie Ihre Fantasie nicht mit sich durchgehen, Miss Armstrong.)* Für sie war der Krieg (und vielleicht auch der Frieden) definiert worden von den Männern, die sie kannte. Oliver Alleyne, Peregrine Gibbons, Godfrey Toby, Rupert Hartley, Miles Merton. Sie klangen wie Figuren aus einem Roman von Henry James. Einem der späteren, dunkleren Romane vielleicht. Wer von ihnen, fragte sie sich, war der dunkelste von allen?

Julia überlegte, ob sie Hartley die Notiz zeigen sollte oder nicht. *Du wirst bezahlen für das, was du getan hast.* Aber er könnte sich verpflichtet fühlen, jemandem Mitteilung zu erstatten – Alleyne vielleicht –, und das wollte sie nun wirklich nicht.

»Ich bin nicht interessiert an Klatsch aus dem Dienst«, sagte sie (nicht ganz wahrheitsgemäß). »Du kannst mir ein Taxi rufen, Hartley. Manche von uns haben richtige Arbeit im Leben.«

»Ah, die gute alte BBC«, sagte Hartley. »Ich vermisse sie. Meinst du, dass sie mich zurücknehmen?«

»Wahrscheinlich. Sie nehmen alle, um ehrlich zu sein.«

Sie gingen hinaus, dieses Mal durch den Haupteingang. Hartley ignorierte den Portier und öffnete die Tür des Taxis, das bereits vor dem Strand Palace stand. »Zur BBC, so schnell wie möglich«, sagte Hartley zum Fahrer, und kaum saß sie darin, schlug er auf den Kotflügel des Taxis, als wollte er ein Pferd antreiben. Erst als das Taxi losfuhr, sah Julia, dass es derselbe Fahrer war wie zuvor. Sie seufzte und sagte gereizt: »Sie sind einer von ihnen, nicht wahr? Sie arbeiten für sie.« Aber er deutete nur auf sein Ohr und sagte: »Ich kann nichts hören.«

»Der Blitz«, sagte Julia. »Sie verdienen einen Orden. Übrigens, ich zahle nicht. Hartley zahlt.«

Plötzlich sah sie Pavels Gesicht vor sich, die schiere Angst darin. Und die grauen Männer. Sie hatten ihr kein Passwort genannt, keine Farbschattierung. Was für ein Unsinn das alles war.

»Meine Güte, wo sind Sie gewesen, Miss Armstrong?«, sagte Daisy. »Ich wollte schon einen Suchtrupp losschicken. Sie hatten doch keinen Unfall, oder? Einen Termin, den Sie zu erwähnen vergessen haben? Ich habe allen gesagt, dass Sie zum Optiker mussten.«

»Sie hätten nicht für mich lügen müssen. Ich musste einfach ein paar Dinge erledigen.«

»Ich habe mir Sorgen gemacht. Sie wirken etwas neben sich.«

»Alles in Ordnung.«

»Sie sollten sich ein Telefon zulegen, es wäre nützlich.«

Julia runzelte die Stirn. »Woher wissen Sie, dass ich nicht schon eins habe?«

»Na, Sie hätten doch angerufen, wenn Sie eins hätten, oder?«

Ihre Logik war unangreifbar. Und dennoch.

»Ich muss mir *Frühere Leben* anhören, Daisy.«

»Das *Mittelalterliche Dorf*? Es wurde heute Morgen gesendet.«

»Wie ist das möglich? Ich habe es noch nicht angehört.«

»*Frühere Leben* wird immer morgens gesendet. Haben Sie das nicht gewusst?«

»Offenbar nicht.«

»Mr Lofthouse hat es kontrolliert.«

»Charles?«

»Ich hätte es getan«, sagte Daisy, »aber ich musste Miss Hastie nach Hause bringen. Sie war die ganze Nacht hier eingesperrt. Sie war ziemlich außer sich, als sie freigelassen wurde. Sie haben das Drama verpasst.«

Ich hatte mein eigenes, dachte Julia.

Julia aß in der Cafeteria zu Mittag. Es war nicht Freitag, und doch gab es Fisch oder zumindest den Anlauf dazu. Kleine, ungleichmäßige Stücke in einer anstößig orangefarbenen Panade waren im Ofen gebacken worden. Der Fisch unter dem Orange war grau und glibberig. Sie musste wieder an Lester Pelling und seinen Fischhändlervater denken. Nicht einmal ein Scheißkerl würde Fisch wie diesen verkaufen, so es denn Fisch war, dachte sie. Zerkochte Kartoffeln und Erbsen aus der Dose rundeten das Essen ab.

Prendergast ragte vor ihr auf. Er setzte sich ihr gegenüber und starrte auf ihren Teller.

»Ich habe schon besser gegessen«, sagte Julia.

»Ich habe schon schlechter gegessen«, erwiderte er düster.

Er sah ihr beim Essen zu. Es war enervierend. Sie legte ihr Besteck hin und sagte: »Wollten Sie mit mir über irgendetwas sprechen?«

»Sie müssen aufessen.«

»Ich glaube nicht, dass ich noch mehr davon runterbringe.«

»Aber normalerweise haben Sie einen so guten Appetit.«

Ach, du lieber Gott, dachte sie, war sie dafür bekannt? Doch es stimmte, sie war eine gute Esserin – sie hatte sich durch Trauer gegessen, sie hatte sich durch etwas gegessen, was als Liebe durchging, sie hatte sich (wann immer sie konnte) durch den Krieg gegessen. Manchmal fragte sie sich, ob eine Leere in ihr war, die sie zu füllen versuchte, doch letztlich glaubte sie, dass sie einfach oft hungrig war. Bei diesem Fisch zog sie allerdings die Grenze. »Ich glaube, ich kriege Kopfschmerzen.«

»Oje.« Sein Gesicht verzog sich vor Mitgefühl. »Miss Gibbs hat gesagt, dass Sie beim Optiker waren. Hoffentlich ist alles in Ordnung.«

»Mit meinen Augen stimmt alles«, sagte Julia gereizt. »Entschuldigung«, lenkte sie ein. »Ich hatte einen ziemlich anstrengenden Morgen.«

»Vielleicht sollte ich Sie in Ruhe lassen.« Prendergast schaute mit hilfloser Zärtlichkeit, die vermutlich für sie bestimmt war, auf die Zuckerdose.

»Nein, ist schon in Ordnung.«

»Haben Sie von der Schauspielergewerkschaft gehört?«, fragte er. »Wie es scheint, ist Mr Gorman Mitglied.«

»Ich kenne niemanden dieses Namens.«

»Ralph Gorman? Er ist Spezialist für Laute. Er ist gestern für irgendetwas angeheuert und in letzter Minute wieder gefeuert worden.«

»Ist das ein Problem?«

Prendergast blickte verzweifelt drein, doch das war sein übliches Verhalten. »Nein, nein, nein. Nur ein Gemüt, das beruhigt werden muss. Sie wissen ja, wie es ist. Und dann ist da noch die kleine Sache mit Morna Treadwell. Sie wissen, wer sie ist?«

»Weiß ich.«

»Offenbar hat sie heute Morgen die Sendung gehört – eins ihrer Skripte. Sie hat es nicht wiedererkannt.«

»Ich habe es verbessert. Es war furchtbar.«

»Ja, sie ist ziemlich entsetzlich, nicht wahr? Aber sie hat das Ohr des stellvertretenden Direktors.«

»Sie kann von mir aus auch seine Augen und seine Nase haben, sie kann trotzdem nicht schreiben.«

»Offenbar war das Skript – Ihr verbessertes Skript –, wie soll ich sagen ...?«

»Gut?«, schlug Julia vor.

»›Sensationell‹«, sagte er und sprach das Wort behutsam aus. »Noch mehr aufgebrachte Gemüter, fürchte ich. In der Telefonzentrale auf der anderen Straßenseite sind ziemlich viele Anrufe eingegangen, von Lehrern. Kinder waren bestürzt und so weiter. Ich glaube, Sie haben das Thema Lepra angeschnitten ...«

Eines Tages, dachte sie, wird alles im Fernsehen zu sehen sein, und zwar auf viel bessere Weise. Kein Gedanke, den man vor Prendergast äußern konnte, er wäre entsetzt, er würde nie über den Tellerrand des Hörfunks hinausschauen. Ihr war ein Kurs in Fernsehproduktion im Alexandra Palace angeboten worden. Sie brachte es nicht über sich, ihm davon zu erzählen.

»Nur gut, dass die sich nicht auch noch mit dem Schwarzen Tod auseinandersetzen müssen, nicht wahr?«, sagte sie ziemlich scharf.

»Ich weiß, ich weiß. Und das Wort ›verflixt‹ ist nicht wirklich, Sie wissen schon ... « Er zog sich an einen Ort luftiger Vagheit zurück; Julia hatte sich daran gewöhnt. Schließlich kehrte er auf die Erde zurück. »Kann ich Sie zu einem Nachtisch verleiten?«, fragte er beflissen. »Vielleicht hilft er gegen Ihre Kopfschmerzen. Es gibt einen guten Biskuitkuchen mit Sirup.«

»Nein. Danke. Sonst noch was, Mr Prendergast?«

»Nun, da ist natürlich noch Miss Hastie – Sie wissen, wer *sie* ist? Sie war offenbar die ganze Nacht in einem Studio eingesperrt.«

»*Ich* habe sie nicht eingesperrt«, sagte Julia. (Oder doch? Sie meinte sich daran zu erinnern, Hartley einmal in seiner Zelle in den Scrubs eingesperrt zu haben.) »Ich nehme an, ihr Gemüt war höchst aufgebracht.«

»Die Frau besteht nur aus Gemüt«, sagte Prendergast und verzog das Kaninchengesicht zu einer Grimasse des Schmerzes. »Eine ziemliche Liste von Missgeschicken«, fügte er kummervoll hinzu.

»Wollen Sie mich feuern?«, fragte Julia. »Das können Sie. Es würde mir wirklich nichts ausmachen.«

Er drückte entsetzt die Hände aufs Herz. »Um Gottes willen, Miss Armstrong. Natürlich nicht. Nicht einmal im Traum würde ich daran denken. Alles nur Schall und Rauch, mehr nicht.«

Julia war kurz enttäuscht. Die Vorstellung, einfach zu gehen, war schrecklich attraktiv gewesen. Ein Abgang. Aber wohin würde sie gehen? Es gab immer ein Irgendwohin, vermutlich. Hoffentlich.

Auf dem Rückweg in ihr Büro kam Julia an einem Probenraum vorbei, dessen Tür gerade geöffnet wurde und einen Schwall des »Bobby Shafto«-Songs entließ. Die Tür wurde geschlossen, und Bobby Shafto und sein goldenes Haar verschwanden wieder. Auf der anderen Straßenseite befanden sich die Probenräume und Studios zweckmäßig tief im Inneren des Broadcasting House, geschützt von einem Ring Büros. Klänge und ihr Gegenteil, die Stille, waren dort alles – aber hier sorgte die planlose Natur des Gebäudes dafür, dass sie ständig über fremde Sendungen stolperten.

Gemeinsam singen, dachte Julia. Der Schulfunk schien fixiert auf ein altes England mit Matrosenliedern, Balladen und Volksliedern. Und Jungfern, jede Menge Jungfern. »Früh eines Morgens« und »Oh, no John, no John, no John, no«. (Was für ein ärgerliches Lied!) »Stürz dich auf das Bügeleisen«. Lächerlich. Sie erfanden England neu, oder vielleicht erfanden sie es überhaupt erst. Ihr fiel etwas ein – während des Kriegs war sie frühmorgens mit Perry Gibbons an Windsor Castle vorbeigefahren, und er hatte sich ihr zugewandt und gesagt: »Dieses England – lohnt es sich, dafür zu kämpfen?« Es hing davon ab, auf wessen Seite man stand.

Fräulein Rosenfeld trudelte im Flur auf sie zu, etwas gehandicapt – unter anderem – von dem dicken Langenscheidt-Wörterbuch, das sie überallhin begleitete. Sie jonglierte zudem ein schweres Übungsbuch, auf dessen Umschlag »Intermediate German«, Deutsch für die Mittelstufe, stand. Der Saum ihres abgewetzten karierten Faltenrocks hatte sich an mehreren Stellen gelöst, und Julia hätte gern Nadel und Faden zur Hand gehabt, um ihn zu flicken. Fräulein Rosenfeld verströmte einen besonderen, muffigen

Geruch – Muskat und das alte Eichenholz in Kirchen, es hatte durchaus etwas für sich. Sie war immer im Gebäude, als würde sie keinen anderen Aufenthaltsort kennen. Julia fragte sich manchmal, ob sie die Nacht in einem Hörraum verbrachte, statt nach Hause zu gehen.

»Intermediate German« rutschte – unweigerlich – aus Fräulein Rosenfelds Armen und fiel mit flatternden Seiten zu Boden wie ein schwerer toter Vogel. »Intermediate German« wäre ein guter Name für Fräulein Rosenfeld, dachte Julia. Sie hob das Buch auf und legte es dem Fräulein in die Arme, wo es unsicher liegen blieb. Sie sollte sie zum Essen einladen, dachte Julia. Ins Pagani's ein Stück die Straße entlang vielleicht. Sie würde hervorragend ins Moretti's passen, aber das Lokal wäre kein Vergnügen für sie.

»Was ist das?«, fragte Fräulein Rosenfeld und legte fragend das alte sommersprossige Gesicht in Falten, weil wieder Musik aus einem Raum entkommen war.

»Bobby Shafto«, sagte Julia. »Er fährt mit silbernen Schnallen an den Knien zur See.« Die Erklärung schien Fräulein Rosenfeld zufriedenzustellen, sie nickte und stapfte weiter ihres Wegs. Das Gewicht Europas ruhte auf ihrem Matronenbuckel. Es wog schwer.

»Miss Armstrong, Miss Armstrong.« Ein eindringliches Flüstern hinderte sie am Weitergehen. Julia schaute sich um, konnte jedoch niemanden entdecken. Die Tür zu einem kleinen Playbackraum stand offen, und als sie hineinspähte, sah sie Lester Pelling, der einem Herzinfarkt nahe schien, sein Gesicht so bleich wie dünne Milch.

»Alles in Ordnung, Lester?«

»Ich habe mir *Frühere Leben* angehört.« Der Kopfhörer hing ihm noch um den Hals. »Es wurde heute Morgen gesendet.«

»Offenbar.«

»Und ich war nicht da, weil Miss Gibbs Hilfe mit Miss Hastie brauchte. Sie war wutentbrannt«, sagte er und blickte angesichts der Erinnerung ängstlich drein.

»Und?«, ermunterte ihn Julia vorsichtig.

»Miss Gibbs hat gesagt, Sie wären beim Optiker, und deswegen hat Mr Lofthouse sich die Sendung angehört.«

»Ich weiß.«

»Und ...« Er setzte eine tapfere Miene auf und sagte: »Ich mag ihn nicht, Miss. Mr Lofthouse. Ich mag ihn nicht.«

»Das ist in Ordnung, Lester, ich mag ihn auch nicht.«

»Und es ist nicht nur sein Bein, seine Ohren sind auch nicht, wie sie sein sollten. Sie müssen es sich anhören, Miss Armstrong.« Er wrang die Hände. Julia glaubte nicht, seit Kriegsende gesehen zu haben, wie jemand die Hände wrang. Lester war im Krieg natürlich noch ein Kind gewesen.

Sie wurde allmählich beunruhigt. »Was genau ist los, Lester?«

Schweigend reichte er ihr einen zweiten Kopfhörer und setzte seinen eigenen wieder auf. Vorsichtig ließ er die Nadel auf die Platte sinken. »Ungefähr hier, glaube ich.«

Sie hörten gemeinsam zu.

»Ach, du lieber Gott«, sagte Julia. »Spielen Sie es noch mal.«

Sie hörten noch einmal zu. Es war dasselbe. Der Sprecher Roger Fairbrother – Müller, Erster Leibeigener und zweite Besetzung der Köchin – intonierte mit seiner zarten femininen Stimme: »Fuck, fuck, fuckity fuck.«

Sie nahmen die Kopfhörer ab und starrten sich an. Jeder, der hereingekommen wäre, hätte angenommen, sie wären in einem Augenblick absoluten Entsetzens versteinert. Pompeji vielleicht.

Langsam erwachten sie wieder zum Leben. »Er hatte Probleme mit dem Text«, erinnerte sich Julia. »Er ist vielleicht nervös geworden. Ich glaube, er war in Dünkirchen dabei. Prendergast hat gesagt, dass es viele Beschwerden gegeben hat, aber sie gingen kaum über das Wort ›verflixt‹ hinaus.« Sie war verwirrt. »Es heißt ja auch, dass man nur hört, was man zu hören erwartet.« *Wir glauben, was wir glauben wollen*, hatte Perry einst zu ihr gesagt.

»Ich glaube nicht, dass die Kinder erwartet haben, *das* zu hören«, sagte Lester und deutete auf den Plattenteller. Sie starrten beide darauf, als könnten sie sehen, wie sich die Worte dort drehten.

»Fuck, fuck, fuckity fuck«, murmelte Julia, und Lester zuckte zusammen nicht so sehr wegen des Wortes (sein Vater war schließlich ein Scheißkerl), sondern wegen der Konsequenzen des Wortes. Über den Unterschied wäre eine interessante ethische Diskussion zu führen, aber jetzt war ganz gewiss nicht der richtige Zeitpunkt dafür. »Der Rhythmus ist immerhin bewundernswert«, sagte Julia.

»Was sollen wir tun?«, fragte Lester.

»Wir sollten Stillschweigen bewahren.«

»Und die Platte behalten?«

»Um Gottes willen, nein. Im Gegenteil. Wir sollten sie entsorgen. Und wenn sich jemand beschwert, leugnen wir. Oder wir sagen, wir haben sie in die Abteilung Ausgestrahlte Sendungen geschickt, und sie haben sie verloren. Ins Archiv schicken sie sowieso nichts – unser Zeug geht direkt zum Alteisen. Ach, verflixt und zugenäht, warum haben wir es nicht live gemacht? Dann hätten wir sagen können, die Leute hätten sich verhört. Aber so gibt es einen Beweis.«

»Wir müssen ihn vernichten.«

»Ja.«

»Ich nehme die Platte mit nach Hause, Miss«, sagte er tapfer, als wäre es ein Blindgänger, den er anbot zu entschärfen. »Ich kümmere mich darum«, hörte Julia in Gedanken Cyrils Stimme am Schauplatz einer anderen Katastrophe. *Kommen Sie, Miss. Wir schaffen das. Sie nehmen den Kopf und ich die Füße.* Ihr war plötzlich schlecht.

Der Teewagen näherte sich klappernd im Flur wie eine Belagerungsmaschine, und sie fielen in ein angespanntes Schweigen. Sie hätten Verschwörer sein können, dachte Julia, die einen Plan ausheckten, um die BBC in die Luft zu jagen, Hitlers Arbeit für ihn zu Ende zu bringen. »Nein«, sagte sie und seufzte, »ich bin dafür verantwortlich. Ich werde mich darum kümmern. Ich werde früh nach Hause gehen. Ich habe Kopfweh. Machen Sie sich keine Sorgen – es gibt Schlimmeres. Es wird alles in Ordnung kommen.«

Sie verließ das Gebäude, die anstößige Platte für alle sichtbar, als wollte sie sie ins Broadcasting House hinübertragen. Als sie auf die Straße trat, näherte sich ihr von der anderen Seite die Person, die sie in diesem Augenblick am wenigsten sehen wollte. Charles Lofthouse.

»Julia?«, sagte er freundlich, als sie sich in der Mitte der Straße trafen. »Gehen Sie ins BH? Es gibt doch hoffentlich keine Probleme?«

»Warum sollte es Probleme geben, Charles?« Sie hielt sich die

Platte schützend vor die Brust. Ein Auto fuhr vorbei, bedrohlich nah. Einer von uns wird überfahren werden, dachte sie. (Vorzugsweise Charles.) »Ich muss weiter, Charles. Wir sehen uns morgen.«

»Zweifellos.« Ein Taxi hupte laut und wich Charles aus, der langsam auf die andere Straßenseite humpelte. Der Fahrer schrie eine Obszönität, und Charles winkte ab. Ihr fiel auf, dass ihm sein Bein heute besonders zu schaffen machte. Julia war während des Kriegs kurz mit einem Piloten zusammen gewesen. Nach einem Einsatz hatte er an der Küste bruchlanden müssen und ein Bein verloren. Er spielte es herunter, machte im Krankenhausbett unablässig Witze darüber (*Sich kein Bein ausreißen, jemandem Beine machen* und so weiter), aber er kam nicht darüber hinweg und drehte nach seiner Entlassung aus dem Krankenhaus den Gashahn am Herd seiner Mutter auf. Julia war wütend auf ihn, weil er sich umgebracht hatte. Es war schließlich nur ein Bein, argumentierte sie mit seinem Phantom. Er hatte ja noch eins. Ich hätte zu ihm gehalten, dachte sie. Aber das war im Nachhinein leicht zu sagen, schließlich hatte sie ihn kaum gekannt, und außerdem hatte sie abgesehen von ihrer Mutter nie zu jemandem gehalten. Manchmal fragte sie sich, ob sie nicht einen fatalen Charakterfehler hatte – den Riss in der goldenen Schale, für das bloße Auge nicht erkennbar, aber unübersehbar, wenn man davon wusste.

Sie stieg in das Taxi, das stets in der Riding House Street zu warten schien, obwohl dort kein Stand war. Am Steuer saß – Gott sei Dank – nicht der Fahrer vom Morgen. Bildete sie es sich ein, dass das Taxi, das soeben beinahe Charles Lofthouse umgefahren hätte, von ebendiesem Fahrer gesteuert worden war? Sie sah ihn plötzlich überall. So wurden die Leute verrückt. Sie hatte im Krieg *Gaslight* gesehen.

Sie war ziemlich sicher, dass Charles die linguistische Fehlleistung von Roger Fairbrother sehr wohl gehört und die Sendung trotzdem hatte ausstrahlen lassen. Nicht Charles wäre der Schuldige, sondern sie. Hinterhältiger alter Arsch, dachte sie. Julia hatte im Norden fluchen gelernt, wo Wörter wie »Scheißkerl« oder »Arsch« Teil der Lingua franca waren. Sie hatte vor Ort Sendungen gemacht, mit Bergleuten und Fischern über ihr Leben gesprochen. Auch »fuck« jagte ihr keine Angst ein. Sie verspürte kurz Sympathie für den armen Roger Fairbrother. *Fuck, fuck, fuckity fuck.*

Julia überlegte es sich anders und stieg zum Ärger des Fahrers in der Great Titchfield Street wieder aus und in der New Cavendish Street in ein anderes Taxi ein. Zuvor sah sie sich rasch auf der Straße um. Sie hatte das beunruhigende Gefühl, beobachtet zu werden. Wie sonst sollte der komische kleine Mann aus dem Moretti's (wenn er es gewesen war) wissen, wo er die Botschaft abliefern sollte? *Du wirst bezahlen für das, was du getan hast.* Werde ich?, dachte Julia. Der Krieg hatte jede Menge unbezahlter Schulden angehäuft, warum sollte ausgerechnet sie es sein, der eine Rechnung präsentiert wurde? Oder vielleicht spielte jemand ein Spiel mit ihr, um sie in den Wahnsinn zu treiben. *Gaslighting.* Aber es blieb immer noch die Frage, wer. Und warum.

Es war erst vier Uhr, dachte sie, als das Taxi losfuhr. Viel Zeit für weitere Missgeschicke, die man auf Prendergasts Liste setzen konnte.

Sie machte eine Kanne Tee und schluckte zwei Aspirin – sie hatte jetzt wirklich Kopfschmerzen. Das Essen vom Vorabend stand noch auf dem kleinen Tisch am Fenster und sah etwas schlapp aus. Aus den Eiern und dem Käse machte sie ein Omelette. Sie aß das Omelette. Manchmal war es besser, einen Schritt nach dem anderen zu tun. Der komische kleine Mann im Moretti's, der sie gestern angestarrt hatte, hatte ein Omelette gegessen, sich den Mund vollgeschaufelt, als hätte er nie Manieren gelernt. Oder irgendwann in seinem Leben sehr gehungert.

Sie schaltete das Radio ein, suchte die Nachrichten und fand das Ende der *Kinderstunde*. Perry Gibbons. Natürlich, wer sonst. Das Leben war nichts weiter als eine lange Reihe von Zufällen. Er sprach über Käfer. »Wenn ihr euch gründlich umschaut, Kinder, werdet ihr überall Schildwanzen sehen.« Wirklich?, dachte Julia und ließ den Blick besorgt durchs Zimmer schweifen.

Seit ihrer Rückkehr aus Manchester fragte sie sich, ob ihr Perry irgendwann über den Weg laufen würde. Abgesehen von einem gelegentlichen Blick aus der Ferne hatte sie ihn nicht mehr gesehen, seit er im Krieg aus dem Dienst ausgeschieden war *(Ich fürchte, ich werde Sie verlassen, Miss Armstrong)*. War er wirklich aus dem Dienst ausgeschieden? Oder hatte er nur so getan – was in vieler Hinsicht wirkungsvoller gewesen wäre. Es war so, als würden die Leute einen für tot halten, oder? Man konnte frei leben. Es erinnerte sie an den Mönch aus *Viel Lärm um nichts*, der Hero rät, ihren Tod vorzutäuschen *(Ihr, Fräulein, sterbt zum Schein)*. Julia hatte letztes Jahr die Aufführung in Stratford gesehen (mit Anthony Quayle und Diana Wynyard – beide sehr gut). Hero war ein glücklicheres Ende beschieden als Julias literarischer Namensvetterin, die es mit demselben Trick versuchte. *O willkommner Dolch.*

Der Tod war ein extremer Ausweg. Vielleicht reichte es schon, wenn man das Gerücht streute, dass man nach Neuseeland oder Südafrika gegangen sei. Oder in Perrys Fall, dass er im Juni 1940 den MI5 verlassen habe und zum Informationsministerium gegangen sei und nie zurückgeblickt habe.

Zwischen der BBC und dem Dienst schien sich eine osmotische Membran zu befinden, die Angestellte ungehindert von einer Welt zur anderen wechseln ließ. Hartley war vor dem Krieg Produzent bei der BBC gewesen, und jetzt war Perry dort ein regelmäßiger Mitarbeiter. Manchmal fragte sie sich, ob der MI5 die BBC nicht für seine eigenen Zwecke benutzte. Oder womöglich war es sogar umgekehrt.

Die *Kinderstunde* endete mit den üblichen Schlussworten. »Gute Nacht, Kinder überall.« *Zwischen Dunkelheit und Taglicht.* Das war die Stunde der Kinder gemäß dem Gedicht von Longfellow. Es war ein munteres, sentimentales Gedicht, doch sie bekam davon stets eine unerklärliche melancholische Anwandlung. Vielleicht war es die Sehnsucht nach ihrer Zeit in Manchester, als sie es war, die manchmal eine gute Nacht wünschen durfte.

Big Ben schlug die volle Stunde, und die Sechsuhrnachrichten begannen. Julia sah sich veranlasst, Gefühle beiseitezuschieben, und holte ihren kleinen Werkzeugkasten, nahm den Hammer heraus, eher ein Hämmerchen, mit dem sie normalerweise Nägel in die Wand schlug, um Bilder aufzuhängen. Sie legte das *Mittelal-*

terliche Dorf auf die hölzerne Ablagefläche in der Küche und zerschlug es in hundert Stücke. Es würde nicht in die Geschichte eingehen. Es war nicht das erste Mal, dass sie Beweise für Fehlverhalten vernichtete, und es wäre wohl nicht das letzte Mal.

Sie kam mitten während der Besuchszeit im Barts Hospital an, in der Hand die Trauben aus dem Füllhorn von Harrods, getrimmt, damit sie unberührt aussahen.
»Oh, wie nett«, sagte Joan Timpson. »Die sehen köstlich aus, woher sind sie?«
»Harrods«, gestand Julia ein.
»Sie hätten sich nicht in solche Unkosten stürzen sollen.«
»Seien Sie nicht albern«, sagte Julia. Sie konnte wohl kaum zugeben, dass der MI5 dafür bezahlt hatte. »Wie geht es Ihnen?«
»Viel besser, danke, meine Liebe.«
Sie sah nicht besser aus, dachte Julia. Sie sah schrecklich aus.
»Wie war das *Dorf*?«, fragte Joan. »Alles gut gegangen?«

Julia wollte gerade ins Bett gehen, als laut an die Tür gehämmert wurde. Es klang eine Spur verzweifelt. Ich habe eine Klingel, dachte sie.
»Ich bin's, Hartley. Mach auf.«
Sie öffnete, wenn auch widerwillig. Er war elendiglich betrunken, was sie der fast leeren Flasche Rum in seiner Hand zuschrieb. Seine Einstellung zu Alkohol war katholisch – alles war ihm recht.
»Ist er hier?«
»Ist wer hier?«, fragte Julia.
»Der verdammte Flamingo – wer sonst?«
»Der Tscheche? Pavel? Nein, natürlich nicht.«
»Bist du sicher?« Seine Frage klang inständig.
»Selbstverständlich bin ich sicher. Es wäre mir aufgefallen. Ihr habt ihn doch nicht etwa *verloren*, oder doch?«
»Auf und davon«, sagte er. »Er ist nie in Kent angekommen.«
Julia dachte an die ununterscheidbaren grauen Männer. England war nicht das einzige Land, das sie hervorbrachte.
»Selbst *du* konntest doch wohl nicht so unvorsichtig sein, Hartley.«

»Ich war nicht als Letzter mit ihm zusammen«, sagte er gereizt. »Ich habe ihm auch nicht Unterschlupf gewährt. Das warst du.«

Sie seufzte. »Komm rein. Du bist in keinem Zustand, um irgendetwas zu unternehmen.«

Er betrat das kleine Wohnzimmer und ließ sich schwer auf das Sofa fallen. Er füllte die Wohnung auf eine Weise, wie es der Tscheche nicht getan hatte. Der Unterschied zwischen Anwesenheit und Abwesenheit. Lesen und Schreiben. Spielen und Zuhören. Leben und Sterben. Die Welt war endlos dialektisch. Es war ermüdend.

»Ich wollte gerade Kakao machen.«

»Kakao?«, wiederholte Hartley ungläubig.

»Ja, der wird dir guttun.«

Doch als sie mit zwei Tassen zurückkehrte, war Hartley im Sitzen eingeschlafen. Sie schob ihn auf die Seite, sodass er lag, und holte eine Decke. Sie sollte das Sofa vermieten, dachte sie, bevor sie das Licht ausschaltete.

In zwei aufeinanderfolgenden Nächten hatten Männer auf ihrem Sofa geschlafen. Einer ein vollkommen fremder, der andere ärgerlich vertraut. Ich werde meinen Ruf ruinieren, dachte sie, obwohl niemand im ganzen Haus sich auch nur im Geringsten dafür interessierte, was sie tat. Ihre Nachbarn waren überwiegend Exzentriker und Flüchtlinge, was praktisch auf das Gleiche hinauslief.

Sie verschloss ihre Schlafzimmertür für den Fall, dass der benebelte Hartley mitten in der Nacht durch die Wohnung torkelte und ihr Schlafzimmer mit dem Bad verwechselte.

Julia legte die kleine Mauser neben das Philetta-Radio. Am besten, man war vorbereitet, auch wenn man keine Ahnung hatte, worauf. Und im ungünstigsten Fall konnte sie Hartley erschießen, der nebenan so laut schnarchte wie ein Güterzug. Bei Hartley war sie nie sicher gewesen. Er hatte keine richtige Mitte. Es würde ihm nichts ausmachen, für die andere Seite zu arbeiten.

Du wirst bezahlen für das, was du getan hast. Der Krieg war eine notdürftig genähte Wunde, und sie hatte das Gefühl, als würde sie von irgendetwas wieder aufgerissen. Oder von irgendjemandem. War es Godfrey Toby? Ich muss ihn finden, dachte sie. Vielleicht muss ich sie alle finden. Ich werde die Jägerin sein, nicht die Gejagte. Diana und nicht der Hirsch. Der Pfeil und nicht der Bogen.

Alles in Ordnung. Aber das stimmte nicht, oder? Nicht wirklich.

Hartley war nicht mehr da, als Julia am Morgen erwachte. Nur die leere Rumflasche bewies, dass er in ihrer Wohnung gewesen war.

Der Nebel des Schlafs hatte Julia noch in seinen Fängen, mit einer Mischung aus verlustig gegangenen Flamingos und einer unnötigen Laute, ganz zu schweigen von fremden Männern mit Kieselsteinaugen.

Du wirst bezahlen für das, was du getan hast. War der Mann aus dem Moretti's derjenige, der Bezahlung forderte, oder war er nur der Überbringer der Rechnung? War er einer aus Godfreys Fünfter Kolonne? Trude und Dolly waren die Einzigen, deren Gesichter sie gesehen hatte, denen sie je leibhaftig begegnet war. Alle Akten über die Informanten mussten irgendwo tief in der Registratur vergraben sein – waren Fotos dabei? Godfrey hätte ihnen mühelos weismachen können, dass die Nazis sie anhand von Fotos leichter als Sympathisanten hätten identifizieren können. *Na los, Betty, lächeln Sie für die Kamera.* Ich habe eine kleine Liste, dachte Julia. Und jetzt ist es Zeit, sie durchzuarbeiten. Jägerin, nicht Gejagte, erinnerte sie sich.

Julia fühlte sich nahezu überwältigt von dem Bedürfnis, Godfrey zu finden. Er wüsste die Antworten auf ihre Fragen. Er wüsste, was zu tun war. *(Wir müssen ihr leider den Gnadenschuss geben.)* Schließlich war er gut im »Säubern«.

Vielleicht war das ganze Geplapper über Versetzung nach dem Krieg nur eine List gewesen. Was, wenn Godfrey auch jetzt noch dort war, wo er die ganze Zeit über gewesen war? Versteckt vor aller Augen. In Finchley. Zum Schein leben, Godfrey.

Als sie zur U-Bahn ging, spürte Julia einen Schauder der Angst, es war wie ein tierischer Instinkt, der ihr sagte, dass sie verfolgt wurde. Als sie umblickte, sah sie niemanden, der ihr nachzugehen schien. Das war kein Trost, denn das hieß nur, sollte jemand sie verfolgen, war er gut darin.

Sie entschloss sich zu einem Umweg, verließ in der Regent

Street den Zug, ging zur Oxford Street und stieg in eine andere U-Bahn-Linie. Unterwegs betrat sie Woolworth durch den Haupteingang und ging durch den Hintereingang wieder hinaus, ein ziemlich plumpes Manöver, um einen etwaigen Verfolger loszuwerden. Sie war in höchster Alarmbereitschaft, und als sie mit einer unauffälligen Frau mittleren Alters zusammenstieß, musste sie einen Aufschrei unterdrücken. Die Frau trug ein mit gelben und grünen Papageien gemustertes Kopftuch und unter dem Arm eine abgewetzte Einkaufstasche aus Kunstleder. Waren Grün und Gelb nicht die zwei Farben, die man nicht miteinander kombinieren sollte – oder waren es Grün und Blau? Julias Mutter hatte eine lange Liste geführt, was man als Schneider tun und vermeiden sollte – keine Punkte mit Streifen und so weiter –, an die Julia sich kaum mehr erinnern konnte. Um was für eine Kombination auch immer es sich handelte, das Kopftuch war hässlich. Die Kunstledertasche der Frau war groß genug, um darin eine Waffe zu verstecken. Doch selbst in ihrem paranoiden Zustand musste Julia zugeben, dass es eine unwahrscheinliche Verkleidung für eine Meuchelmörderin war. Sie befürchtete, dass sie an den wilderen Ufern ihrer Fantasie gestrandet war.

Julia konnte sich das Chaos vorstellen, das sie heraufbeschwören würde, wenn sie in der Oxford Street mit ihrer Mauser herumfuchteln würde. Und sie konnte nicht jede unauffällige Hausfrau erschießen – sie wäre den ganzen Tag beschäftigt. Ihr war nicht klar gewesen, wie viele von ihnen sich tagsüber auf den Londoner Straßen herumtrieben. Herden von ihnen strömten in das Kaufhaus John Lewis, in dem ein Ausverkauf stattfand, alle trugen sie die gleiche Uniform aus einem formlosen Gabardinemantel und deprimierend altmodischen Hüten. Es lag am Krieg, dachte Julia und erinnerte sich an das zerknitterte Foto der Frau des Flamingos, er hat aus uns allen Flüchtlinge gemacht.

Als die U-Bahn einfuhr, stieg sie ein, und kurz bevor die Türen geschlossen wurden, stieg sie wieder aus. Niemand war ihr gefolgt, der Bahnsteig war leer, keine unauffällige Hausfrau in Sicht. Ich mache mich lächerlich, dachte Julia. Als die nächste Bahn kam, stieg sie ein und setzte sich. Sie schaute aus dem Fenster, als der

Zug anfuhr, und sah kurz den Mann aus dem Moretti's – die unverwechselbare pockennarbige Haut und die Kieselsteinaugen. Er saß auf einer Bank vor einem Plakat für Sanatogen Tonic Wine (für den er ein erbärmlicher Werbeträger war), der große schwarze Regenschirm wie ein Stock neben ihm. Er salutierte kurz, aber es war schwer zu sagen, ob es eine Drohung oder ein Gruß war. Jedenfalls war es schrecklich beunruhigend.

Und dann geschah etwas noch Beunruhigenderes. Die Frau, mit der Julia vor Woolworth zusammengestoßen war – die mit dem papageiengemusterten Kopftuch und der Kunstledertasche –, tauchte aus dem Nirgendwo auf und setzte sich neben den Mann aus dem Moretti's. Die beiden starrten Julia wortlos an, wie ein Paar grimmiger Buchstützen. Dann tauchte der Zug in die Dunkelheit des Tunnels, und sie sah sie nicht mehr.

Wer waren sie? Ein sonderbares Ehe-Team? Was um alles auf der Welt war los? Julia hatte keine blasse Ahnung. Reimt sich auf Bezahlung, dachte sie.

Dieselbe Eichentür, derselbe Löwenkopf aus Messing als Türklopfer. Julia erkannte sogar die Hortensie wieder, die neben dem Gartentor wuchs, auch wenn sie noch schlief und auf den Frühling wartete. Julia hob den Löwenkopf an und klopfte laut damit gegen das Eichenholz. Nichts. Sie klopfte noch einmal und erschrak, als die Tür abrupt aufgerissen wurde. Eine ziemlich gehetzte junge Frau, die eine Schürze mit Rüschenrand trug und auf der Wange einen kunstvollen Mehlfleck hatte – das perfekte Bild junger Nachkriegsweiblichkeit –, sagte: »Hallo. Kann ich Ihnen helfen?«

»Ich heiße Madge Wilson«, sagte Julia. »Ich suche nach den Leuten, die früher hier gewohnt haben.«

Aus den Tiefen des Hauses drang zorniges Kreischen, und die Frau lachte und sagte: »Warum kommen Sie nicht rein?« (Aber Sie kennen mich überhaupt nicht, dachte Julia. Vielleicht bin ich gekommen, um Sie umzubringen.) Die Frau wischte sich die Hände an der Schürze ab und sagte: »Entschuldigen Sie mein Aussehen. Heute ist mein Backtag.«

Sie führte Julia vertrauensvoll den Flur entlang. Über die Schulter sagte sie: »Ich heiße Philippa – Philippa Horrocks.« Das Haus roch authentisch nach nassen Windeln und saurer Milch. Julia hatte das Gefühl, dass ihr gleich schlecht würde.

Die Tür zum Wohnzimmer stand offen, und Julia konnte einen Blick hineinwerfen. Es war neu eingerichtet worden, seitdem sie das letzte Mal hier gewesen war. Für einen schwindelerregenden Augenblick war sie zurück in der Vergangenheit und saß auf dem Mokettbezug von Godfrey Tobys Sofa. *(Kann ich Ihnen eine Tasse Tee bringen, Miss Armstrong? Würde das helfen? Das war ein ziemlicher Schock.)* Sie gab sich einen mentalen Ruck.

Als sie die Küche betrat, sah sie die Quelle des Kreischens – einen wütenden kleinen Jungen, beschmiert mit Eidotter und fest in einen Hochstuhl geschnallt.

»Timmy«, sagte Philippa, als wäre er jemand, mit dem man angeben konnte.

»Was für ein kräftiges kleines Kerlchen«, sagte Julia und schauderte innerlich. Sie fand die meisten Kinder etwas abstoßend.

»Kann ich Ihnen Kaffee anbieten?«, fragte Philippa Horrocks. Julia fiel auf, dass keine Backsachen zu sehen waren und es auch nicht nach Backen roch. Keine Schüssel oder Löffel oder Waage. So viel zum Backtag. (»Der Teufel steckt im Detail«, sagte Perry.)

»Nein, danke. Ich suche nach den Hazeldines. Sie haben während des Kriegs in diesem Haus gewohnt. Sie sind Freunde meiner Familie, und ich wollte Kontakt zu ihnen aufnehmen, um sie zum dreißigsten Hochzeitstag meiner Eltern einzuladen.« *Wenn Sie eine Lüge erzählen, erzählen Sie eine gute.*

»Perlen«, sagte Philippa Horrocks.

»Wie bitte?«

»Perlen. Fünfundzwanzig ist Silberhochzeit – dreißig Jahre sind die Perlenhochzeit.«

»Ja, ja«, sagte Julia und dachte, dass sie schon wie Godfrey Toby klang.

»Wir hatten letztes Jahr hölzerne Hochzeit. Fünf Jahre.« Eins von Philippas Augenlidern flatterte.

»Gratuliere.«

»Hazeldine«, sagte Philippa Horrocks und blickte übertrieben nachdenklich drein. »Sind Sie sicher? Wir haben das Haus 1946 bei einer Versteigerung gekauft, und der vorherige Besitzer hatte jahrelang hier gewohnt.«

»War sein Nachname Toby?«

»Nein, er hieß Smith.«

Klar hieß er so, dachte Julia.

»Wollen Sie wirklich keinen Kaffee? Ich trinke eine Tasse.«

»Ach, na gut, Sie haben mich überredet. Zwei Stück Zucker, bitte.«

Abgesehen von Timmy gab es noch die Zwillinge Christopher und Valerie, die in die erste Klasse gingen und bereits den ersten Band der *Janet-and-John*-Serie fließend lesen konnten. Ihr Vater, Philippas Mann, hieß Norman und war Aktuar. (Was war ein Aktuar?, fragte sich Julia. Es klang, als würde er zusammen mit einem Kasuar und einem Dromedar in den Zoo gehören.) Sie waren von Horsham hierhergezogen. Philippa war Hausfrau, aber während des Kriegs hatte sie den Ersatzdienst für Frauen geleistet – die beste Zeit in ihrem Leben! Sie konnte sich nicht zwischen Löwenmäulchen und Begonien für die Sommerbepflanzung ihrer Beete entscheiden. »Verstehen Sie etwas vom Gärtnern, Madge?«

»Oh, für mich immer Begonien. Immer«, sagte Julia. Vermutlich sterben jeden Tag Hunderte von Menschen an Langeweile, dachte sie. Sie trank den Kaffee aus – es war Camp-Kaffee aus der Flasche, in einem Topf mit Kondensmilch erhitzt. Er schmeckte wirklich widerlich. »Wunderbar! Aber jetzt muss ich wirklich gehen, tut mir leid.«

Sie wurde so höflich hinausgeleitet, wie sie hereingeführt worden war. Timmy, von seinen Fesseln befreit, befand sich in Philippa Horrocks' Armen. Seine roten Backen sahen so glänzend und hart aus wie Äpfel. »Er zahnt«, sagte Philippa und lachte. »Tut mir sehr leid, dass ich Ihnen nicht helfen konnte, Madge. Ich hoffe, Ihre Eltern haben einen wunderschönen Hochzeitstag.«

»Danke. Übrigens«, sagte Julia und blieb neben der Hortensie am Gartentor stehen, »die Blüten werden rosa. Wissen Sie, wie man sie blau färben kann?«

»Nein«, sagte Philippa Horrocks, »weiß ich nicht.«

Doch Julia ging, ohne sie in das Geheimnis einzuweihen.

Julia blieb an der Ecke stehen, um zu sehen, ob jemand das Haus verließ oder betrat. Nichts. Niemand ging oder kam; die Bewohner der gesamten Straße schienen mit einem Schlafzauber belegt.

»Iris! Sind Sie das?«, sagte jemand laut hinter ihr. Es war so ein Schock, dass Julia dachte, sie würde hier auf den Straßen von Finchley sterben. »Iris Carter-Jenkins! So ein Zufall, Sie hier zu treffen.«

»Mrs Ambrose«, sagte Julia. »Es ist lange her.«

»Ich wusste nicht, dass Finchley Ihr Revier ist.«

»Ich habe eine Freundin besucht«, sagte Julia. »Ich dachte, Sie sind nach Eastbourne gezogen, Mrs Ambrose – oder soll ich jetzt Mrs Eckersley zu Ihnen sagen?«

»Nennen Sie mich Florence.«

Mrs Ambrose trug einen Hut, der mit Federn bedeckt war. Die Federn waren von einem schillernden Blau, aber Julia mutmaßte, dass es gefärbte Hühnerfedern waren und sie nicht der widerstrebenden Leiche eines Eisvogels oder Pfaus ausgerissen worden waren. Julia fragte sich, ob Mrs Ambrose – mit ihrer Vorliebe für selbst gemachte Hüte – den Vogel selbst getötet und gerupft hatte. *(Die Frau ist nur Gefieder.)*

Konnte Mrs Ambroses Auftauchen aus heiterem Himmel wirklich Zufall sein? Erst Godfrey Toby, dann Mrs Ambrose. (Es war schwer, sie auch nur in Gedanken anders zu nennen.) Was hatte Perry über Zufälle gesagt? Ach, ja – nie einem trauen. Wer würde als Nächstes aus der Schachtel springen, in der die Vergangenheit eigentlich lagern sollte?, fragte sich Julia. Es gab keinen Grund, warum sich Godfrey und Mrs Ambrose im Krieg begegnet sein sollten. Die einzige Verbindung zwischen ihnen war Julia selbst. Dieser Gedanke beruhigte ihre Nerven nicht. Ganz im Gegenteil.

»Eastbourne hat mir nicht gefallen«, sagte Mrs. Ambrose. »Ich brauche ein bisschen Leben um mich herum. Ich habe ein Stück weiter die Straße entlang, in der Ballards Lane, ein kleines Wollgeschäft eröffnet – zusammen mit meiner Nichte Ellen.« Wie viele Nichten hatte die Frau?, fragte sich Julia. (Und wie viele von ihnen waren real?) »Gehen Sie zur U-Bahn? Dann begleite ich Sie.«

Warum – um mich von hier fortzuschaffen?, wunderte sich Julia, als Mrs Ambrose sie am Ellbogen fasste, wie eine Gefängniswärterin zur U-Bahn führte und dabei ununterbrochen über Merino und Mohair und die respektiven Vorteile von Patons- und Sirdar-Wolle plapperte. Julias Arm fühlte sich leicht gequetscht an, als sie auf dem Bahnsteig stand. Arbeitete Mrs Ambrose noch für den Dienst? Es schien plausibel, sie hatte immer etwas Zweideutiges gehabt, sogar ihr Deckname schien darauf hinzuweisen. »Eckersley« andererseits deutete auf nichts anderes als Nichten und Wollgeschäfte. Sie hatte sich immer Gedanken über Mrs Ambroses Loyalität gemacht. *Das Markenzeichen eines guten Spions ist, dass man nicht weiß, auf welcher Seite er steht.*

Das Mädchen am Empfang des Schulfunks zog wortlos eine verächtliche Augenbraue in die Höhe, als Julia hereinkam.

»Hat jemand nach mir gefragt?«, sagte Julia.

»Alle«, antwortete das Mädchen mit einem subalternen Achselzucken.

»Da Sie mich nicht danach fragen, ich war unterwegs und habe Nachforschungen angestellt. Für die Serie *Wir schauen Sachen an*.«

»Was haben Sie angeschaut?«

»Finchley.«

Das Mädchen sah sie stirnrunzelnd an. »Finchley?«

»Ja, Finchley«, sagte Julia. »Unglaublich interessant.«

»Schließlich ist alles vergänglich, nicht wahr?«, sagte Julia bei einer trostlosen Tasse Kaffee mit Prendergast. Es hatte als relativ gut gelauntes Gespräch begonnen, über die Rückmeldungen einiger Schulen zu einer Jugendserie mit dem Titel *Darf ich vorstellen?*, doch eine genauere Betrachtung von *Darf ich dir Sir Thomas Moore vorstellen?* hatte sie in den Trübsinn geführt. »Die Leute verfangen sich hoffnungslos in Dogma und Doktrin ...«

»Ismen«, sagte Prendergast und schüttelte bedrückt den Kopf.

»Genau. Faschismus, Kommunismus, Kapitalismus. Wir verlieren die Ideale aus dem Blick, die dahinterstehen, und doch sterben Millionen, um diese Überzeugungen zu verteidigen – oder anzugreifen.« Julia dachte an den flüchtigen Flamingo. Wo war er?

»Menschen sterben für den Kapitalismus?«, fragte Prendergast neugierig.

»Na ja, Menschen mussten schon immer bis zum Tode für den Profit anderer Leute arbeiten. Schon bei den Pharaonen und wahrscheinlich noch früher.«

»Stimmt, stimmt. Stimmt genau.«

»Doch was bedeutet das alles langfristig? Und die Religion ist selbstverständlich die schlimmste Übeltäterin. Entschuldigung«, fügte sie hinzu, als ihr seine methodistische »Berufung« einfiel. (Wie konnte man das vergessen?)

»Machen Sie sich wegen mir keine Gedanken, Miss Armstrong«, sagte er, hob die päpstliche Hand und erteilte ihr Absolution. »Was ist Glauben, wenn er eine Herausforderung nicht annehmen kann?«

»Doktrinen sind nur eine Zuflucht. Wenn wir zugeben würden, dass eigentlich nichts von Bedeutung ist, dass wir Dingen nur Bedeutung *zuschreiben*, dass es so etwas wie absolute Wahrheit nicht gibt ...«

»Würden wir verzweifeln«, sagte Prendergast leise, sein Bulldoggengesicht welkte.

»*L'homme est condamné à être libre*«, sagte Julia.

»Tut mir leid, mein Französisch ist etwas eingerostet.«

»Der Mensch ist dazu verdammt, frei zu sein.«

»Sprechen wir über Existenzialismus?«, fragte Prendergast. »Über diese Franzosen?«

Darf ich dir Sartre vorstellen?, dachte Julia. Das hatten sie nicht gemacht. Zu herausfordernd für die Jugendlichen – eigentlich für alle. *Huis Clos. Kein Ausweg*, so hatten sie den Titel ins Englische übersetzt. Das Stück war nach dem Krieg im Dritten Programm ausgestrahlt worden. Mit Alec Guinness und Donald Pleasence. Es war ziemlich gut gewesen.

»Nein. Nicht über Existenzialismus, nicht wirklich. Eher über gesunden Menschenverstand«, sagte Julia und vermied den »Ismus« von Pragmatismus, um Prendergast zu beschwichtigen.

Er legte die Hand auf ihre, eine Geste der Freundlichkeit. »Wir sind alle durch das schattige Tal des Todes gegangen. Verzweifeln Sie nicht, Miss Armstrong.«

Nicht ständig. Gelegentlich. Ziemlich oft. »Nein, ganz und gar nicht«, sagte sie. »Und wenn sowieso alles sinnlos ist, dann ist es die Verzweiflung auch, oder etwa nicht?«

»Es kann einem aber den Boden unter den Füßen wegziehen«, sagte er. »Nachdenken und so weiter.«

Sie schwiegen, jeder dachte über seinen eigenen Zustand nach, bodenlos oder wie auch immer. Julia nahm still die schwere Prendergast-Pfote von ihrer Hand, und er riss sich zusammen und sagte: »Ich glaube, Sokrates hat den Nerv getroffen.«

Sie hatten den Kreis geschlossen, nahm Julia an, und waren wieder bei *Darf ich vorstellen?*. Es war ein selbsterklärender Titel über historische Gestalten. Ein bisschen anders als *Kennst du?* für Kinder. (*Kennst du einen Feuerwehrmann? Kennst du eine Krankenschwester?* Und so weiter.) »Ja, es ist gut angekommen«, sagte Julia.

»In gewisser Hinsicht ein Radikaler, oder?«, sagte Prendergast. »Die Jugendlichen haben gut darauf reagiert.«

»Sie sind in einem Alter, in dem sie anfangen, selbst zu denken«, sagte sie.

»Bevor die ›Ismen‹ übernehmen.«

»Charles Dickens hat mir selbst auch gefallen«, sagte Julia. »Michelangelo war ›enttäuschend‹. Die Lehrer haben gesagt, dass in der Broschüre, die dabei war, zu wenige Bilder waren, und ich glaube, das stimmt. Christopher Wren kam gut an. Da war natürlich der Große Brand drin. Katastrophen mögen sie immer.«

»Florence Nightingale?«, fragte Prendergast.

»Schwach.«

»Chaucer?«

»Langweilig. Das sagen die Jugendlichen. Die Lehrer schienen keine Meinung zu ihm zu haben.«

»Oliver Cromwell?«

»Den habe ich geschrieben«, sagte Julia.

»Ja? Ausgezeichnet, der war *sehr* gut.«

»Das sagen Sie nur.«

»Sie sind komisch, Miss Armstrong.«

War das ein Kompliment oder eine Beleidigung? Es war gleichgültig. Sie wurde gehindert, weiter darüber nachzudenken, weil plötzlich Daisy neben ihrem Ellbogen stand. Man konnte glauben, das Mädchen würde auf lautlosen Rollen laufen. Ihr Gesicht war in Tragik verzogen.

»Stimmt etwas nicht, Daisy?«

»Es tut mir schrecklich leid, Sie stören zu müssen, Miss Armstrong, aber ich dachte, ich sollte Ihnen die schlechte Nachricht sofort überbringen.«

»Was?«, sagte sie einen Tick ungeduldig. Sie war abgehärtet gegen schlechte Nachrichten – schließlich hatte sie einen Krieg erlebt. Nicht so Prendergast, der die Hand in Vorahnung von frischem Gräuel vor den Mund hob.

»Es ist Miss Timpson«, sagte Daisy. Sie machte eine dramatische Pause, wie sie es schon als kleines Mädchen mit Lepra erprobt hatte.

»Ist sie tot?«, fragte Julia und stahl Daisy den großen Auftritt.

»Tot?«, wiederholte Prendergast entsetzt.

»Sie sah ziemlich schlecht aus. Ich habe sie gestern Abend besucht«, sagte Julia.

»Arme Joan«, sagte Prendergast und schüttelte ungläubig den Kopf. »Ich habe geglaubt, dass sie sich nur den Ballenzeh korrigieren lassen wollte. Sie ist jetzt an einem besseren Ort.«

»Das müssen wir hoffen«, sagte Daisy feierlich. Ein Bestatter würde sie sofort anstellen.

Scheiße, dachte Julia. Jetzt würde sie *Frühere Leben* bis zum bitteren Ende durchhalten müssen. Sie glaubte nicht, die Kraft für alle diese Tudors zu haben, sie waren so unerbittlich betriebsam – die vielen Bettgeschichten und Enthauptungen. »Ich muss gehen«, sagte sie und überließ Daisy Prendergast. Oder vielleicht umgekehrt.

Julia tat es jetzt leid, dass sie Joan Timpson Trauben aus zweiter Hand mitgebracht hatte. Sie hätte ihr etwas Unberührtes gekauft, hätte sie gewusst, dass es das Letzte war, was sie auf dieser Welt aß. Abgesehen von Angehörigen der medizinischen Berufe (und vielleicht nicht einmal das) war Julia wahrscheinlich die letzte Person, mit der Joan gesprochen hatte. »Wie schön«, hatte sie gesagt und sich eine Traube in den Mund gesteckt. Als letzte Worte nicht schlecht.

Julia flüchtete sich an ihren Schreibtisch, um nachzudenken. Über Godfrey Toby, über Mrs Ambrose und den Flamingo. Gab es eine Möglichkeit, das Verschwinden des Tschechen mit Godfreys Wiederauftauchen in Verbindung zu bringen?

Der Flamingo war weggeflogen, aber wo war er gelandet? Konnten Flamingos fliegen? Sie hielt Flamingos für flugunfähige Vögel, doch ihre ornithologischen Kenntnisse hatten sich nicht erweitert, seit Perry Gibbons versucht hatte, sie zu bilden.

Und da war er! Als hätte sie ihn aus dem Nichts heraufbeschworen, indem sie einfach nur seinen Namen dachte. Er ging in Begleitung von Daisy Gibbs an der offenen Tür zu ihrem Büro vorbei. Was tat er auf ihrer Straßenseite? Suchte er nach ihr?

Die Geister der Vergangenheit sammelten sich. Perry, Godfrey, Mrs Ambrose. Eine Bruderschaft der Vergangenheit. Wer käme als Nächster? Hoffentlich nicht Cyril.

Weder Daisy noch Perry schauten zu ihr. Julia fühlte sich beleidigt und erleichtert. Es war komisch, wie man zwei sich widersprechende Gefühle gleichzeitig empfinden konnte, ein beunruhigender emotionaler Zwiespalt. Sie hatte einen merkwürdigen Stich gespürt bei seinem Anblick. Sie hatte ihn gemocht. Sie war sein Mädchen gewesen. Ich habe ihn nicht geheiratet, dachte sie.

Ein paar Minuten später kam Daisy auf dem Flur zurück, ohne Perry. Sie klopfte an die Tür.

»Ich kann Sie sehen«, sagte Julia spröde. »Sie müssen nicht klopfen.«

»Ich habe ein paar Briefe – von den Lehrern. Soll ich sie beantworten?«

»Ja, bitte, ich dachte, das hätten wir so vereinbart. Was macht Perry Gibbons hier?«

»Mr Gibbons? Mr Prendergast hat ihn sich von der *Kinderstunde* ausgeliehen, um für uns eine Folge *Unser Beobachter* zu machen. Julius Cäsar – wie er den Rubikon überquert, *alea iacta est* und so. Der Würfel ist gefallen –«

»Ich kann Latein, danke, Daisy.«

Plötzlich erinnerte sich Julia – an eine von Perrys »Expeditionen« nach St Albans (Verulamium – zuerst hatte sie gedacht, es habe etwas mit Würmern zu tun) an einem verregneten Nachmittag, um eine römische Villa zu besichtigen. *Ein sehr gut erhaltener Mosaikfußboden,* hatte er gesagt. *Er bedeckt das Hypokaustum.* Hypocaustum *aus dem Altgriechischen ...*

Sie hatte sich über ihn geärgert, aber jetzt wusste sie nicht mehr, warum.

»Kennen Sie Mr Gibbons?«, fragte Daisy. Julia hörte Großbuchstaben. *Darf ich dir Perry Gibbons vorstellen?* Er wäre ein interessantes Thema.

»Ich bin ihm ein-, zweimal begegnet.«

»Der Mann ist ein Universalgelehrter!«

»Manchmal kann man auch zu viel wissen, Daisy.«

»Miss Timpsons Beerdigung ist übrigens am Montag. Die Abteilung schickt einen Kranz.« Daisy blieb weiter stehen. Julia wartete. »Wir beteiligen uns.«

»Wie viel?«, fragte Julia.

»Jeder fünf Shilling.«

Das schien viel, aber wegen eines Kranzes für eine Beerdigung sollte man vermutlich nicht feilschen. Julia seufzte, öffnete ihre Geldbörse und zählte das Geld in Daisys aufgehaltene Hand, die so rosa war wie die saubere Pfote eines Kätzchens.

»Wissen Sie, woran sie gestorben ist?«, fragte Daisy mit der Miene von jemandem, der es wusste.

»Nein. Sie?«

»Ja«, sagte Daisy. »Mr Lofthouse hat es mir gesagt.«

»Charles?« Julia wartete, doch es folgte nichts. »Werden Sie es mir sagen?« Oh, dachte sie, sag bloß nicht, dass sie an einer Weintraube erstickt ist.

»Ja. Tumore. Überall. Sie hat tapfer gekämpft.«

»Lassen Sie die Klischees, Daisy. Das ist unter Ihrer Würde.«

»Sie haben recht.«

»Wie auch immer«, sagte Julia, »ich laufe schnell über die Straße. Um zu kopieren.«

Ihre Roneo-Vervielfältigungsmaschine hatte den Geist aufgegeben. »O Roneo, Roneo, warum denn?«, sagte eine Sekretärin (zu oft), und Julia dachte verdrossen: Warum interpretiert jeder diese

Zeile falsch? Im Lauf der Jahre war sie zu der Ansicht gelangt, dass sie ihr gehörte.

Seit ein paar Tagen mussten sie nun, wann immer sie Kopien brauchten, ins Broadcasting House hinübergehen. Alle liebten die kleine Pause, die ihnen das verschaffte. Sie hätten selbstverständlich einen Jungen schicken können, aber warum sollten sie denen den ganzen Spaß überlassen?

»Ich kann für Sie gehen«, bot Daisy an. »Sie haben bestimmt Wichtigeres zu tun.«

»Nein, habe ich nicht. Ich gehe.«

»Ach, lassen Sie mich gehen.«

»Nein.« Demnächst würde Daisy sie zu Boden ringen, um in den Besitz der Papiere in ihrer Hand zu kommen. Die meisten waren leer. Sie wollte nicht kopieren. Sie ging in den Konzertsaal, um bei einer Aufnahme des BBC-Tanzorchesters zuzuhören. Sie kannte den Produzenten. Ein Mädchen brachte ihnen Tee, doch sie ließen die trockenen Biskuits liegen und aßen das Früchtebrot, das die Frau des Produzenten für ihn gemacht hatte. Er war der Welt sehr überdrüssig, aber das war auch Julia. Sie hatten sich einmal kurz geküsst, mehr ein Akt der Solidarität als der Lust.

Julia spürte, dass die Atmosphäre belastet war, als sie aus dem Konzertsaal zurückkehrte. »Ist etwas passiert?«, fragte sie Daisy.

»Lester Pelling wurde gefeuert«, sagte sie. »Das ist schwer zu ertragen, wo wir alle noch von Miss Timpsons Tod geschockt sind.«

»Gefeuert?«

»Ihm wurde der Marsch geblasen. Mr Fairbrother – Müller, Erster Leibeigener und Ersatz für die Köchin –, erinnern Sie sich an ihn?«

»O ja.«

»Also, offenbar hat er während der Aufnahme geflucht.« Daisy senkte die Stimme zu einem gezierten Flüstern. »Ein besonders schlimmes Wort.«

»Fuck?«

Daisy blinzelte.

»Es war nicht Lesters Schuld«, sagte Julia. »Und es gibt keinen Beweis, dass jemand geflucht hat. Es gibt keine Aufnahme. Buchstäblich.«

»Hm, Lester hat zugegeben, dass er davon gewusst hat«, sagte Daisy und zuckte auf beiläufige, abschätzige Weise die Schultern.
»Ach, du meine Güte.«

»Haben Sie Lester gesehen?«, fragte Julia Charles Lofthouse.
»Wen?«
»Lester. Lester Pelling. Der Junge, der gefeuert wurde.«
»War er ein Botenjunge? Ich dachte, er wäre Techniker.«
»Ja, das war er«, sagte sie geduldig.
»Er hat geweint«, sagte Charles Lofthouse. »Aber irgendjemandem musste die Schuld in die Schuhe geschoben werden. Der Junge war unser Opferlamm.«
»Er hat einen Namen«, sagte Julia. Er heißt Lester. Und er möchte Produzent werden. Und sein Vater ist ein Scheißkerl. Und er hat geweint. Julia schmerzte dieser Gedanke. *Huis Clos.* Kein Ausweg. Er ist nicht tot, erinnerte sie sich.
»Prendergast hat natürlich versucht, ihn zu verschonen«, sagte Charles. Der gute alte Prendergast, dachte Julia. »Sie wissen, was Walpole gesagt hat?«
Nein, sie wusste natürlich nicht, was Walpole zum Thema eines jungen Tontechnikers zu sagen hatte. Wie wespenartig du bist, dachte Julia. Eine fiese, verkrüppelte Wespe. Sie hätte ihn am liebsten erschlagen. Vermutlich sollte er ihr leidtun, das Bein und so weiter, aber er hatte überlebt, und andere nicht. Jemand, der ihr einst nahegestanden hatte, war in jener Nacht im Café de Paris gestorben, und Julia hatte das Nachspiel des Blutbads im Leichenschauhaus gesehen. Ein Bein erschien ihr ein geringer Preis.
»Nein, was hat Walpole gesagt, Charles?«, fragte sie müde.
»Die Welt ist eine Komödie für die, die denken, eine Tragödie für die, die fühlen«, sagte er, aufgeplustert von seinen Kenntnissen.
Fräulein Rosenfeld kam auf sie zugeschlurft, klammerte sich an das »Intermediate German« wie an ein Floß. »Stimmt es, dass die arme Joan gestorben ist?«
»Fort, um nie zurückzukehren«, sagte Charles Lofthouse.
Ein Botenjunge tauchte auf. »Miss Armstrong?«
»Ja.«
»Das ist für Sie.« Er hielt ihr ein Stück Papier hin – nicht einmal

in einem Umschlag, dachte sie –, doch Charles fing es ab. Er riss es dem Jungen aus der Hand und las laut vor: »*Komm nach draußen.* Unterschrieben RH. Was für ein geheimnisvolles Leben Sie führen«, sagte er.

»Nicht wirklich, das kann ich Ihnen versichern«, sagte Julia.

»Ich bringe Sie zur Tür«, sagte Fräulein Rosenfeld. Sie war einsam, dachte Julia, dankbar für jede kleine Gesellschaft.

»Vielleicht können wir abends nach der Arbeit mal etwas trinken gehen, Fräulein Rosenfeld«, sagte Julia.

»Oh, sehr gern, Miss Armstrong.« Fräulein Rosenfeld strahlte sie an. Wie wenig es brauchte, um manche Menschen glücklich zu machen, dachte Julia. Und wie viel bei anderen.

»Sie gehen früh, Miss Armstrong?«

Julia schaute auf ihre Uhr. »Fünfzehn Minuten früher, Daisy.«

»Vielleicht müssen Sie zum Zahnarzt?«, bot Daisy an.

»Vielleicht auch nicht.«

Hartley wartete auf dem Gehsteig, eine Zigarette zwischen den Lippen, und sah unerträglich unbekümmert aus.

»Was willst du?«, fragte sie ihn.

»Ich dachte, du würdest gern auf Flamingojagd gehen.«

Wurden Flamingos gejagt? Julia hatte nie über den Vogel nachgedacht, und jetzt schien er an jeder Ecke auf einem Ast zu sitzen. Nein, nicht zu sitzen – sie saßen nicht, oder? Wahrscheinlich waren sie zu groß dafür. Und ihre Beine waren zu lang. Man brauchte kürzere Beine, um auf einem Ast zu sitzen, oder man verlor das Gleichgewicht, vor allem wenn man vorzugsweise auf einem Bein stand. Julia seufzte und fragte sich, ob sie sich eines Tages zu Tode denken würde. War das möglich? Und wäre es schmerzhaft?

»Wir müssen die Schritte unseres Freundes zurückverfolgen«, sagte Hartley, als sie das Strand Palace betraten. Geister hinterlassen keine Fußabdrücke, dachte Julia, doch sie vergaß dabei, dass Hartley jedes Mitglied des Personals in jedem Hotel und Restaurant in London gut zu kennen schien – ein nützliches Nebenprodukt seiner unersättlichen Geselligkeit und einer entsprechenden

Großzügigkeit. »Es gibt nichts«, sagte er, »was man von einem Kellner, dem man ein empörend großes Trinkgeld gibt, nicht erfahren kann. Drei Pence pro Shilling ist meine Faustregel. Das *pourboire*, wie der Franzmann sagt.«

»Ich nehme an, dass wir nicht die Einzigen sind, die nach ihm suchen«, sagte Julia.

»Polizeisperren. Geheim- und Staatspolizisten sind unterwegs. Wir überwachen Flugplätze, Bahnhöfe, Häfen. Das Übliche. Keine Spur bislang. Sie suchen ihn hier, sie suchen ihn da. Sie suchen den Flamingo überall. Sie wollen übrigens mit dir sprechen. Dich befragen. Ausführlich. Ich habe ihnen gesagt, dass du vollkommen unschuldig bist.«

»Das bin ich.«

»Das habe ich ihnen auch gesagt.«

Hartley begann mit dem Portier. Die zwei grauen Sandwich-Männer mit der Flamingofüllung hatten sich weder in Luft aufgelöst, noch waren sie gar in einen wartenden Wagen gestiegen, sondern zum Haupteingang hinaus und »direkt über die Straße, Sir, ins Savoy« gegangen, erfuhren sie vom Portier.

Sein Gegenstück vom Savoy tippte sich an den Hut und sagte: »Mr Hartley, schön, Sie wiederzusehen.«

Das gesamte Hotelpersonal schien auf Hartleys Informantenliste zu stehen, scharfäugige Zeugen der Ausschleusung des Tschechen. Der Portier erinnerte sich an ein »komisches Trio«, und in der Lobby deutete die Empfangsdame auf den River Room und sagte, ihr Opfer sei über die Marmortreppe dorthin »abgeführt« worden. Ein williger Boy (»Seltsame Typen, Ihre Freunde«) dirigierte sie zu den Aufzügen.

»Ich habe als Zimmermädchen in einem Hotel gearbeitet«, sagte Julia, als sie sich einen Weg durch das Savoy bahnten. »Nicht in einem so noblen.«

»Ich habe hier meinen Hochzeitsempfang abgehalten«, sagte Hartley. Hartley war kurzzeitig und unpassenderweise mit einer polnischen Gräfin verheiratet gewesen. Die Motive von Braut und Bräutigam waren nach wie vor unklar.

»Das ist der Unterschied zwischen dir und mir«, sagte Julia. »Du hast noch nie für dein *pourboire* arbeiten müssen.«

Eine Tür in der Wand ging auf, eine Dienstbotentür, und Julia warf einen kurzen Blick auf die Welt hinter der Bühne – eine krumme Mauer, von der die Farbe abblätterte, und ein zerschlissener, schmutziger Teppich. Die Tür wurde sofort wieder zugeschlagen.

Sie folgten der Spur der Brotkrumen zu einem Garderobenmädchen, das auf eine abwärtsführende Treppe wies, die sie am Ballsaal vorbei zum Hintereingang am Fluss brachte, wo der nächste Portier stand, eine etwas geringere Ausgabe als sein Kollege am Haupteingang. Hartleys lächerlich großzügiger Zehn-Shilling-Schein sicherte genügend Informationen, um herauszufinden, dass hinter dem Hotel kein Wagen gewartet hatte und dass ihre »Freunde« in die Victoria Embankment Gardens gegangen waren. »Sahen aus, als hätten sie es eilig«, sagte der Portier.

Wie hilfreich diese Zeugen sind, dachte Julia. Sie haben die große Flucht sauber choreografiert. Man könnte fast meinen, sie hätten es einstudiert.

»Also …«, sagte Hartley, als sie im Park standen und versuchten, die Ereignisse des Vortags heraufzubeschwören.

Er schaute ausdruckslos auf das morbid erotische Denkmal für Sir Arthur Sullivan. »Die Dinge sind selten, was sie zu sein scheinen«, murmelte er. »*HMS Pinafore*«, sagte er, als Julia ihn fragend ansah. »›Entrahmte Milch maskiert sich als Sahne.‹ Ich mag Gilbert und Sullivan. Meine Mutter –« Plötzlich war er sprachlos und starrte unverwandt in die mittlere Ferne wie ein Medium auf der Bühne, das mit den Toten in Verbindung tritt.

»Was?«, sagte Julia, irritiert von seinem theatralischen Auftritt, der einer komischen Oper alle Ehre gemacht hätte.

Hartley zog sie aus dem Park und zum Flussufer. »Was siehst du?«, fragte er.

»Big Ben?«, sagte sie. »Das Parlament?« Die halb fertige Festival Hall saß breit am anderen Ufer der Themse. London wurde jetzt aus Beton erbaut. Sie erinnerte sich an den Architekten im Belle Meunière neulich Abend. Er sei ein »Brutalist«, hatte er gesagt, und einen Augenblick lang hatte sie geglaubt, dass er damit seinen Charakter meinte.

»Nein, nicht die Gebäude«, sagte Hartley. »Der Fluss. Sie müssen ihn in einem Boot von irgendeinem Pier hier weggebracht haben. Deswegen ist er an keiner Straßensperre aufgetaucht. Oder in einem Hafen. Im Mündungsgebiet haben sie ihn wahrscheinlich auf ein anderes Schiff verfrachtet. Rüber nach Frankreich oder Holland. Oder ins Baltikum. Er ist längst weg. Die Russen vermutlich«, sagte er verdrossen.

»Das ist eine Theorie«, sagte Julia, »aber sie ist nicht bewiesen.« So verschwanden Menschen aus der Geschichte, oder? Sie wurden nicht ausradiert, sie wurden *wegerklärt*. Und was, wenn er aus eigenem Antrieb geflüchtet war? Vielleicht hatte er entschieden, dass er zu keinem von ihnen gehören wollte.

Sie schwiegen beide eine Weile, betrachteten das braune Wasser der Themse. Der Fluss hatte viel gesehen im Lauf der Jahre.

»Oder die Amerikaner«, sagte Julia. »Sie stehlen uns die Hauptrolle, haben nie geglaubt, dass wir ihn übergeben würden. Nicht völlig unberechtigt.«

»Die Yankees?« Hartley überlegte. »Ach, das kann ich mir nicht vorstellen. Auch nicht bewiesen, oder? Obwohl man natürlich alles so hinbiegen kann, dass es wie ein Beweis aussieht, wenn man sich bemüht. Wenn wir schon von den Yankees sprechen – sollen wir in der American Bar etwas trinken? Ich glaube, die Sonne ist gleich untergegangen.«

»Sie ist nicht einmal in der Nähe des Horizonts.«

»Ja, aber irgendwo ist sie untergegangen«, sagte Hartley. »In Moskau zum Beispiel.«

»Arbeitet Perry noch für den Dienst?«, fragte Julia, als die Drinks vor ihnen standen. Sie hatten die besten Plätze in der Bar, der Barmann war Hartley gegenüber so ehrerbietig, als hätte er VIP-Status.

»Perry?«, sagte Hartley. »Perry Gibbons? Kann ich nicht sagen. Andererseits verlässt nie jemand wirklich den Dienst.«

»Ich schon.«

»Ja? Und jetzt sitzen wir hier.«

»Und diese *Kinderstunde* wäre eine gute Tarnung«, sagte Julia und ignorierte seine Bemerkung.

»Wir haben doch alle eine Fassade«, sagte Hartley. »Du etwa nicht?«

Nach kurzem Zögern beschloss Julia, Hartley die Nachricht zu zeigen. Sie brauchte jemanden, der in der Registratur suchen konnte, und Hartley war die einzige ihr bekannte Person, die dazu in der Lage war.

»Jemand hat mir eine Botschaft geschickt«, sagte sie.

»*Du wirst bezahlen für das, was du getan hast*«, las Hartley vor. Er sah sie interessiert an. »Was hast du denn getan?«

»Schwer zu sagen. Nichts, wovon ich wüsste.« (Falsch!) »Ich glaube, es hat etwas mit Godfreys Wiederauftauchen zu tun.«

»Der olle Toby. Schuldest du ihm etwas?«

»Nein, nichts. Aber ich dachte, vielleicht seine Informanten? Vielleicht haben sie herausgefunden, wer hinter der Operation gesteckt hat, und jetzt wollen sie sich rächen.«

»Hast du immer noch die Fünfte Kolonne auf dem Kieker?«

»Ja. Kannst du in der Registratur für mich nachsehen – ob du Adressen von ihnen findest?«

»Warum fragst du nicht Alleyne? Du kannst ihn nach Perry und nach dem ollen Toby fragen und auch nach diesem Unsinn«, sagte er und gab ihr das Papier zurück. »Du warst doch Alleynes Mädchen, oder?«

»Nein. Ganz im Gegenteil.«

»Schau jetzt nicht um«, sagte Hartley, nachdem sie das Savoy verlassen hatten und die Strand entlang zum Trafalgar Square gingen, »aber ich glaube, jemand folgt uns.«

»Ist es ein komischer kleiner Mann?«, fragte Julia. »Pockennarbige Haut, ein herunterhängendes Augenlid? Mit einem Schirm? Oder eine Frau mit Kopftuch und einer Einkaufstasche?«

»Nein«, sagte Hartley. »Weder noch.«

Als sie den Flur entlang zurück in ihr Büro ging, konnte Julia jemanden »Ich weiß, wohin ich gehe« singen hören. Ein gequälter Kontraalt, der vermutlich für *Gemeinsam singen* übte.

»Wenn ich dieses Lied höre, frage ich mich immer: ›Wirklich?‹«, sagte Daisy, die aus dem Nichts plötzlich neben Julias Ellbogen aufgetaucht war. Sie hätte eine hervorragende Assistentin für einen Zauberer abgegeben.

»Wirklich was?«, fragte Julia verwirrt.

»Weiß ich wirklich, wohin ich gehe?«

»Und wissen Sie es?«

»Natürlich«, sagte Daisy. »Die eigentliche Frage ist: ›Weiß ich, wo ich gewesen bin?‹«

»Und wo sind Sie gewesen?«

»Ich habe Perry geholfen – bei *Unser Beobachter*.« (Sie nannten sich beim Vornamen, bemerkte Julia. Perry hatte jetzt ein neues Mädchen.) »Wir haben geprobt. *Und heute, an den Iden des März, sind wir hier im Senat und warten auf die Ankunft von Julius Cäsar. Da ist Brutus, und dort drüben erspähe ich Mark Anton.*«

»Himmel, wie aufregend.«

»Sie sind sarkastisch.«

»Ja.«

»Ich jedenfalls bin begeistert«, sagte Daisy. Sie folgte Julia ins Büro und sah zu, wie sie den Mantel anzog. »Wohin gehen Sie, Miss Armstrong?«

»Ich mache ein paar Recherchen für *Wir schauen Sachen an*.«

»Oh, was schauen Sie an?«, fragte Daisy ein bisschen zu eifrig.

»Ein Wollgeschäft.«

»*Ein Wollgeschäft anschauen?*«, fragte sie zweifelnd.

»Ja.«

»Kann ich mitkommen?«

»Nein.«

Ich habe eine kleine Liste, dachte Julia. Von Leuten, die Verbrechen gegen die Gesellschaft begangen haben, vielleicht untergetaucht sind und nicht vermisst werden. Sollte Mrs Ambrose darauf stehen? Sagte Mrs Ambrose die Wahrheit? Hatte sie wirklich ein unschuldiges Wollgeschäft, und war es reiner Zufall gewesen, dass sie Julia in Finchley über den Weg gelaufen war? Oder gehörte sie zu den Verschwörern aus der Vergangenheit, die sich gegen sie verbündeten? *Die ganze Bande ist da.* Das plötzliche Wiederauftauchen von Mrs Ambrose hatte Julia am Morgen so aus dem Gleichgewicht gebracht, dass sie vergessen hatte zu fragen, ob *sie* vielleicht wusste, wer ihr die Botschaft hatte zukommen lassen. *Du wirst bezahlen für das, was du getan hast.* Sie war sich ziemlich sicher, dass sie Mrs Ambrose nichts schuldete.

In der Ballards Lane befand sich tatsächlich ein Wollgeschäft, und auf dem Schild über dem Fenster stand tatsächlich »Eckersleys«. Julia beobachtete es eine Weile verstohlen. *Unser Beobachter*, dachte sie. Eine Frau ging hinein. Nach ein paar Minuten kam dieselbe Frau wieder heraus. So weit, so gut.

Als Julia eintrat, klingelte die Glocke über der Tür so fröhlich, wie eine Wollgeschäftsglocke eine Kundin begrüßen sollte, auch wenn niemand hinter der Ladentheke stand, um sie zu bedienen.

Es war definitiv ein Wollgeschäft, dachte Julia und betrachtete die bienenwabenförmigen Regalfächer an den Wänden, die mit bienenförmigen Knäueln aus zwei-, drei- und vierfädiger Wolle gefüllt waren. Sie nahm an, dass es ein guter Schallschutz war. Es war genau die Art Geschäft, wohin Philippa Horrocks gehen würde, falls so eine Person tatsächlich existierte, um Wolle für einen Fair-Isle-Pullover für den kleinen Timmy zu kaufen.

Es gab Nadeln in jeder Größe und Form. Wie tödlich war eine Stricknadel?, fragte sich Julia. Die Kasse war so groß wie eine Kirchenorgel, und die gläserne Theke sah genauso aus, wie Julia sich Schneewittchens Sarg vorstellte. Keine schlafenden Mädchen oder vergifteten Äpfel darin, stattdessen flache Holzfächer mit Stickgarn und Knöpfen und einer Vielzahl von Kurzwaren.

Julia öffnete und schloss mehrmals die Tür, um Aufmerksamkeit zu erregen. Die nicht mehr fröhliche Glocke bebte heftig als Protest gegen diesen Angriff.

Der Laden war ein Paradies für Diebe, wenn man als Dieb Rundstricknadeln und vierfädiges Kammgarn suchte. Es gab in der Tat viel zu sehen in einem Wollgeschäft. Es wäre überraschend gut geeignet für eine Schulfunksendung. Man könnte mit den Schafen anfangen, dann das Scheren und so weiter. Lämmer. Prendergast wäre begeistert.

»Hallo!«, rief Julia. Vielleicht war niemand da? Oder vielleicht lag Mrs Ambrose tot im Hinterzimmer? Ein dicker Vorhang aus Chenille war die Barrikade zu diesem geheimnisvollen Bereich, und Julia fragte sich, ob sie hinter dem Vorhang nachforschen sollte, als eine Frau mit dichter Dauerwelle dahinter hervorkam. Sie wurde behindert von einem Strang Wolle, der über ihre Unterarme gezogen war. Julia dachte an Houdini. Die Frau lachte aufgedreht, streckte ihr die Arme hin, als wollte sie verhaftet werden, und sagte: »Können Sie?«

»Kann ich was?«

»Die Wolle aufwickeln.«

Julia seufzte. Zumindest gab die Frau eine praktische Gefangene für ein Verhör ab. »Sind Sie Ellen? Ellen Eckersley?«, fragte sie und wickelte die Wolle mit lange vernachlässigter Kompetenz zu einem Ball auf. Sie hatte dasselbe oft für ihre Mutter getan.

»Ja. Woher wissen Sie das?«

»Ich denke, ich kenne Ihre Tante – Mrs Eckersley. Florence.«

»Tante Florrie?«

»Ist sie da?«

»Nein, sie ist ausgegangen.«

»Wohin?«

»Ach ... irgendwohin«, sagte Ellen Eckersley vage.

Was für eine Anfängerin, dachte Julia. Nicht einmal ein Zahnarzttermin als Ausrede.

Der Strang war endlich in ein Knäuel umgewandelt, und Ellen Eckersley war frei. »Möchten Sie etwas kaufen?«, fragte sie.

»Ich nehme den«, sagte Julia und nahm den nächsten Wollknäuel – cremefarbene Wolle aus Aran – aus einer Wabe. »Und jetzt muss ich los«, sagte sie, nachdem sie die Wolle bezahlt hatte. »Richten Sie Mrs Eckersley bitte aus, dass ich da war.«

»Und wer, soll ich sagen, hat nach ihr gefragt?«

»Ach«, sagte Julia leichthin. »Sagen Sie einfach, jemand aus ihrem früheren Leben.«

Godfreys ehemaliges Haus sah unbewohnt aus. Seine mit ehrbaren Stores versehenen Fenster starrten Julia blind an. Am Morgen hatte Philippa Horrocks zerbrechlich gewirkt. Und als hätte sie ihre Rolle zu oft geprobt. Wenn Julia ihr einen Stupser versetzte, bekäme sie vielleicht einen Sprung. Doch dieses Mal reagierte niemand auf den Löwenkopfklopfer.

Stattdessen kam ein älterer Mann aus dem Nachbarhaus und sagte: »Hallo, kann ich Ihnen helfen?« Er hatte eine Gartenschere in der Hand und begann planlos an einem Strauch herumzuschneiden.

»Ich wollte zu der Frau, die hier wohnt – Philippa Horrocks.«

Er hielt im Schneiden inne. »Ich glaube nicht, dass dort jemand dieses Namens wohnt.« Er spielte den freundlichen alten Mann in diesem speziellen Stück, dachte Julia. Die gestresste junge Hausfrau, die zerstreute Verkäuferin im Wollgeschäft. Alle präsent und korrekt. (*Es ist wichtig, keinen Wahnvorstellungen und Neurosen auf den Leim zu gehen,* hatte Perry gesagt.)

Ein Mann mit einem Hund, einem unverfänglichen Spaniel, ging vorbei und grüßte sie und den freundlichen alten Mann mit einem Lüpfen des Huts. Es gab immer einen Mann mit Hund, es war eine entscheidende Komponente des Ganzen.

Und mein Platz im Plot?, fragte sich Julia. Heroische junge Frau in Gefahr? Oder der Bösewicht des Stücks? Sie griff tief in ihre Manteltasche und berührte die Spitze einer kurzen Stricknadel, die sie aus dem Glassarg befreit hatte. Man könnte jemandem damit ein Auge ausstechen, dachte sie.

»Das Haus steht seit Monaten leer«, sagte der freundliche alte Mann.

»Erinnern Sie sich an jemanden namens Godfrey Toby, der hier gewohnt hat?«

Er schüttelte den Kopf. »Nein, tut mir leid. Den Namen habe ich nie gehört.«

»John Hazeldine?«

»John?«, sagte er, und seine Miene heiterte sich auf. »Netter Kerl, John, er hat den Rasen für mich gemäht. Die Hazeldines sind nach dem Krieg ausgezogen. Ich glaube, sie sind ins Ausland gegangen. Südafrika, glaube ich.«

»Danke.«

»Es war mir ein Vergnügen.«

Es war eine nahezu perfekte Begegnung gewesen, in jeder Hinsicht plausibel, dachte Julia, als sie ging. Und dennoch.

An der Straßenecke blieb sie wieder stehen. Das Eckhaus des freundlichen alten Mannes und der Garten waren mit einer dichten Ligusterhecke umgeben, hinter der eine Frau sehr gut lauern und dabei zusehen konnte, wie Philippa Horrocks Hals über Kopf mit einem Kinderwagen, in dem Timmy saß, die Straße entlanglief, während ihr zwei Kinder im Schulalter nachrannten und versuchten mitzuhalten. Das wären dann »Christopher und Valerie«, dachte Julia. Als sie ihr Gartentor erreichte, schnappte Philippa Horrocks nach Luft.

Der alte Mann, der jetzt nicht mehr so freundlich war, stand noch immer im Garten und sagte zu ihr: »Sie sind zu spät. Sie haben sie verpasst.«

»Was haben Sie erzählt?«

Er musste sich auf dem Weg seinem Haus genähert haben, weil Julia nur einen Teil dessen verstand, was gesprochen wurde, doch sie stritten deutlich darüber, wer was zu wem gesagt hatte. Sie hätten zumindest ihre Geschichten abgleichen können, dachte Julia. Überall Amateure. Sie strengte sich an, mehr zu hören, verstand aber nur die Wörter »Ausland« und »sie loswerden«.

Er wollte mich loswerden?, dachte Julia. Oder sie *werden* mich loswerden? Zwei Zeiten mit unterschiedlicher Bedeutung. Oder vielleicht war es Godfrey Toby, den man losgeworden war. Oder Godfrey Toby wollte sie loswerden. Es war, als würde eine komplizierte Partie Schach gespielt, deren Regeln Julia nicht alle kannte und bei der sie nicht wusste, wo alle anderen auf dem Brett standen. Sie sollte jedenfalls ein Bauer in diesem Spiel sein. Aber ich bin eine Königin, dachte sie. Und kann mich in alle Richtungen bewegen.

Der Weg zur U-Bahn führte sie noch einmal am Wollgeschäft vorbei. Im Inneren war es dunkel, und im Fenster klebte ein handgeschriebener Zettel: »Geschäftsaufgabe – alles muss raus.«

Der Schulfunk war bei Julias Rückkehr bereits fest verschlossen für die Nacht, aber das große Schiff auf der anderen Straßenseite segelte hell erleuchtet tapfer weiter.

»Ist Perry Gibbons noch da?«, fragte sie das Mädchen am Empfang im kathedralengleichen Foyer des Broadcasting House.

Das Mädchen sah in ihrem Logbuch nach. »Ich glaube schon«, sagte sie und gab die Information nur widerwillig preis. Sie hatte ein zwetschgenartiges Gesicht, als könnte keiner, der durch die Tür kam, ihren Standards genügen. Ließen sie diese hochnäsigen Mädchen irgendwo in einer besonderen Brutstätte züchten?

Julia wartete, dass sie mehr sagte. *(Manchmal ist Schweigen die beste Waffe.)*

Das Mädchen gab nach. »Er ist noch im *Kinderstunde*-Studio. Erwartet er Sie?«

»Ja.« Natürlich erwartete er sie nicht.

Obwohl Julia behauptete, den Weg zu kennen, wurde ein Junge gerufen, um sie in den dritten Stock zu bringen. Sie warteten auf den Aufzug neben Gills Statue »Der Sämann«, der seine Samen unter der großen, in Stein gehauenen und vergoldeten Inschrift »Tempel der Künste und Musen« auswarf. Die BBC hatte schon immer einen quasireligiösen Ton angeschlagen. Das Broadcasting House war dem »Allmächtigen Gott« gewidmet, als würde die Gottheit wohlwollend aus den Wolken auf die Sendeanlagen herabschauen. War das alles auch nur eine Fassade?

Der Aufzug war da. »Miss?«, sagte der Junge. »Welches Studio?«

Über der Tür brannte ein rotes Licht, und Julia schlüpfte lautlos in die Sichtkabine hoch über dem Studio. Die einzige andere Person darin war eine Frau, die Julia nie zuvor gesehen hatte und die ihr kurz zunickte.

Unter ihnen las eine Gruppe Schauspieler anscheinend eine dramatisierte Version von den Rittern der Tafelrunde. Julia war überrascht, dass einer der Schauspieler der beschämende Roger Fairbrother war. Offenbar wussten sie hier nichts von seinem Fauxpas – oder vielleicht doch, weil die Frau neben Julia – ein kampferprobter Typ – konzentriert zusah, wie ein Falke bereit, sich auf ihre Beute zu stürzen. Julia bot der Raubvogelfrau eine Zigarette an, und beide saßen eine Weile schweigend da und rauchten. Schließlich wurde den Kindern überall eine gute Nacht gewünscht, und Julia sagte zu der Frau: »Perry?«, und sie zuckte die Achseln und deutete mit der Zigarette nach oben.

Julia zog fragend eine Augenbraue in die Höhe (*Manchmal ist Schweigen* und so weiter), und die Frau sagte schließlich: »Musikbibliothek.«

»Danke.«

Julia ging die Treppe in den vierten Stock hinauf, was nicht unkompliziert war. Der Grundriss des Broadcasting House war byzantinisch, und oft gelangte man über einen Aufzug oder ein Treppenhaus in unbekanntes Territorium. Jetzt stand sie vor einem Hörspielstudio im sechsten Stock und wusste nicht, warum sie hier gelandet war. »Hast du Perry Gibbons gesehen?«, fragte sie einen vorbeikommenden Jungen, doch es war nach achtzehn Uhr, und seine Gedanken waren auf dem Nachhauseweg.

Ein weiteres menschenleeres Treppenhaus führte noch höher hinauf. Mädchen in Märchen – oder Mädchen in Labyrinthen – sollten es eigentlich besser wissen, dachte sie. Die Luft war wie tot, und doch glaubte sie, etwas oder jemanden zu hören – den Hall von Schuhen auf Stein. *Tap-tap-tap.* Plötzlich hatte sie Angst, stieß die nächste Tür auf und stand auf einem Flur. *Tod im Broadcasting House*, dachte Julia – es war einer der schlechtesten Filme, die sie je gesehen hatte. Val Gielgud hatte den Film 1934 geschrieben und darin mitgespielt. Ein Schauspieler wird während einer Liveübertragung ermordet. Es war eine gute Idee für einen Plot (sie dachte an Roger Fairbrother), aber miserabel umgesetzt.

Der verlassene schmale Korridor wand sich endlos um den Gebäudekern der Studios. Julia fragte sich, ob sie sich irgendwann selbst aus der entgegengesetzten Richtung begegnen würde. *Tap-tap-tap.* Waren es Schuhe? Konnte es ein Gehstock sein? Ein Gehstock aus Walnussholz mit einem silbernen Knauf? *Tap-tap-tap.* Das Geräusch wurde lauter, hartnäckiger.

Sie ging in ein anderes Treppenhaus und stand plötzlich vor dem Orchesterraum ganz oben im Gebäude. *Tap-tap-tap.* Näher jetzt. Das Böse kommt auf leisen Sohlen. *Wir müssen ihr leider den Gnadenschuss geben.*

Vor dem Orchesterraum brannte kein rotes Licht, und sie trat ein und schloss leise die Tür hinter sich. Der Raum war schallgedämpft. Sollte jemand sie verfolgen, könnte er sie hier drin nicht hören. Natürlich würde auch niemand sie schreien hören. Panisch tastete sie nach der Schließe ihrer Handtasche und bekam gerade zitternd den Griff der kleinen Mauser zu fassen, als die massive Studiotür aufgedrückt wurde. Langsam, knarrend, als wäre auch die Tür eine miserable Schauspielerin in einem billigen Kriminalfilm.

»Miss Armstrong? Julia? Alles in Ordnung?«

Perry! Es war so unerwartet und überwältigend tröstlich, ihn zu sehen. Gott sei Dank hatte sie die Pistole noch nicht aus der Tasche genommen. Er hätte sie für verwirrt gehalten. Das hätte sie nicht gewollt. Ihr wurde klar, wie viel ihr sogar heute noch seine Wertschätzung bedeutete.

»Julia«, sagte er und nahm ihre Hände. »Nach so langer Zeit. Ich habe gehört, dass Sie wieder in London sind. Es ist so schön, Sie wiederzusehen.« Du meine Güte, dachte sie, seit wann berührte er die Leute? Er schien sich wirklich zu freuen, sie wiederzusehen – sie sah die Wärme in seinem schönen Lächeln. Er war verletzt, gebrochen gewesen, und jetzt schien er geheilt. »Haben Sie sich verlaufen?«

»Ein bisschen«, gestand sie ein.

»Ich weiß, das Haus ist ein Albtraum«, sagte er und lachte. »Ich verlaufe mich regelmäßig. Haben Sie mich gesucht?«

Sie gingen zum Aufzug, die Flure und Treppenhäuser hatten dank seiner Anwesenheit ihren Schrecken verloren. Und dennoch. *Tap-tap-tap.* Sie sah sich nervös um. Vielleicht *war* sie verwirrt. »Haben Sie das gehört?«

Perry deutete wortlos auf einen Mann, der sich langsam mit einem Blindenstock den Flur entlangtastete. Trotz der dunklen Brillengläser war die Trübheit seiner Augen zu erkennen, als er näher kam.

»Kann ich Ihnen helfen?«, fragte Perry und berührte ihn sanft am Ellbogen.

»Nein, danke, es geht schon«, sagte der Mann ziemlich schroff. Er ging an ihnen vorbei, *tap-tap-tap.*

»Ist über der Ruhr mit seinem brennenden Flugzeug abgestürzt«, sagte Perry leise. »Armer Kerl. Er spielt bei *Mrs Dales Tagebuch* mit.«

Perry lud sie ins Mirabelle ein, wo sie *raie au beurre noisette* und eine *tarte aux pruneaux* aßen. Und eine ganze Flasche Burgunder tranken. Er trug einen maßgeschneiderten, dreiteiligen grauen Nadelstreifenanzug, teuer und hervorragend geschnitten, und sah sehr gut aus. Das mittlere Alter passte zu ihm. Ich hätte diesen Mann heiraten können, dachte Julia, als sie anstießen. Ich hätte immer gut zu essen gehabt, wenn auch sonst nichts anderes, obwohl »nichts anderes« das Gebot der Stunde gewesen wäre.

»Schön, Sie wiederzusehen«, sagte er. »Ich habe am Nachmittag auf der anderen Straßenseite nach Ihnen Ausschau gehalten. Ich überschreite täglich den Rubikon mit einem ziemlich eifrigen Mädchen aus Ihrer Truppe.«

»Daisy.«

»Ja, offenbar hat sie Schwestern, die Marigold und Primrose heißen. Ein Bouquet«, sagte er und lachte. »Oder vielleicht auch nur ein Sträußchen.« Er lachte viel mehr jetzt, da der Krieg vorbei war. Oder vielleicht fühlte er sich auch nur wohler mit sich selbst. Julia dachte, dass es bei ihr in beiderlei Hinsicht genau umgekehrt war.

»Ja, also«, sagte Julia, »ich versuche, nicht so viel mit Daisy zu sprechen. Sonst findet sie überhaupt kein Ende. Perry?«

»Ja?«

»Ich wollte Sie etwas fragen.«

»Oh – was?«

»Vor zwei Tagen habe ich Godfrey Toby gesehen.« Wenn er »Wen?« sagt, dachte Julia, oder »Ah, der gute alte Toby«, schütte ich ihm den Rest Burgunder über den Kopf.

Perry ersparte sich diese unheilige Taufe. »Godfrey Toby? Du lieber Gott, das ist lange her. Wie geht es ihm? Ich dachte, er wäre versetzt worden. In die Kolonien. Oder die Tropen.«

»Die Tropen?«

»Oder vielleicht nach Ägypten.«

»Ich habe Wien gehört«, sagte Julia.

Perry zuckte die Achseln. »Spielt es eine Rolle? Irgendwohin. Jedenfalls nicht England.«

Julia nahm den Zettel aus der Tasche und schob ihn über den Tisch. Perry las ihn und sah Julia fragend an. »Das ist nicht Godfreys Handschrift.«

»Nein, natürlich nicht. Wissen Sie, wessen Handschrift es ist?«

»Nein, tut mir leid.«

»Das wurde mir am Empfang übergeben, in einem Umschlag mit meinem Namen darauf. Von einem Mann, der mich verfolgt, glaube ich. Und eine Frau verfolgt mich auch. Ich glaube, sie arbeiten als Tandem. Ich frage mich, ob sie etwas mit Godfreys Informanten zu tun haben.«

»Den Nachbarn?«, sagte Perry. Er lächelte über das Wort und die Erinnerungen, als wären sie durch das Vergehen der Zeit harmlos geworden. »Bestimmt nicht. Woher sollten sie wissen, wer Sie sind – oder wo Sie jetzt sind? Sie waren völlig anonym für sie, oder?«

»Es schien nur ein komischer Zufall«, sagte Julia. »Godfrey zu sehen und dann die Drohung zu bekommen. Sie haben mir geraten, Zufällen nicht zu trauen.«

»Habe ich?« Er lachte. »Daran erinnere ich mich nicht. Aber ich mache mir Sorgen, weil Sie glauben, dass Sie verfolgt werden. Wie sah er aus – dieser Mann?«

»Ziemlich klein, er hinkt, pockennarbige Haut, ein herunterhängendes Augenlid.«

»Klingt wie der Bösewicht aus einem Film. Eine Spur Peter Lorre.« Er ging jetzt ins Kino, dachte sie. Und kannte die Namen von Schauspielern. Wie sich die Zeiten geändert hatten. Was tat er dieser Tage noch?, fragte sich Julia.

»Und die Frau. Vielleicht Betty oder Edith – ich habe ihre Gesichter nie gesehen.«

»Erscheint mir unwahrscheinlich. Wenn sie jemanden bezahlen lassen wollten, dann wäre es Godfrey selbst. Sie waren schließlich nur eine Schreibkraft.« (Danke, dachte sie.) »Godfrey war ein guter Kerl«, fuhr Perry nachdenklich fort. »Er war eine ehrliche Haut. Wie man so schön sagt. Ich mochte ihn immer.«

»Hm, ich auch.«

»Wie geht es ihm?«

»Ich weiß es nicht, er wollte nicht mit mir sprechen.«

»Du lieber Gott, warum denn nicht?«

»Ich weiß es nicht. Ich dachte, Sie würden es wissen.«

»Ich?«, sagte Perry. »Ich habe Godfrey seit zehn Jahren nicht mehr gesehen, nicht seitdem ich aus dem Dienst ausgeschieden bin.« Sie schwiegen beide und erinnerten sich. *Ich fürchte, ich werde Sie verlassen, Miss Armstrong.* Er breitete die Hände auf dem Tischtuch aus, als versuchte er, den Tisch schweben zu lassen. »Es tut mir leid wegen damals, Julia«, sagte er leise. »Sie wissen schon ... alles, was passiert ist.«

Sie legte die Hände auf seine und sagte: »Das ist schon in Ordnung. Ich verstehe es. Ich meine, Himmel noch mal« – sie lachte kurz –, »die BBC würde wegen Personalmangel zusammenbrechen ohne ein Kontingent an Männern wie Sie.«

Er zuckte zusammen, zog die Hände unter ihren hervor und sagte: »Männern wie mich?« Er runzelte die Stirn. »Die Mehrheit hat nicht immer recht, wissen Sie«, sagte er dann leise. »Ihr meint es nur.«

»Wenn es Sie tröstet, ich habe nie das Gefühl gehabt, irgendeiner Mehrheit anzugehören.« Sie ärgerte sich über ihn. Schließlich war die Art und Weise, wie es geendet hatte, nicht ihre Schuld gewesen.

»Sollen wir einen Whisky trinken?«, fragte er, und sie waren wieder Freunde.

Er wohnte jetzt in Holland Park, und sie fuhren bis Kensington gemeinsam mit dem Taxi.

Er öffnete für sie die Wagentür und sagte: »Das sollten wir wieder machen.« Dann küsste er sie liebevoll auf die Wange. Sie hielt sich einen Augenblick lang mit der Hand an seiner Schulter fest und fühlte sich traurig.

»Ich kann wegen Godfrey herumfragen«, sagte er. »Aber ich habe keine wirklichen Kontakte mehr.«

»Sie arbeiten also nicht mehr für den Dienst?«, fragte sie und versuchte es wie einen Scherz klingen zu lassen.

»Natürlich nicht. Wie kommen Sie auf die Idee?« Er schien sich über die Vorstellung extrem zu amüsieren. »Sie wollen keine ›Männer wie mich‹, wie Sie wissen. Jedenfalls die nicht, die sich erwischen lassen. Der Fahrer wird ungeduldig. Auf Wiedersehen und ein schönes Wochenende«, sagte er. »Haben Sie was vor?«

Himmel, dachte Julia, er hatte auch noch die Kunst des Small Talks gelernt.

»Ich fahre ans Meer«, sagte sie.

»Wie schön. Haben Sie eine gute Zeit.«

Die Luft riecht anders, dachte Julia, als sie ihre Wohnung betrat, als hätte sie jemand durch seine Anwesenheit verändert. Doch all die Fallen, die sie am Morgen vorbereitet hatte, waren noch an Ort und Stelle – der Baumwollfaden zwischen Wohnungstür und Türstock, das Haar auf dem Bücherstapel, die winzige Stecknadel, die herunterfallen würde, sollte jemand die Schublade ihres Nachttischs aufziehen. Dennoch hatte sie das deutliche Gefühl, dass jemand da gewesen war. Ich werde abgewickelt, dachte sie. Wie ein Wollknäuel.

Sie spülte das Geschirr vom Frühstück und machte sich eine Tasse Kakao. Wenn alles andere nichts mehr half, blieb noch das Alltägliche.

An einem stürmischen, sonnigen Tag aß sie Fisch mit Pommes, Erbsen, Brot und Butter mit Tee an einem Tisch mit einer karierten Baumwolltischdecke in einem Café, das auf die brechenden, rauschenden Wellen des Ärmelkanals hinausging. Über ihr wirbelte lautstark eine wilde Schar Möwen, deren Schreie fast so realistisch wirkten wie die der Effektjungen in Manchester. Die Luft war getränkt mit Strandgerüchen – Abwasser, Essig, Zuckerwatte. Das ist England, dachte Julia.

Sie hatte die Wahrheit gesagt, als sie Perry erzählte, dass sie ans Meer fahren würde. Sie traf vor dem Mittagessen in Brighton ein. Es war Samstag, und das plötzliche gute Wetter lockte Menschenmassen ins Freie, obwohl vom Meer noch ein bitterkalter Wind wehte. Als der Zug sich dem schmutzigen Griff der Hauptstadt entwand, war Julia überrascht gewesen, wie gut es sich anfühlte, London zu entkommen.

Bislang hatte sie getan, was alle taten – sie war den Pier entlanggeschlendert, auf dem kiesigen Sand spaziert, durch die Straßen gewandert und hatte den Royal Pavilion angegafft. Sie war einmal zuvor hier gewesen – während des Kriegs mit dem RAF-Piloten, der ihr den Hof gemacht hatte, bevor er wegen seines verlorenen Beins den Kopf in den Gasbackofen seiner Mutter steckte. Mit ihm war Julia der Alltäglichkeit einer Ehe am nächsten gekommen. Sie hatten sich in einem Gästehaus als Mann und Frau ausgegeben, wie Hunderte, wenn nicht Tausende vor ihnen. Brighton war ein heruntergekommener Ort, aber sie waren zwei Tage lang zufrieden gewesen. Das war 1943, und zu dieser Zeit herrschte schon so lange Krieg, dass sie vergessen hatten, wie es sich im Frieden lebte, und jedes noch so kleine bisschen Glück lohnte die Mühe.

»Fertig?«, fragte die Kellnerin und griff nach ihrem Teller.

»Ja, danke, es war köstlich.« Die Kellnerin, eine Frau Ende vierzig, rümpfte leicht die Nase. Julia vermutete, dass »köstlich« ein Wort war, das verwöhnte Mittelklassefrauen aus London benutzten. Und es waren schließlich nur Fisch und Chips gewesen, doch es hatte ausgezeichnet geschmeckt. Julia war die einzige Person in dem Café. Es war den ganzen Tag geöffnet, doch jetzt herrschte nachmittägliche Flaute.

»Noch Tee?«, fragte die Kellnerin und hielt Julia eine riesige braune Kanne aus Email hin. Sie war nicht aus Brighton. Sie sprach mit dem leicht nasalen Akzent der Region um die Themsemündung.

»Ja, bitte«, sagte Julia. Der Tee war schrecklich, dick und schlammig braun wie der Fluss, den sie in London zurückgelassen hatte. »Wunderbar.«

Die Kellnerin wohnte in einem der vielen schäbigen Reihenhäuser, die etwas weiter vom Ufer entfernt gebaut waren. Sie hieß jetzt Elizabeth Nattress, war jedoch einst Betty Grieve gewesen. Betty, Dolly und Dib, dachte Julia, als sie am Tee nippte. Dolly und Dib. Sie unterdrückte ein Schaudern, aber sie war nicht sicher, ob es der Tee oder die Erinnerung war, die es verursacht hatte.

Betty Grieve hatte sich im Krieg von ihrem Mann scheiden lassen, und eine zweite Eheschließung hatte ihre Identität geändert, doch sie war noch immer die Frau, der Godfrey Toby ein *Kriegsverdienstkreuz* zweiter Klasse für »Dienste am Dritten Reich« verliehen hatte.

Hartley war ungewöhnlich fügsam gewesen und hatte in der Registratur nach den derzeitigen Wohnorten von Godfreys Informanten gesucht. Das Positive an Hartley war, dass er sich nicht an die Regeln hielt. Das war natürlich auch das Negative an ihm. Julia nahm an, dass Alleyne ihm wegen des flüchtigen Flamingos die Hölle heißmachte.

Der MI5 hatte Godfreys Informanten tatsächlich im Auge behalten. Walter war zwei Jahre zuvor im Bahnhof von Didcot vor einen durchfahrenden Schnellzug gesprungen. (»Als er morgens zur Arbeit gegangen ist, hat er völlig normal gewirkt«, sagte seine Frau bei der Untersuchung.) Edith war zu einer christlichen Gemeinschaft auf die Hebrideninsel Iona gezogen. Victor war einberufen worden und in Tobruk gefallen. Alle anderen im großen Netz der Sympathisanten waren lokalisiert, alle besiegt und gebändigt. Julia hatte gemutmaßt, dass die Frau mit dem Papageienkopftuch Betty Grieve sein könnte, doch jetzt sah sie, dass das eine lächerliche Vorstellung gewesen war.

Betty goss ihr nur widerwillig Tee ein, vielleicht hatte sie gehofft, vor dem abendlichen Ansturm die Beine hochlegen zu können, statt eine affektierte Frau bedienen zu müssen.

Der Mann hinter der Fritteuse nutzte die Flaute im Betrieb, um zu putzen. Er war Stanley Nattress, Bettys Mann, der Mann, der sie der Vergangenheit weggenommen hatte. Sowohl Betty als auch ihr Mann steckten in engen weißen Overalls. Stanleys Overall war voller Fettflecken. *Wir benutzen nur das beste Rinderfett*, lautete die Botschaft über der Fritteuse.

»Es scheint ziemlich viel los zu sein für die Jahreszeit«, sagte Julia.

»Die Sonne holt sie alle hinter dem Ofen vor«, sagte Betty, als wäre es ein Beweis für Charakterschwäche, sich nach der Sonne zu richten.

»Nicht wie im Krieg«, sagte Julia. »Da waren hier Befestigungsanlagen, die die Leute abgeschreckt haben müssen.«

»Das weiß ich nicht, ich war während des Kriegs nicht hier, ich war in London.«

»Ich auch«, sagte Julia erfreut. »Nicht dass ich damit einverstanden gewesen wäre. Mit dem Krieg und so weiter. Gott sei Dank kann man das jetzt sagen, ohne dass man für seine Überzeugungen gleich eingesperrt wird.«

Betty knallte die Teekanne auf die Theke und schaute Julia argwöhnisch an. »Der Krieg ist vorbei«, sagte sie. »Aus und vorbei. Ich denke nicht mehr an diese Zeit.« Jetzt sah sie Julia finster an. »Wir müssen jede Minute arbeiten, um aus diesem Laden genügend Geld herauszuholen. Und wir haben unsere eigenen Sorgen.«

»Entschuldigung, ich wollte damit nichts andeuten«, sagte Julia zerknirscht, obwohl sie es überhaupt nicht war, nicht im Geringsten.

Stanley, der Ärger ahnte, kam hinter der Theke hervor. »Alles in Ordnung?«, sagte er zu Betty und legte den Arm um sie. Es war rührend, eine öffentliche Geste der Zuneigung von einem so großen, dicken Mann zu sehen.

»Wir haben gerade über den Krieg gesprochen«, sagte Julia.

»Der ist jetzt vorbei«, sagte er. Er sah Julia lange an und fügte hinzu: »Oder etwa nicht?« Was wusste er über seine Frau?

»Ja, natürlich ist er vorbei, Gott sei Dank«, sagte Julia und sprang auf. »Wie viel schulde ich Ihnen für das Essen? Oh, und gibt es eine Toilette?«

Betty schnaubte angesichts dieser Vorstellung, doch Stanley rang sich zu Hilfsbereitschaft durch: »Hinter dem Haus ist ein Klo, das Sie benutzen können.«

Im Hinterhof schälte ein missmutiges dreizehnjähriges Mädchen – Bettys Nichte laut Registratur, Waise seit dem Blitz, jetzt wohnhaft bei den Nattresses – Kartoffeln. (Was für praktische Geschöpfe Nichten doch waren.) Das Mädchen nahm eine Kartoffel aus dem galvanisierten Eimer zu seinen Füßen, schälte sie und warf sie in einen anderen Eimer. Seine Hände waren schmutzig, und hin und wieder wischte es sich mit dem Ärmel Rotz von der Nase. Im Rückblick war der Fisch mit Pommes, den Julia gegessen hatte, doch nicht mehr so köstlich.

Ein sechsjähriger Junge saß auf dem Betonboden und schlug mit einem Holzhammer wiederholt auf einen alten blechernen Spielzeuglastwagen ein. Betty war bereits über vierzig gewesen, als sie Stanley heiratete, und hatte dieses unerwartete Kind bekommen. Speichel floss langsam aus seinem offenen Mund. Gelegentlich hielt das Mädchen im Schälen inne, um ihn mit einem Lappen wegzuwischen. Der Junge hieß Ralph, und in Bettys Akte in der Registratur stand »zurückgeblieben«. Gewöhnlichkeit hatte ihren Preis.

Betty tauchte im Hof auf, Hände in die Hüften gestemmt, bereit für ein Gefecht. »Sind Sie immer noch da?«, sagte sie zu Julia. In ihr brodelte Feindseligkeit. »Warum kümmern Sie sich nicht um Ihre eigenen Scheißangelegenheiten?« Die Nichte starrte mit zusammengepressten Lippen auf die halb geschälte Kartoffel in ihrer Hand.

»Genau das werde ich tun, Betty«, sagte Julia. »Mrs Grieve«, fügte sie als Zugabe hinzu und verließ den Hof durch das Tor, ohne sich darum zu kümmern, wie Betty auf die Nennung ihres alten Namens reagierte.

Ich habe eine kleine Liste, dachte Julia, als sie auf dem Bahnsteig auf den Zug zurück nach London wartete. Betty war abgehakt. Sie würde Julia für nichts anderes als Fisch und Chips bezahlen lassen.

Als sie die Victoria Station verließ, fuhr ein Auto neben sie, auf der Beifahrerseite wurde das Fenster heruntergekurbelt.

»Habe gehört, dass du in Brighton beim Paddeln warst«, sagte Hartley. »Soll ich dich mitnehmen?«

»Nicht wirklich.« Sie stieg ein.

Hartleys Wagen war ein Rover, ganz Holz und Leder und Bequemlichkeit. Es war ein Juristenauto und schien eine gediegene Wahl für Hartley. »Früher hast du mehr Aufmerksamkeit erregt«, sagte Julia.

»Die Zeiten haben sich geändert. Hast du deine Beute aufgespürt?«

»Ja. Sie ist harmlos.«

»Habe ich dir doch gesagt.«

Er zog eine halb leere Flasche Wein zwischen den Sitzen hervor und hielt sie ihr hin. »Château Petit-Village«, sagte er. »1943. Exzellenter Jahrgang, trotz des Kriegs. Pierre Auguste vom Le Châtelain besorgt ihn mir.«

»Nein, danke.«

»Du hinterlässt Spuren«, sagte Hartley. »Die da oben werden

sich fragen, warum du dich plötzlich so für Godfreys Informanten interessierst.«

»Meinst du, dass ihnen das auffällt? Es ist ihnen mittlerweile doch egal, oder?«

»Ja, aber vielleicht ist ihnen der olle Toby nicht egal. Kann ich dich nicht zu einem Drink verführen? Wie wäre es mit Abendessen?«

»Nein. Danke.«

»Na gut«, sagte Hartley, »dann bringe ich dich besser ins Krankenhaus.«

»Sind Sie eine Verwandte?«

»Miss Hedstrom ist meine Patentante. Sie hat keine Verwandten mehr.«

»Ja, es ist eine Schande«, sagte die Krankenschwester im Guy's Hospital. »Seit sie eingeliefert wurde, waren keine Besucher da. Miss Hedstrom liegt dort drüben, wollen Sie mir bitte folgen.«

Julia hätte Trude nicht erkannt, wenn sie sie allein hätte suchen müssen. Sie war früher eine Naturgewalt gewesen, eine starke Frau, aber jetzt lag sie gelbsüchtig und bewusstlos in einem Krankenhausbett, eingefallen und geschrumpft. Sie hätte bereits eine Leiche sein können, hätte sich ihr Brustkorb nicht kaum merklich gehoben und gesenkt. Julia zog einen Stuhl neben das Bett und setzte sich. Sie hatte nicht vor, bis zum Ende der Besuchszeit zu bleiben, doch die Oberschwester kam herein, knarzend vor Wäschestärke, und sagte: »Können Sie bleiben?«

»Bleiben?«

»Das Ende ist absehbar. Wenn sie gehen, haben wir es gern, wenn jemand dabei ist, den sie kennen. Das wünschen wir uns doch alle, oder? Und die arme Miss Hedstrom scheint niemanden zu haben.« Sie zog den grünen Vorhang um das Bett zu. O Gott, dachte Julia. Es schien kleinlich, sich zu weigern, am Bett einer Sterbenden zu sitzen. Doch wenn ich Trude wäre, würde ich mich davonschleichen wie eine Katze, dachte Julia, um allein in einer Ecke zu sterben statt in Gesellschaft von Fremden.

Trude hatte nie geheiratet. Die Jahre nach dem Krieg hatte sie ein Zimmer über einer Reinigung in Hounslow gemietet und im

Büro einer Flaschenabfüllanlage gearbeitet. Nach so viel Aktivität während des Kriegs musste es banal gewesen sein. Erstaunlich für jemanden, der während des Kriegs unbedingt hatte ein Netzwerk aufbauen wollen, dass Trude danach mit niemandem Kontakt gehalten hatte. Julia stellte sich eine verbitterte Existenz vor – allein in ihrem Zimmer, schlichte Mahlzeiten, die sie auf einem kleinen Zweiplattenherd zubereitet hatte.

Trude schien nur widerwillig zu sterben. Julia seufzte und nahm in Abwesenheit anderer Zerstreuungen Joan Timpsons Notizen für *Die Tudors* aus der Tasche. Sie hatte sie mitgenommen, um sie im Zug nach Brighton zu lesen. Sie enthielten so viel Geschichte, dass es nicht in eine Sendung passte. Es ging schnell voran – Heinrich Tudor rang den Yorkisten die Krone aus den Händen, Heinrich VIII. wurde geboren, mit Katherina von Aragón verheiratet und geschieden. Anne Boleyn wurde verheiratet und von ihrem Kopf getrennt. Den Kindern würde die Enthauptung gefallen. Arme Joan, sie hatte sich auf die Tudors gefreut.

Julia war bei Anna von Kleve angekommen (immer ein Rätsel – was genau hatte mit der Frau nicht gestimmt, dass sie so entschieden zurückgewiesen wurde?), als sich Trudes Atem plötzlich veränderte, heiser und laut wurde. War es das? Julia schob den Vorhang beiseite, um nach einer Schwester zu rufen, aber Schlaf hing jetzt schwer über der großen, schwach beleuchteten Station, und sie konnte niemanden sehen.

Sie wandte sich wieder ihrer Nachtwache zu. Trude schien verzweifelt; Sterben hatte sie in einen Zustand der Angst versetzt.

So enden wir alle, dachte Julia. War es dann wichtig, was man geglaubt, was man getan hatte? (Ja!) Trudes Atem wurde jetzt härter – ein gutturales Knurren –, während sie den Kopf hin und her warf, als versuchte sie, vor etwas zu fliehen. Dem Rachen des Todes vielleicht, der sie jetzt verschlingen wollte. Sie sprach keine letzten Worte, nicht einmal auf Norwegisch. Julia erinnerte sich an Joan Timpsons »Wie schön«. Sie fragte sich, was sie selbst als Letztes sagen würde.

Man hätte schon das härteste aller Herzen – härter sogar als Julias – haben müssen, dass einem Trude nicht leidtat, doch dann dachte Julia an Fräulein Rosenfeld, die alle ihre hübscheren Schwestern in den Lagern verloren hatte. Sie stand auf und sagte: »Also, auf Wiedersehen, Trude.« Und ließ sie allein sterben.

Abgehakt, dachte Julia, als sie die endlosen Linoleumkorridore entlang und hinaus in die kalte Nacht ging.

Als Julia erwachte, spürte sie, dass sich etwas verändert hatte. Sie hörte einen Milchwagen die Straße entlangscheppern und den Lärm von Bussen und Hupen und die Schritte von Fußgängern, aber alles klang gedämpft. Hatte es geschneit? Doch als sie aus dem Fenster schaute, lag kein Schnee, sondern ein der Jahreszeit nicht angemessener Nebel war über Nacht aufgezogen. Das ist alles, was ich brauche, dachte Julia – Atmosphäre.

»Guten Morgen.« Ein neues Mädchen am Empfang konsultierte ihren Notizblock. »Miss Armstrong, nicht wahr?« Sie lächelte breit, erfreut über ihre eigene Effizienz. Sie schien aus einer angenehmeren Schachtel als ihre Vorgängerinnen gesprungen zu sein. Ein Leckerbissen für den Minotaurus.

»Ja«, sagte Julia. »Ich bin Miss Armstrong.«

Daisy kam durch die Eingangstür, in ihrem Schlepptau zogen kleine Nebelwölkchen ins Gebäude.

»Meine Güte, Sie sind früh dran, Miss Armstrong. Hatten Sie ein schönes Wochenende?«

»Ich war in Brighton«, sagte Julia. Als wäre ich eine ganz normale Person, dachte sie.

Ein Junge kam in geschäftsmäßigem Trott herein und sagte gut gelaunt: »Angeblich wird es später zu einer richtig dicken Suppe.« Die Jungen sprachen gern in Klischees.

Prendergast folgte ihm auf dem Fuße. »Da bin ich«, sagte er unnötigerweise.

»Wo zwei oder drei versammelt sind ...«, hörte Julia Daisy murmeln.

Prendergast zögerte länger als gewöhnlich. »Alles in Ordnung, Mr Prendergast?«, fragte Julia ihn.

»O ja, Miss Armstrong, ich bin nur ein bisschen nervös wegen *Englisch für die unter Neunjährigen*. Carleton Hobbs wird im Studio *Die Erzählung des Ablasskrämers* lesen.«

»Er ist sehr gut. Wegen ihm müssen Sie sich keine Sorgen machen.«

»Die Beerdigung der armen Joan ist aber um elf. Vielleicht schaffe ich es nicht rechtzeitig.«

Julia hatte Joan Timpsons letzte Reise ganz vergessen. »Ist schon in Ordnung«, sagte sie. »Ich kümmere mich um Mr Hobbs.«

»Um Gottes willen, nein, Miss Armstrong. Sie müssen zur Beerdigung gehen. Die arme Joan mochte Sie so gern.«

Ja? Und selbst wenn es stimmte, war Julias An- oder Abwesenheit wohl kaum mehr von Bedeutung für sie. Ich bin zu hartherzig, dachte Julia. Sie wandte sich an Daisy. »Daisy – können Sie sich um *Englisch für die unter Neunjährigen* kümmern?«

»Natürlich kann ich das.« Natürlich konnte sie das.

»Wir übergeben unsere Schwester Joan der Gnade Gottes …«

Joan Timpson wurde klaglos in ihre letzte Ruhestätte hinuntergelassen. *(Schwerer als sie aussieht. Auf drei heben wir an – eins, zwei, drei.)*

Nur eine Handvoll Leute war dem Sarg zur Bestattung auf dem Friedhof Kensal Green gefolgt. Fräulein Rosenfeld war eine von ihnen. Sie trug ein seltsames Sortiment schwarzer Kleidungsstücke, als hätte sie alles Schwarze aus ihrem Schrank genommen und übereinander angezogen. Sie sah wie eine große unglückliche Fledermaus aus.

»Ich mag Beerdigungen«, sagte sie zu Julia im Taxi auf der Fahrt zur Kirche.

»Oh, ich auch«, sagte Prendergast. »Bei einer Beerdigung weiß man, woran man ist. Und so ein angemessenes Wetter. Ich finde, es wäre eine Schande, bei strahlender Sonne beerdigt zu werden. Es gibt so wenig schöne Tage in England, da möchte man keinen versäumen.«

»Erde zu Erde, Asche zu Asche, Staub zu Staub …«

Im Nebel nahmen die Worte ein verzerrtes, feuchtes Timbre an, als kämen sie von unter Wasser. Die Sicht war so schlecht, dass sie sich über das Grab hinweg kaum sahen. Ein einzelner Kranz hatte den schlichten Sarg geschmückt, lag jetzt geduldig neben dem Grab und wartete, dass es zugeschaufelt würde. »Von Ihren Freunden und Kollegen im Schulfunk« stand auf der dazugehörigen Karte. Es war außerordentlich deprimierend, dass ein Leben auf nicht mehr hinauslaufen konnte. Julia dachte an Trude, um die überhaupt keiner trauerte, und hier war die arme Joan (im Leben wie jetzt auch im Tod mit diesem unbefriedigenden Beiwort verbunden), deren Ableben nur der Schulfunk bedauerte.

»In der sicheren Hoffnung auf Wiederauferstehung zum ewigen Leben ...«

Nach dem »Amen« zerstreuten sich die wenigen Trauergäste, und Julia entfernte sich langsam mit Prendergast und Fräulein Rosenfeld.

Prendergasts Laune schien unter der Beerdigung gelitten zu haben. »Gutes möchten wir hören, Schönes möchten wir sehen«, sagte er, »bevor wir über Kensal Green ins Paradies eingehen.« Er sah aus, als wollte er zwischen den Grabsteinen einen Jig tanzen.

»Wie bitte?«, fragte Fräulein Rosenfeld.

»G. K. Chesterton.«

»Ich muss leider gestehen, dass ich nie von ihm gehört habe.«

»Er ist sehr gut. Ich leihe Ihnen gern ein Buch von ihm.«

Sie wussten nicht so recht, was sie tun sollten, da kein Leichenschmaus stattfand. Ohne ein Glas Sherry und ein Stück schottischen Früchtekuchen, um sie über den Styx zu schicken, schien die arme Joan nicht richtig tot.

»Ein Stück die Straße entlang ist ein nettes kleines Café«, sagte Prendergast hoffnungsvoll.

»Oder wir gehen in ein Pub«, sagte Fräulein Rosenfeld.

»Dann auf ins Windsor Castle!«, sagte Prendergast erfreut.

»Sie beide gehen vor«, sagte Julia. »Ich komme nach. Ich möchte noch ein wenig hier bleiben. Meine Mutter ist hier begraben.«

»Oh, du meine Güte«, sagte ein betroffener Prendergast, als wäre ihre Mutter gerade frisch verstoben. »Das tut mir leid. Natürlich müssen Sie ihr Grab aufsuchen.«

»Soll ich Sie begleiten?«, fragte Fräulein Rosenfeld und legte ihr mitfühlend die Hand auf den Arm. Sie ist eine Freundin der Toten, dachte Julia.

»Das ist sehr freundlich von Ihnen, aber ich wäre lieber allein, wenn es Ihnen recht ist.«

Ihre Mutter lag natürlich nicht hier. Genau genommen war sie nirgendwo, obwohl sie in St Pancras beerdigt worden war. Auf ihrem Grabstein befand sich die Inschrift »Zu Hause bei Gott«, für die sich die siebzehnjährige Julia entschieden hatte in der Hoffnung, dass es stimmen würde – dass ihre Mutter gesellig neben Ihm saß, abends Radio hörte oder vielleicht Rommé spielte. Julia erinnerte sich noch an das freudige Lachen ihrer Mutter, wenn sie triumphierend ihre Karten auf dem Tisch auffächerte. Es schien unwahrscheinlich, dass Gott Rommé spielte. Poker vielleicht.

Der Nebel behinderte Julias Suche nach dem Grab. Es war ein bescheidenes Grab auf einem großen Friedhof, und sie war müde, als sie es endlich fand.

Das Grab war vernachlässigt, ungepflegt. Das passierte, wenn niemand wusste, wo man begraben war, wenn niemand auch nur wusste, dass man tot war. Julia dachte, dass sie wiederkommen und es säubern, vielleicht ein paar Schneeglöckchen pflanzen sollte, doch sie wusste, dass sie es nicht tun würde. Ich bin ständig nachlässig, dachte sie.

Die Inschrift auf dem Grabstein lautete: »Ivy Wilson. 1922–1940. Geliebte Schwester von Madge.« Es war ein schlichter Grabspruch, aber es war Krieg gewesen, und die Beerdigung hatte schnell stattfinden müssen. Ich war zu viele Personen, dachte Julia. Die Spionin Iris Carter-Jenkins, ein flottes, beherztes Mädchen. Die »liebende Schwester« Madge Wilson, die die arme Beatrice falsch identifiziert hatte – dieselbe Beatrice, die in dem Grab vor ihr unter einem falschen Namen vermoderte. (Wie seltsam es sich angefühlt hatte, Madge für ihren Besuch bei Philippa Horrocks in Finchley wiederaufleben zu lassen! *Liebende Schwester.*) Es waren noch mehr Identitäten gewesen, zu denen sie sich jedoch nie öffentlich bekannt hatte. Und dann war da natürlich noch Julia Armstrong, die an manchen Tagen am fiktivsten von allen schien, obwohl sie die »wirkliche« Julia war. Aber was war schon wirklich? War nicht alles, sogar das Leben selbst, nur ein Täuschungsmanöver?

Auch's Grab, denk ich, hat seinen Charme, dachte Julia. Nicht so für das kleine Dienstmädchen von Mrs Scaife. Beatrice lag nicht allein in ihrem Bett aus kalter Erde. Sie hatte keine Wahl gehabt und musste es mit einer Fremden teilen, ganz zu schweigen von einem Hund. Es war ziemlich voll da drin. Unschuld und Schuld, wider Willen miteinander verbunden für alle Ewigkeit. Zwei Fliegen zum Preis von einer, dachte Julia.

Etwas flitzte durch Julias Augenwinkel und beendete die Besinnlichkeit. Hatte sie sich ein gelbes und grünes Aufleuchten im Nebel eingebildet? Sie drehte sich um, sah aber niemanden. Sie verließ rasch den Friedhof und spürte eine schreckliche Vorahnung im Rücken. Sie rechnete fast damit, dass sich die Gräber öffnen und die Toten sie die Harrow Road entlangjagen würden.

Als sie endlich aus dem Friedhof heraus- und sich im Windsor Castle eingefunden hatte, waren Prendergast und Fräulein Rosenfeld schon nicht mehr da. Der Mann hinter der Theke hatte keine Mühe, sich an sie zu erinnern. (»Jeder ein Starkbier im Nebenzimmer.«)

Sie fuhr mit dem Taxi in die Tottenham Court Road und ging von dort zu Fuß zur Charlotte Street. Sie bog so oft in Seitenstraßen und kleine Gassen in dem Bemühen, ihren unsichtbaren Verfolger abzuhängen, dass sie ziemlich erschöpft war, als sie sich an einen schmuddeligen Tisch im Moretti's setzte.

Zwischen der üblichen heruntergekommenen Klientel aß Julia ein fragwürdiges Sandwich mit Corned Beef. Sie dachte unwillkürlich an Mr Morettis Käsetoast – ein Armer Ritter in vieler Hinsicht, auch in existenzieller. Trudes Tod, gefolgt von Joans Beerdigung, hatte ein Unwohlsein in ihr hervorgerufen. Heute waren die Toten überall, taumelten aus der Schachtel mit der Vergangenheit und machten es sich in der Welt der Lebenden bequem. Jetzt war offenbar Mr Moretti an der Reihe.

Was für eine Angst er gehabt haben musste, als das Torpedo die *Arandora Star* traf. Die italienischen Internierten wurden hinter vorgehaltener Hand der Feigheit bezichtigt, als hätten sie sich retten können, wenn sie sich nur mehr eingesetzt hätten, doch sie gingen innerhalb von Minuten unter, von den deutschen Kriegsgefangenen aus dem Weg gestoßen. (Konnte man jemandem den egoistischen Instinkt, auf Kosten anderer zu überleben, wirklich vorwerfen?)

Als sie hörte, dass die *Arandora Star* gesunken war, hatte sie

Perry gebeten, herauszufinden, ob Mr Moretti auf der Passagierliste stand, und er war ein paar Tage später zu ihr gekommen und hatte gesagt: »Tut mir leid, Miss Armstrong, Ihr Freund scheint unter den Toten zu sein.« Damals hatte sie nicht geweint, doch jetzt spürte sie Tränen in den Augen brennen. Sie zündete sich eine Zigarette an, um sie einzudämmen.

»Kann ich bitte zahlen?«, sagte sie schroff zu dem Armenier, den die Bitte zu irritieren schien. *Du wirst bezahlen für das, was du getan hast.* Vielleicht würde sie den Rest ihres Leben damit verbringen, über die Schulter zu schauen und sich zu fragen, wann ihr die Rechnung vorgelegt würde. Die Abrechnung der Toten.

Das Manuskript für *Die Tudors – Teil eins* wartete drohend auf Julias Schreibtisch, als sie in ihrem Büro ankam.

Gott sei Dank stammte es nicht von Morna Treadwell. Irgendwo musste sie in ihrem vergangenen Leben einen falschen Abzweig genommen haben, dachte Julia. Warum sonst sollte sie jetzt hier sitzen? Julia dachte an Giselle. Obwohl die Nazis sie vermutlich umgebracht hatten, war ihr nie das Adjektiv »arm« zugeschrieben worden. Man musste sich fragen, was besser war – mit zahllosen interessanten (wenn auch möglicherweise bösen) Männern (und offenbar auch ein paar Frauen) Sex zu haben, auf glanzvolle Weise dekadent zu sein, sich exzessive Mengen Drogen und Alkohol zuzuführen und in relativ jungem Alter einen schrecklichen, aber heroischen Tod zu sterben oder beim Schulfunk der BBC zu enden?

Es war eine Erleichterung, als es fünf Uhr war.

Pelham Place war nur ein kleiner Umweg auf Julias Nachhauseweg. Sie war nicht mehr dort gewesen, seit Mrs Scaife im Sommer 1940 verhaftet worden war, und es fühlte sich seltsam an, wieder auf dem Gehsteig vor dem imposanten Portikus und der großartigen Haustür zu stehen. Die schwarze Farbe der Tür und der weiße Portikus glänzten nicht mehr – aufgrund des Kriegs oder aufgrund von Vernachlässigung oder beidem.

Wenn jemand Reparationszahlungen von Julia fordern würde, dann doch bestimmt Mrs Scaife. Julia hatte entscheidend zum

Ruin ihres Lebens beigetragen, sie hatte sie von ihrem lachsfarbenen Damastthron gestoßen und sie für die Dauer des Kriegs ins Gefängnis geschickt. Ihr Absturz hatte am längsten gewährt, und ihre Landung war am härtesten gewesen. Ihr Mitverschwörer Chester Vanderkamp hatte ein Jahr in Amerika im Gefängnis gesessen und unterrichtete jetzt Mathe an einer Highschool in Ohio. Das FBI »sah« gelegentlich nach ihm laut einem Mann, den Julia in Washington kannte. Sie hatte kurz vor der Landung in der Normandie eine kurze Affäre mit diesem Mann gehabt, als er Major im 82. Luftgeschwader gewesen war. Sie hatte nicht damit gerechnet, dass er die Operation Overlord überleben würde, und war überrascht, als er nach dem Krieg in der Regierung auftauchte. Sie waren in Kontakt geblieben, und die Entfernung erleichterte die Freundschaft. Er war nützlich.

Wie die anderen Faschismussympathisanten war Mrs Scaife nach Beendigung der Feindseligkeiten freigelassen worden und mit ihrem Mann, dem Konteradmiral, nach Hause zurückgekehrt. Er starb 1947, und in der *Times* war ein zwiespältiger Nachruf erschienen; schließlich war er ein Held beim ersten Seegefecht bei Helgoland gewesen, und seine darauf folgenden unappetitlichen Überzeugungen gehörten – hoffentlich – der Vergangenheit an.

Der Nebel war jetzt dicht. Der Junge hatte recht gehabt, es war eine »richtige Suppe«, wie abgedroschen der Ausdruck auch sein mochte. Fußgänger tauchten aus der Düsternis auf und wurden wieder von ihr verschluckt. Der Nebel war die perfekte Tarnung für jeden, der sie jagte.

»Kann ich Ihnen helfen?« Eine scharfe Stimme unterbrach ihre Gedanken. Ein heftiger Oberklassenakzent.

»Wie bitte?«

»Wollten Sie etwas?« Eine Frau stand auf der Schwelle von Mrs Scaifes Haus und schüttelte ein Staubtuch aus. Sie trug einen Overall, und ihr ergrauendes Haar war mit einem Tuch nach hinten gebunden, doch ihre patrizische Haltung und ihr Akzent, ganz zu schweigen von ihrer Haut, von der Sonne gebräunt und in Leder verwandelt, wiesen darauf hin, dass sie nicht der putzenden Klasse angehörte. »Wenn Sie dastehen und starren wollen, kein Gesetz verbietet Ihnen das, aber mir wäre es lieber, Sie würden es nicht tun. Es kommen ziemlich viele Schnorrer vorbei, um herumzuschnüffeln.«

»Entschuldigen Sie«, sagte Julia. »Ich schnüffle nicht. Ich habe Mrs Scaife früher gekannt und frage mich, wie es ihr geht.«

Die Miene der Frau wurde milder, und ihre Stimme stockte ein bisschen, als sie sagte: »Sie haben Mama gekannt?«

Julia fiel die Vergangenheitsform auf.

»Oh«, sagte die Frau, als hätte sie plötzlich eine Inspiration. »Sind Sie Nightingale?«

»Also ...«, sagte Julia, einen Augenblick lang verdattert.

»Mamas Dienstmädchen.« (Natürlich, Nightingale – die Nachfolgerin der armen Beatrice Dodds. Wie konnte sie es vergessen?) »Mama hat sehr gut über Sie gesprochen, muss ich sagen. Sie waren ja eine der wenigen, die sie besucht haben, als sie ... wegging.«

Ins Gefängnis, dachte Julia. Warum nicht Ross und Reiter nennen? »Sie war sehr gut zu mir«, sagte sie bescheiden und fügte ihrem Repertoire eine weitere Rolle hinzu.

»Kommen Sie doch kurz rein. Raus aus diesem fürchterlichen Wetter. Ich kann mir nicht vorstellen, wieder in diesem Land zu leben. Das Haus ist in einem schrecklichen Zustand. Ich will es verkaufen.«

»Ist Mrs Scaife ...?«

»Tot? Nein, ganz und gar nicht. Ich musste sie in ein Pflegeheim in Maidenhead bringen. Sie ist nicht mehr ganz richtig im Kopf. Arme Mama.«

Nach kurzem Zögern streckte ihr die Frau in der Eingangshalle die Hand hin. »Ich bin Minerva Scaife, aber alle nennen mich Minnie.« Wie Julia bemerkte, fragte sie nicht, ob Nightingale auch einen anderen Namen hatte.

Julia folgte »Minnie« die Treppe hinauf in das schöne Wohnzimmer, wo die meisten Dinge – Mrs Scaifes »bessere Stücke«, vermutete Julia – mit Leintüchern bedeckt waren. Die lachsfarbenen Damastsofas waren bereits weggeräumt worden. Die meisten Gemälde waren heruntergenommen und lehnten am Flügel. Ihre bleichen geometrischen Geister waren an den Wänden geblieben. Die Fenster waren nackt, die schweren Vorhänge lagen in einem staubigen

Haufen in der Ecke. Für Mrs Scaife war in mehrerlei Hinsicht der Vorhang gefallen, dachte Julia.

Keine Spur von dem Sèvres, stellte Julia bedauernd fest. Sie hatte gehofft, die kleine Tasse mit ihrer Untertasse wiedervereinigen zu können, doch es schien, als würden sie für alle Ewigkeit einsam und getrennt bleiben.

»Ich verkaufe alles«, sagte Minnie Scaife. »Das Haus und alles, was darin ist, wird versteigert. Ich lebe im Ausland – Südrhodesien. Neuanfang nach dem Krieg. Mein Verlobter ist in Changi umgekommen, und Ivo ist tot. Mein Bruder«, fügte sie hinzu, als Julia sie ausdruckslos ansah. »Er war Pilot einer Lancaster, abgeschossen über Berlin. Aber das wissen Sie ja.«

»Natürlich.«

»Mama hat sich nie wieder erholt.«

Was für eine seltsame Ironie. Mrs Scaifes Sohn kämpfte gegen die Leute, mit denen sie sich verbündet hatte. Sie erinnerte sich, dass Mrs Ambrose gesagt hatte, er sei »eher links«.

»Würden Sie mir mit dem Constable helfen?«, sagte Minerva. »Ich möchte ihn abhängen, aber er ist ein Ungeheuer.«

Julia seufzte lautlos. Einmal Dienstmädchen, immer Dienstmädchen. Doch in der Rolle von Nightingale sagte sie: »Natürlich, Ma'am.« Der Constable war schmutzig und wog eine Tonne.

»Er ist ein Vermögen wert«, sagte Minerva. »Ich habe beschlossen, in Afrika eine Farm zu kaufen. Rinder.«

»Rinder? Gute Idee«, sagte Julia. Was würde sie kaufen, wenn sie das Geld hätte, das der Constable einbrachte? Keine Kühe, das stand fest. Ein Auto vielleicht. Ein Boot oder ein Flugzeug. Etwas, das sie schnell fortbringen würde.

Nachdem sie den Constable durch das Zimmer geschleppt hatten (»Sollen wir ihn dort hinstellen? Nein, Moment, da drüben ist besser. Nein, warten Sie, dort, aus dem Licht«), sagte Mrs Scaifes Tochter: »Ich würde Ihnen gern was zur Erinnerung an Mama geben. Das würde ihr gefallen. Gibt es etwas Bestimmtes, das Sie gern hätten?« Julia fragte sich, wie sie reagieren würde, wenn sie den Constable verlangte, doch Minnie Scaife sagte schon: »Einen Schal vielleicht? Sie hat ein paar gute Seidenschals.«

»Stimmt. Das ist sehr nett von Ihnen.«

Minnie Scaife eilte davon und kehrte ein paar Minuten später mit einem Kopftuch zurück. »Es ist Seide«, sagte sie. »Hermès, ziemlich teuer.« Es war der übliche bunte Jacquard, aber zumindest waren es keine Vögel, weder exotische noch andere. Und es war auch nicht um einen Hals gewickelt worden, um das Leben darin zu ersticken. (*Erdrosselt, mit einem Kopftuch.* Arme vergessene Beatrice.) Zumindest hoffte es Julia. Sie entfaltete das Tuch und setzte Mrs Scaifes Geruch frei – Gardenien, Coty-Gesichtspuder und den medizinischen Geruch, den sie jetzt als irgendeine Heilcreme wiedererkannte. Der Cocktail war so stark, dass Julia sich an den Nachmittag erinnerte, als sie den wilden Wein hinuntergeklettert war. Der Wein war noch da – seine nackten holzigen Äste rahmten eins der Fenster ein. Alles jenseits davon versank im Nebel. Der Wein würde Mrs Scaife überdauern.

Und Julia konnte noch immer das Gesicht der armen Beatrice vor sich sehen, starr vor Angst, als Mrs Scaife nach Hause gekommen war. *Fee! Fie! Foe! Fum!* Julia stopfte das Kopftuch in ihre Tasche, und nach ein paar respektvollen »Dankes« und »Ich sollte wirklich nicht, Ma'am« sagte sie: »Ich muss jetzt los, zurück zur Arbeit. Es ist nicht mein freier Abend.«

»Für wen arbeiten Sie jetzt?«, fragte Minerva Scaife.

Ja, für wen arbeitet die arme alte Nightingale dieser Tage?, fragte sich Julia. Für eine mürrische alte Witwe am Eaton Square zweifellos. »Ich arbeite in Lord Reiths Haus«, sagte Julia. (Die Wahrheit!)

»Ich glaube nicht, dass ich ihn kenne. Ich bin dieser Tage völlig außen vor.«

Abgehakt, dachte Julia, als sich die großartige Tür mit einem entschiedenen *Klick* hinter ihr schloss. Mrs Scaife würde keine Vergeltung mehr suchen. Sie warf das Kopftuch in den ersten Abfalleimer, auf den sie stieß.

Die Straßen waren jetzt in ein kränklich gelbes Zwielicht getaucht. Der Nebel fühlte sich schmierig an und dämpfte die Geräusche, sodass alles unsicher war. Julia spürte, wie er versuchte, in ihre Lungen und ihr Gehirn einzudringen. Sie ging vorsichtig, da sie wusste, dass hier in der Nähe ein Bombentrichter war, voller Schutt und Löcher, in die der Ahnungslose stolpern konnte. Sie dachte wieder an den Architekten, der London neu aufbaute. Sie wünschte, er würde sich beeilen.

Tap-tap-tap. Das finstere Geräusch hatte eingesetzt, kaum hatte Julia Pelham Place verlassen. Vielleicht bin ich in einem schrecklichen Hörspiel gefangen, dachte sie. *Jack the Ripper* oder irgendetwas Theatralisches von Poe. *Das verräterische Herz* vielleicht. *Tap-tap-tap.* Sie glaubte, dass sie wirklich wahnsinnig werden würde, wenn ihr das Geräusch bis nach Hause folgen sollte, deswegen beschloss sie, stehen zu bleiben und die Stellung zu halten. Sie drehte sich um und schaute unbeirrt auf die Mauer aus Nebel und was immer Mieses daraus hervorkommen würde.

Tap-tap-tap. Zwei trödelnde Schuljungen traten aus dem Pesthauch. Einer der beiden hatte ein hölzernes Lineal in der Hand und schlug damit auf das eiserne Geländer, an dem sie entlanggingen. Die Jungen lüpften die Mützen und murmelten: »'n Abend, Miss.«

»Geht schnell nach Hause, Jungs«, sagte sie. »Bei diesem Wetter solltet ihr nicht draußen sein.«

Ein paar Meter weiter wurde sie sich eines anderen Geräusches bewusst, dass sich ihr von hinten näherte, nicht das *Tap-tap-tap*, das ihr Gehirn heimsuchte, sondern ein schwerer stapfender Schritt. Und dann, ohne die geringste Vorwarnung, erfolgte eine raschelnde Beschleunigung, begleitet von einem schrillen Kreischen, und etwas Hartes traf sie im Rücken. Der Schlag war heftig genug, um sie nach vorn zu katapultieren, und sie landete ungeschickt wie eine tollpatschige Katze auf allen vieren.

Es war ein brutaler Aufprall auf dem Gehsteig gewesen, ein Sturz, den sie in jedem Knochen ihres Körpers spürte, doch Julia rappelte sich schnell wieder auf, um sich zu verteidigen. Ihre Handtasche mit der Mauser darin war ihr aus der Hand gefallen und lag jetzt irgendwo im Nebel. Die einzige ihr verfügbare Waffe war die Stricknadel, doch ihre unsichtbaren Angreifer schienen geflüchtet zu sein.

Nach langem Suchen fand sie ihre Handtasche im Rinnstein. Dabei stolperte sie beinahe über einen großen schwarzen Regenschirm. Er war eingerollt und schwer, und sie fragte sich, ob sie damit geschlagen worden war. Die Spitze war aus Metall. *Tap-tap-tap.* Sie sah scharf genug aus, um damit in Fleisch einzudringen. *(Wir müssen ihr leider den Gnadenschuss geben.)* Der Schirm sah genau wie der aus, der sich im Besitz des Mannes im Moretti's befunden hatte, aber – sahen nicht alle Schirme gleich aus?

Julia registrierte die Schäden, während sie weiterhumpelte. Ihre Knie schmerzten – sie wären morgen grün und blau –, und ihre Handflächen waren aufgekratzt und wund. Konnte es ein Versehen gewesen sein? Konnte jemand im Nebel einfach mit ihr zusammengestoßen sein? Während der Verdunkelung war sie einmal von einem Mann umgerannt worden, der zu einer Bushaltestelle gelaufen war. Und dennoch.

Die U-Bahn-Station South Kensington tauchte im Nebel auf, ein Heiligenschein tröstlichen Lichts. Normalerweise wäre Julia vom Pelham Place zu Fuß nach Hause gegangen, doch die nebligen Straßen schienen zu gefährlich.

Und dann, als sie die Treppe, die nach unten führte, fast geschafft hatte –

Bam! Sprang sie von hinten jemand an. Eher Affe als Tiger. Der Aggressor musste drei, vier Stufen oberhalb von ihr abgesprungen sein, um auf ihrem Rücken zu landen. Julia stürzte, doch mehrere entsetzte Passanten, die ihren Sturz für einen Unfall hielten, halfen ihr sofort wieder auf. Der Affe – die Frau mit dem Papageienkopftuch, irgendwie keine Überraschung – war bereits wieder auf den Füßen und schrie in einer fremden Sprache. Ungarisch, wenn Julia sich nicht täuschte. Sie kannte es aus dem Moretti's, in dem nicht wenige Ungarn Zuflucht suchten. »Ausländer«, hörte Julia einen der Passanten murmeln.

In den Augen der Frau glomm der Wahnsinn, und sie näherte sich Julia und umkreiste sie, als befänden sie sich in einem Boxring. »Lily«, zischte sie. »Sie haben meine Lily umgebracht.«

Nelly Varga. Die verrückte Ungarin. Am Leben und bei guter Gesundheit. Sie war doch nicht mit der *Lancastria* untergegangen. Julia empfand so etwas wie Paranoia. Gab es noch mehr Leute, die nicht tot waren? *(Ich glaube, jetzt ist sie definitiv tot, Mr Toby.*

Was, wenn sie es nicht war? Was, wenn sich die Gräber im Friedhof Kensal Green tatsächlich geöffnet hatten?)

Trug ihr Nelly Varga Lilys Tod etwa seit dem Krieg nach?

Julia war plötzlich wütend und packte Nelly Varga am Mantelrevers und schüttelte sie, als wäre sie eine Puppe, die sich schlecht benahm. Sie war klein, leicht wie Stroh. Ihre Nase begann zu bluten, und das Blut spritzte herum, während Julia sie schüttelte.

Eine Menschenmenge sammelte sich, unwillig, den Aufruhr zu beenden. Ein Polizist kam und versuchte, die Leute zu verscheuchen. »Aber, aber, meine Damen«, sagte er. »Was ist hier los? Sie streiten wahrscheinlich wegen einem Mann, oder?« Ach du liebe Zeit, dachte Julia.

»Sie hat meine Lily umgebracht«, sagte die Frau zu dem Polizisten.

»Jemand hat jemand umgebracht?«, fragte der Polizist, der jetzt interessierter war.

»Ein Hund«, sagte Julia zu dem Polizisten. »Lily war ein Hund. Und ich habe sie nicht umgebracht. Und es ist *Jahre* her, um Himmels willen.«

»Die vom MI5 haben versprochen, dass sie sich um sie kümmern würden, wenn ich für sie spioniere«, sagte Nelly zum Polizisten. »Und das haben sie nicht getan.«

»Der MI5?«, sagte der Polizist und zog zweifelnd eine Augenbraue in die Höhe. »Spionage?« Mord wäre ihm lieber gewesen.

»*Sie* ist eine Spionin!«, rief Nelly und deutete mit einem dramatischen Finger auf Julia. »Sie sollten sie verhaften.«

»Sind Sie das, Miss?«, fragte der Polizist milde.

»Selbstverständlich nicht. Was für eine lächerliche Idee. Ich arbeite bei der BBC.«

Julia sah, wie der Mann mit den Kieselsteinaugen aus dem Moretti's sich aus der Menge löste und auf sie zukam. Er fasste Nelly am Arm und sagte etwas offenbar Beschwichtigendes zu ihr, doch sie schüttelte ihn ärgerlich ab. »Meine Frau«, sagte der Mann etwas kleinlaut zum Polizisten. Der Polizist seufzte bei der Vorstellung von Ehefrauen oder Ungarn oder beidem. Die Menge hatte mittlerweile das Interesse verloren und sich aufgelöst.

»Kommen Sie mit«, sagte der Polizist, als wären sie Kinder auf einem Spielplatz. »So geht das nicht.«

»Sie muss für den Mord an meinem Hund bezahlen«, beharrte Nelly. »Sie muss bezahlen für das, was sie getan hat.«

»Aber *wie* soll ich denn bezahlen?«, fragte Julia verärgert. »Das ist alles so irrsinnig.«

»Vielleicht könnten Sie der Dame ein paar Münzen geben«, schlug der Polizist vor, »dann geht sie vielleicht.« Julia bezweifelte es. Sie wusste, was Nelly wollte. Sie wollte kein Blutgeld oder auch nur ein Pfund Fleisch, sie wollte, dass Julia den Schmerz über ihren Verlust verstand. Aber ich verstehe ihn doch, dachte Julia.

»Die ganze Sache ist absurd«, sagte Julia zu dem Polizisten. »Es war vor zehn Jahren, der Hund wäre längst an Altersschwäche gestorben.« Wie hart die Worte klangen. Julia hatte den kleinen Hund aus ganzem Herzen geliebt.

Sie war erleichtert, als der Mann mit den Kieselsteinaugen eine widerwillige Nelly überredete, mit ihm zu gehen. Über die Schulter rief sie Julia etwas Ungarisches zu, das sehr wie ein Fluch klang.

All die Paranoia, dachte Julia, all die Ängste, beobachtet und verfolgt zu werden, ihr Argwohn wegen der »Nachbarn«, ganz zu schweigen von ihrer Verwirrung angesichts von Godfreys Wiederauftauchen in ihrem Leben, das alles war grundlos gewesen. Wie lächerlich es war, dass ausgerechnet die verrückte und rachsüchtige Nelly Varga ihr schaden wollte – eine Frau, der Julia nie begegnet war. Und für ein Verbrechen, an dem ich völlig unschuldig bin, dachte sie. *Niemand ist völlig unschuldig*, hatte Alleyne zu ihr gesagt.

Ich hätte vorsichtiger sein sollen, dachte sie. Das wäre die Inschrift auf ihrem Grabstein. Nicht *Geliebte Schwester* oder *Zu Hause bei Gott*, sondern *Sie hätte vorsichtiger sein sollen*.

Die Fallen in ihrer Wohnung waren immer noch intakt. Der Faden der Aran-Wolle von Eckersleys (hatte sich als praktisch erwiesen), den sie zwischen Türsturz und Tür gespannt hatte, war noch an Ort und Stelle, doch als sie auf den Lichtschalter drückte, blieb die Wohnung im Dunkeln.

Hatte sie vergessen, Münzen in den Zähler zu werfen? Sie hatte doch erst gestern mehrere Shilling in seinen gierigen Schlund gesteckt. Sie wartete ein paar Sekunden, damit sich ihre Augen an die Dunkelheit gewöhnten – ein Trick aus den Zeiten der Verdunkelung –, und tastete sich dann durch das Zimmer zum Zähler. Ganz unten in ihrer Tasche fand sie schließlich einen mageren Shilling. »Es werde Licht«, murmelte Julia, doch obwohl der Zähler vielversprechend klickte und schwirrte, wurde kein Licht.

Eine kleine Veränderung in der Atmosphäre. Das leiseste Rascheln – ein Vogel, der in einem Nest landet. Atmen. Ein Seufzer. Sie konnte gerade so die Silhouette von jemandem erkennen, der am Tisch saß.

Verstohlen nahm Julia die Mauser aus der Tasche und näherte sich vorsichtig der Gestalt. Es schien unmöglich. Und dennoch.

Die Person, die den größten Anspruch auf ihre Seele hatte. Ein plötzliches Entsetzen brachte ihr Herz zum Rasen.

»Dolly?«, flüsterte sie. »Sind Sie das?«

1940

DOLLY IST DA

- 11 -

3. PROTOKOLL

20.15

VICTOR nimmt eine Landkarte heraus. Schrecklich lautes Geräusch, als Landkarte entfaltet wird.

V. Ungefähr fünf Meilen östlich von Basingstoke. Dort kommt nichts durch. Befehl des Kriegsministeriums.
G. (mehrere Wörter unverständlich) Ich verstehe.
V. Verdammt ärgerlich.
G. Ich danke Ihnen für die Karte und die Diagramme von Farnborough.
V. Ich habe es in die Notizen aufgenommen. Ich halte Notizen für hilfreich.
G. Ja, ja.
V. Und das sind Luftabwehrstellungen (deutet offenbar)
G. Sehr hilfreich. Danke.
V. (mehr Knistern) Sehen Sie ... (Rascheln) da drüben.
G. Ja. Was ist da markiert?
V. Das Elektrizitätswerk. Und das da sind Fabriken.
G. Besser wäre es noch, wenn mehr Einzelheiten dargestellt wären.
V. Ihre Karten sind jetzt veraltet (unverständlich) vor dem Krieg. Fabriken oder Hangars. Sie bauen sie zusammen —
G. In den Fabriken?

V. Ja, und dann parken sie sie da auf dem alten
Flugplatz.
G. Kampfflugzeuge?
V. Und ein paar Bomber. Wellingtons glaube ich.
Überführungspiloten holen sie ab.

»Ist das nicht langweilig, Miss? Nach der ganzen Aufregung mit Mrs S?«

»Um ehrlich zu sein, das hier mache ich lieber, Cyril.«

»Aber Sie haben eine gute Tat vollbracht, sie sind alle verhaftet.«

»Ja. Das stimmt.«

»Wie weit sind Sie?«

»Ach, nicht weit. Victor und seine endlosen Landkarten. Ich muss noch massenweise aufholen.«

Zwei Tage waren vergangen, seitdem Mrs Scaife und Chester Vanderkamp in der Wohnung in Bloomsbury verhaftet worden waren. Julia hatte in geschlossener Sitzung ausgesagt, ebenso Giselle und Mrs Ambrose, doch während der ganzen Zeit hatte sie Perry kaum gesehen. »Mrs Peregrine Gibbons« hatte sie mehrmals in ihr Notizbuch geschrieben, während sie vor dem Gerichtssaal warten musste. Wie oft sie die Unterschrift auch übte, sie hatte nicht das Gefühl, dass es je ihre sein würde. Sie war Julia Armstrong, so war es nun mal. Der bescheidene Saphir blieb in der Schublade des Sekretärs, in die er gelegt worden war, bevor Iris ihren letzten Auftritt in der Wohnung in Bloomsbury hatte. Perry schien ihn vergessen zu haben, und Julia bemühte sich, es ihm gleichzutun.

Am Dolphin Square war die Atmosphäre einschläfernd. Es war ein heißer Nachmittag, und die Luft in der Wohnung war stickig. Auf den Steinwegen im Hof schimmerte die Hitze, und die Blumen in den Beeten, die vor ein paar Tagen noch so frisch gewesen waren, welkten jetzt in der sengenden Sonne. Lily schlief unter ihrem Schreibtisch; Julia wünschte, sie könnte sich neben sie auf den Boden legen und auch schlafen. Wie konnten die Menschen bei so einem Wetter Krieg führen?

»Kommt Mr Gibbons heute?«, fragte Cyril.

»Nein, er hat gesagt, dass er erst morgen wieder kommt. Er ist irgendwo auf dem Land mit Hollis und White, irgendwelche Verhandlungen wegen der Kabinettskrise – was tun, wenn Halifax sich durchsetzt.«

Bei Dünkirchen sammelten sich die Soldaten am Strand. Dreihundertsechzigtausend, die nach Hause gebracht werden mussten. Die Landkarte Europas stand in Flammen, doch im Unterhaus kämpfte Lord Halifax für ein Friedensabkommen mit Hitler. (»Sie treibt mich in die Verzweiflung«, sagte Perry, »die unglaubliche Dummheit.«) Der europäische Kontinent war bereits verloren, als Nächstes wäre Großbritannien an der Reihe. (»Wir sind auf uns allein gestellt«, sagte Perry, als würde er schon für die Zukunft zitieren.)

»Hitler wird einfach einmarschieren, Miss«, sagte Cyril. »Er wird sich an keinen Vertrag halten.«

»Ja, ich weiß, es ist schrecklich. Wir müssen weitermachen. Wer kommt heute?«

Cyril sah auf der wöchentlichen Tabelle nach, die Godfrey aufgestellt hatte. »Dolly um vier, gefolgt von Trude und Betty um fünf.«

Ein Hexenzirkel, dachte Julia. Sie wären gespannt auf die Abstimmung im Unterhaus, wohl wissend, dass ein Friedensvertrag mit Hitler nicht das Papier wert wäre, auf dem er stand. Der Weg wäre frei für sie und ihre Konsorten. Vielleicht wäre es am besten, die Mauser gegen sich selbst zu richten, wenn die Nazis die Mall entlangmarschierten. Julia konnte die Parade vor sich sehen – die Panzer, die Reihen der Soldaten im Stechschritt, die spektakuläre Flugschau, die Fünfte Kolonne, die ihnen von der Straße aus zujubelte. Wie selbstgefällig Trude und ihre Freunde triumphieren würden.

»Ich stelle Wasser auf«, sagte Cyril. »Wir sind spät dran mit dem Tee.«

»Danke, Cyril.«

Danach – und es gab ein langes Danach – war sich Julia nie sicher, wie es passiert war. Vielleicht waren sie unvorsichtig geworden, eingelullt von der Routine ihrer Arbeit, ihre Wachsamkeit beeinträchtigt durch das Alltägliche. Oder vielleicht war es die Hitze, die sie müde und unaufmerksam machte. Vielleicht ging die Uhr vor, obwohl Julia sie später kontrollierte und sie auf die Minute genau ging. Vielleicht war es Dollys Uhr, die die Zeit nicht richtig anzeigte. Wie auch immer es passierte, Tatsache war, dass sie völlig überrumpelt wurden.

Julia war mit ihrem Tee in Cyrils Zimmer gegangen, wo er eifrig etwas auseinandernahm und wieder zusammensetzte (seine Lieblingsbeschäftigung). »Kekspause?«, fragte sie. Sie lachten beide – es war zu einem gemeinsamen Witz geworden.

Sie aßen die letzten drei Kekse – jeweils einer für sie und einer für Lily, die aufgewacht war. Sie sprachen über Cyrils Schwester, die versuchte, eine Sondererlaubnis zu bekommen, um heiraten zu können, bevor ihr Verlobter ins Ausbildungslager der Armee musste. Cyril dachte laut darüber nach, ob Perry vielleicht irgendwie helfen konnte, als Lily plötzlich zu knurren begann. Es war nicht ihr übliches Knurren, das kaum mehr als ein verspieltes Grummeln war – ein Protest, wenn sie an ihrem Strickspielzeug zerrten. Das hier war ein wütendes, ängstliches Knurren tief in der Kehle, ein Hauch Wolf.

Sie starrte unverwandt auf die Tür zum Wohnzimmer, und Julia stellte ihre Tasse ab, um nachzusehen, was den kleinen Hund so aus der Fassung brachte.

Ein Eindringling! Dib – Dollys altersschwacher Pudel.

»Dib?«, sagte Julia verwirrt zu dem Hund. Der Hund reagierte mit einem verächtlichen Zucken des Ohrs. »Was machst du hier?«

»Woher kennen Sie den Namen meines Hundes?«

Dolly!

»Verdammt«, hörte Julia Cyril in ihrem Rücken murmeln. »Jetzt sind wir dran.«

Dolly stand auf der Schwelle zum Wohnzimmer. Julia sah, dass die Wohnungstür offen war – sie musste sich irgendwie geöffnet haben, und Dib war hereingelaufen, um zu schnüffeln, und Dolly war ihm gefolgt, um ihn zurückzuholen.

Dolly betrat vorsichtig das Wohnzimmer, ein wildes Tier, das sich auf eine Lichtung wagte. Sie schaute sich verwirrt im Zimmer um.

Julia betrachtete die Wohnung mit Dollys Augen – der Aktenschrank, die große Imperial-Schreibmaschine und die zwei Schreibtische, die Ausstattung eines Büros. Andere Leute am Dolphin Square arbeiteten auch zu Hause – einschließlich Godfrey –, deswegen war es als solches nichts Besonderes, oder? Andererseits hatten andere Leute ihr Zimmer nicht mit – unverwechselbaren – Aufnahmegeräten vollgestellt. Auch hatten sie keine Plattenspieler und Kopfhörer, und vor allem lagen bei ihnen keine Akten herum, die mit »MI5« beschriftet waren, oder Mappen, auf die in roten Großbuchstaben »Streng geheim« gestempelt war.

Dolly nahm all das mit verblüfftem Schweigen auf. Julia konnte nahezu sehen, wie sich die Rädchen in ihrem Gehirn drehten.

»Dolly«, sagte Julia in versöhnlichem Tonfall und versuchte verzweifelt, eine vernünftige Erklärung zu finden, doch sie schaffte nur ein: »Sie sind früh dran.«

Dolly runzelte die Stirn. »Früh? *Früh?* Sie wissen, zu welcher *Uhrzeit* ich kommen soll?«

Alle Rädchen waren endlich miteinander verzahnt. Dolly starrte Cyril böse an, der in Boxerhaltung vor Perrys Schreibtisch Stellung bezogen hatte. »Sie sind vom MI5«, sagte Dolly angewidert. »Sie hören alles mit, was wir sagen.«

Sie ging weiter ins Zimmer und nahm Papiere von einem Stapel auf Julias Schreibtisch. Sie las laut vom obersten Blatt: »*Drittes Protokoll. 19.38. Anwesend Godfrey, Trude und Dolly. D. Ich wollte Ihnen zeigen, was ich hier für das Wichtigste halte. Man muss durch Staines, auf der Great West Road. D. – das bin ich. Ich erinnere mich an das Gespräch vor ein paar Tagen.*« Dolly schüttelte ungläubig den Kopf.

Sie las die Abschrift weiter. »*T. Dort ist ein Stausee, umgeben von Wäldern. D. Dort sind viele Soldaten. G. Soldaten? Ja.*« Du lieber Gott, dachte Julia, wird sie das ganze Protokoll vorlesen? Sie schien wie hypnotisiert davon.

»Das reicht, Dolly.«

»Nennen Sie mich nicht beim Namen, als würden Sie mich kennen.«

Oh, ich kenne dich, dachte Julia.

Mit einer heftigen Handbewegung wischte sie alle Papiere von Julias Schreibtisch und brüllte: »Ihr verdammten, verdammten

Dreckskerle! Alles, worüber wir mit Godfrey reden – ihr habt alles mitgehört!« Dib begann auf die gleiche rasende Manier zu knurren, wie sein Frauchen schrie. Eine der Seiten, die geräuschlos wie ein Blatt zu Boden segelte, stach Julia ins Auge. Wörter sprangen wahllos von der Seite. »*Bericht von Godfrey Toby, 22. Mai 1940. Ich traf mich um 19 Uhr allein mit dem Informanten Victor. Victor wollte über ein neues Modell eines Flugzeugmotors sprechen, von dem er gehört hatte. Ich fragte ihn, ob er Einzelheiten in Erfahrung bringen könne* ...« Oh, bitte, schau nicht nach unten, Dolly, betete Julia. Finde die Wahrheit über Godfrey nicht heraus, denn dann wäre das Spiel wirklich vorbei.

Ihr Gebet schien erhört zu werden, für den Augenblick jedenfalls. »Godfrey!«, flüsterte Dolly erstickt, mehr an sich selbst gewandt als an Julia. »Er hat mich Ihnen vorgestellt.« Sie deutete mit dem Finger auf Julia. »Sie haben ihn hinters Licht geführt, damit er Sie einfach nur für eine Nachbarin hält. Er muss jede Minute kommen. Ich muss ihn vor Ihnen warnen. Er schwebt in schrecklicher Gefahr.«

»Bitte, beruhigen Sie sich«, drängte Julia sie. »Warum sprechen wir nicht bei einer Tasse Tee darüber?«

»Einer Tasse Tee? Einer Tasse *Tee*?«

»Vielleicht auch nicht«, sagte Julia. Offenbar war es eine absurde Idee, aber was um alles in der Welt sollten sie mit ihr tun? Die Wohnungstür stand noch offen, und das halbe Nelson-Haus musste den Bohei hören, den Dolly und Dib veranstalteten. Julia bedeutete Cyril wortlos, die Tür zu schließen, doch er schien vom Anblick Dollys paralysiert.

Es war sowieso zu spät, denn in diesem Augenblick klopfte Godfrey sein vertrautes *Tock-tock, Tock-tock-TOCK* an die offene Wohnungstür, kam herein und fragte etwas besorgt: »Ist hier alles in Ordnung, Miss Armstrong? Es scheint einen ziemlichen Aufruhr zu geben.«

»Dolly ist da«, sagte Julia mit einer Art wahnsinniger Begeisterung. Sie spürte, dass sie sich auf einen hysterischen Anfall zubewegte.

»Ja, ja. Das sehe ich«, murmelte er mehr zu sich selbst als zu Julia.

»Sie haben uns ausspioniert!«, schrie Dolly. »Laufen Sie, Godfrey, laufen Sie davon. Schnell!« Dolly richtete sich auf, heroisches Selbstopfer ins Gesicht graviert, bereit, für den deutschen Führungsstab in Person von Godfrey Toby zu kämpfen, mit den nackten Fäusten wenn nötig.

Godfrey war noch nicht enttarnt, er hätte den Informanten vielleicht weismachen können, dass er sich irgendwie herausgeredet hatte. Der MI5 holte immer mal wieder Mitglieder der Fünften Kolonne ab, verhörte sie und ließ sie wieder gehen. Trude hatte Godfrey gegenüber damit angegeben, dass »einer der Oberen« sie »sehr freundlich« befragt hatte, bevor er merkte, was für eine überlegene Person sie war. »Ich habe ihn in die Tasche gesteckt«, sagte sie. War das Miles Merton gewesen?, fragte sich Julia. Niemand konnte Merton täuschen, am allerwenigsten Trude. *Ich musste nur die richtigen Fragen stellen.*

Und vielleicht konnten sie Dolly aus der Gleichung einfach abziehen – sie ins Gefängnis werfen und den anderen irgendeine Geschichte erzählen, dass sie fort war. Noch war nicht alles verloren.

Julia vermutete, dass diese taktischen Überlegungen auch Godfrey durch den Kopf gingen, deswegen stand er unentschlossen da, doch währenddessen fiel Dollys Blick leider auf Godfreys Bericht, der sie vom Boden aus verräterisch anstarrte.

Sie hob ihn auf und las. »*Edith kam, kurz nachdem Victor gegangen war. Das übliche Geplapper von Edith über die Schifffahrtswege. Sie ist keine sehr intelligente Person, und es ist schwer zu beurteilen, ob sie versteht, was sie sieht. Dolly berichtete, dass sie ein neues Mädchen hat, Nora, die gerne mitmachen würde.*« Sie verstummte und starrte Godfrey wortlos an. Julia nahm an, dass der Unterschied zwischen dem, was Dolly geglaubt hatte, und der tatsächlichen Situation atemberaubend war. »Godfrey«, murmelte sie erstickt, eine betrogene Frau. Sie hatte Tränen in den Augen, als wäre sie von einem Liebhaber verschmäht worden. »Sie sind einer von ihnen«, sagte sie mit zitternder Stimme zu ihm.

»Ich fürchte, ja, Dolly«, sagte Godfrey. Er klang bedauernd.

Der Bann war gebrochen. Rasend vor Wut und Enttäuschung, stieß Dolly einen Schrei aus, ein heißblütiges, unglaublich lautes

Kreischen, das einen ganzen Schrank voll Sèvres erschüttert hätte. Dib bezog ebenfalls Stellung und begann zu bellen, laut und monoton. Mit dem Lärm, den die beiden veranstalteten, hätte man jemanden bis zum Wahnsinn foltern können.

Auch Cyril erwachte wieder zum Leben, lief zur Wohnungstür und knallte sie zu. Dolly war jetzt tollwütig, fauchte und spuckte wie eine Wildkatze. O Gott, dachte Julia, Trude und Betty konnten jeden Moment kommen. Es würde in einer Prügelei enden. Die ganze Operation würde auf die denkbar aufsehenerregendste Weise den Bach runtergehen.

Schließlich fand Dolly ihre Stimme wieder. »Sie Verräter, Sie verdammter Verräter, Godfrey – heißen Sie überhaupt so? Warten Sie nur, bis ich ihnen erzähle, was Sie getan haben.«

»Ich fürchte, Sie werden niemandem was erzählen, Dolly«, sagte Godfrey – ganz ruhig. Man musste seine Kaltblütigkeit bewundern, dachte Julia. Seine Nerven flatterten nicht, im Gegensatz zu ihren.

»Wer wird mich daran hindern?«, sagte Dolly.

»Ich«, antwortete Godfrey vernünftig. »Als Agent der britischen Regierung bin ich berechtigt, Sie zu verhaften.

»Cyril«, fuhr Godfrey fort und drehte sich um, »glauben Sie, dass Sie Draht oder Ähnliches haben, um Miss Roberts' Hände zu fesseln?« Cyril ging, suchte gehorsam in seinem Schrank und kam dann mit einem flexiblen Stromkabel zurück.

Bedauerlicherweise hatte sich Dolly in die Nähe von Perrys Sekretär vorgearbeitet und stürzte sich auf die einzige verfügbare Waffe – die kleine Büste von Beethoven. Sie rechnete eindeutig nicht damit, dass sie so schwer war, und konnte sie gerade so in der Hand halten. Einen Augenblick lang hing sie nutzlos herunter, doch dann schwang Dolly die Büste in einem Bogen nach oben, gerade als Godfrey sich auf sie stürzte, um sie festzuhalten. Die Büste traf ihn an der Schulter, und er geriet aus dem Gleichgewicht. Die Beine sackten unter ihm weg, und er landete schwer auf der anderen Schulter auf dem Boden.

Er kam bereits wieder benommen auf die Knie, aber Dolly hatte die Büste jetzt am kleinen Podest gefasst, hob sie hoch über Godfreys Kopf wie eine Trophäe und schrie Cyril und Julia an:

»Kommt mir bloß nicht zu nahe, ich schlage ihm den Schädel damit ein, das werde ich. Versprochen.« Julia starrte das Tableau entsetzt an und tat dann das Einzige, was ihr einfiel. Sie schoss auf Dolly.

Der Krach der kleinen Mauser war so überwältigend in der kleinen Wohnung, dass erst einmal alle vor Schock sprachlos waren. Dolly stürzte zu Boden wie ein verwundetes Reh und hielt sich die Seite. Julia legte die Pistole auf ihren Schreibtisch, ignorierte Dollys Schmerzgeheul und lief zu Godfrey. Cyril half Julia, Godfrey auf das Sofa zu setzen, obwohl er immer wieder betonte: »Ich bin in Ordnung, wirklich. Nur ein bisschen außer Atem. Kümmert euch um Dolly.«

»Sie ist nicht tot, Mr Toby«, sagte Cyril.

»Natürlich ist sie nicht tot«, sagte Julia. »Ich wollte sie nur am Arm treffen, nicht *umbringen*. Wir wollen hier keine Leiche.«

Dolly kroch auf Händen und Knien über den Boden, hinterließ eine Blutspur wie eine Schnecke. Sie wollte anscheinend zur Wohnungstür. Dib hüpfte neben ihr auf und ab und bellte, als wollte er Tote auferwecken. Ich hätte den verdammten Hund erschießen sollen, dachte Julia.

»Die anderen werden bald kommen«, sagte Godfrey zu Cyril. Verstand Cyril das als eine Art Befehl? (Vielleicht war es das.) Er griff nach der Mauser auf dem Schreibtisch und schoss noch einmal auf Dolly.

»O Gott, Cyril!«, rief Julia. »Das hätten Sie nicht tun müssen.«

»Doch, das hätte er, Miss Armstrong«, sagte Godfrey. Er seufzte tief und ließ den Kopf erschöpft nach hinten auf die Sofalehne sinken, als würde er gleich einschlafen.

»Sie ist immer noch nicht tot«, sagte Cyril. Er sah fürchterlich aus, keine Farbe mehr im Gesicht, und die Hand mit der Mauser zitterte heftig. Julia nahm sie ihm ab. Selbstverständlich hatte Cyril noch nie zuvor geschossen, wild auf Dolly gezielt und sie nur am Arm getroffen. Es war nicht genug, um sie am Kriechen zu hindern, obwohl sie sich jetzt im Kreis herumschleppte und winselte wie eine kranke Katze. Schließlich hielt sie an und sackte gegen die Wand, wimmernd und stöhnend. Sie war aus Stahl. Es war, als hätten sie es mit Rasputin zu tun und nicht mit einer Frau mittleren Alters aus Wolverhampton.

Wie war die Situation so schnell so außer Kontrolle geraten? Es waren buchstäblich erst ein paar Sekunden vergangen, seit Dolly das ganze Ausmaß der Täuschung begriffen hatte, deren Opfer sie geworden war, und jetzt kämpfte sich Godfrey vom Sofa hoch und sagte: »Wir müssen ihr leider den Gnadenschuss geben.« Als wäre sie ein Tier, und es wäre ein Akt der Barmherzigkeit.

Julia war schwindlig. Sie wusste nicht, ob sie es konnte. Es war etwas, das man in einem Schlachthof tat, nicht in der Hitze des Gefechts. Bevor sie sich entscheiden musste, tat Godfrey etwas, das sie nie vorausgesehen hätte. Noch immer unsicher auf den Beinen, beugte er sich vor und hob seinen Gehstock auf, der in seiner Auseinandersetzung mit Dolly zu Boden gefallen war.

Er fummelte an dem silbernen Knauf herum, entriegelte eine kleine Sperre und zog den Stockdegen heraus, der sich, ohne dass sie es geahnt hätten, die ganze Zeit still und leise in seinem Walnussgehäuse versteckt hatte. Und dann durchbohrte er damit Dollys Herz.

Nach einer scheinbaren Ewigkeit des Schweigens – selbst Dib war verstummt – sagte Cyril: »Ich glaube, jetzt ist sie vollständig tot, Mr Toby.«

»Das glaube ich auch, Cyril«, stimmte Godfrey ihm zu.

- 18 -

D. Ich war sehr vorsichtig mit dem, was ich über den Krieg gesagt habe. Nur – »Also, wir scheinen ja darauf zuzusteuern, oder?« Sie war eindeutig nicht begeistert.
G. Vom Krieg?
D. Ja, vom Krieg.
G. Und sie war nicht begeistert davon?
D. Genau.
G. Ich verstehe.
T. Du solltest schreiben.
G. Ja, ja.

Es folgte ein unzusammenhängendes Gespräch, von dem nur wenig verständlich war. DIB bellt, sodass große Verständnisprobleme auftreten.

T. Und was ist dann mit dem Hasen (?) Rasen (?) mag ihn nicht (einen Kerl wie ihn?) kann nicht immer (vier Wörter)

Mehrere Wörter unverständlich wegen DIB. Sie scheinen über die unsichtbare Tinte zu sprechen.

D. Also, es funktioniert ganz gut, aber – also, ich mag nicht ... (4 Wörter) ein Wort verläuft in das nächste. (Unverständlich) Es war Platte (?»Matte« oder »Ratte«?)

Oder Latte, Watte, glatte oder satte, und das waren nur die Zweisilbigen. Nicht der bellende Hund war das Problem, der Hund war gar nicht da. Das Problem war Julias mangelnde Konzentration. Aber wie sollte sie sich nach allem, was geschehen war, konzentrieren können?

»Miss Armstrong?« Oliver Alleyne lehnte am Türrahmen, bewusst halbseiden. »Habe ich Sie erschreckt?«

»Überhaupt nicht, Sir.« Er hatte. Schrecklich.

»Und alles in Ordnung, Miss Armstrong?«

»Absolut, Sir.«

»Wie geht es den Nachbarn?«

»Oh, wie immer, Sir.«

»Keine Probleme?«

»Nein, Sir. Keine Probleme.«

Sie konnte einen kleinen Blutfleck an der Bodenleiste hinter ihm sehen. Ja, wenn sie genau schaute, entdeckte sie überall kleine Blutflecken und -spritzer. Sie würde noch einmal putzen müssen. Und noch einmal. *Weg, du verdammter Flecken.* Das Blutbad, das Dollys Tod hinterlassen hatte, restlos zu beseitigen war eine grauenvolle Aufgabe gewesen, an die Julia nicht mehr denken wollte.

Nachdem sie sich vergewissert hatten, dass Dolly tot war – oder »vollständig tot«, wie Cyril sich ausdrückte –, sagte Godfrey: »Wir müssen weitermachen wie immer, Miss Armstrong.« Die drei starrten ratlos auf Dollys Leiche auf dem Boden. Ihr Rock war nach oben gerutscht und entblößte den Saum ihrer Strümpfe und darüber den bleichen Pudding ihrer Oberschenkel. Es schien obszöner als der Tod selbst. Julia zog den Rock nach unten.

»Wie immer?«, sagte sie zu Godfrey. Es gäbe doch jetzt kein Wie-immer mehr?

»Als wäre nichts Ungehöriges passiert. Ich werde das Treffen wie üblich abhalten. Wenn wir nicht die Nerven verlieren, können wir die Operation retten. Meinen Sie, dass Sie mir ein sauberes Hemd bringen können – eins von Mr Gibbons?«

Das gute weiße Twill-Hemd saß schrecklich, Godfrey musste sich hineinzwängen, doch nachdem sein Jackett von Blut gesäubert und seine Krawatte gebunden war und er aufrecht dastand, konnte er durchgehen. Er rieb sich die Schulter und lächelte reumütig, als er sagte: »Ich werde morgen einen Bluterguss haben. Jetzt muss ich nach nebenan, bevor Trude und Betty kommen.«

»Aber was ist mit …«, sagte Cyril und deutete hilflos auf Dolly.

»Ich mache so schnell ich kann – ich kürze das Treffen ab, sage ihnen, dass ich mit Deutschland funken muss. Dann kümmern wir uns um dieses … Problem. Aber jetzt müssen wir auf unsere Posten. Cyril, Sie müssen das Treffen aufnehmen. Und Miss Armstrong, vielleicht könnten Sie schon anfangen, ein bisschen zu putzen?« Warum mussten immer die weiblichen Vertreter der Spezies aufräumen?, fragte sich Julia. Als Jesus aus dem Grab stieg, sagte er wahrscheinlich zu seiner Mutter: »Kannst du da drin ein bisschen sauber machen?«

Godfrey hielt Wort. Innerhalb einer Stunde waren Trude und Betty wieder weg, und er kehrte zu ihnen zurück. Julia hatte nie zuvor darüber nachgedacht – es war nicht nötig gewesen –, aber Godfrey war ein geborener Anführer, ein General, und sie waren seine Truppen, die blind an sein Kommando glaubten.

Er wies sie an, die Tagesdecke mit der Candlewick-Stickerei von Perrys Bett zu holen. »Jetzt legt sie darauf.« Julia zögerte, doch Cyril – ein treuer Fußsoldat – sagte: »Kommen Sie, Miss. Wir schaffen das. Sie nehmen den Kopf, ich nehme die Füße. Mr Toby sollte sie nicht anheben, nicht mit seiner Schulter.« Aber Godfrey bestand darauf, obwohl er vor Schmerz zusammenzuckte, als sie Dollys Leiche auf die Decke hievten. Das kleine, in ein Handtuch gewickelte Bündel legten sie neben sie, und die beiden wurden eingewickelt wie ein Paket.

Wenn Julia sich an diesen Tag erinnerte, schnitt sie für gewöhnlich Dib aus der Erzählung heraus, die sie sich selbst erzählte. Es schien das unappetitlichste Element der ganzen Geschichte.

Nach der Sache mit dem Stockdegen war Dollys Hund durchgedreht, hatte geknurrt und nach ihnen geschnappt, bereit, sie alle in Stücke zu reißen. Es war ein kleiner Hund, nicht größer als Lily, aber er wirkte höchst gefährlich.

»Können Sie ihn ablenken, Cyril?«, sagte Godfrey, und Cyril warf einen von seiner Großmutter gestrickten Teddybären auf Dib. In Sekunden war er zerfetzt, doch es gab Godfrey Gelegenheit, sich hinter den Hund zu stellen und ihn am Halsband zu packen. Der Hund japste, als Godfrey ihn hochhob und auf Armeslänge von sich hielt, seine kurzen Beine paddelten sinnlos in der Luft, seine Augen traten überrascht aus den Höhlen. Godfrey trug ihn ins Bad. An der Tür blieb er stehen und sagte zu ihnen: »Kommt nicht rein.«

Hinter der geschlossenen Tür war viel Kreischen und Platschen zu hören, und dann kam Godfrey mit einem in ein Handtuch gewickelten Bündel wieder heraus. Später fanden sie Lily zitternd und geduckt unter Perrys Bett. Es dauerte mehrere Tage, bis sie ihnen wieder voll vertraute.

Strapazierfähige Schnur aus Perrys Sekretär wurde benutzt, um das Paket ordentlich zu verschnüren. Das Ergebnis war eine Candlewick-Mumie. Sie verschoben die Schreibtische, um an den Teppich in der Mitte des Zimmers zu kommen, und hievten Dolly und ihren treuen Gefährten darauf. »Leider schwerer, als sie aussieht«, sagte Godfrey. »Auf drei heben wir sie hoch – eins, zwei, drei!«

»Doppelt verpackt«, sagte Cyril, als sie Dolly in den Teppich wickelten. Kleopatra, dachte Julia. Oder Blätterteig mit Wurstfüllung. »Im Tod gibt es leider keine Würde, Miss Armstrong«, murmelte Godfrey.

Als sie fertig waren, waren sie schweißgebadet. In Cyrils Gesicht klebten mehrere Blutflecken. Sie nahm ein Taschentuch, befeuchtete es mit Speichel und sagte: »Kommen Sie her, Cyril.« Und wischte das Blut ab.

»Und jetzt was, Mr Toby?«, fragte Cyril. »Was machen wir jetzt mit ihr?«

»Trudes Kohlenkeller vielleicht?«, sagte Godfrey.

»Falsche Jahreszeit«, sagte Julia und dachte daran, wie schnell die arme Beatrice gefunden worden war. Cyril nickte weise. Alle drei schwiegen und wägten die Logistik der Entsorgung einer Leiche ab. Dann sagte Julia: »Warum begraben wir sie nicht auf einem Friedhof?«

Hartleys Abteilung wurde angerufen. Sie waren an Bitten um Transporte zu allen Tages- und Nachtzeiten gewöhnt. »Mr Gibbons braucht einen Wagen«, sagte Julia. »Abholen bitte am Dolphin Square. Ich werde dem Fahrer das Ziel mitteilen, wenn er da ist.«

Ein Wagen wurde geschickt. Julia ging hinunter und wartete am Eingang in der Chichester Street. Es war weit nach Mitternacht, als sich die beschirmten Scheinwerfer näherten, Lichtschlitze in einer sehr dunklen mondlosen Nacht.

Als der Fahrer ausstieg, gab ihm Julia großzügige fünf Pfund (zur Verfügung gestellt von Godfrey), eine Summe, die groß genug war, um alle Neugier im Keim zu ersticken, und sagte: »Mr Gibbons ist auf einer streng geheimen Mission, er wird selbst fahren.« Der Fahrer war an die Exzentrik des MI5 gewöhnt, und als sie ihn fragte, »Werden Sie gut nach Hause kommen?«, steckte er die fünf Pfund ein, lachte und sagte: »Ich denke schon, Miss.«

Sie zogen den Teppich zum Aufzug, zu konzentriert auf ihre Aufgabe, um viel zu empfinden. Es folgte ein beunruhigender Augenblick, als sie den Teppich im Erdgeschoss aus dem Aufzug zerrten, wo eine ältere Bewohnerin wartete, ihn betreten zu können. Julia sagte fröhlich: »Einen schönen guten Abend, wir bringen den Teppich als Hochzeitsgeschenk zur Schwester unseres Cyril hier.« (*Wenn Sie eine Lüge erzählen* und so weiter.) Cyril brach in manisches Gelächter aus. Die Frau betrat den Aufzug, wollte sie endlich loswerden. Wahrscheinlich hielt sie die drei nicht zusammenpassenden Leute für betrunken.

»Tut mir leid«, entschuldigte sich Cyril bei Godfrey, »es ist ein bisschen viel. Und Miss Armstrong lügt so gut, sie hat mich völlig überrascht.«

Godfrey klopfte ihm auf die Schulter und sagte: »Keine Sorge, mein Junge.«

Die in den Teppich gewickelte Dolly wurde auf den Beifahrersitz gesetzt. Es war die einzige Möglichkeit – und sie hatten mehrere ausprobiert –, wie sie in den Wagen passte. Cyril und Julia saßen hinten, Lily zwischen ihnen. Sie hatte kurz nervös am Teppich geschnüffelt und wollte dann nichts mehr damit zu tun haben. Hunde kannten den Geruch des Todes, dachte Julia.

Godfrey war der Einzige von ihnen, der fahren konnte. Er ließ den Motor an und sagte: »Also los.«

Jedes Mal wenn sie abbogen, bewegte sich Dolly etwas, als wäre sie noch am Leben. Wie in Bloomsbury hatte Julia das Gefühl, bei einer Farce mitzuspielen, allerdings bei einer, die nicht sonderlich lustig war – eigentlich überhaupt nicht lustig. »Wohin fahren wir gleich wieder?«, fragte Cyril und hielt den Teppich fest, als sie rasant um die Ecke in die Park Lane bogen. Godfrey war ein erstaunlich abenteuerlustiger Autofahrer.

»Ladbroke Grove«, sagte Julia.

Godfrey hatte jemanden angerufen. Julia wusste nicht, wen, und fragte sich, ob es der Mann mit dem Persianerkragen war. Wer immer es war, er hatte beträchtlichen Einfluss, denn als sie vor dem Bestattungsinstitut in Ladbroke Grove ankamen, warteten zwei Männer in Overalls auf sie, und der Bestattungsunternehmer persönlich führte sie in die Leichenhalle. Die beiden Männer in Overalls trugen Dolly herein mit den üblichen Möbelpackersprüchen – »Vorsicht, alter Sam«, »Pass auf die Ecke auf, Roy« und so weiter. Keiner stellte Fragen oder schien auch nur überrascht über die Lieferung, und Julia fragte sich, was die Männer in den Overalls (und auch der Bestattungsunternehmer) sonst taten. War das ihr Job – die diskrete Entsorgung von Mordopfern?

Julia wollte nicht sehen, wie der Sarg der armen Beatrice geöffnet und Dollys Leiche hineingelegt wurde, dennoch blieb sie und sah schweigend zu. Das ganze Unternehmen hatte etwas absolut Groteskes, auch wenn es ihre Idee gewesen war. Dib wurde als Letzter hinzugefügt, und Godfrey sagte: »Es erinnert an ägyptische Pharaonen, die mit Grabbeigaben ins nächste Leben übergehen. Mumifizierte Katzen und so weiter.«

Sie sahen zu, bis der Deckel des Sargs geschlossen und der letzte Nagel eingeschlagen war. Die Beerdigung sollte am nächsten Morgen stattfinden.

»Niemand wird wissen, dass etwas nicht stimmt«, sagte Godfrey. Aber wir wissen es, dachte Julia.

Sie fuhren Cyril nach Hause, den ganzen Weg nach Rotherhithe in der Verdunkelung, eine Glanzleistung von Godfrey. Es war drei Uhr morgens, als er vor dem Haus seiner Großmutter ausstieg. Er nahm die tröstliche Lily mit. Nachdem er hineingegangen war, sagte Godfrey: »Würden Sie mit zu mir nach Finchley kommen, Miss Armstrong? Ich denke, wir sollten sicherstellen, dass wir vom gleichen Blatt singen.«

»Sie meinen, unsere Geschichten abgleichen?«

»Genau.«

Am Himmel leuchtete eine prachtvolle Dämmerung, als sie vor Godfreys Haus in Finchley anhielten. Ein neuer Tag, aber für sie beide war es noch immer der alte Tag.

Neben dem Tor wuchs eine große Hortensie, die noch nicht voll blühte. »Wenn man die Pflanze sich selbst überlässt, blüht sie rosa«, sagte Godfrey – beiläufig, als hätten sie nicht gerade kaltblütig eine Frau abgeschlachtet. »Der Trick, damit die Blüten blau werden, besteht darin, ein paar Pennymünzen in die Erde zu tun. Gemähtes Gras und Kaffeesatz helfen auch«, fügte er hinzu. »Sie mögen sauren Boden.«

»Oh«, sagte Julia. Gab er ihr wirklich Gartentipps? Aber das war es wohl, was man unter »Weitermachen wie immer« verstand.

An der Haustür befand sich ein Klopfer in Form eines Löwenkopfs. Die Tür war aus Eiche. So viel solide Seriosität!

Als Godfrey die Tür aufschloss, roch Julia Möbel- und Metallpolitur. »Ah, unsere Putzfrau war da«, sagte er, trat über die Schwelle und schnüffelte an der Luft wie ein empfindlicher Hund. Er hängte Julias Mantel in einen Schrank im Flur. Seine Frau – »Annabelle« – sei nicht da, erklärte er, sie besuche ihre Mutter. Annabelle! Wie intim es schien, ihren Namen zu kennen. Julia stellte sich Perlen, gute Schuhe, Ausflüge in die Stadt zum Einkaufen, gefolgt von einem Mittagessen bei Bourne and Hollingsworth vor.

»Kommen Sie mit ins Wohnzimmer«, sagte Godfrey, und Julia folgte ihm gehorsam. »Setzen Sie sich«, sagte er und deutete auf ein riesiges Sofa – kein lachsfarbener Damast, sondern ein vernünftiger Wollmokett. Das Sofa war so groß wie ein Boot. Ich treibe, dachte sie. In Finchley. »Kann ich Ihnen eine Tasse Tee bringen, Miss Armstrong? Würde das helfen? Das war ein ziemlicher Schock.«

»Danke, ja.«

»Möchten Sie vielleicht« – er zögerte kurz – »das Badezimmer aufsuchen, Miss Armstrong?«

»Nein, nein danke, Mr Godfrey.«

»Sie haben ...« Er deutete auf ihre Hände. Es klebte noch Blut daran, getrocknet und rostfarben. Ihre Nagelhaut war damit verkrustet. »Erstes Zimmer links oben neben der Treppe. Unten haben wir leider kein Bad.«

Im kalten Bad waren die Handtücher frisch gewaschen und gefaltet, die Seife duftete nach Freesien. Beides schien die Existenz von Annabelle zu bestätigen. Wie auch die mit rosa Satin bezogene Daunendecke auf dem Bett und die Leselampen mit den geblümten Pergamentschirmen, die sie durch die offene Schlafzimmertür sah. Als sich Julia die Hände mit der Freesienseife wusch, färbte sich das Wasser rosa von Dollys Blut.

Als sie nach unten zurückkehrte, hörte Julia, wie Godfrey in der Küche hantierte. Es klang, als wäre er überraschend vertraut mit Annabelles Domäne.

Im Wohnzimmer waren keine Fotos aufgestellt, an den Wänden hingen nur unauffällige Aquarelle. Mehrere Aschenbecher, ein großes Feuerzeug, ein hölzerner Streichholzständer. Ein Radioapparat. Die *Times* lag aufgeschlagen auf dem Couchtisch. Godfrey musste am Vortag hier gesessen und über Dünkirchen gelesen, seine kräftig riechenden Zigaretten geraucht haben. Eine Kippe lag im Aschenbecher neben der Zeitung. Seine Putzfrau putzte nicht sehr gut, dachte Julia.

Schließlich kam er mit einem Tablett herein. Er schenkte Tee ein und reichte ihr eine Tasse. »Zwei Stück Zucker, nicht wahr, Miss Armstrong?«

Sie tranken schweigend Tee.

Nach einer langen Weile, gerade als Julia einzuschlafen drohte, sagte Godfrey: »Ich glaube, wir sollten sie noch eine Zeit lang am Leben erhalten – bevor wir sie aus der Geschichte herausschreiben.«

»Dolly? Ja«, sagte Julia. »Gute Idee.«

Für den kurzen Rest der Nacht blieb sie in Finchley, auf Godfrey Tobys Wohnzimmercouch, da sie sein Angebot, das Gästezimmer zu benutzen, höflich abgelehnt hatte. Es wäre befremdlich gewesen, im Zimmer neben seinem zu schlafen, sich ihn auf der anderen Seite der Mauer im Schlafanzug unter der rosa Daunendecke vorzustellen. Auch er schien erleichtert, als sie sich stattdessen für den Mokett entschied.

Ein paar Stunden später erwachte sie, als Godfrey (vollständig bekleidet, Gott sei Dank) mit einer Tasse Tee in der Hand neben dem Sofa stand wie ein geduldiger Butler. »Tee, Miss Armstrong?«, fragte er und stellte Tasse und Untertasse vorsichtig auf den Couchtisch, als hätte er Angst, jemand anderen im Haus zu wecken.

»Zwei Stück Zucker.« Er lächelte, zuversichtlich, dass er ihre Süßungsgewohnheiten jetzt kannte. Er ging in die Küche zurück, und sie hörte ihn etwas pfeifen, das sehr wie »Thanks for the Memory« klang. Vielleicht nicht das angemessenste Lied für den Morgen nach einem Mord. Er kehrte mit einem Teller mit Toast zurück und sagte gut gelaunt: »Richtige Butter. Annabelles Schwester lebt auf dem Land. Den Rest der Orangenmarmelade haben wir leider vor Wochen schon aufgegessen.«

Danach begleitete er sie zur U-Bahn-Station, von wo sie bis King's Cross fuhr, dort stieg sie in eine andere Linie um und fuhr zur Baker Street, wo sie zum zweiten Mal die Linie wechselte. In der letzten U-Bahn schlief sie ein und hätte weitergeschlafen, wenn ein Mann sie in Queen's Park nicht geweckt und gesagt hätte: »Entschuldigen Sie, Miss – ich mache mir Sorgen, dass Sie Ihre Haltestelle verpassen.« Er war onkelhaft, trug große Handwerkerstiefel und hatte ölverschmierte Hände. »Hatte Nachtschicht«, sagte er in Plauderlaune nach der offenbar langweiligen Nacht. »Sind Sie auf dem Weg zur Arbeit?«, fragte er, als sie beide in Kensal Green ausstiegen.

»Nein, zu einer Beerdigung«, sagte sie. Als ihn das nicht abzuschrecken schien, begann sie zu argwöhnen, dass er ein Auge auf sie geworfen hatte, doch am Tor zum Friedhof lüpfte er respektvoll den Hut und sagte: »War nett, mit Ihnen zu reden, Miss.« Dann ging er friedlich seiner Wege.

Sie hatte sowieso wegen Beatrice kommen wollen, um, wenn auch schweigend, ihr Leben zu bezeugen und ihren Tod, doch jetzt konnte sie sich überzeugen, dass auch ihre unheiligen Begleiter huckepack ins Grab gesenkt wurden, ohne Verdacht zu erregen.

Der MI5 zahlte für Beatrices Beerdigung, doch es war eine dürftige Angelegenheit, kaum mehr als ein Armenbegräbnis, und die einzigen Anwesenden waren Julia und zu ihrem Entsetzen der große Kriminalbeamte. »Miss Armstrong«, sagte er und tippte sich an den Hut. »Sie kommen ganz schön rum für jemanden, der tot ist. Ich bin überrascht, Sie hier zu sehen.«

»Ich fühle mich auf seltsame Weise mit ihr verbunden – so wie wir verwechselt wurden.«

»Wie ich sehe, hat unser Mädchen jetzt einen Namen.«

»Ja. Ivy. Ivy Wilson.«

»Sie wurde von ihrer Schwester identifiziert, glaube ich. Aber ihre Schwester ist nicht da. Komisch, finden Sie nicht?«

»Ja. Vielleicht.«

»Schwierig, gleichzeitig an zwei Orten zu sein«, sagte er. Was meinte er damit? Julia sah ihn scharf an, doch er blickte arglos zum Himmel empor.

Trotz des gebutterten Toasts in Finchley (der köstlich gewesen war) fühlte sich Julia aufgrund des Schlafmangels benommen, als sie an Beatrices übervollem Grab stand. Beatrice und Dolly und

Dib, eine Fracht, die schwer genug war, um das Boot des Fährmanns untergehen zu lassen, dachte sie.

»Geht es Ihnen nicht gut?«, fragte der große Kriminalbeamte, als sie nach der kürzesten Schweigeminute davongingen. »Sie sind sehr blass, Miss Armstrong. Einen Augenblick lang habe ich geglaubt, dass Sie ins Grab fallen würden.«

»Oh, nein, es geht mir gut«, versicherte sie ihm. Sie nutzte die erste Ausrede, die ihr in den Sinn kam. »Mein Verlobter, Ian, ist in der Marine. Auf der HMS *Hood*. Ich mache mir Sorgen um ihn.« Falsch! Sie hatte sich mit Iris verwechselt. Irgendwann hatte es passieren müssen, nahm sie an. War es wichtig? War noch irgendetwas wichtig?

Es war ein schöner Morgen. Als sie sich vom Grab entfernten, ließ ein blühender Baum im Friedhof Blütenblätter auf Julias Haar herabschweben, und der große Polizist wischte sie vorsichtig ab und sagte: »Sie sehen aus wie eine Braut.« Julia errötete trotz der unseligen Umstände. Aber so war das Leben, oder? – Blumen zwischen Gräbern. »Mitten im Leben sind wir vom Tod umfangen.« Und so weiter.

Kurz vor Mittag war sie wieder am Dolphin Square. Die Wohnung war leer. Seit drei Tagen hatte niemand mehr Perry gesehen, und Julia fragte sich, ob sie sich Sorgen machen sollte. Wahrscheinlich war er mit der Evakuierung beschäftigt. Sie fragte sich auch, was sie ihm bezüglich des fehlenden Hemds und der verschwundenen Tagesdecke sagen sollte. Das Hemd wäre einfach – in der Wäscherei verloren gegangen –, aber das Fehlen der Candlewick-Stickerei war schwerer zu erklären. Wäre es nicht besser, hatte sie zu Godfrey in Finchley gesagt, wenn sie alles einräumen würden? Dolly hatte sie angegriffen, sie hatten sich verteidigt, und leider war sie dabei ums Leben gekommen. »Wir sind immer noch ein Rechtsstaat, oder? Ist das nicht der Unterschied zwischen uns und dem Feind?« Eine Verhandlung hinter verschlossenen Türen, und sie würden freigesprochen. Vermutlich war es nicht ganz so eindeutig, aber das war es nie. Godfrey lachte zu ihrer Überraschung und sagte: »Aber stellen Sie sich den Papierkram vor, Miss Armstrong.«

Er schützte natürlich die Operation. Sie fragte sich in späteren Jahren, ob sie so wichtig gewesen war, dass man ihr einen Menschen hatte opfern müssen.

Alleyne blieb, er wollte offenbar sprechen. »Und unser Freund Godfrey?«, sagte er. »Wie geht es ihm?«

»Da gibt es nichts zu berichten, Sir.«

»Und doch hat mir ein Botenjunge eine Notiz des Inhalts gebracht, dass Sie etwas mit mir ›besprechen‹ wollen.«

Ach, du lieber Gott, dachte Julia. Sie hatte die Notiz und ihr Vorhaben vergessen, ihm von Godfreys Verabredungen mit dem Mann mit dem Persianerkragen zu erzählen. Das würde sie jetzt nicht mehr tun. Sie waren zu sehr Komplizen – befleckt mit Blut –, als dass sie sich gegenseitig für geringere Sünden verraten würden.

»Der Tee, Sir«, sagte sie.

»Der Tee?«

»Der Tee. Die Qualität des Tees, den wir bekommen, ist schockierend.«

»Darf ich Sie daran erinnern, dass Krieg ist, Miss Armstrong?«

»So heißt es, aber eine Operation wird mit Tee betrieben.«

»Ich schaue, was ich tun kann. Quidproquo und so weiter. Verschwenden Sie meine Zeit nicht noch einmal, Miss Armstrong.«

»Tut mir leid, Sir.«

»Es wird Sie übrigens interessieren, dass die Kabinettskrise beendet ist. Churchill hat Halifax überlistet. Wir werden keinen Frieden schließen. Stattdessen werden wir weiter für die Freiheit kämpfen.« Er ließ es abenteuerlich, nahezu amüsant klingen.

»Ja, Sir, ich weiß. Was ist mit unseren Truppen?«

»Wir bemühen uns immer noch mit aller Kraft, sie aus Frankreich herauszuholen.«

»Es sind so viele.«

»Ja.« Er zuckte die Achseln. Sie mochte das Achselzucken nicht.

»Und Nelly Varga, Sir?«

»Wer?«

»Lilys Besitzerin. Der Hund«, sagte sie und deutete auf Lily unter ihrem Schreibtisch. Er schaute den Hund einen Augenblick verständnislos an und sagte dann: »Ach, der. Nein, nichts.« Es war sehr wichtig gewesen, und jetzt war es nicht mehr wichtig, aber so war der Krieg, dachte Julia.

Alleyne schaute sich im Zimmer um – er war die Verkörperung der Beiläufigkeit – und sagte: »Fehlt nicht etwas? Lag da nicht ein Teppich?«

»Ja, Sir. Er ist in der Reinigung. Ich habe Tinte darauf verschüttet.« Die Männer in Overalls hatten den Teppich zusammen mit der blutigen Candlewick-Tagesdecke entsorgt.

Beethoven war gebändigt und stand wieder auf seinem angestammten Platz auf Perrys Sekretär. Alleyne tätschelte die fließenden Locken und sagte: »Wurde der Abguss gemacht, als er noch lebte? Oder schon tot war?«

»Ich habe keine Ahnung, Sir.«

»Ich muss los.« Er blieb an der Tür stehen, ein Trick, den er ständig anwandte und der besonders irritierend war. »Wie ich gehört habe, waren Sie heute Morgen bei einer Beerdigung.«

»Ja. Beatrice Dodds, Mrs Scaifes Dienstmädchen. Sie wurde unter falschem Namen begraben. Ivy Wilson. Ich habe mich als ihre Schwester ausgegeben.«

»Hm.« Alleyne versuchte nicht einmal, Interesse vorzutäuschen.

»Vermutlich ist niemand verhaftet worden – für ihre Ermordung, Sir?«

»Nein, und ich bezweifle, dass das jemals passieren wird. Sie war ein winziger Teil von etwas viel Größerem. Wir sind im Krieg.«

»Ja, Sir. Das haben Sie schon gesagt.«

»Also«, sagte Alleyne. »Halten Sie mich auf dem Laufenden.«

»Worüber?«

»Alles, Miss Armstrong. Alles.«

»Miss?«

»Cyril. Hallo.«

»Wer war das, der mir auf der Treppe begegnet ist, Miss?«

»Oliver Alleyne. Perrys Boss.«

»Mr Gibbons' *Boss*, Miss? Ich habe Mr Gibbons für den Boss gehalten.«

»Vermutlich gibt es viele Ränge über Mr Gibbons, Cyril. Der MI5 ist wie die Hierarchie der Engel. Ich bezweifle, dass wir jemals die ganz oben zu Gesicht kriegen – Cherubim und Seraphim und so weiter.«

»Ja, aber hat Mr Alleyne Verdacht geschöpft, Miss? Wegen … Sie wissen schon.«

»Nein, das glaube ich nicht. Wir sollten uns keine Sorgen machen.«

Sie wandte sich mit noch schwererem Herzen als zuvor wieder dem Protokoll zu.

```
(Forts.) Stimmen nicht zu hören. Technische Störung, zwei Minuten fehlen.

G. (Mehrere Wörter unverständlich) Was war das —
etwas über Judenhass?«
D. Die Busse sind voll mit ihnen. Ich glaube, sie
war in Golders Green, wo sie sich treffen (drei
oder vier Wörter unverständlich). En masse (? drei
Wörter unverständlich wegen DIB). Diese Frau, die
ich kenne, hat mir erzählt, dass sie mit dem Bus
gefahren ist, und ein Jude stand drin und hat mit
jemandem auf der Straße geredet, und er hat den
ganzen Platz in der Tür eingenommen, und das di-
cke Mädchen ist eingestiegen, die kräftige Sorte,
und sie hat ihn rausgestoßen.

(Gelächter)

G. Aus dem Bus?

(Kekspause)
```

Es war natürlich alles gefälscht. Dollys Text hatte tatsächlich Betty gesprochen. Es waren die Minuten des Treffens, das gleich nach dem Horrorstück von Dollys Ermordung stattgefunden hatte. Betty war aus diesem Protokoll einfach gestrichen worden, und Dolly hatte ihren Platz eingenommen. Julia hatte aus Gründen der Authentizität Dib mit hineingeschrieben. *(Der Teufel steckt im Detail.)* In diesem neuen Leben gestand ihm Julia Großbuchstaben zu.

Vielleicht war das ein Alibi. *Wie hätten wir Dolly ermorden können, wenn sie an diesem Abend lebendig und wohlauf war und über Juden und unsichtbare Tinte geredet hat?* Sie sollte die Aufnahme zerstören, sodass nur das schriftliche Protokoll übrig war für den Fall, dass jemand die Aufnahme hören wollte und sich fragte, warum Dolly plötzlich mit einem Essex-Akzent sprach. Andererseits war Julia die einzige Person, die die Platten jemals anhörte. Dennoch konnte es nicht schaden, den Beweis zu vernichten.

Julia schlug Cyril vor, mittags im Restaurant unten zu essen. Sie waren beide apathisch nach so viel Drama. »Und heute gibt es die Hammelpastete, die Sie so mögen«, sagte sie zu ihm. »Obwohl man es vielleicht nicht Hammel nennen kann. Es ist kein Fleisch, das jemals ein Schaf von der Nähe gesehen hat.«

Es war schon nach zwei, als sie in die Wohnung zurückkehrten. Victor sollte um fünf kommen. »Wir machen also wirklich weiter wie immer?«, fragte Cyril.

»Was sonst sollen wir tun?«

Sie hatten sich gerade wieder an die Arbeit gemacht – Julia an der Schreibmaschine, und Cyril suchte die Wohnung freiwillig noch einmal nach verbliebenen Blutflecken ab –, als an die Tür geklopft wurde. Es war ein lautes, geschäftsmäßiges Klopfen. Julia öffnete und stand den zwei Beamten der Staatspolizei gegenüber, die ein paar Tage zuvor zu Perry gekommen waren. Hinter ihnen standen zwei uniformierte Polizisten. Einer der Staatspolizisten hatte ein offizielles Schreiben in der Hand, das Julia als Haftbefehl erkannte. Das Spiel war aus. Sie wussten von Dolly und waren gekommen, um sie zu verhaften. Julias Beine begannen so heftig zu zittern, dass sie befürchtete, sie würden ihr den Dienst versagen.

»Wir suchen Mr Gibbons«, sagte ein Polizist.

»Perry?«, krächzte Julia.

»Peregrine Gibbons, ja.«

Sie waren wegen Perry gekommen, nicht wegen ihr und Cyril.

»Ich weiß nicht, wo er ist.« Sie war so erleichtert, dass sie Perry umstandslos auslieferte. »Er kann überall sein – Whitehall, Scrubs. Er hat eine Wohnung in der Petty France. Ich gebe Ihnen die Adresse.«

Die Polizisten zogen unzufrieden wieder ab. Cyril sagte: »Ich dachte schon, mir wird schlecht. Ich dachte, sie wollten uns abholen. Was, glauben Sie, wollten sie von Mr Gibbons? Sie wirkten ernst.«

»Sie hatten einen Haftbefehl.«

»Verdammter Mist, Miss. Für Mr Gibbons? Warum? Glauben Sie, dass es was mit dem Right Club zu tun hat? Glauben Sie, dass er einer von ihnen ist?«

»Ich weiß es wirklich nicht, Cyril.«

Wieder wurde an die Tür geklopft, und Julia meinte, dass ihr nun endgültig die Nerven versagen würden, doch dann erkannte sie das vertraute *Poch-poch-poch-POCH* von Godfrey.

»Nur einen Augenblick«, sagte er, als Julia die Tür öffnete. »Victor kommt gleich.«

»Ich weiß.«

»Ich wollte nur wissen, ob bei Ihnen und Cyril alles in Ordnung ist.«

»Ja, Mr Toby. Alles in Ordnung.« Gab es irgendeine andere Antwort?

»Ist Perry etwas zugestoßen?«, fragte Julia Hartley.

»Zugestoßen?«

»Ich habe ihn seit Tagen nicht mehr gesehen. Ich dachte, dass es etwas mit Operation Dynamo zu tun hat, aber die Staatspolizei hat nach ihm gesucht. Ich glaube, sie hatten einen Haftbefehl. Du hast doch Freunde bei der Staatspolizei, oder?«

»Ich habe überall Freunde«, sagte er verdrießlich. »Du weißt es nicht, oder? Nein, natürlich nicht. In manchen Dingen bist du sehr naiv. Er wurde verhaftet, weil er auf die Klappe gegangen ist.« Auf die Klappe gegangen? Was um alles in der Welt war das? Es klang nicht uncharmant. Julia konnte sich Perry mit seiner Vorliebe für Exkursionen gut vorstellen, wie er einen Berg namens Klappe bestieg, wie er dann alles beschrieb ...

»Damit hat es nichts zu tun«, sagte Hartley.

»Was ist es dann?«

»›Belästigung von Männern zu unmoralischen Zwecken‹ lautet die Anklage. In öffentlichen Toiletten und – du weißt schon … Muss ich es genau erklären?«

Er musste.

Hartley sagte: »Er ist bei denen da oben in Ungnade gefallen, obwohl die Hälfte von ihnen natürlich Homosexuelle oder Perverslinge sind, auf die eine oder andere Weise. Mir persönlich ist es piepegal, wer was mit wem treibt. Und alle wussten es.«

»Alle außer mir.«

»Wusstest du es?«, fragte sie Clarissa.

»Ach, Süße, alle wissen, dass Perry Gibbons eine Schwuchtel ist. Ich dachte, das hättest du begriffen. Die Hälfte der Männer, die ich kenne, sind schwul. Man kann solchen Spaß mit ihnen haben – na ja, vielleicht nicht mit Perry. Und Perry – in seiner Position ist er angreifbar. Erpressung und so weiter. Man darf sich nicht erwischen lassen. Und er ist erwischt worden.«

Er kam zum Dolphin Square, um sich zu verabschieden. »Ich werde Sie leider verlassen, Miss Armstrong«, sagte er. Sie war allein in der Wohnung, doch keiner von beiden erwähnte seine »Schande«. Julia war nicht in der Stimmung, ihm zu vergeben – er hatte sie als Tarnung benutzt, als Accessoire an seinem Arm. Sie war noch geschockt von Dollys Tod, und das minderte vermutlich ihr Mitgefühl für ihn, obwohl eigentlich das Gegenteil der Fall hätte sein sollen. Schließlich war sie auch kein Unschuldslamm.

Er musste weder vor Gericht noch ins Gefängnis – die Anklage wurde diskret fallen gelassen. Er kannte eine Menge Leute, und sie alle hatten Geheimnisse, von denen er wusste. Er ging zum Informationsministerium. »Verbannt«, sagte er, »in den äußeren Kreis der Hölle.«

Nominell wurde Oliver Alleyne Godfreys Führungsoffizier, aber sie sahen ihn nur selten und arbeiteten weiter, ohne wirklich kontrolliert zu werden. Alleyne hatte das Interesse an der Fünften Kolonne und an Godfreys Treiben verloren. Er hatte Wichtigeres zu tun.

Zwei Wochen nach Dünkirchen schickte Alleyne einen Botenjungen mit einer Nachricht. Nelly Varga hatte an Bord eines der Schiffe gehen können, das an der Operation Ariel teilnahm und Truppen und Zivilisten weiter im Süden Frankreichs evakuierte. Nelly war mit Tausenden anderer gestorben, als die *Lancastria* vor Saint-Nazaire angegriffen wurde. »Der verdammte Hund gehört Ihnen«, schrieb er, »außer Sie wollen, dass ich ihn loswerde.«

Sie machten weiter. Die Informanten kamen zum Dolphin Square. Godfrey sprach mit ihnen. Cyril nahm die Gespräche auf. Julia tippte sie ab. Sie fragte sich, ob überhaupt noch irgendjemand die Protokolle las. Godfrey erzählte den Informanten, die Dolly kannten, dass sie nach Irland gezogen war, doch sie trieb weiterhin ihr Unwesen, geisterhaft, in den Protokollen, weil Julia sie irgendwie nicht gehen lassen konnte und immer noch Wörter für sie fand, unverständliche und verständliche. Dib bellte in seiner Existenz als Gespenst. Auch Godfrey hielt Dolly am Leben und erwähnte sie in seinen Berichten. Cyril schrieb sie in den wöchentlichen Zeitplan ein. Nach den Bombenangriffen fuhr sie nach Coventry und berichtete, dass »die Moral am Boden« war. Sie rekrutierte mehrere »Personen« und zeichnete viele Landkarten, die nicht zu gebrauchen waren. Eine Fassade. Fiktion und Fakten wurden eins. Es gab kaum einen Unterschied zwischen der lebenden und der toten Dolly. Außer natürlich für sie selbst.

Der Horror war noch nicht vorbei, er sollte erst noch kommen. Während eines Kriegs vergeht die Zeit schnell. Auf Dünkirchen folgte über den sommerlichen Feldern von Kent die Luftschlacht um England, und innerhalb von Wochen hatte der Blitz begonnen.

Das Russische Teehaus, Mrs Ambrose, Mrs Scaife, sogar Beatrice und Dolly wurden rasch zu Erinnerungen, in den Schatten gestellt von wichtigeren Ereignissen. Überleben übertrumpfte Erinnerung. Es gab ein umfassenderes Schlachten als Dollys, mit dem sie fertigwerden mussten.

Auch Iris war überwiegend vergessen, doch Julia erinnerte sich an den Verlobten ihres Alter Egos, Ian, als der Schlachtkreuzer HMS *Hood* im Mai 1941 angegriffen wurde. Fast eintausendfünfhundert Männer kamen ums Leben, als das Schiff sank. Nur drei überlebten; Ian war nicht dabei. Doch Julia war sich sicher, dass er heldenhaft gekämpft hatte.

Der MI5 wurde aus den Scrubs gebombt, und die meisten Mädchen in der Verwaltung zogen in den Blenheim Palace. Operation Godfrey blieb am Dolphin Square. Alle drei vermuteten, dass man sie übersehen, ja sogar vergessen hatte. Am Dolphin Square hatten sie eigene Luftschutzräume, Helfer und Erste-Hilfe-Posten. Der Ort hatte etwas bewundernswert Selbstgenügsames. Er wurde mehrmals von Bomben getroffen. Während des ersten Angriffs auf Pimlico im September 1940 tat Julia zu ihrem Glück als Feuerwache Dienst. Ein Luftschutzkeller wurde direkt getroffen, und viele Menschen wurden verschüttet. Nie kam sie einer Bombe näher. Es war schrecklich.

Clarissa starb, als eine Bombe auf das Café de Paris fiel. Miss Dicker kam persönlich zum Dolphin Square, um es Julia mitzuteilen. »Es tut mir so leid – Sie beide waren befreundet, nicht wahr, Miss Armstrong? Werden Sie sie für uns identifizieren?« Und so kehrte Julia in das Öffentliche Leichenschauhaus von Westminster zurück, wo sie Beatrices Leiche identifiziert hatte. Damals war es ruhig gewesen, jetzt war hier die Hölle los.

»Sie haben Glück, dass sie in einem Stück ist«, sagte ein achtloser Mitarbeiter, als er das Tuch zurückzog. »Wir hatten hier überall Gliedmaßen und Köpfe.«

Als niemand hinsah, nahm Julia die Perlenkette von Clarissas perfektem Schwanenhals, und als sie wieder zu Hause war, wusch sie das Blut davon ab und legte sie selbst an. Sie saß ziemlich hoch – ein Scharfrichter hätte sie als Richtschnur zum Abhacken ihres Kopfes benutzen können. Sie hatte keine Gewissensbisse. Sie war überzeugt, dass es ein Geschenk war, das gern gegeben worden wäre.

Cyril und seine Respekt gebietende Großmutter überlebten die schrecklichen Tage des Blitz im East End, wurden jedoch im März 45 – grausam nahe am Ende des Kriegs – beim V2-Raketenangriff getötet. Seine Oma hatte ihn gebeten, sie zum Smithsfield Market zu begleiten. Sie hatte gehört, dass es frischen Nachschub an Kaninchen gab. Die Operation am Dolphin Square war im November 1944 beendet worden. Godfrey wurde nach Paris geschickt, um gefangene deutsche Offiziere zu verhören. Jemand behauptete, er sei in Nürnberg; danach war er verschwunden. Julia wurde neu zugeordnet. Miles Merton wollte sie als seine Sekretärin, und sie arbeitete für ihn bis Kriegsende. Dann wurde sie wie so viele andere umstandslos aus dem Dienst entlassen. Sie fand Zuflucht bei der BBC in Manchester.

Von Giselle wurde nie wieder etwas gehört. Einmal, Jahre später, glaubte Julia, sie die Via Veneto entlanggehen zu sehen. Sie war sehr schick gekleidet und in Begleitung zweier Kinder, doch Julia folgte ihr nicht, weil es so unwahrscheinlich schien, und außerdem wollte sie von der Wahrheit nicht enttäuscht werden.

Lily lief während des Blitz davon, in Todesangst versetzt vom Lärm. Julia war im Hyde Park mit ihr, als die Sirenen unerwartet früh losgingen. Kurz darauf folgte das schreckliche Geräusch der Flugabwehrgeschütze, das den armen Hund immer in den Wahnsinn trieb. Sie war nicht angeleint gewesen, und bevor Julia sie aufhalten konnte, war sie davongerannt und verschwunden.

Cyril und Julia verbrachten viel Zeit damit, sich das Leben vorzustellen, in das sie gelaufen war – ein großes Haus in Sussex, jede Menge fleischiger Knochen vom Metzger, Kinder zum Spielen. Sie weigerten sich zu glauben, dass ihr kleiner Körper irgendwo vom Schutt zerdrückt worden war oder dass sie ängstlich und allein durch die Straßen wanderte. Nach Cyrils Tod musste Julia die Fantasie allein weiterspinnen, nur waren Lily und Cyril jetzt wiedervereint, spielten auf einer perfekten grünen Wiese mit dem Stöckchen, bevor sie müde, aber glücklich nach Hause gingen zu einem großen Abendessen, das Oma gekocht hatte. *Lassen Sie Ihre Fantasie nicht mit sich durchgehen, Miss Armstrong.* Aber warum nicht, wenn die Realität so schrecklich war?

Und das war er. Julias Krieg.

Der große Kriminalbeamte stand ungefähr eine Woche nachdem sie ihn auf dem Friedhof von Kensal Green getroffen hatte, vor ihrer Tür. Sie hatte ihm ihre Adresse nicht gegeben, doch sie nahm an, dass es in der Natur seiner Arbeit lag, Dinge herauszufinden.

»Miss Armstrong?«, sagte er. »Ich dachte, Sie würden vielleicht gern etwas trinken.«

Sie nahm an, dass er sie in ein Pub einladen wollte, doch er hatte eine große Flasche Bier dabei und sagte: »Ich dachte, wir trinken sie hier.«

»Oh«, sagte sie.

»Darf ich hereinkommen?«, fragte der große Kriminalbeamte. (»Ich bin übrigens gar nicht so groß«, sagte er. »Einen Meter fünfundachtzig.«) Er hatte auch einen Namen – Harry, ein guter patriotischer Name. »Ruft: Gott mit Heinrich! England! Sankt Georg!«, sagte sie, und er lachte und sagte: »Noch einmal stürmt, noch einmal, Miss Armstrong?« Und sie dachte, Gott sei Dank, er kennt seinen Shakespeare.

Dann zog der große Kriminalbeamte – sie nahm an, dass sie lernen müsste, ihn Harry zu nennen – sie in seine starken Kriminalbeamtenarme, und in überraschend kurzer Zeit zog er sich auf die erwartungsvolle Weise eines Schwimmers aus, der ins Meer springen will, bevor er sich an die Tat machte, als wäre es Sport. Er entmystifizierte den Sexualakt, vermittelte ihr eine durch und durch englische Übersetzung der *éducation sexuelle*. Wie sich herausstellte, war es tatsächlich eine Betätigung wie Hockey oder Klavierspielen, und wenn man genügend übte, konnte man überraschend gut darin werden.

Es dauerte natürlich nur ein paar Wochen. Er meldete sich freiwillig bei der Armee, und obwohl er ihr ein paar Mal schrieb, kühlten die Gefühle zwischen ihnen ab. Nach dem Fall Frankreichs zogen die Freien Franzosen an den Dolphin Square und machten es zu ihrem Hauptquartier, und als sie den letzten Brief des großen Kriminalbeamten bekam, hatte Julia bereits eine Affäre mit einem der französischen Offiziere, die vor ihrer Tür einquartiert worden waren.

»Ooh là là, Miss«, sagte Cyril.

1950

REGNUM DEFENDE

Julia hatte einen lähmenden Vormittag damit verbracht, Lehrerberichte zu *Die Geschichte zurückverfolgen* zu lesen. (Wohin sonst sollte man Geschichte verfolgen, fragte sie sich, außer man wäre eine Kassandra?) Es war eine weitere Serie von Joan Timpson, die ihr in den Schoß gefallen war. Sie war erleichtert, als Fräulein Rosenfeld, den Langenscheidt an den Busen gedrückt, als wäre es ein Brustpanzer, in Julias Büro watschelte und sagte, sie sei »auf der Suche nach Bernard«.
»Bernard?«, sagte Julia höflich.
»Mr Prendergast.«
Julia hatte nie daran gedacht, dass Prendergast einen Vornamen haben könnte. »Nein, ich habe ihn heute den ganzen Tag nicht gesehen«, sagte sie. »Kann ich Ihnen helfen, oder wollten Sie etwas Besonderes?«
»Oh, nichts Besonderes«, sagte Fräulein Rosenfeld und errötete. Donnerwetter, dachte Julia – Fräulein Rosenfeld und Prendergast. Wer hätte das gedacht?

Mittags ging Julia zur National Gallery und aß ihr Sandwich auf der Treppe sitzend, während sie halbherzig versuchte, das Kreuzworträtsel aus der *Times* zu lösen. Das Sandwich enthielt eine deprimierende Fischpaste, die Elizabeth David wahrscheinlich entsetzt hätte – zu Recht. Die Treppe vor der Gallery war ein guter Ort, um Ausschau nach verrückten Ungarn zu halten.
Der Nebel hatte sich über Nacht aufgelöst, und jetzt konnte Julia die ersten Knospen an den Bäumen sehen und über dem Londoner Verkehrslärm die Vögel zwitschern hören, die sich auf den Frühling vorbereiteten. Sie waren ganz Gefieder, dachte sie.
Sie schaute auf ihre Uhr, faltete die Zeitung zusammen, fütterte die Tauben auf dem Trafalgar Square mit den Brotkrumen und betrat das Gebäude.
Sie ging durch die stillen Säle, ungerührt von den Wänden voller religiösem Leiden, blutenden Wunden und in gequältem Flehen

himmelwärts gerichteten Blicken. Das makellose England des 18. Jahrhunderts mit seinen Pferden und Hunden und modischen Kostümen zog an ihr vorbei, ebenso wie die hübschen französischen Aristokraten, die nicht ahnten, welcher Terror auf sie zukam. Julia schritt entschlossen aus. Sie hatte ein anderes Ziel.

Die Nachtwache. Vor dem Gemälde stand eine Bank, auf der Julia über diese Übung in Düsternis meditieren konnte – aber vielleicht musste das Bild auch nur gereinigt werden, wie alles andere nach dem Krieg.

»Tenebrismus«, sagte Merton, setzte sich neben sie und betrachtete das Gemälde. Sie hätten Betende in einer Kirche sein können, die zufälligerweise auf derselben Bank saßen. Beide mochten Rembrandt nicht. Miles Merton bewunderte Tizian; und Julia war den kühlen niederländischen Interieurs treu geblieben.

»Tenebrimus?«, sagte Julia. »Dunkelheit?«

»Dunkel *und* hell. Man kann das eine nicht ohne das andere haben.« Jekyll und Hyde, dachte sie. »Chiaroscuro, wenn Ihnen das lieber ist«, sagte er. »Die *tenebrosi* haben sich für Kontraste interessiert. Caravaggio und so weiter. Rembrandt war ein Meister darin. Ich habe mich für diesen Treffpunkt entschieden, weil Sie einmal gesagt haben, dass Sie Rembrandt besonders bewundern.«

»Ich habe gelogen.«

»Ich weiß.«

»Und außerdem«, sagte Julia, unfähig, ihren Ärger über Merton zu unterdrücken, »ist das kein Rembrandt, es ist eine Kopie von Gerrit Lundens. ›*Die Kompanie von Kapitän Frans Banning Cocq,* nach Rembrandt.‹ Da steht es.«

»Genau. Ich dachte, das hätte etwas wunderbar Ironisches. Das Original hängt natürlich im Rijksmuseum. Es ist groß – viel größer als Lundens' Kopie. Wussten Sie, dass Rembrandts Bild schon sehr früh in seinem Leben beschnitten wurde, damit es an eine bestimmte Stelle im Amsterdamer Rathaus passte? Bürokratischer Vandalismus im Dienst der Inneneinrichtung. Wunderbar!«, murmelte er, offenbar amüsiert von der Vorstellung.

Julia legte ihre *Times* zwischen ihnen auf die Bank. Sie wollte ein bisschen Distanz zwischen sich und Miles Merton schaffen.

»Aber vielleicht wissen Sie *nicht*«, fuhr er fort, »dass Lundens'

Kopie gemalt wurde, bevor die guten Bürger von Amsterdam das Original beschnitten. Eine zusätzliche zarte Schicht Ironie! Und heute ist die Kopie unser einziger Beweis, wie *Die Nachtwache* tatsächlich aussah – wie Rembrandt wollte, dass sie aussah. Die Fälschung, obwohl Lundens natürlich gar nicht fälschen wollte, ist in gewisser Hinsicht wahrer als das Original.«

»Was genau wollen Sie damit sagen?«

Er lachte. »Nichts. Wirklich. Und doch so viel.« Sie betrachteten schweigend weiterhin das Bild.

»Sie haben lange gebraucht«, sagte Merton schließlich. »Ich dachte schon, Sie wären davongelaufen.«

»Ich hatte ein paar Probleme.« Sie nahm das Blatt Papier aus der Handtasche und reichte es ihm.

»*Du wirst bezahlen für das, was du getan hast.*« Er runzelte die Stirn.

»Ich werde verfolgt.«

Merton zuckte besorgt zusammen, schaute sich jedoch nicht um. »Hier?«, fragte er leise.

»Ich dachte, es wäre etwas Schlimmes, aber wie sich herausgestellt hat, sind nur die Toten wiederauferstanden.«

»Die Toten?«

»Nelly Varga.«

»Ach, *die*«, sagte er. Er klang erleichtert. »Ich erinnere mich an sie. Sie war einer unserer ersten Doppelagenten. Verrückte Frau. Sie hat so ein Theater um ihren Hund gemacht.«

»Mir wurde gesagt, dass sie mit der *Lancastria* untergegangen ist.«

»Ja, das dachten wir. Aber in Saint-Nazaire herrschte Chaos. Völliges Chaos. Es gab offenbar keine richtige Passagierliste. Irgendwann nach dem Krieg ist sie nach England zurückgekommen.«

»Mit einem Mann?«

»Ihrem Mann. Ihrem neuen Schoßhündchen, glaube ich. Sie hat ihn in einem Flüchtlingslager in Ägypten aufgegabelt.«

»Sie will mich umbringen.«

»Aus einem speziellen Grund?«

»Mir wurde die Verantwortung für ihren Hund übertragen.«

»Ach, wirklich? Das wusste ich nicht.«

»Der Hund ist in meiner Obhut gestorben.«

»Aber das sind doch alte Kamellen«, sagte Merton.

»Nicht für Nelly Varga. Ich muss ihre Hartnäckigkeit bewundern. Oder ihre hartnäckige Liebe.«

»Woher weiß sie von Ihnen? Wie hat sie Sie *gefunden?*«

»Ich habe keine Ahnung«, sagte Julia. »Vielleicht hat es ihr jemand gesagt.«

»Und wer sollte das gewesen sein?«

Sie seufzte. »Manchmal denke ich, dass meine Seele konfisziert wurde.«

»Ach, Julia.« Merton lachte. »Wie abstrus Sie geworden sind. Macht Ihnen Ihr Gewissen zu schaffen?«

»Jeden Tag.« Sie starrte niedergeschlagen auf das Gemälde, bevor sie sagte: »Ich muss zurück. Heinrich VIII. wartet am Portland Place auf mich.«

»Ja«, sagte Merton. »Ich muss meine Bekanntschaft mit einem Uccello erneuern. Ich melde mich.«

»Nein!«, flüsterte sie. »Tun Sie das nicht. Es ist vorbei. Sie haben es selbst gesagt.«

»Ich habe gelogen.«

»Ich mache nicht mehr mit. Sie selbst haben gesagt, wenn ich diese eine Sache noch mache, wäre ich danach frei.« Sie klang in ihren eigenen Ohren wie ein bockiges Kind.

»Ach, meine liebe Julia«, sagte er und lachte. »Man ist nie frei. Es ist nie *vorbei.*«

Julia ließ die *Times* auf der Bank liegen, als sie ging. Miles Merton blieb, wo er war, als wäre er tief versunken in die Bewunderung der *Nachtwache*. Nach ein paar Minuten nahm er die Zeitung und ging.

Sie hatte sich als Jägerin besetzt, als Diana, doch letztlich war sie der Hirsch, und die Hunde kreisten sie ein. Ich hätte vorsichtiger sein sollen, dachte sie.

In einem Augenblick gesteigerten Wahnsinns hatte sie am Vorabend geglaubt, dass Dolly sie verfolgte, doch sie war schnell wieder zur Vernunft gekommen.

»Wer sind Sie?«, fragte sie die schattenhafte Gestalt, die in ihrer dunklen Wohnung saß. »Was wollen Sie von mir?« Sie zielte mit der Mauser. »Ich bin durchaus bereit, Sie zu erschießen.«

Und dann, als wäre eine unsichtbare Hand am Werk, erwachte die Elektrizität zum Leben, und Julia sah, wer ihr ungebetener Besucher war.

»Sie?«, sagte sie.

»Ich fürchte ja, Miss Armstrong. Bitte, legen Sie die Pistole weg. Sie könnten jemanden verletzen.«

»Wir hatten Sie seit Langem im Auge«, sagte der Mann mit dem Persianerkragen.

Als sich das Licht in der Wohnung einschaltete, sah sie ihn mit einer (ihrer) Flasche Whisky und zwei Gläsern am Tisch sitzen. Sein Glas war halb leer, und sie fragte sich, wie lange er schon im Dunkeln saß. War es um der dramatischen Wirkung willen? Er hatte zweifellos etwas Theatralisches an sich.

Er trug nicht den Mantel mit dem Persianerkragen. Im Gegensatz zu Godfrey hatte er sich nach dem Krieg einen neuen Mantel gekauft. Er goss ihr Whisky ein und sagte: »Setzen Sie sich, Miss Armstrong.«

»Haben Sie einen Namen?«, fragte Julia.

Er lachte. »Nicht wirklich. Keinen, der Ihnen etwas sagen würde.«

»Mir ist jeder Name recht«, sagte Julia. »Er ist nicht wichtig. Ein Name ist nur ein Anhaltspunkt. *Mr Green aß zu Abend. Miss White gefiel der Hut.* Sonst wäre es nur Hinz oder Kunz.«

»Oder niemand.« Er ließ sich erweichen. »Ich bin Mr Fisher.« Vermutlich log er. Der Menschenfischer, dachte sie. Der Mädchenfischer.

»Wollen Sie etwas von mir, Mr ›Fisher‹, oder sind Sie nur gekommen, um mir Angst einzujagen? Denn davon hatte ich heute schon genug. Wer *sind* Sie? Offenbar niemand vom MI5.« (Aber wenn nicht, was dann?)

»Nichts ist so einfach, wie es aussieht, Miss Armstrong. Das müssen Sie doch nun wirklich wissen. Eine Sache kann viele Facetten haben. Wie das Spektrum von Licht. Man könnte sagen, dass ich in einem unsichtbaren Bereich existiere. Wie zum Beispiel Infrarot.«

»Wie rätselhaft Sie sind«, sagte sie gereizt. Sie nahm das Glas Whisky, das er ihr eingeschenkt hatte, und trank es auf einen unangenehmen Zug aus. Danach fühlte sie sich schlechter statt besser. Sie dachte an die Borgias und ihre Gifte. »Was genau wollen Sie?«

»Ich dachte, es würde Sie interessieren«, sagte Fisher, »dass der Flamingo in Halifax gelandet ist.«

»Halifax?« Warum um alles in der Welt, fragte sie sich, sollte der Tscheche in einer Textilstadt in West Riding landen?

»Nicht das Halifax. Halifax, Nova Scotia. Auf der Durchreise. Die Amerikaner haben ihn, sie haben ihn von Lakenheath ausgeflogen, aber sie mussten zwischenlanden, um aufzutanken. Jetzt ist er sicher in Los Alamos. Sie haben uns offensichtlich nicht zugetraut, ihn intakt zu übergeben.«

»Das hat nichts mit mir zu tun«, sagte Julia. »Er war ›intakt‹, wie Sie sich ausdrücken, als er bei mir war. Und sind wir nicht auf der gleichen Seite wie die Amerikaner?«

»Hm. Manche behaupten das.« Er bot ihr eine Zigarette an, die sie nach kurzem Zögern nahm. »Keine Sorge«, sagte er und lächelte schmal, als er sie anzündete. »Sie ist nicht mit Zyanid gewürzt.« Er zündete sich selbst eine an und fuhr fort: »Abgesehen davon, was er im Kopf hat, hatte unser Freund, der Tscheche, offenbar wertvolle Dokumente dabei. Tabellen, Formeln und so weiter. Originale anscheinend. Wir glauben, dass jemand nach seiner Landung in England Kopien davon gemacht hat.«

»Kopien?«

»Auf Mikrofilm. Ich stelle mir ein Szenario vor, bei dem der arme Mann erschöpft von der Reise an unserer Küste ankommt. In einem sicheren Schlupfwinkel des MI5 – ein warmes Feuer, etwas zu essen, etwas Gutes aus der Harrods Food Hall vielleicht, gefolgt von einem Drink – Whisky vielleicht.« Er tippte gegen den Rand des Glases vor ihm. »Und als er fest schläft, hat jemand – Mr Green oder Miss White, ein Name ist nur ein Anhaltspunkt – die Papiere aus seinem Koffer genommen – vielleicht jemand, der einst gelernt hat, Schlösser zu knacken –, und dann hat Mr Green oder Miss

White sie fotografiert. Und anschließend wieder in den Koffer getan und den Koffer verschlossen. Was meinen Sie? Klingt das plausibel?«

Das Leben war in der vergangenen Woche mit so einem Tempo vorangeschritten, dass die Ankunft des Flamingos in ihrer Wohnung wie etwas aus einem Traum erschien. Ein kleiner Mann ohne Hut, ein Bauer. Sie waren natürlich alle Bauern im großen Spiel von jemand anderem. Sie hatte sich für eine Königin gehalten, nicht für einen Bauern. Wie dumm zu glauben, dass so etwas möglich war, wenn die Mertons und Fishers in dieser undurchsichtigen Welt das Spielbrett kontrollierten.

»Und dann hatte Miss White vor – irgendwie denke ich da an eine Frau –, diesen Mikrofilm ihren Dienstherren zu übergeben, damit ihnen die wertvollen Informationen nicht verloren gehen. Ich nehme an, dass Miss White so freundlich war, ihren Dienstherren nicht zu erzählen, wo der arme Mann war. Sie hat ihn in den Westen entkommen lassen. In die Freiheit. Ich nehme an, dass Sie fotografiert haben, was sich im Koffer des Tschechen befand, weil Sie glauben, dass die Sowjets unsere Freunde sein sollten, dass wir ohne sie den Krieg nicht gewonnen hätten, und warum sollten sie nicht über das gleiche wissenschaftliche Knowhow verfügen wie wir? Fuchs' Argument, nicht wahr? Haben Sie deswegen die Dokumente für die Sowjets erfasst? Sagen Sie mir, Miss Armstrong – die Säuberungen, die Schauprozesse, die Lager, machen sie Ihnen keine Sorgen? Irgendwie kann ich mir nicht vorstellen, dass Sie in einer Kooperative auf dem Land oder in einer Fabrik arbeiten?«

»Ich möchte nicht in Russland leben.«

»Das ist euer Problem, Ihres und Mertons und euresgleichen. Ihr seid *intellektuelle* Kommunisten, aber ihr wollt nicht wirklich unter dem eisernen Daumen leben.«

»Man nennt es Idealismus.«

»Nein, man nennt es Verrat, Miss Armstrong, und ich nehme an, dass es genau das gleiche Argument ist, das Godfreys Informanten benutzten. Wie langweilig naiv Sie sind.«

»Zufälligerweise glaube ich an gar nichts mehr.«

»Und doch wollen Sie ihnen die Dokumente geben. Merton. Er

ist seit Langem Ihr Betreuer, nicht wahr? Ich frage mich, wie loyal Sie ihm gegenüber sind.«

»Erstaunlich wenig.«

Der Würfel war vor langer Zeit schon gefallen. Merton hatte sie schon gekannt, als sie zu Beginn des Kriegs zu dem Vorstellungsgespräch zu ihm kam. Die Direktorin der guten Mädchenschule – ein Scout, wo man ihn nicht vermutete – hatte sie ihm empfohlen als »die Art Mädchen, nach der er suchte«. Er hatte für den Nachmittag Miss Dickers Stelle eingenommen, damit er die richtigen Fragen stellen konnte. Julia war leicht zu rekrutieren gewesen. Sie glaubte an Fairness und Gleichheit, an Gerechtigkeit und Wahrheit. Sie glaubte, dass England ein besseres Land sein könnte. Sie war der reife Apfel, der gepflückt werden wollte, und sie war auch Eva, die gewillt war, den Apfel zu essen. Die endlose Dialektik zwischen Unschuld und Erfahrung.

Nach dem Krieg hatte sie aufgehört, für Merton zu arbeiten, doch nach ihrer Rückkehr aus Manchester hatte er sie wie der MI5 wieder für sich reklamiert. (»Nur hin und wieder eine sichere Unterkunft, Miss Armstrong.«)

Noch ein einziges Mal, sagte Merton, und das wäre es, sie wäre ihn und die Sowjets los. Frei, zu gehen und ihr Leben zu leben. Und wie ein heilloser Dummkopf hatte sie ihm geglaubt. Sie würde ihnen allen nie entkommen. Sie wäre nie *fertig*.

Fisher trank seinen Whisky, drückte seine Zigarette aus und sagte: »Wünschten Sie sich jetzt, dass Sie mich erschossen hätten, als Sie die Gelegenheit hatten? So wie Dolly Roberts?« (Gab es etwas, das er nicht wusste?) »Godfrey ist deswegen ganz schön in die Bredouille geraten.« Er lachte. »Er hatte Sie gern, wollte Sie schützen. Das wollten viele. Deswegen sind Sie vermutlich damit durchgekommen. Alleyne jedoch ...« Er machte eine wegwerfende Geste, als wollte er die Vorstellung von Alleyne verscheuchen.

»Alleyne war misstrauisch gegenüber Godfrey«, sagte Julia. »Er hat mich gebeten, ihm Bericht zu erstatten. Ich bin Godfrey gefolgt und habe Sie beide in der Oratorianerkirche gesehen.«

»Ja, Sie waren nicht zu übersehen. Sie hatten einen Hund dabei, wenn ich mich richtig erinnere. Es gibt immer irgendwo einen Hund, nicht wahr? Ah«, sagte er, als hätte er endlich das fehlende Stück eines Puzzles gefunden. »Das war Nelly Vargas Hund.«

»Warum war Alleyne misstrauisch?«

»Ich denke, die Frage sollte auf den Kopf gestellt werden. Wer spioniert die Spione aus, Miss Armstrong?«

»Sie? *Sie* waren misstrauisch gegenüber *Alleyne?*«

»Ich bin allen gegenüber misstrauisch, Miss Armstrong. Das ist mein Job.«

»Was ist mit Mrs Ambrose – arbeitet sie für Sie?«

Fisher klatschte in die Hände, als wollte er das Ende des amüsanten Teils signalisieren, und sagte: »Kommen Sie, genug der Erläuterungen und Erklärungen. Wir nähern uns nicht dem Ende eines Romans, Miss Armstrong.«

Aber was war mit Godfrey?, beharrte sie. Existierte er auch in einem unsichtbaren Bereich des Spektrums?

»Was soll mit ihm sein? Wir haben ihn zurückgeholt für die Jagd nach einem Maulwurf, obwohl mir das Wort ›Verräter‹ lieber ist. Es gibt viele fragwürdige Elemente im Dienst, aber das wissen Sie sicher. Wir haben vermutet, dass der Flamingo einen aus seinem Bau treiben würde, wenn Sie das schiefe Bild entschuldigen. Und wir hatten recht, nicht wahr? Sie sind unser kleiner Maulwurf, Miss Armstrong. Unser blinder kleiner Maulwurf.«

Säubern, hatte Hartley gesagt. Godfrey war gut im Säubern. Sie hatte nach Godfrey gesucht, doch die ganze Zeit über hatte er nach ihr gesucht.

Sie traf eine Vereinbarung mit Fisher. Sie würde nicht verhaftet und wegen Landesverrats vor Gericht gestellt (»und möglicherweise gehängt«) werden, wenn sie Merton falsche Informationen lieferte.

»Wir sind bereit, Ihren Hals zu retten, Miss Armstrong. Aber das hat natürlich seinen Preis.«

»Ich soll eine Doppelagentin sein?«, fragte sie matt. »Ich soll weiter für Merton arbeiten und gleichzeitig für Sie?« Die schlechteste aller Welten. Eine Dienerin zweier Herren. Eine Maus, mit der zwei Katzen spielten.

»Ich fürchte, es ist der einzige Ausweg aus diesem Chaos für Sie. Ich bin der Überbringer der Konsequenzen, Miss Armstrong.«

Zwischen den Seiten der Ausgabe der *Times*, die sie für Merton in der National Gallery liegen ließ, war wie verabredet ein Mikrofilm versteckt, doch es waren nicht die Aufnahmen der Dokumente aus dem alten Koffer des Tschechen, die sie gemacht hatte, während er auf ihrem Sofa schlief. Es waren falsche Informationen. »Im Grunde Schwachsinn«, sagte Fisher, »aber die Russen werden eine Weile brauchen, bis sie es herausfinden. Hoffentlich jagen sie sich ein paar Mal in die Luft, bevor es ihnen dämmert. Und danach …« Er streckte die Arme aus, um eine unendliche Zukunft anzudeuten, in der sie falsche Informationen liefern, ein doppeltes Spiel treiben würde.

»Jetzt muss ich gehen«, sagte er. »Ich habe Sie lange genug aufgehalten.«

»Ich nehme an, Sie finden allein hinaus«, sagte Julia, »da Sie ja auch hereingefunden haben.«

Er blieb in der Tür stehen und warf ihr einen langen Blick zu. »Sie sind jetzt mein Mädchen, Miss Armstrong. Vergessen Sie das nicht.«

Das war die wahre Rechnung, dachte Julia, als sie hörte, wie die Wohnungstür hinter ihm ins Schloss fiel. Und sie würde sie ewig abbezahlen. Kein Ausweg, dachte sie.

»Ich habe«, sagte Julia traurig, obwohl niemand da war, der sie hören könnte, »ich habe an etwas Besseres geglaubt. An etwas Nobleres.« Und das war ausnahmsweise die Wahrheit. Und jetzt glaubte sie nichts mehr, und das war eine andere Wahrheit. Aber war es wichtig? Wirklich?

Julia ging von ihrer Verabredung mit Merton in der National Gallery direkt zum Portland Place. Das Mädchen am Empfang hielt ihr einen Umschlag hin und sagte: »Miss Armstrong, jemand hat eine Nachricht für Sie hinterlassen.« Doch Julia rauschte an ihr vorbei, als wäre sie nicht da. Sie hatte genug von Nachrichten. Sie klopfte an die Tür von Prendergasts Büro. Er war allein, saß an seinem Schreibtisch, doch der Geruch von Fräulein Rosenfeld – Muskatnuss, alte Kirche – hing noch in der Luft, als wäre sie gerade erst gegangen.

»Ich habe etwas geschrieben«, sagte Julia. »Ein Empfehlungsschreiben für Lester Pelling. ›Sehr geehrte Damen und Herren – Mr Pelling ist ein hervorragender Mitarbeiter …‹ So in der Art.« Sie reichte ihm den Brief. »Ich habe unterschrieben und wollte Sie bitten, ebenfalls zu unterschreiben.« Sie hätte Prendergasts Unterschrift leicht fälschen können – sie hatte ein Talent für Unterschriften, die nicht die ihre waren –, doch sie meinte, es würde mehr Glück bringen, ehrlich zu sein. Lester war ein durch und durch aufrichtiger Junge, der darüber gestolpert war, dass sie ihre Pflicht vernachlässigt hatte. *Sie hätte vorsichtiger sein sollen.* Sie wollte sich wenigstens einer Person in ihrem Leben gegenüber anständig verhalten.

»Aber mit Vergnügen«, sagte Prendergast begeistert und unterschrieb mit einem tintigen Schnörkel. »Wie aufmerksam von Ihnen. Ich hätte ihm selbst ein Zeugnis ausstellen sollen. Er war ein guter Junge.«

»Das war er. Ist er.«

Julia zögerte an der Tür. Sie hätte gern etwas zu Prendergast gesagt, etwas über Idealismus vielleicht, aber er hätte sich womöglich am »Ismus« gestört. Oder vielleicht wäre es besser, ihn zu drängen, Fräulein Rosenfeld zu heiraten. Sie konnte sich eine gemeinsame Zukunft für die beiden vorstellen, sie würden zu Beerdigungen gehen und sich gegenseitig G. K. Chesterton vorlesen. Stattdessen sagte sie nur: »Ich muss los. Die *Früheren Leben* der armen Joan und so weiter.«

Sie steckte das Schreiben für Lester in einen Umschlag und gab ihn einer Sekretärin. »Suchen Sie bitte Lester Pellings Adresse heraus und bringen Sie den Brief zur Poststelle.« Bevor sie ihn ihr reichte, schrieb sie auf die Rückseite des Umschlags: »Viel Glück, Lester, wünscht Ihnen Julia Armstrong.«

Im Flur begegnete sie Daisy. »Miss Armstrong?«, trällerte Daisy. »Wohin gehen Sie?«

»Zum Optiker, Daisy. Sie wissen schon – die Kopfschmerzen.«

»Miss Armstrong, kommen Sie zurück!« Ein neuer Ton schwang in Daisys Stimme mit, etwas Autoritäres, das nicht zur Tochter eines Vikars passte. Sie nahm eine Torwartposition ein, um Julias Vordringen zum Empfang zu verhindern.

Sie arbeitet also tatsächlich für den Dienst, dachte Julia. »Ach, um Himmels willen, Daisy, da müssen Sie sich schon mehr anstrengen«, sagte sie und stieß sie aus dem Weg.

Als sie auf den Ausgang zusteuerte, hörte sie, wie die Stimme des Mädchens am Empfang leiser wurde. »Miss Armstrong! Miss Armstrong!«

Julia hatte einen Fluchtplan. Einen Ausweg. Als Erstes hatte sie heute Morgen einen Koffer in der Gepäckaufbewahrung der Victoria Station abgegeben. Abgesehen von Kleidung enthielt der Koffer ein paar Dinge mit sentimentalem Wert – ein paar Stickereien ihrer Mutter, ein Foto mit Lily und Cyril, das Perry aufgenommen hatte, die kleine Kaffeetasse mit ihrem Versprechen von Arkadien.

Jetzt wartete sie in der Teestube des Bahnhofs, von wo sie mit dem Nachtzug zum Gare du Nord fahren wollte. Sie hatte eine Fahrkarte erster Klasse, damit sie in Dover nicht aus- und wieder einsteigen und das Risiko eingehen musste, die Aufmerksamkeit entweder des Geheimdienstes oder der Leute von Merton auf sich zu ziehen. Von Frankreich aus wollte sie in ein neutrales Land – die Schweiz war die offensichtliche Wahl –, irgendwohin, wo niemand sie besitzen konnte, wo es keine »andere Seite« jenseits ihrer eigenen gab.

Sie wollte in letzter Minute in den Zug steigen. Die letzte Minute kam, und sie ging zum Bahnsteig, auf dem noch viele Leute standen und die Vorfreude genossen, die eine Fahrt auf den Kontinent begleitete. Die Lokomotive stieß eine enorme Dampfwolke aus, und der Schaffner drängte die Gepäckträger, die letzten Gepäckstücke in den Zug zu hieven.

Sie waren zu zweit. Stämmige Männer in schlecht sitzenden Anzügen, die sich ihr zielgerichtet auf dem Bahnsteig näherten, als der Schaffner die ersten Türen zuschlug. »Wir sind gekommen, um Sie zu begleiten«, sagte einer von ihnen, als sie nach ihren Armen fassten. Oh, Gott, jetzt bin ich der Flamingo, dachte sie.

»Wohin begleiten?«, fragte sie, als sie sie vom Zug fortführten. Sie hatte keine Ahnung, für wen sie arbeiteten, aber es war auch nicht wichtig. Sie konnten sie nach Moskau oder in ein Landhaus in Kent oder natürlich irgendwo still um die Ecke bringen.

In diesem Augenblick stieß die Lokomotive mit einem plötzlichen ohrenbetäubenden Pfeifen eine weitere Dampfwolke aus, und gleichzeitig tauchte aus dem Nirgendwo Julias Retterin auf und überfiel sie. Nelly Varga. Nelly Varga prügelte unterschiedslos auf Julia und ihre Wachhunde ein. Die Männer waren einen Moment lang verwirrt von dem Trommelfeuer einer kleinen verrückten Frau, die in einer unverständlichen Sprache schrie. Während sie sie bändigten, nutzte Julia ihre Chance.

Sie war das Reh. Sie war der Pfeil. Sie war die Königin. Sie war der Widerspruch. Sie war die Synthese. Julia rannte.

Sie war bis zur Vauxhall Bridge gekommen, als ein Wagen neben ihr heranpreschte und scharf bremste. Die Beifahrertür wurde geöffnet, und Perry sagte: »Steigen Sie ein.«

»Ich konnte nicht zulassen, dass sie Sie erwischen«, sagte er. »Sie sind Wölfe, alle miteinander.«

»Sind Sie auch ein Wolf?«

»Ein einsamer.« Er lachte.

Er fuhr sie, nicht nach Dover, sondern bis nach Lowestoft. Es war dunkel, als sie ankamen, und sie aßen gebratenen Fisch und tranken Bier in einer Fischerkneipe in der Nähe des Hafens.

»Woher wussten Sie, wo ich war?«, fragte sie.

»Das hat mir ein kleiner Vogel erzählt.« Er bot ihr eine Zigarette an, und sie sagte: »Sie rauchen ja doch.«

»Ich habe Sie vermisst, Miss Armstrong.«

»Ich Sie auch, Mr Gibbons.«

Zwischen ihnen herrschte jetzt eine Zuneigung, die unerträglich schmerzlich war. »Auch das wird vergehen«, sagte er und zündete ihre Zigarette an.

Eine Überfahrt auf einem Fischkutter wurde organisiert und bezahlt. Die Männer sollten sie in der Morgendämmerung nach Holland bringen.« »Vermutlich ist das ein guter Ort, um die Diamantohrringe loszuwerden«, sagte Perry. Ich habe geglaubt, ich hätte so viele Geheimnisse, dachte Julia, und alle scheinen sie gekannt zu haben.

»Ich bin leider nicht viel besser als eine gewöhnliche Diebin.«

»Nicht gewöhnlich. Höchst ungewöhnlich.«

»Werden Sie Ärger kriegen? Wenn sie herausfinden, dass Sie mir geholfen haben?«

»Sie werden es nicht herausfinden.« Sie nahm an, dass es sogar jenseits des Infrarotbereichs noch etwas gab. Geheimnisse über Geheimnisse.

»Auf wessen Seite stehen Sie, Perry?«

»Ihrer, Miss Armstrong. Sie sind schließlich mein Mädchen.«

Es war eine nette Lüge, und sie dankte ihm wortlos dafür. Er hatte stets so gute Manieren. Sie vermutete, dass es gar nicht eine Frage der Seiten war, es war wahrscheinlich viel komplizierter.

Sie verbrachten die Nacht in einem Gästehaus, schliefen in ihren Sachen auf den Bettdecken. Wie Statuen, ein letztes Mal.

Als der kalte Morgen dämmerte, brachte Perry sie in den Hafen. Er reichte ihr einen Umschlag mit Geldscheinen (»Damit Sie über die Runden kommen«), küsste sie auf beide Wangen und sagte: »Mut, Miss Armstrong, so lautet die Losung.« Sie ging an Bord des Kutters. Es stank nach Fisch und Öl, und die Männer wussten nicht so recht, wie sie sie behandeln sollten, deswegen ignorierten sie sie die meiste Zeit.

Sie blieb dreißig Jahre im Ausland, und als sie zurückkehrte, war England ein anderes Land als jenes, das sie verlassen hatte. Ihr Leben in diesen Jahren war interessant, aber nicht übermäßig interessant. Sie war glücklich, aber nicht übermäßig glücklich. So sollte es sein. Der lange Frieden nach dem Krieg.

Sie lebte in Ravello, als sie kamen. Eines Tages klopfte es an der Tür, und zwei graue Männer standen vor ihrer Schwelle, und einer sagte: »Miss Armstrong? Miss Julia Armstrong? Wir bringen Sie nach Hause.« Sie hatte gerade ein Zitronenbäumchen gepflanzt und war enttäuscht, dass sie die Früchte nie sehen würde.

Ein paar ungelöste Probleme klären, sagten sie. Sie wurde zigmal befragt. Sie brauchten ihre Aussage, um Merton dingfest zu machen und »einen Schlusspunkt zu setzen«. Er war auf mysteriöse Weise immer geschützt gewesen. Er war ein Ritter des Reichs, ein Mitglied des Establishments, doch schließlich wurden die Gerüchte zu laut, um sie noch ignorieren zu können. Er war in zu großer Höhe geflogen und tief gefallen. Es war der perfekte Plot.

Ihr Name wurde nicht öffentlich, doch danach ließen sie sie nicht gehen. »Wir werden Sie im Auge behalten, Miss Armstrong«, sagten sie. Es machte ihr nicht so viel aus. Matteo durfte sie besuchen, obwohl das Mädchen, das ihn unglücklich machte, alles tat, um es zu verhindern.

Oliver Alleyne war 1954 schon enttarnt worden. Alle waren überrascht, sogar Julia. Er reagierte rasch und schaffte es, das Land zu verlassen, von Schlagzeilen und Jägern verfolgt durch den ganzen Kontinent. Ihm folgten zwei weitere Männer, ein Diplomat aus der Botschaft in Washington und ein Mann in kritischer Position im Außenministerium. Alleyne tauchte ein Jahr später in Moskau publikumswirksam wieder auf.

Es kursierten hartnäckige Gerüchte über einen »fünften Mann«. Viele glaubten, dass es sich um Hartley handelte, aber das hielt Julia nie für wahrscheinlich. Ein vager Schatten des Verdachts hing jedoch immer über ihm, und obwohl ihm nie etwas nachgewiesen wurde, verhinderte es seinen Aufstieg.

Perry blieb bei der BBC. Er starb unter mysteriösen Umständen 1961. Godfrey Toby hatte sich da längst in den Schatten zurückgezogen. Jemand sagte, er sei nach Amerika gegangen. Oder vielleicht auch Kanada.

Der Fischkutter fuhr aus dem Hafen in eine dunstige Morgendämmerung, die gutes Wetter für später versprach. *Humber, Themse, nördlich, später südwestlich vier bis fünf, heiter bis gut.* Sie überschritt den Rubikon. Julia war froh, dass sie nicht von Dover aus fuhr. Die weißen Klippen wären zu sentimental gewesen, zu sehr Metapher für etwas, das sie nicht mehr ganz verstand. Dieses England, lohnt es sich, dafür zu kämpfen? Ja, dachte sie. Gab es eine andere Antwort?

Der Kutter näherte sich der Hafeneinfahrt, machte sich bereit, sie aus seinen schützenden Armen zu entlassen. »Moles«, Molen, dachte Julia, wurden sie nicht so genannt? Zugleich das englische Wort für Maulwürfe. Ein letztes ironisches Geschenk ihres Landes. Und da stand er auf einer Mole, tauchte langsam aus dem Dunst auf und wurde deutlicher, als sie näher kamen. Die unverwechselbare Gestalt von Godfrey Toby.

War Godfrey der »kleine Vogel«, der Perry gesagt hatte, wo sie zu finden war? Hatte Godfrey sie gerettet? War Godfrey »einer von uns« oder einer von ihnen? Beides? Weder noch? Was hatte Hartley viele Jahre zuvor gesagt? *Toby ist ein Meister der Vertuschung. Es ist leicht, sich in seinem Nebel zu verirren.*

Godfrey lüpfte den Hut. Sie hob die Hand zu einem wortlosen Gruß. Er hob seinen Gehstock an. Prosperos Stab, dachte Julia. Godfrey, der Magus. Der Zeremonienmeister.

Wie auf ein Zeichen hin schloss sich der Nebel um ihn, und er war verschwunden.

1981

DAS UNSICHTBARE LICHT

»Dieses England«, murmelte sie.
»Miss Armstrong? Können Sie mich hören?«
Sie verlor rasch das Bewusstsein. Ihr Leben eine Erinnerung. Sie wünschte, sie könnte ihren Sohn ein letztes Mal sehen. Ihn daran erinnern, dass er sein Leben gut leben sollte, ihm sagen, dass sie ihn liebte. Ihm sagen, dass nichts wichtig war und dass das eine Freiheit, keine Last war.

Sie war allein. Nicht mehr in der Wigmore Street. Sie stieg die ersten Stufen in den langen dunklen Tunnel hinunter.

»Miss Armstrong?«

Eine Stimme in ihrem Kopf – vielleicht war es ihre eigene Stimme – sagte: *Gute Nacht, Kinder überall*. Überraschenderweise beruhigte sie das.

»Miss Armstrong? Was hat sie gesagt?«
»Ich glaube, sie hat gesagt: ›Alles in Ordnung.‹«
»Miss Armstrong? Miss Armstrong?«

NACHWORT DER AUTORIN

Grob gesprochen habe ich für alles, was man in diesem Buch als historische Tatsache betrachten kann, etwas anderes erfunden – der Gedanke, dass die Leser meistens den Unterschied nicht merken, gefällt mir. Ich halte das nur fest, um zu verhindern, dass jemand behauptet, etwas sei falsch. Vieles ist falsch, mit Absicht. Nach etlichen Selbstgesprächen habe ich mich dazu entschlossen, Dinge zu erfinden, wann immer ich wollte – das Vorrecht des Autors. Wenn ich den Prozess beschreiben sollte, würde ich sagen, dass ich die Geschichte auseinandernahm, um sie dann wieder fantasievoll zusammenzusetzen. (Und ja, ich war dabei – und das war nicht hilfreich – ein wenig zu begeistert vom Wesen historischer Romane.)

Das soll nicht heißen, dass *Deckname Flamingo* nicht in der Realität wurzeln würde – es war eine der regelmäßigen Freigaben des MI5 ans Nationalarchiv, die meine Fantasie in Gang setzte. Die Dokumente, die mir ins Auge stachen (und ich entschuldige mich bei Julia), betrafen den unter dem Namen »Jack King« bekannten Agenten im Zweiten Weltkrieg (in den Dokumenten fast immer nur »Jack« genannt). Jacks Identität wurde nach Jahren der Spekulation schließlich als die eines gewissen Eric Roberts enthüllt, ein scheinbar »gewöhnlicher« Bankangestellter, der mit seiner Familie in Epsom lebte.

In der Akte befindet sich ein Brief der Westminster Bank mit der Frage, warum (es hört sich an wie »Warum um alles in der Welt«) sich die Geheimdienste für ihren offenbar so unbedeutenden Angestellten interessierten: »Welches sind die besonderen und speziellen Qualifikationen von Mr Roberts – die uns offensichtlich entgangen sind – für eine bestimmte Arbeit von nationaler Bedeutung?« (Ich liebe diesen Brief.)

Roberts hat tatsächlich eine Weile für den MI5 gearbeitet, faschistische Kreise infiltriert, und sein Lebenslauf deutet auf jemanden, der alles andere als gewöhnlich ist – er konnte zum Beispiel hervorragend Judo (er war Mitglied der Anglo-Japanese Judo

Society), und er sprach Fremdsprachen – Spanisch, Französisch und »etwas« Portugiesisch, Italienisch und Deutsch.

Die Operation, für die er rekrutiert wurde (sein Führungsoffizier war Victor Rothschild), bestand darin, die Fünfte Kolonne und alle Täuschungsversuche zu überwachen, die sie plante. Roberts gab sich als Gestapo-Agent aus und traf sich in einer Wohnung nahe der Edgware Street mit britischen Faschisten, die ihm über Nazi-Sympathisanten berichteten. Manche, wie Marita Perigoe, wurden für ihre Dienste bezahlt, doch die meisten dienten dem Dritten Reich aus prinzipiellen Gründen. Nur dass sie natürlich nicht dem Dritten Reich dienten, da alle Informationen, die sie »Jack« brachten, an die Geheimdienste weitergeleitet wurden. Nahezu jedes Mitglied der Fünften Kolonne in Großbritannien wurde durch die Operation neutralisiert, und viele wichtige Informationen (neben einer schrecklichen Menge Müll) erreichten Deutschland nicht – auch wenn festgehalten werden muss, dass die Fünfte Kolonne letztlich für das große Ganze vergleichsweise unbedeutend war.

Es gibt Protokolle von Jack Kings Treffen – Hunderte von Seiten –, die eine faszinierende Lektüre sind. Obwohl ich mit »Jack« anfing, waren es die Protokolle, die meine Fantasie immer mehr beschäftigten. Es gibt keine öffentlich zugängliche Angabe, wer sie getippt hat – doch es scheint überwiegend ein und dieselbe Person gewesen zu sein (ein »Mädchen«, wer sonst?) –, und da ich eine Zeit lang als Phonotypistin gearbeitet habe, verspürte ich eine merkwürdige Affinität zu dieser Schreibkraft, vor allem wenn hin und wieder plötzlich ihre Persönlichkeit herauszuhören war.

Zur gleichen Zeit las ich die kurzen Memoiren von Joan Miller (ich vermute, dass sie nicht die vertrauenswürdigste Erzählerin ist). Joan Miller war eine von Maxwell Knights Agentinnen, die den Right Club infiltrierten – ebenfalls Mitglieder der Fünften Kolonne –, und ich dachte, es wäre interessant, den »Jack«-Fall mit der Operation in Verbindung zu bringen, die Maxwell Knight von seiner Wohnung am Dolphin Square aus leitete, wo Joan Miller mit ihm arbeitete. (Sie lebte auch mit ihm auf nicht unbedingt befriedigende Weise.) Joan Miller ist nicht Julia Armstrong, aber ihnen sind sicherlich Erfahrungen gemeinsam.

Eric Roberts, Maxwell Knight, Joan Miller, »Mrs Amos« (Marjorie Mackie), Helene de Munck, Captain und Mrs Ramsay, Anna Wolkoff, Tyler Kent waren die Geister, die mich auf diesem Weg inspirierten, doch sie sind nur Schatten hinter den Gestalten und Geschehnissen in diesem Buch. (Anna Wolkoff hat einen kurzen Auftritt, ebenso die reale Miss Dicker – die »Leiterin« der Frauenabteilung.) Die Gespenster der Cambridge-Spione treiben in diesen Hallen auch ihr Unwesen, und einige von Perrys Ausbrüchen basieren auf den Einträgen in Guy Liddells Tagebüchern. Nelly Varga und Lily sind ein kleines Nicken in Richtung der Doppelagentin Nathalie »Lily« Sergueiew, Deckname »Treasure«, und ihres Hundes, abwechselnd Frisson oder Babs genannt (Babs ist mir viel lieber), der zu Treasures großem Missvergnügen in der Obhut des MI5 starb. Sergueiew führte wie so viele in der damaligen Zeit ein faszinierendes Leben.

Ebenso verfuhr ich mit der BBC, obwohl ich hier im Dienste des Romans viel freier erfunden habe, und ich entschuldige mich bei den seriösen Pionieren des Schulfunks. Manche – viele – der hier erwähnten Sendungen gab es wirklich, doch ein paar sind erfunden. Ihr Inhalt beruht vor allem auf meinen Erinnerungen als Kind, als ich sie hörte. Ich hatte überhaupt nicht geplant, die BBC, und schon gar nicht den Schulfunk, in den Roman aufzunehmen. Aber ich hatte gerade Penelope Fitzgeralds Juwel von einem Roman *Human Voices*, und noch einmal Rosemary Horstmanns Memoiren gelesen, und die »beiden großen Monolithen« schienen Schulter an Schulter auf diese Seiten zu gehören. Rosemary war in späteren Jahren eine Freundin meiner Mutter, und ich habe ihr Leben geplündert – auf freundliche Weise, wie ich hinzufügen möchte. Nach dem Krieg arbeitete Rosemary bei der BBC in Manchester, zuerst als Sprecherin, dann als Produzentin der *Children's Hour*, bevor sie 1950 nach London zog und zum Schulfunk ging. Ihre Geschichte ist voller kleiner Goldnuggets, die sonst bestimmt vergessen wären. (Julias Nasenbluten ist von der Pianistin Harriet Cohen geliehen.) In den frühen Fünfzigerjahren ging Rosemary zum Fernsehen und machte einen Produktionskurs im Alexandra Palace. (Ein weiterer Auszubildender war der junge David Attenborough.) Was mich überraschte, als ich dieses Buch schrieb, war nicht, wie viel erinnert und dokumentiert ist, sondern wie viel verloren und vergessen ist, und mein Job, so wie zumindest ich ihn sehe, besteht darin, die Lücken zu füllen.

Sosehr ich es auch versucht habe, der MI5 hat nicht mit mir über die technischen Details des Transkriptionsdienstes während des Kriegs gesprochen (und es ist gut, dass unser Geheimdienst geheim bleiben will), deswegen habe ich mir die Aufnahmeausrüstung aus dem M Room in Trent Park »geliehen«, auch wenn dessen Ausmaß viel größer war (ein detailliertes Inventar gibt es in den National Archives).

Die Protokolle selbst stammen abgesehen von ein paar wenigen wörtlichen Zitaten von mir, doch sie spiegeln die echten Abschriften hinsichtlich Themen, Sprachmuster und so weiter sehr genau wider. Die Kekspausen, das soziale Geplauder, die technischen Störungen, sogar die Eisernen Kreuze sind ebenso authentisch wie die zahllosen »unverständlichen« Stellen. Trudes Vorschlag, eine Leiche in einem Kohlenkeller zu entsorgen, stammt ursprünglich von Marita Perigoe, allerdings erwähnte sie den Carlton Club nicht. (Der Carlton Club wurde im Blitz zerstört, deswegen wäre er eine gute Idee gewesen.) Viele technische Einzelheiten der Aufnahmeverfahren bei der BBC basieren ebenfalls auf Rosemarys Memoiren, genauso wie auf *The History of School Broadcasting*, und sind nicht notwendigerweise präzise oder zeitgenössisch in jeder Hinsicht (aber annähernd). Ich entschuldige mich im Namen der Literatur.

Ich hatte gedacht, dass Penelope Fitzgerald mit *Human Voices* den Markt der Romane über die BBC während des Krieges abgedeckt hätte (wie könnte irgendetwas besser sein?), doch Roger Hudson wies mich auf George Beardmores wunderbare Erinnerungen *Civilians at War* hin, und mir wurde klar, dass zwischen diesem Buch und Maurice Gorhams *Sound and Fury* noch viel Material zu bergen war. (Besonders gefiel mir George Beardmores Geschichte, wie er mit einer geladenen Schrotflinte auf den Knien vor dem Regieraum der BBC saß, bereit, die technische Ausstattung bis zum Tod zu verteidigen.) Für mich war es leider zu spät, aber ich empfehle Beardmore allen, die etwas Zugängliches und Beredtes über den Londoner Alltag im Krieg lesen wollen.

Schließlich muss ich mich noch einmal entschuldigen – beim Makler der Wohnungen am Dolphin Square, der mich herumführte im Glauben, dass ich eine Wohnung mieten wollte. Ich vermute, dass mich meine Begeisterung beim Anblick eines Originalkamins verraten hat.

QUELLEN

Andrews, Christopher, *The Defence of the Realm: The Authorized History of MI5* (Penguin, 2009)
Fry, Helen, *The M Room: Secret Listeners Who Bugged the Nazis in WW2* (Marranos Press, 2012)
Pugh, Martin, *Hurrah for the Blackshirts!* (Jonathan Cape, 2005)
Quinlan, Kevin, *The Secret War between the Wars* (Boydell Press, 2014)
Saikia, Robin (hg.), *The Red Book* (Foxley Books, 2010)
West, Nigel, *MI5* (Stein and Day, 1982)

Carter, Miranda, *Anthony Blunt: His Lives* (Macmillan, 2001)
Masters, Anthony, *The Man Who Was M: The Life of Maxwell Knight* (Basil Blackwell, 1984)
Miller, Joan, *One Girl's War* (Brandon, 1986, 1. Aufl. 1945)
Rose, Kenneth, *Elusive Rothschild* (Weidenfeld and Nicolson, 2003)
West, Nigel (hg.), *The Guy Liddell Diaries, Vol. 1: 1939–1942* (Routledge, 2005)

Lambert, Sam (hg.), *London Night and Day* (Old House, 2014, 1. Aufl. 1951)
Panter-Downes, Mollie (hg. William Shawn), *London War Notes 1939–1945* (Farrar, Straus and Giroux, 1971)
Sweet, Matthew, *The West End Front* (Faber and Faber, 2011)

Bathgate, Gordon, *Voices from the Ether: The History of Radio* (Girdleness Publishing, 2012)
Briggs, Asa, *The Golden Age of the Wireless: The History of Broadcasting in the United Kingdom, Vol. 1* (OUP, 1995)
Compton, Nic, *The Shipping Forecast* (BBC Books, 2016)
Higgins, Charlotte, *The New Noise: The Extraordinary Birth and Troubled Life of the BBC* (Guardian Books, 2015)
Hines, Mark, *The Story of Broadcasting House* (Merrell, 2008)
Murphy, Kate, *Behind the Wireless: A History of Early Women at the BBC* (Palgrave, 2016)
Palmer, Richard, *School Broadcasting in Britain* (BBC, 1947)

Fitzgerald, Penelope, *Human Voices* (Flamingo, 1997, 1. Aufl. 1980)

Gorham, Maurice, *Sound and Fury: Twenty-One Years in the BBC* (Percival Marshall, 1948)

Horstmann, Rosemary, *Half a Life-Story: 1920–1960* (Country Books, 2000)

Shapley, Olive, *Broadcasting a Life* (Scarlett Press, 1996)

Beardmore, George, *Civilians at War* (OUP, 1986)

de Courcy, Anne, *Debs at War* (Weidenfeld and Nicolson, 2005)

AUS DEN NATIONAL ARCHIVES

KV-2-3874 (Die Protokolle von Jack Kings Gesprächen mit den Informanten der Fünften Kolonne)

KV-4-227-1 (Geschichte der MS, der Jack-King-Operation)

WO-208-3457, 001-040 (Inventar der Aufnahmegeräte im M Room)

KV-2-3800 (Der Fall Marita Perigoe)

KV-2-84, 1-4 (Der Fall Anna Wolkoff)

DVDS

Death at Broadcasting House (Studiocanal)

BBC: The Voice of Britain, Addressing the Nation (GPO Film Unit Collection Vol. 1, BFI, 2008)

DANK

Lt Col M. Keech, BEM, Royal Signals (pens.)
David Mattock – für die Geografie der Home Counties
Sam Hallas und die »cognoscenti« der Telecoms Heritage Group – für ihre Hilfe mit den Vorwahlnummern der 1940er-Jahre
Simon Rock, Archiv-Manager, BBC

Und meinem Agenten Peter Straus, meiner Lektorin Marianne Velmans, Alison Barrow und allen bei Transworld, die aus meinem Manuskript ein Buch machten.

Was ist ein perfektes Leben?

KATE ATKINSON

DIE UNVOLLENDETE

ROMAN

In einer eisigen Nacht im Jahre 1910 wird Ursula Todd geboren, um gleich nach dem ersten Atemzug zu sterben. Doch anders als andere Menschen erhält sie eine weitere Chance und wird erneut geboren: in eine äußerst britische Familie, die mit den herrlichsten Marotten ausgestattet ist und in deren Mitte Ursula mit ihrer »Fähigkeit« nicht weiter auffällt. Ganz im Gegenteil: Für ihre Mutter ist sie das Kind, das am meisten üben muss, um das Leben meistern zu können.

Und so begegnet Ursula den seltsamen Ereignissen in ihrem Leben mit Neugierde, Humor und dem aufrichtigen Bestreben, alles richtig zu machen. Anders als andere muss sie nicht fragen: Was wäre, wenn? Ihr ist es gegeben, ihre Fehler und damit ihr Leben zu korrigieren. Dennoch erlebt sie Verlust, Verrat, Krieg und Tod. Was also soll diese Gabe? Ist es überhaupt möglich, sein Leben fehlerlos zu leben?

»Einer der besten Romane, die ich in diesem Jahrhundert gelesen habe.« *Gillian Flynn*

Was bleibt von einem Menschen und seinen Möglichkeiten?

KATE ATKINSON

GLORREICHE ZEITEN

ROMAN

Zwischen den Weltkriegen erlebt Teddy Todd, geboren 1914, eine idyllische ländliche Jugend auf dem Anwesen seiner Familie nahe London. Einst wird er, der charmante Naturfreund und Möchtegern-Poet, mit seiner Sandkastenliebe Nancy vielleicht eine Tochter haben (die er nicht versteht und die ihn nicht versteht), und einst wird die Tochter ihm eine Enkelin schenken, die alle Enttäuschungen wettmacht.

Zuvor allerdings kommt der Krieg ins Spiel – von Teddy zunächst als Abenteuer willkommen geheißen –, in dem er als todesmutiger Kampfpilot einer Halifax fast tagtäglich die Städte Hitlerdeutschlands zu bombardieren hat. Und dann, jenseits aller Katastrophen, wird es die größte Herausforderung für ihn sein, sich einem »Danach« zu stellen, an das er nie geglaubt hatte.

»*Glorreiche Zeiten* ist, neben seinem ›Gefährten‹ *Die Unvollendete*, Kate Atkinsons bestes Werk.« *Observer*